ULLSTEIN

Das Buch

Ein merkwürdiger Badeunfall zweier Jugendlicher, die vor den Augen des sechsjährigen Paul Haines in die Tiefe gerissen werden, beschäftigt die Behörden im Süden des Bundesstaates Florida. Die Suche nach den Leichen bleibt aber erfolglos. Kurze Zeit später stößt ein Patrouillenboot der Küstenwache auf ein von seinem ursprünglichen Kurs weit entferntes, gekentertes Boot, dessen Besatzung ebenfalls spurlos verschwunden ist. Man steht vor einem Rätsel ... Da entdeckt Officer Matt Rhiner plötzlich seltsame Bißspuren am Boot und einen riesigen Haifischzahn auf dem Meeresgrund nahe der Unglücksstelle, den der Meeresbiologe Admiral Vandiver einer bereits vor eineinhalb Millionen Jahren ausgestorbenen Spezies zuordnet. Ob es einen Zusammenhang zwischen den erst kürzlich durchgeführten Atomtests der französischen Regierung im Südpazifik und dem prähistorischen Fundstück gibt? Als das Tier schließlich auch im Flußgebiet des Mississippi auftaucht, machen sich der Sheriff und seine Leute auf die Jagd nach dem Killerfisch.

Der Autor

Charles Wilson, geboren 1939, lebt als erfolgreicher Geschäftsmann in einer Kleinstadt im amerikanischen Bundesstaat Mississippi. 1990 veröffentlichte er seinen ersten Psychothriller *Nightwatcher*, mit dem er sofort auf der Bestsellerliste landete. *Sharks! Gefahr aus der Tiefe* ist sein sechster Roman.

In unserem Hause sind von Charles Wilson bereits erschienen:

Ahnherr des Bösen
Ein stiller Zeuge
Expedition ins Grauen

Charles Wilson

Sharks!
Gefahr aus der Tiefe

Roman

Aus dem Amerikanischen
von Klaus-Dieter Schmidt

Ullstein

Ullstein Taschenbuchverlag 2000
Der Ullstein Taschenbuchverlag ist ein Unternehmen der
Econ Ullstein List Verlag GmbH & Co. KG, München
Deutsche Erstausgabe

Titel der amerikanischen Originalausgabe:
Extinct (St. Martin's Press, Inc., New York)
Übersetzung: Klaus-Dieter Schmidt
Redaktion: Katja Schmitt
Umschlagkonzept: Lohmüller Werbeagentur GmbH & Co. KG, Berlin
Umschlaggestaltung: Bauer + Möhring, Berlin
Titelabbildung: Kelvin Aitken, Peter Arnold, Inc., Okapia
Gesetzt aus der Sabon
Satz: Josefine Urban – KompetenzCenter, Düsseldorf
Druck und Bindearbeiten: Elsnerdruck, Berlin
Printed in Germany
ISBN 3-548-24813-6

Wie immer für Linda

Kapitel 1

Küste von Mississippi,
Donnerstag, den 18. Juli, 13 Uhr

Dustin drohte dem Sechsjährigen mit dem Finger. »Weiter gehst du nicht, Paul! Verstanden?«

Paul sah auf den Finger und dann an Dustin vorbei auf den Fluß, der hinter dem Teenager in seinem breiten Bett dahinfloß. Näher am Wasser beobachtete ein zweiter Jugendlicher schmunzelnd die Szene, während er sein Hemd aufknöpfte. Dustin sah sich nach ihm um. »Hilfst du mir mal, Skip?«

»Du hast ihm erlaubt mitzukommen«, erwiderte Skip. »Bind ihn doch an einen Baum.«

Paul kniff die Augen zusammen, als Dustin es noch einmal versuchte. »Ich weiß, daß du gut schwimmen kannst, Kumpel, aber ich habe deiner Mutter versprochen, dich nicht in die Nähe des Wassers zu lassen.«

»Und was ist mit dir?« fragte Paul.

»Ich habe ihr versprochen, daß du nicht ins Wasser gehst, nicht, daß wir es nicht tun«, antwortete Dustin.

Paul sah wieder an ihm vorbei. Über dem Fluß flatterte plötzlich ein Reiher in den hellen Sonnenschein hinauf. Sein langer Hals war über dem Rumpf zu einem S verdreht, als er über die weite Fläche des Marschlandes segelte, die sich auf der anderen Seite des Flußbetts bis zu der in der Ferne liegenden Brücke der Interstate 10 erstreckte. Paul verfolgte den Flug des Reihers.

»Ich habe Kaugummi dabei«, sagte Dustin.

Pauls Blick senkte sich zu den Jeanstaschen des Teenagers, aus denen dieser ein Päckchen *Wrigley's Spearmint* herauszog. »Die bekommst du jetzt«, sagte er. »Und wenn ich das nächste Mal im Geschäft bin, kaufe ich dir einen Lutscher.«

Paul dachte mit einem halb geschlossenen Auge über das Angebot nach. Dann streckte er die Hand aus.

»Versprochen?« beharrte Dustin.

Paul nickte.

»Er lügt«, mischte sich Skip ein, der sein Hemd inzwischen ausgezogen hatte und gerade aus den Jeans stieg.

Paul griff nach dem Kaugummipäckchen. Aber Dustin zog es zurück.

»Versprochen«, sagte Paul leise.

»Ich habe gehört, daß hier gestern ein großer Alligator hinter ein paar Leuten her war«, erklärte Dustin.

Paul grinste geringschätzig.

»Er weiß, daß das gelogen ist«, warf Skip ein. Jetzt nur noch in Unterhose, ging er zu einem ausgefransten Seil, das vom Ast einer hohen, sich über den Fluß neigenden Eiche herabhing. Nachdem er das Seil weit oben ergriffen hatte, machte er einen Schritt zurück, sprang ab und schwang langsam über das Ufer hinaus, bis er das Seil losließ und klatschend in das warme braune Wasser plumpste. Wellen kräuselten sich in weiten Kreisen in Richtung Flußmitte und zum Ufer.

Paul nahm den Kaugummi. »Ich warne dich«, sagte Dustin. Als er sich das T-Shirt über den Kopf zog, nahm Paul einen Kaugummi aus der Packung und schob ostentativ einen Fuß näher zum Ufer hin.

»Paul!«

Der Junge grinste.

Dustin streifte seine Jeans hinunter. »Wenn du hier stehenbleibst, lasse ich dich nachher an der Zigarette ziehen.«

Paul zog den Fuß zurück und begann den Kaugummi auszupacken, während Dustin nach dem Seil griff. Er trat zwei Schritte zurück, sprang am Seil hoch und schwang über das Ufer. Als er den höchsten Punkt erreicht hatte, hob er die Füße über den Kopf und ließ sich mit einem Rückwärtssalto ins Wasser fallen.

Zwischen den Bäumen hinter Paul kam ein großer schwarzer Labrador hervor und trottete zu ihm. Als der Junge seinen Kopf tätschelte, wedelte er mit seinem dicken Schwanz.

Skip spritzte Dustin Wasser ins Gesicht.

Der Labrador ging näher ans Ufer und bellte laut.

Aber er schaute nicht zu den Jungen. Seine Schnauze wies vielmehr flußabwärts, dorthin, wo der Fluß in den Sund und dahinter in den Golf von Mexiko mündete. Dreißig Meter in dieser Richtung schwappte das Wasser sanft gegen die Uferböschung.

Der Hund bellte wieder.

Dustin hatte die Hände auf Skips Kopf gelegt und drückte ihn unter Wasser. Vor Lachen kaum in der Lage, Luft zu holen, tauchte Skip unter. Dustin schwamm planschend ein Stück weg, damit Skip nicht nach seinen Beinen fassen konnte. In der Nähe des Ufers sah er sich um und wartete darauf, daß sein Freund wieder auftauchte. Der Labrador bellte erneut. Jetzt blickte er direkt zu Dustin.

Skip tauchte nicht auf.

Wieder vergingen Sekunden.

Dustin runzelte die Stirn. Langsam begann er auf den Fluß hinauszuschwimmen. Dann beschleunigte er seine Bewegungen. Der Hund bellte von neuem.

Unweit der Stelle, an der Skip verschwunden war, atmete Dustin tief ein und tauchte dann unter die Oberfläche.

Paul ging an dem Labrador vorbei bis an die Kante, an der die Böschung steil ins Wasser abfiel. Der Hund folgte ihm.

Der Junge betrachtete das Aluminiumpapier des Kaugummis und faltete es zu einem Trog, den er zum Wasser segeln ließ. Er taumelte durch die Luft und landete am Ende der Böschung, wo er in der Sonne funkelnd liegenblieb.

Einen Moment starrte Paul auf das glänzende Papier, dann drehte er sich um, schob die Beine den Abhang hinunter, hielt sich am Rand der Böschung fest und begann zum Wasser hinunterzurutschen.

Carolyn Haines saß am Schreibtisch in ihrem Arbeitszimmer. Sie hob den Blick von dem Hauptbuch, an dem sie arbeitete, lehnte sich zurück, schob die Brille hoch und schüttelte die Haare aus dem Nacken. Dann schaute sie auf den Thermostat neben der Tür zur Sonnenterrasse, stand auf und ging zur Steuerung hinüber.

Sie korrigierte die Temperatur und wollte zum Schreibtisch zurück, zögerte aber und schaute auf die Tür. Nachdem sie einen Augenblick gehorcht hatte, ging sie hinüber und schob die Glasscheibe zur Seite.

Das laute Bellen von Duchess hallte durch die Bäume, die die Rückseite ihres Hauses vom Fluß abschirmten. Sie trat hinaus und spähte in das dichte Unterholz.

»Paul«, rief sie.

Sie wartete einen Moment. Das Gebell des Labradors wurde aufgeregter.

»Paul! Dustin!«

Jetzt bellte Duchess wie verrückt.

Duchess hatte die Vorderpfoten in den Schlamm am unteren Ende der Uferböschung gedrückt und Kopf und Hals über das Wasser gestreckt, während sie hektisch bellte – ein scharfes Kläffen nach dem anderen.

Paul stand neben ihr. »Hör auf, Duchess«, sagte er.

Aber sie folgte nicht.

Er zerrte an ihrem Halsband. »Duchess!«

Plötzlich rückte sie zur Seite und stieß gegen ihn, so daß er beinah das Gleichgewicht verlor.

»Duchess«, stieß er hervor und sah sie scharf an.

Sie bellte jetzt nach links. Paul sah in die Mitte des Flusses, dann nach links. Mit schmal werdenden Augen nahm er den Kaugummiballen aus dem Mund und musterte das Ufer zu seiner Rechten. Sechs Meter vor ihm bewegte ein leichter Wirbel die Wasseroberfläche, und eine kleine Welle rollte auf das Ufer zu.

»Paul!« schrie Carolyn, als sie zwischen den Bäumen hervoreilte. »Du fällst noch hinein!«

Er sah zu ihr auf, während sie ungeschickt die Böschung hinunterrutschte und nach seinem Arm griff. Als sie ihn den Abhang hinaufzog, bemerkte sie den fragenden Ausdruck auf seinem Gesicht. Irgend etwas sagte ihr, daß der Grund dafür nicht ihr Zerren war. Oben auf der Böschung angekommen, sah er auf den Fluß zurück.

Sie folgte seinem Blick.

»Dustin?« fragte er leise.

Carolyn sah auf die unter der Eiche liegenden Kleider. Dann wandte sie sich wieder zum Wasser um und blickte mit der Strömung den Fluß hinunter und dann nach links flußaufwärts.

»Dustin?« fragte Paul wieder.

Er starrte unverwandt auf die Mitte des Flusses.

Carolyn schlug die Hand vor den Mund.

Kapitel 2

Biloxi, Mississippi,
eine Stunde später

Alan Freemans dichte dunkle Haare wippten leicht in der Brise, während er mit raschen Schritten locker am Straßenrand entlangjoggte. Das weite T-Shirt klebte schweißnaß an seinen breiten Schultern. Als ein Auto zum Boom Town Casino einbiegen wollte, das sich links von ihm über das Ufer der Back Bay erhob, verlangsamte er seine Schritte. Nachdem er die Rückseite des Autos umrundet hatte, nahm er sein altes Tempo wieder auf. Fünfzig Meter weiter kam er an Dutzenden von Garnelenkuttern vorbei, die linker Hand dicht an dicht ankerten. Ihre langen, angewinkelten Mastbäume wiesen seitlich nach oben.

Mit konstanter Geschwindigkeit lief er an einer langen, lückenhaften Reihe von heruntergekommenen Reparaturwerkstätten, alten Kühlhäusern und dem verbarrikadierten Gebäude einer verlassenen Fischfabrik vorbei. Kurz darauf wurde er langsamer, bis er nur noch im Schrittempo ging und sich mit dem unteren Teil des T-Shirts den Schweiß vom Gesicht wischte.

Hundert Meter weiter verließ er die Straße und betrat die Kiesfläche vor einem breiten, einstöckigen Betongebäude. Ein Van parkte bei seinem Jeep, der dicht neben dem in großen roten Blockbuchstaben auf die Fassade gemalten Schriftzug AMERICAN AQUACULTURE stand.

Am Eingang verkündete ein Holzschild in hellorangenen Buchstaben:

Dr. Ho Hsiao
Dr. Alan Freeman
Eigentümer

Als Alan an dem Schild vorbeiging und auf das Holz klopfte, spürte er etwas Feuchtes. Er betrachtete seine Knöchel, die jetzt mit runden, hellorangenen Flecken verziert waren.

Hinter dem Empfangstisch saß Mrs. Hsiao, eine kleine Frau von fünfzig Jahren mit rabenschwarzen Haaren, die auf dem Rücken ihres gemusterten Kleides bis zur Hüfte hinabhingen.

»Er hat das Schild schon wieder angemalt«, sagte Alan, während er sich über den Tisch beugte, um ein Taschentuch aus der *Kleenex*-Box zu nehmen.

Sie lächelte, als sie seine Knöchel sah. »Er glaubt, in einem früheren Leben ein Maler gewesen zu sein. Deine Tante hat angerufen. Sie möchte, daß du sobald wie möglich zurückrufst.«

Er wischte die Farbe ab, so gut es ging, warf das Taschentuch in den Papierkorb neben dem Empfangstisch und griff nach dem Telefon. »Wem gehört der Van da draußen?«

»Einem Mr. Herald. Er hat Ho gestern angerufen und gefragt, ob er mit ein paar Jungen aus einer hiesigen Boxmannschaft herkommen kann, um ihnen ein Aquakulturunternehmen zu zeigen. Ho ist hinten und probiert an ihnen die Rede aus, die er heute abend vor der Kammer halten will.«

Der Anschluß seiner Tante war besetzt. Er legte den Hörer auf und verkündete: »Ich werde jetzt eine Dusche nehmen.«

Während er durch die Halle zum Ruheraum und zu den Duschen ging, sah er durch die offene Doppeltür am Ende des Flurs in den weitläufigen hinteren Teil des Gebäudes. Ho stand, mit dem Rücken zu Alan, unmittelbar hinter der Tür. Sein schmaler Körper steckte in einem weißen, knielangen Laborkittel, und seine langen Haare fielen auf die Schultern, während er sich nach vorne auf einen Fischzuchttank stützte, einen Behälter, der aussah wie ein Kinderpool mit einer ein Meter hohen Umrandung. Auf der anderen Seite des Tanks stand ein Dutzend Jungen von stark unterschiedlicher Größe, die Hos Worten aufmerksam zu lauschen schienen. Alan ging auf die Tür zu.

»Wasser bedeckt siebzig Prozent der Erde«, sagte Ho gerade. »In Vergangenheit die Menschen halten es immer für eine unerschöpfliche Nahrungsquelle.« Er hob seine langen Finger. »Aber ich euch schon gesagt, die meisten Meerestiere, die Nahrung sind, zwei bis drei Prozent weniger werden im Jahr. Bevölkerung wächst jedes Jahr mehr. Bald nicht nur gefragte Arten werden abnehmen, sondern alle Arten, die Nahrungsmittel sind. Wenn das so ist, dann bleibt Gleichgewicht der Natur in den Meeren, so wie wir es kennen, nicht das gleiche. Damit das nicht passiert, muß große Aquakultur Zukunft der Welt sein. Züchten Fische zum Essen in kontrollierter Umgebung und lassen Fische im Meer für Leute, die aus Spaß fangen – wenn sie nicht zu viele fangen.«

Ho hielt mit einem breiten Lächeln inne. »So, das ist es. Wie gefällt euch Rede?«

Die Jungen blieben stumm. Die meisten trugen dunkle Windjacken, auf denen hinten in weißen Blockbuchstaben die Aufschrift BILOXI BOXING CLUB zu lesen war. Ihr Alter reichte von zehn oder elf Jahren bis ins frühe Teenageralter.

»Irgendwelche Fragen?«

Die Stimme gehörte Mr. Herald, einem großgewachsenen Mann, der neben der Gruppe der Jungen stand. Obwohl seine grauen Haare zerzaust waren und der kurzärmlige Pulli und die ausgeblichene Khakihose allenfalls als Freizeitkleidung gelten konnten, war er mit seiner aufrechten Haltung und den strammen Armen, die sein Alter Lügen zu strafen schienen, eine beeindruckende Gestalt.

Zwei der kleineren weißen Jungen drängten sich durch die Gruppe der überwiegend schwarzen Jugendlichen nach vorn, um einen besseren Blick in den Tank zu ergattern, in dessen hellgrünem Wasser Sauerstoffblasen aufstiegen und Schwärme von etwa zwei, drei Zentimeter langen Fischjungen schwammen.

»Wie ist es mit dir, San-hi?« wandte sich Mr. Herald an einen der ältesten Jungen der Gruppe, einen dünnen Vietnamesen mit schulterlangen schwarzen Haaren.

»Er hat alles gut erklärt«, erwiderte der Junge.

»Armon?« fragte Mr. Herald.

»Hab alles hier im Kopf gespeichert«, antwortete ein stämmiger Schwarzer, der etwa so alt war wie San-hi.

»Und ihr anderen?« drängte Mr. Herald.

Am Ende der Gruppe sah sich ein Junge nach dem halben Dutzend Tanks um, die hinter ihm standen. Sie waren knapp zwei Meter hoch und hatten einen doppelt so großen Umfang wie der Zuchttank. Förderbänder hoben ratternd eine im Licht schimmernde Schicht aus dem Wasser der Tanks und transportierten sie zu einem an der gegenüberliegenden Wand stehenden Behälter von der Größe eines Müllcontainers.

»Was ist das für Zeug?« fragte der Junge.

»Algen und Fischausscheidungen«, erklärte Ho. »Wir recyceln zu Dünger – nichts weggeworfen wird. Wenn wir neue Anlagen gebaut, wir schicken Ausscheidungen und altes Wasser in Teiche, wo Pflanzen wachsen. Pflanzen machen Nahrung und filtern zur gleichen Zeit Ausscheidungen aus Wasser, so daß es sauber in Tanks zurückkommt. Nennt man Hydroponik – und spart Geld, weil man muß kein neues Wasser kaufen.« Ho lächelte wieder.

»Sonst noch jemand?« fragte Mr. Herald.

Als sich keiner der Jungen meldete, drehte er sich um und griff nach einem hohen Stapel flacher weißer Styroporbehälter, die auf einem metallenen Klappstuhl hinter ihm lagen. Die Kartons vor der Brust balancierend, nickte er über die Schulter in Richtung der offenen Doppeltür in der Rückseite des Gebäudes.

Die Jungen gingen zu ihm und stürzten sich auf seine Last. »Immer mit der Ruhe«, sagte er. »Gegessen wird draußen hinter dem Haus. Und daß mir kein Abfall in der Bucht landet.«

Als die Jungen einen Augenblick später mit ihren Styroporkartons zur Tür hasteten, wandte sich Mr. Herald an Ho. »Danke für den Vortrag, Doktor. Sie sagen zwar nicht viel, aber sie hören zu.« Dann folgte er seiner Mannschaft, während Ho zu Alan hinüberging.

»Ich eine gute Vorstellung gesagt, Alan?«

Alan lächelte über die Ausdrucksweise seines Freundes. »Gegeben, Ho, gegeben.«

»Wo ist Unterschied?«

Das Telefon neben der Tür zu den vorderen Büros klingelte. Einige Sekunden später summte es, und Alan ging hin, um abzunehmen. »Ja?«

»Es ist deine Tante«, meldete Mrs. Ho. »Leitung eins.«

Er drückte die Taste. »Du fühlst dich schuldig, weil du mich diese Woche nicht zum Abendessen eingeladen hast«, sagte er mit einem Lächeln.

Seine Tante antwortete nicht mit ihrem üblichen Redeschwall. »Alan, ich habe es gerade im Fernsehen gesehen – Julies Junge ist ertrunken.«

Kapitel 3

Alan schlang den Schlips um den Hals und band den Knoten, während er den Jeep mit den Ellbogen die schmale Asphaltstraße entlanglenkte, die an einer Ansiedlung aus alten und neuen Häusern vorbeiführte. Dahinter floß der Pascagoula. Julie und Barry wohnten in einem älteren einstöckigen Backsteinhaus am Ende der Straße in Nachbarschaft zu einem neuen Haus mit zwei Etagen und moderner, verputzter Fassade. Am Straßenrand standen zwei Streifenwagen der Polizei von Jackson County und ein gelber *Toyota* mit einem leeren Bootsanhänger. Alan parkte hinter dem Anhänger, nahm das Sportjackett vom Beifahrersitz und ging auf das Haus zu.

Eine alte Frau machte ihm die Tür auf.

»Ich bin Alan Freeman, ein Freund von Barry und Julie.«

»Sie sind unten am Fluß, Mr. Freeman. Man hat die Leichen immer noch nicht gefunden.«

Die Stelle, an der die Jungen ins Wasser gesprungen waren, befand sich an einem unbewohnten, bewaldeten Stück des Ufers. In der Flußmitte zog das Such- und Rettungsteam der örtlichen Polizei Enterhaken hinter einem fünfeinhalb Meter langen Aluminiumboot her. Aus Harrison County war die Seenoteinheit der Feuerwehr von Biloxi mit ihrem fünf Meter langen Mako, einem sogenannten Westentaschen-Fischerboot, herübergekommen, um sich an der Suche zu beteiligen.

Am Ufer stand engumschlungen ein junges Paar und starrte zu den Booten. Alan vermutete, daß es die Eltern des Jungen waren, mit dem Dustin zusammengewesen war. Ein Stück weiter verfolgten ein Dutzend Leute, die am Fluß wohnten, die Suche. Dann entdeckte er Julies lange blonde Haare. Sie und Barry standen dicht beieinander vor den Bäumen. Julie schüttelte den Kopf und weinte leise, während Barry sie mit aschfahlem Gesicht zu beruhigen versuchte. Neben ihnen sah Alan eine braungebrannte brünette Frau in kurzärmeligem Pulli und weiten Shorts; ihre nackten Beine waren fest und sehr weiblich. Irgendwie kam sie Alan bekannt vor. Als er näherkam, betrachtete sie ihn einen Augenblick und wandte sich dann wieder zu Julie und Barry um.

Dann fiel Barrys Blick auf ihn. Barry trug die blaue Hose und das graue Hemd der Autobahnpolizei von Mississippi, der er seit fünfzehn Jahren angehörte. Er war ein kräftiger, schlanker Mann mit zurückgekämmten blonden Haaren, der normalerweise allein durch seine Erscheinung Respekt einflößte, jetzt aber erstaunlich zerbrechlich wirkte. Als Alan vor ihm stehenblieb, schüttelte Julie mit tränenüberströmtem Gesicht langsam den Kopf.

»Wir haben Dustin verloren, Alan«, klagte sie und hob die verschränkten, zitternden Hände vor die Brust.

Alan, der großes Mitleid mit ihr verspürte, nahm sie sanft in die Arme, und sie legte die Wange an seine Brust. »Was sollen wir denn jetzt tun?« fragte sie.

»Es tut mir leid«, brachte er hervor, obwohl ihm klar war, wie hohl seine Worte klangen. Aber er wußte nicht, was er sonst hätte sagen sollen. Er spürte, wie sich ihre Hände auf seinem Hemd bewegten. Die Brünette musterte ihn. Dann war ein Murmeln unter den Schaulustigen zu hören, und sie schaute zum Fluß hinüber.

Das von dem Mako nachgeschleppte Seil hatte sich gespannt. Der Feuerwehrmann am Heck begann es einzuholen, und der zweite Mann im Boot beugte sich vor, um ihm zu helfen. Julie drückte sich in Barrys Arme. Vom Aluminiumboot aus verfolgten die Polizisten gespannt das Geschehen.

Sekunden später war das Mako bis zu der Stelle zurückgefahren, wo das Seil senkrecht in den Fluß abfiel. Der Feuerwehrmann zog es weiter aus dem Wasser.

Ein grünschwarzer Umriß ...

Schließlich tauchte ein mit Schlick bedeckter Weihnachtsbaum auf.

Julie begann laut zu schluchzen.

Am Abend hatte man immer noch nichts gefunden, obwohl zwei Taucher unter Wasser gewesen waren und zwei weitere Boote sich an der Suche beteiligten. Die Boote fuhren, Enterhaken hinter sich herziehend, dicht nebeneinander die Mitte des Flusses ab. Gelegentlich glitt der Strahl einer Taschenlampe über das hohe Marschgras am anderen Flußufer. Ein kleines Aluminiumboot tuckerte langsam flußaufwärts und wich auf die gegenüberliegende Seite der Fahrrinne aus, um den Suchtrupps Platz zu machen.

Eddie Fuller, der untersetzte Mann, der im Bug des kleinen Boots hockte, zupfte am Kragen seines Overalls und schüttelte den Kopf. »Da kommt jemand nicht mehr nach Hause«, sagte er.

Der dünnere Mann, der die Ruderpinne des Außenbordmotors hielt, erwiderte: »Da möchte man lieber weiter in der Mitte des Boots sitzen, was?«

Langsam fuhren sie an den anderen vorbei.

Als das kleine Boot das Suchgebiet verlassen hatte und wieder beschleunigte, wanderte Alans Blick zu den Polizisten und Feuerwehrmännern zurück. Er stand im Wohnzimmer von Julie und Barry und schaute, an einem Kaffee nippend, aus dem Fenster.

Er spürte, wie die brünette Frau neben ihn trat. Sie trug jetzt Rock und Bluse. »Barry ist Ihnen sehr dankbar, daß Sie geholfen haben, Julie hierher zurückzubringen«, sagte sie und schaute an einer Gruppe von Autobahnpolizisten, die sich in der Mitte des Zimmers unterhielten, vorbei in den zu den Schlafzimmern führenden Flur. »Sie fühlt sich jetzt besser. Aber sie will nicht, daß er sie allein läßt.«

Ihr Blick kehrte zu ihm zurück. »Tut mir leid. Ich bin Carolyn Haines.«

»Alan Freeman.«

Sie nickte. »Ich habe sie im WLOX über Aquakultur reden hören. Mein Vater trainiert die jüngeren Mitglieder der Boxmannschaft, die heute bei Ihnen waren.«

Jetzt wußte er, weshalb sie ihm bekannt vorgekommen war; sie hatte das Gesicht ihres Vaters: dieselben Wangenknochen, die Form des Kinns, das sich sanft nach oben hin verbreiterte, sogar die dunklen Augen.

»Julie hat mir gesagt, daß Sie früher miteinander gegangen sind«, sagte sie.

Er nickte. »Ich kenne sie seit der High-School.« Er hob seine Kaffeetasse zum Mund, hielt aber mitten in der Bewegung inne und deutete in Richtung Küche: »Es wurde gerade eine neue Kanne gebrüht. Wenn Sie wollen, kann ich Ihnen eine Tasse holen.«

Sie schüttelte den Kopf. »Nein, danke. Ich muß nach Hause und nach Paul sehen. Meinem Sohn«, fügte sie hinzu.

Alan hatte den Namen des Jungen schon von der alten Frau in der Küche gehört. Paul war dabei gewesen, als die Jungen baden gingen. Carolyn, die vier Häuser weiter wohnte, hatte Pauls Hund bellen gehört und war zum Ufer gelaufen. Sie hatte die Polizei angerufen und war dann zu Julie und Barry gegangen. Die alte Frau hatte beobachtet, wie sie vor der Haustür zögerte, die Hände an die Wangen gepreßt, und versuchte ihre Fassung wiederzuerlangen, bevor sie klingelte. Paul hatte sie zu seiner Großmutter geschickt, damit er nicht dabei war, wenn die Leichen aus dem Fluß geborgen wurden.

Jetzt schaute Carolyn wieder zu den Polizisten hinüber.

»Sie halten Sie zurück?« erkundigte sich Alan.

»Sie werden gleich gehen, glaube ich.« Sie blickte aus dem Fenster und fuhr, scheinbar zu sich selbst sprechend, fort: »Sich vorzustellen, daß sie da draußen unter Wasser liegen ... Ich wäre in schlimmerer Verfassung als Julie.«

Als sie wieder Alan ansah, zwang sie sich zu einem höflichen Lächeln. »Es freut mich, Sie kennengelernt zu haben. Vater war wirklich dankbar, daß die Jungen zu Ihnen kommen durften.« Dann drehte sie sich, ohne eine Erwiderung abzuwarten, zu den Polizisten um. Sie war fast bei ihnen, als Barry aus dem Flur kam und nach ihr rief. Sofort änderte sie die Richtung und ging quer über den Teppich zu ihm.

Alan sah ihnen nach, bis sie im Flur verschwunden waren. Dann wandte er sich wieder zum Fenster.

Eine dicke Wolke hatte sich vor den Mond geschoben, so daß der Fluß in dunklem Schatten lag. Die Boote waren nicht zu sehen, aber ab und zu spiegelte sich der Schein einer Taschenlampe auf dem Wasser, und von rechts drang gelegentlich ein Lichtstrahl durch die Bäume. Auf der anderen Seite verschwand der Fluß in totaler Finsternis.

Drei Kilometer flußaufwärts, 22 Uhr

Der Außenbordmotor verstummte, und das kleine Aluminiumboot glitt durch die Dunkelheit auf die breite Lücke im

Biberdamm zu. Eddie Fuller schüttelte verärgert den Kopf. »Irgend so ein Idiot hat ihn gesprengt«, sagte er. Es machte ihn wütend. Die Fische, die im Tümpel hinter dem Damm gefangen gewesen waren, hatten zuerst alle Wasserflöhe und verwesenden Dinge gefressen und waren dann übereinander hergefallen, bis nur noch einige der größten Fische übriggeblieben waren, die er jemals gefangen hatte. »Und da macht irgend so ein Idiot so was«, wiederholte er sich. »Wen außer den Fischen hat der Damm so weit flußaufwärts überhaupt gestört?«

Bei Eddies Worten strich sich Luke über die grauen Bartstoppeln auf seinem Kinn und schob seine Mütze zurück. »Stimmt genau. So sieht mein Glück eben aus. Ohne Unglück hätte ich gar keins.«

Eddie beugte sich vor, um einen Halt am Damm zu finden, und zog das Boot näher an die Lücke heran. Einen Augenblick später hatte er das Bugtau um einen vorstehenden Zweig geschlungen, und sie stiegen auf den von Schlamm zusammengehaltenen Bau aus Ästen und kleinen Baumstämmen. Luke nahm Angelrute und Rolle unter den Arm, zog aus einer Tasche seines Overalls einen halb aufgegessenen Schokoriegel und begann ihn auszupacken, während er einen Schritt vorwärts machte. Dabei rutschte er aus und fiel auf die Knie, so daß er beinah seinen Elritzeneimer fallen gelassen hätte.

Eddie verzog die Mundwinkel zu einem Grinsen. »Du wirst ungeschickt auf deine alten Tage«, meinte er. Dann breitete er, eine Rohrangel in der einen Hand und einen Elritzeneimer in der anderen, die Arme aus und ging den Damm entlang, als balancierte er auf einem Drahtseil.

»Hast du einen fahrenlassen?« fragte Luke.

»In letzter Zeit nicht.«

»Wonach riecht es dann?«

»Nach etwas Totem, würde ich sagen.« Die Arme immer noch gespreizt, als müßte er ums Gleichgewicht kämpfen, und mit wackligen Hüften tippelte Eddie auf Zehenspitzen weiter auf die dicken Baumstämme zu, die in der Dunkelheit am Ende des Damms standen.

Luke sah zur Dammlücke zurück. »Ich denke, ich mache es mir gleich hier bequem und versuche einen großen Kerl zu fangen, wenn er vom Fluß her durchkommt.«

»Die fressen schon an der Mündung des Bachs«, sagte Eddie über die Schulter. »Da sind die Chancen größer.«

»Dann fange ich eben einen, wenn du sie zu mir getrieben hast.«

»Wollen wir wetten, wer heute nacht die meisten fängt, du großer Meister?«

»Einen Dollar.«

»Nur nicht so großzügig, Luke.«

Luke zögerte. Dann erhöhte er: »Zwei Dollar.«

»Die Wette gilt«, sagte Eddie, während er auf den weichen Erdboden am Ende des Damms trat. Mit gestreckten Armen balancierte er in sanftem Bogen am Rand des Tümpels entlang zu der fünfzig, sechzig Meter entfernten Bachmündung.

Als eine warme Brise durch den Wald strich und eine Wolke des scheußlichen Geruchs heranwehte, ließ er die Arme sinken und starrte angestrengt in das Dunkel zwischen den Bäumen, während er weiter auf den Bach zuging. Hinter ihm blieben tiefe Fußspuren im weichen Erdboden zurück.

Carolyns Mutter, eine kleine Frau mit graumelierten braunen Haaren, öffnete ihrem Mann leise die Tür. Im Zimmer schlief Paul auf dem Rücken. Sein Atem ging ruhig und langsam. Auf der Bettdecke lag das flachgepreßte Kaugummipäckchen, das ihm aus der Hand gefallen war.

Mr. Herald nahm es und legte es auf den Nachttisch, bevor er mit leisen Schritten zur Tür zurückging, die seine Frau vorsichtig hinter ihm schloß.

Im Wohnzimmer sah Mrs. Herald ihren Mann fragend an.

»Das ist eine normale Reaktion«, erklärte er, »etwas nicht loslassen zu wollen, das ihm Dustin gegeben hat, kurz bevor er in den Fluß sprang.«

Das Telefon klingelte auf dem Beistelltisch.

»Fred Herald«, meldete er sich. Dann: »Hallo, Liebes.« *Es ist Carolyn*, gab er seiner Frau mit stummen Mundbewegungen zu verstehen. »Er schläft«, sagte er ins Telefon und hörte einen Augenblick zu. »Es hat ewig gedauert, bis ich meine Bande nach Hause bekam. Zum Glück hat Dr. Hsiao die Hälfte von ihnen unter seine Obhut genommen, sonst hätte ich es nicht ausgehalten. Die ganze Zeit über habe ich gedacht, daß Paul einen Mann braucht, mit dem er reden kann.«

Mrs. Herald schüttelte mißbilligend den Kopf. »Sie will hören, daß es ihm gutgeht«, sagte sie.

Ihr Mann nickte. »Er wird darüber hinwegkommen«, versicherte er Carolyn.

Alan nippte an seinem Kaffee und sah wieder durchs Fenster. Dann schaute er zu Carolyn hinüber, die neben dem Bücherschrank auf der anderen Seite des Zimmers telefonierte.

»Was, Vater«, fragte sie, und ihre Stimme verlor ein wenig den weichen Ton, mit dem sie vorher gesprochen hatte, »was hat er gesagt?«

Sie hörte einen Moment zu. »Ich weiß, Vater, aber was hat Paul gesagt?«

Als sie diesmal zuhörte, fiel ihr Blick auf Alan, und sie sah ihm für einen Moment in die Augen, bevor sie sich wieder dem Telefon zuwandte. »Morgen früh werden Mutter und ich mit ihm irgend etwas unternehmen, was er mag, damit er für einige Zeit auf andere Gedanken kommt.« Sie lächelte leicht. »Skooter – darin ist er große Klasse.«

Kurz darauf beendete sie die Unterhaltung: »Tschüs. Ich liebe dich.«

Als sie den Hörer auflegte, biß sie sich auf die Lippe. Sie verfolgte die Ankunft des Arztes, den Barry gerufen hatte. Nach einem kurzen Gespräch mit einem der Autobahnpolizisten verschwanden die beiden in Richtung der Schlafzimmer. Carolyn starrte ihnen nach. Dann kaute sie wieder an der Lippe und blickte zur Haustür. Alan ging zu ihr.

»Wenn Sie gehen müssen«, sagte er, »sollten Sie es tun.«

»Julie möchte, daß wir alle eine Weile hier bleiben«, entgegnete sie. »Sie will nicht, daß sich irgend etwas ändert. Aber das ist schon geschehen.«

Sie sah ihm jetzt direkt in die Augen. Er glaubte, daß sie ihn etwas fragen wollte, aber sie tat es nicht. »Paul schläft schon«, erklärte sie statt dessen. »Ich werde morgen früh nach ihm sehen.«

Dann schienen die Worte, ohne daß sie es wollte, aus ihr hervorzubrechen. »Ich fühle mich schuldig, weil ich mir Sorgen um meinen eigenen Sohn mache, Dr. Freeman«, sagte sie. »Ich sollte Gott danken, daß es ihm gut geht. Aber ich frage mich ständig, wie diese Sache sich auf die Verfassung eines Sechsjährigen auswirken mag. Die beiden waren für ihn wie Brüder. Dustin war fast jeden Tag bei uns, und jetzt wird er nie mehr ...« Sie holte tief Luft. »Tut mir leid. Eine besorgte Mutter ...«

»Das ist normal«, sagte Alan.

Sie sah ihn erstaunt an. »Das hat mein Vater auch gesagt.« Ihr Blick blieb noch einen Augenblick an ihm hängen, dann erklärte sie: »Dustin hat Paul ein Kaugummipäckchen gegeben, bevor er ins Wasser sprang. Mein Vater hat beobachtet, daß Paul es aus seinen Jeans nahm, bevor er sich ins Bett legte – er hat es zum Schlafen in der Hand gehalten.«

Sie hielt inne und wartete auf eine Reaktion auf ihre Sorgen, so als hätte sie niemanden sonst, mit dem sie reden könnte. Alan betrachtete ihren Ehering und fragte sich, wo ihr Mann sein mochte.

Sie sah ihn immer noch an.

»Er wird darüber hinwegkommen«, sagte er.

Eddie Fuller starrte auf seinen Schwimmer, der auf dem Wasser trieb. Die Dunkelheit nahm zu, weil sich eine Wolke vor den Mond geschoben hatte. Er sah sich nach dem Biberdamm auf der anderen Seite des Tümpels um. In der Nähe des Damms stieg ein Dampfkringel aus dem Wasser auf. Das Licht wurde noch trüber. Er hatte sich die Spätfilme im Fernsehen angesehen, obwohl Bertha ihn vor deren negativen Auswirkungen gewarnt hatte. Jetzt erinnerte er sich an die durch die Wälder schleichende Figur aus *Freitag, der 13*. Er konnte seine Angst nicht unterdrücken, und da ihn niemand beobachtete, schaute er über die Schulter in den finsteren Wald hinter sich. Dann blickte er wieder auf den Damm und feuchtete mit der Zunge die Oberlippe an.

»He, Luke, schon einen großen Kerl gefangen?«

Er wartete einen Moment, dann hob er die Stimme etwas: »He, Luke, Kumpel, schon was gefangen?«

Sekunden vergingen, ohne daß er eine Antwort erhielt.

»Luke, bist du taub, oder was?«

Immer noch keine Reaktion.

»Luke, verdammt. Hör mit dem Unsinn auf.«

Er strich sich über die Wange. Einen Augenblick darauf rammte er seine Angelrute in den weichen Erdboden und ging um den Tümpel herum.

Als er sich dem Damm näherte, stach ihm wieder dieser Gestank in die Nase. Beim Angeln hatte er, von hier aus gesehen, im Gegenwind gesessen. Er blickte in den Wald und dann wieder auf den Damm. Luke mußte unten sitzen. Der Mondschein war hell genug, um ihn zu sehen, wenn er stand.

»He, Luke, alter Kumpel?«

Eddie kletterte auf den Damm. Auf seinem Gesicht zeichnete sich Verwirrung ab, dann runzelte er die Stirn. »He, Luke, ich bin nicht in der Stimmung für Spielchen.«

Er ging ein Stück auf dem Damm entlang. Die Öffnung in dem dichten Gewirr von Baumstämmen und Ästen war jetzt deutlich zu erkennen. Luke konnte nur noch in der Lücke am Wasser sitzen. Oder ein Schlammbad nehmen, fügte Eddie in Gedanken hinzu.

Er warf einen Blick auf den Wald auf der anderen Seite des Tümpels. Aber Luke hätte durchs Wasser gehen müssen, um dorthin zu gelangen. Wenn er auf diesem Weg zurückgekommen wäre, hätte ich ihn schon treffen müssen.

»Luke, verdammt noch mal, du weißt, wie leicht ich in Angst zu versetzen bin.« Er hatte die Lücke fast erreicht und bereitete sich innerlich darauf vor, daß Luke kreischend vor ihm hochspringen würde.

Am Rand der Öffnung lag etwas.

Lukes Angelrute und Rolle.

Er ging hin – und entdeckte Lukes Mütze, die auf dem Stauwasser in der Dammlücke trieb. Er bekam ein flaues Gefühl im Bauch. In letzter Zeit hatte Luke Beschwerden in der Brust gehabt.

Mit tief gefurchter Stirn stieg Eddie an vorstehenden Zweigen vorbei in die Lücke hinab und streckte die Hand nach Lukes Mütze aus.

Er wußte nicht, warum, und er sollte nicht mehr die Zeit

haben, darüber nachzudenken, aber plötzlich spürte er einen kalten Schauer sein Rückgrat hinunterlaufen und dumpf in den Tiefen seines Magens aufprallen.

Das riesige Maul weit aufgerissen und den Blick in den roten, tödlichen Rachen freigebend, stieß der breite Kopf des Geschöpfs in einer Gischtfontäne durch die Wasseroberfläche, schnappte nach dem Körper des Mannes und hob ihn vom Rand der Lücke, wie ein Alligator ein Kaninchen von einem Stück Treibholz gerissen hätte.

Eddies Arm ragte aus dem großen, halb geschlossenen Maul. Seine Hand öffnete und schloß sich wieder, während der gewaltige Fisch tauchte. Das Wasser schäumte auf. Blasen stiegen an die Oberfläche. Dann war alles wieder ruhig.

Durch die Bewegungen des aufgewühlten Wassers hatte sich das kleine Aluminiumboot vom Damm gelöst und trieb jetzt, das Halteseil hinter sich herziehend, in die Flußmitte.

Alan fuhr auf der Interstate 10 langsam nach Biloxi zurück. Auf der nach Osten führenden Gegenfahrbahn herrschte starker Verkehr – Urlauber auf dem Weg nach Florida.

Dorthin waren auch seine Eltern immer gefahren. Er erinnerte sich daran, wie ihn seine Tante mit der Nachricht geweckt hatte, sie seien bei einem Autounfall ums Leben gekommen. Damals war er neun Jahre alt gewesen.

Er erlebte von neuem den furchtbaren Kummer und die tiefe Einsamkeit, die er gespürt hatte, während die Männer ihm den Kopf tätschelten, manche von den Frauen ihn umarmten und jeder sagte, wie leid es ihm tue. Aber er erinnerte sich auch daran, daß es niemandem eingefallen war, sich bei dem Neunjährigen zu erkundigen, ob er irgendwelche Fragen habe. Trotz seines Kummers hatte er auch darüber nachgedacht, wer außer seinen Eltern ihn genug liebte, um sich nach ihrem Tod um ihn zu kümmern. Dabei waren ihm simple

Fragen durch den Kopf gegangen: Wer würde ihn morgens zur Schule bringen? Durfte er überhaupt weiter zur Schule gehen? Einem Erwachsenen wären solche Gedanken nicht gekommen, aber ihm waren diese Fragen sehr wichtig gewesen. Doch er hatte sie niemandem stellen können – wie konnte er so eigensüchtig sein, hatte er sich damals gesagt, und an sich selbst denken, während doch seine Eltern Schlimmes durchgemacht hatten.

Carolyn hatte gesagt, sie sorge sich darum, was im Kopf ihres Sohnes vorging. Warum fragte sie ihn nicht einfach?

Und er überlegte sich, warum er ihr das nicht geraten hatte.

Mit seinem Halteseil im Schlepptau trieb das kleine Aluminiumboot flußaufwärts. Dahinter war eine langgezogene Welle zu sehen.

Dann tauchte der massige Kopf des Geschöpfs auf. Das Wasser strömte um seine schwarzen Augen, während der Kopf weiter in die Luft stieg, bis fast ein Meter des riesigen Fischkörpers über der Wasseroberfläche schwebte. Mit einer plötzlichen Drehung schob der Fisch Kopf und Körper über das Boot und ließ sich mit seinem ganzen Gewicht darauf fallen, so daß es unter gewaltigem Spritzen unter Wasser gedrückt wurde.

Wellen von einem halben Meter Höhe klatschten ans Ufer und wurden in die Flußmitte zurückgeworfen.

Nach und nach beruhigte sich das Wasser. Bald war außer der breiten, sich in der Dunkelheit verlierenden Fläche des Flusses nichts mehr zu sehen.

Dann schoß das Boot plötzlich zur Hälfte aus dem Wasser, schlug auf der Oberfläche auf und trieb halb gesunken und mit Schlagseite den Fluß hinunter.

Kapitel 4

Biloxi,
am nächsten Morgen

Als Alan das Gebäude betrat, hob Mrs. Hsiao den Blick vom Computermonitor.

»Hat man die Jungen gefunden?« fragte sie.

Er schüttelte den Kopf.

Mr. Hsiao war heute mit einem karierten Hemd bekleidet. Seine Haare fielen locker auf die Schultern. Er hatte das Telefon seiner Frau am Ohr. »Gouverneur Childress«, flüsterte er und deutete auf das Telefon an dem leeren Empfangstisch auf der anderen Seite der Halle.

Alan hob den Hörer ab, ohne um den Tisch herumzugehen.

»Gouverneur«, sagte Ho, »Alan ist jetzt in Leitung.«

»Wie geht es Ihnen, Dr. Freeman?«

»Gut, danke, Gouverneur. Wie ist das Wetter da unten?«

»Heißer als die Hölle. Aber wie ich Dr. Hsiao schon gesagt habe, es wird noch heißer werden, wenn ich keine Bundeshilfe bekomme, um diese verdammten Schleppnetze zu orten. Die Dinger sind mörderisch. Besonders zwischen Miami und den Keys. Da schaffen wir uns die ausländischen Fangschiffe vom Hals, und dann erfahren wir, wie viele Netze sie verloren haben, die, weiß Gott wo, da unten liegen und mit gefräßigen Öffnungen jeden Tag Tausende von Fischen anlokken. Das sind verdammte Tötungsmaschinen. Und ich muß mir die Beschwerden der Sportangler anhören. Alle klagen sie über den Rückgang der Fischbestände.«

Childress hielt inne, und Alan hörte, wie er tief durchatmete. Dann fuhr er in ruhigerer Tonlage fort: »Aber ich will Sie nicht mit meinen Problemen belasten, Doktor. Ich bin sicher, Sie haben genug eigene. Es ist nur so, daß ich in einer Stunde ein Treffen mit einer Umweltschutzgruppe habe, und da wollte ich mich vergewissern, ob unsere Abmachung noch gilt. Ich würde gern ein paar gute Neuigkeiten verkünden.«

»Sie bekommen eine Million Jungfische pro Monat, die Sie in Ihren Gewässern aussetzen können. Die erste Lieferung erfolgt in dreißig Tagen.«

»Garantiert?«

»Garantiert.«

»Das hoffe ich. In einer Stunde werde ich mir anhören müssen, daß der Staat Verträge mit anderen Firmen hatte, die nicht in der Lage waren, ihre Versprechen einzulösen.«

»Die anderen hatten auch keinen Ho«, warf Alan ein.

Ho quittierte es mit einem breiten Lächeln.

»Okay«, sagte der Gouverneur. »Gut, gut. Aber lassen Sie mich nicht im Stich.«

Als Alan den Hörer auflegte, lächelte Ho wieder. »Es ist gut, mehr Nachfrage zu haben als Ware.« An die Stelle des Lächelns trat eine ernste Miene. »Ich immer noch keine zusätzlichen Weibchen vom roten Schnapper gefunden. Sind in keiner Zuchtfirma vorhanden. Wie wir produzieren so viele Babys, wie brauchen, mit nur einer Mutter? Vielleicht sie wird müde.« Sein Mund verzog sich beim Nachdenken. »Vielleicht Chang in Los Angeles – er importiert Lebendfisch.« Er griff nach dem Telefon auf dem Tisch seiner Frau.

Sie sah zu ihm hoch. »Ho«, fragte sie, »wie soll ich die Anrufe annehmen, wenn du dauernd telefonierst?«

Ho runzelte die Stirn, ging aber in sein Büro.

Roland Carroll, ein vierzigjähriger Kopilot von Southern Air Shuttle, einer kleinen, auf den Keys beheimateten Fluggesellschaft, blickte aus dem Cockpit auf das Steuerbordtriebwerk des zwanzigsitzigen Flugzeugs.

»Das klingt nicht gut«, sagte er. »Ich sage Jack ständig, daß er die Maschinen besser warten soll, sonst wird er eines Tages einen Haufen tote Passagiere haben, von mir ganz zu schweigen.«

Er schaute auf die blaugrüne Wasserfläche unter dem Flugzeug. »Guck mal«, sagte er.

Der Pilot sah hinunter.

In zehn Metern Wassertiefe konnte man undeutlich die Umrisse eines langen, schlanken Speedbootes erkennen, das mit dem Kiel nach oben auf dem Meeresboden lag. Ein Rettungsfloß oder Menschen mit Schwimmwesten waren nirgends zu sehen.

Roland griff nach dem Mikrofon. Aber der Pilot schüttelte den Kopf. »Wahrscheinlich liegt es schon seit Jahren da.«

»Ich habe es vorher noch nie gesehen«, erwiderte Roland.

»Möglicherweise hast du noch nie genau auf diese Stelle geguckt, Roland. Hast du daran schon gedacht?«

Roland hob trotzdem das Mikrofon an den Mund und meldete den Fund.

Alan beugte sich über seinen Schreibtisch und blätterte den Hefter durch, den ihm Ho gegeben hatte. Er enthielt die neuesten Angaben über die Überlebensrate der Jungfische. Als Wirtschaftsunternehmen angefangen hatten, unter kontrollierten Bedingungen in Salzwasser lebende Arten zu züchten, hatten sie eine böse Überraschung erlebt. Denn die Meere galten als der gefährlichste Lebensraum der Erde. Selbst sehr hohe Sterblichkeitsraten an Orten wie den afrikanischen Tierreservaten, wo nur dreißig Prozent der Tiere überleben, verblaßten angesichts der Sterbezahlen in den Meeren. Es war nichts Ungewöhnliches, wenn nur zwei oder drei Prozent der Jungfische dreißig Tage alt wurden.

Zusammen mit dem Einfluß von Fischfang und Umweltverschmutzung, der Erwärmung oder Abkühlung bestimmter Meeresteile und der Entwicklung tödlicher Algen war die geringe Überlebensrate ein Grund dafür, daß einzelne Fischarten aus großen, sich über Tausende Quadratkilometer erstreckenden Gebieten zeitweise völlig verschwanden. Deshalb hatten die meisten Fischrestaurants einen »Fisch des Tages« auf der Speisekarte. Es ging ihnen nicht darum, ihren Gästen eine Abwechslung zu bieten; vielmehr hatten sie keine andere Wahl. Welchen Fisch sie am Abend servieren würden, wußten sie oft erst bei der morgendlichen Lieferung.

Daher hatten mehrere Firmen die Möglichkeit gesehen, durch verläßlichen Nachschub an Meerestieren Gewinne zu erzielen. Überraschenderweise konnten sie die Überlebensrate der gezüchteten Jungfische gegenüber der natürlichen Umgebung nur um bescheidene fünf bis sechs Prozent verbessern.

Das hatte sowohl mit der Technik der Fischzucht als auch mit den Fischen selbst zu tun. Viele Salzwasserarten erwiesen sich in der beengten Umgebung der Zuchttanks als kannibalisch, was zu sechzig bis siebzig Prozent Sterblichkeit führte. Für die restlichen Todesfälle waren Meeresalgen verantwortlich. Sie stellten nicht nur die lebensnotwendige erste Nahrung der Jungfische dar, sondern zwischen den Algensträngen lebten auch Rädertierchen und Ruderfußkrebse, winzige

Tiere, die den Fischen auf der zweiten und dritten Entwicklungsstufe als Futter dienten.

Das Problem hatte darin bestanden, daß die Jungfische unmittelbar nach dem Schlüpfen sogar noch kleiner als die Krustentiere waren und von diesen gefressen wurden, bevor sie den Spieß umdrehen konnten. Deshalb und wegen ihres eigenen kannibalischen Verhaltens blieben nur noch weniger als zehn Prozent der Jungfische übrig.

Im Lauf der Jahre hatte man einige Verbesserungen erzielt. Wenn man die gröbsten Algen unter den neunzigtausend in den Meeren lebenden Arten benutzte, konnten die Jungfische, wie die Zuchtfirmen entdeckt hatten, zwischen den inneren Strängen in Sicherheit leben. Denn die nur wenig größeren Rädertierchen und Ruderfüßer waren nicht in der Lage, bei der Verfolgung der winzigen Jungfische tiefer in das Algengeflecht einzudringen. So konnten die Fische ungestört heranwachsen, bis sie groß genug waren, um ihre einstigen Verfolger anzugreifen.

In dieser Hinsicht hatte Ho ihrer Firma einen Vorteil verschafft, denn die von ihm gezüchteten Algen waren noch gröber als die, die von –

»Alan«, sagte Ho.

Alan blickte auf.

»Bei Chang auch keine roten Schnapper. Er sagt, vielleicht nächste Woche. Also was wir tun? Warten?«

Alan schloß den Hefter. »Wir beschaffen sie uns selbst.«

»Wie beschaffen wollen, wenn nicht vorhanden?« wollte Ho wissen.

»Wir fangen sie, Ho. Wie jeder andere auch – indem wir fischen gehen.«

»Wir sie brauchen unversehrt.«

»Dann benutzen wir anstelle einer Angel ein Netz und nehmen irgendeinen Fischtank, um sie zu befördern.«

Ho zog ein fragendes Gesicht. »Warum wir nicht vorher getan das?«

»Aus Bequemlichkeit, Ho. Jeder bestellt sie sich in den Labors.«

»So wir können Bürokratie sparen, Alan. Wir müssen uns das merken für Zukunft.« Jetzt lag ein erfreuter Ausdruck auf seinem Gesicht. »Und ich kenne das perfekte Boot für Fischtank. Mr. Herald sagt, er tun uns Gefallen, wenn möglich, weil ich den Jungen alles gezeigt. Er in Rente und aushelfen auf Boot im Jachthafen Broadwater.«

Paul rammte mit seinem Autoskooter einen um Jahre älteren Jungen, der ihm über die Schulter einen finsteren Blick zuwarf und dann sein Lenkrad herumriß. Einen Moment später prallte sein Skooter hart gegen Pauls Fahrzeug und verfolgte es, wohin er es auch wandte, mit immer neuen Rammstößen. Carolyn runzelte die Stirn.

»Ich bin fast soweit, einen Gefängnisaufenthalt auf mich zu nehmen«, sagte sie zu ihrer Mutter. »Wegen Mißhandlung eines Teenagers.«

Martha lächelte leicht und warf einen Blick auf Paul, bevor sie wieder ihre Tochter ansah. »Dein Großvater starb, als du sechs warst, Carolyn. An jenem Abend hast du dich in den Schlaf geweint, und später noch öfter. Aber schließlich ließ es nach. Das wird auch bei Paul so sein.«

Carolyn wußte das. Es war logisch. Und wer dachte logischer als sie? Laut ihrem Vater hatte sie sich am College für Mathematik als Hauptfach entschieden, weil es das einzige Gebiet war, auf dem zwei und zwei, ganz gleich, was passierte, immer vier ergab. Sie war durch und durch logisch. Außer wenn es um Paul ging. Nicht, daß sie es am Anfang nicht gewesen war – ganz am Anfang.

Er war mit einem etwas kürzeren und dünneren Bein geboren worden. An seinen Schuhen mußte nur die eine Sohle ein wenig verstärkt werden; ohne nachzumessen, konnte keiner den Unterschied sehen. Aber sie wußte es. Die Ärzte hatten ihr versichert, daß zwischen der leichten Behinderung und der Tatsache, daß sie trotz ihrer Schwangerschaft so lange weitergearbeitet hatte, keinerlei Verbindung bestünde. Trotzdem hatte sie diese Aussage nie ganz akzeptiert.

Und jetzt, statt bei der Erziehung ihres Kindes Vernunft einzusetzen, mußte sie drauf achten, nicht zu gluckenhaft zu sein – und ihn auf diese Weise zu verletzen.

Seit dem Tod von Skip und Dustin am Tag zuvor war ihr dieser Fehler schon zweimal unterlaufen. Sie wußte, daß sie alles tun mußte, um Paul von der Tragödie abzulenken, und sie war sich klar, daß es ihm am meisten Spaß machte, mit dem Boot vor Anker zu gehen und im klaren Wasser der Küsteninseln zu schwimmen und zu spielen. Sie hatten es hundertmal getan. Doch jetzt trieb ihr der Gedanke daran den Angstschweiß auf die Stirn. Das war gewiß nicht logisch. Sie wäre jede Sekunde bei ihm im Wasser. Trotzdem beunruhigte sie die Vorstellung.

»Und muß man sich über ihn Sorgen machen?« sagte ihre Mutter. »Er wird darüber hinwegkommen.«

Paul und der ältere Junge waren aus ihren Skootern gestiegen und redeten jetzt freundschaftlich miteinander, während sie zum Minigolfplatz vor der Anlage hinübergingen.

Carolyn beobachtete die beiden einen Moment, dann blickte sie auf die andere Seite des vierspurigen Highway 90, der an dem kleinen Freizeitkomplex vorbeiführte. Dort erstreckte sich der weiße Sandstrand des Mississippi-Sund, dessen weite, trübe Wasserfläche bis zu den Küsteninseln reichte, von denen in der Ferne nur die Wipfel der hohen, über ihr flaches Profil hinausragenden Bäume zu sehen waren.

Dahinter lagen bis zu den Chandeleur-Inseln die stillen

Ankerplätze mit der sanften Brise und dem kristallklaren Wasser.

Sie faßte einen Entschluß.

»Für morgen hat noch niemand mein Boot gechartert. Ich werde es freihalten und mit Paul zu den Inseln hinausfahren.«

Ihre Mutter nickte. »Das wird ihm gefallen.«

Carolyn pflichtete ihr bei. »Mir auch. Ich muß auf andere Gedanken kommen.« Sie wollte gerade erzählen, wie sie in der Nacht erschrocken hochgefahren war, weil sie geträumt hatte, Paul sei mit Dustin und Skip ins Wasser gegangen, und alle drei seien ...

Paul, der mit in die Taschen gehakten Daumen und gesenktem Kopf auf sie zukam, riß sie aus ihren Gedanken.

»Ich bin müde«, sagte er.

Das sagte er immer, wenn er keine Lust auf etwas hatte.

»Hast du keinen Spaß?«

»Ich bin müde«, wiederholte er.

Kapitel 5

In der Nähe der Durchfahrt in den Golf von Mexiko,
11.30 Uhr

Ein Küstenwachboot, dessen Bug mit einem diagonalen orangenen Streifen markiert war, ankerte im grellen Sonnenschein in den Gewässern vor den Everglades. Das von der Küstenwache einfach nach seiner Länge in Fuß »Forty-One« genannte Boot war hinausgeschickt worden, um die Meldung über das versunkene Speedboot zu überprüfen, das in zehn Metern Tiefe verkehrt herum auf dem Meeresboden liegen sollte.

Zwei Taucher waren unten. Einer von ihnen, Unteroffizier Matt Rhiner, senkte seinen Kopf und spähte im Licht seiner wasserdichten Lampe unter das Speedboot. Leichen konnte er nicht entdecken. Damit hatte er auch nicht gerechnet. Aber genausowenig hatte er die langen, schmalen Schlitze im Rumpf des Schiffskörpers erwartet, als er das erste Mal zu dem Wrack getaucht war. Der Schaden mußte entstanden sein, als das Boot die scharfen, vorstehenden Teile eines Riffs gerammt hatte. Nur daß es weit und breit keinen bis dicht unter die Wasseroberfläche reichenden Felsen gab. Außerdem sahen die Beschädigungen nicht so aus, als wären sie auf diese Weise entstanden. Die Schlitze hatten ihren Ursprung in großen, runden Löchern und wurden entlang des Bootskörpers immer schmäler. Sie wirkten wie die Spuren, die ein Baukran hinterlassen hätte, wenn er eine große Stahlschaufel herabgelassen und in den Bootsrumpf geschlagen hätte, um sie anschließend durch das Fiberglas zu ziehen.

Der ungewöhnlichste Umstand war jedoch der Fundort des Wracks, denn es lag über hundert Kilometer von der Stelle entfernt, an der das Boot vor gut einem Vierteljahr verschwunden war. Damals war es auf der Westseite der Keys in Richtung Key West unterwegs gewesen.

Das war keine sehr belebte Fahrtroute, weshalb das Kommando der Küstenwache zuerst an Rauschgiftschmuggel gedacht hatte. Doch die Schmuggler brachten die Drogen nicht ans Ende der Keys, sondern nordwärts zum Festland. Ganz ausgeräumt wurde der Verdacht, als man erfuhr, daß die beiden Männer auf dem Boot zwei bekannte ältere Ärzte waren, die sich in einem zweiwöchigen Angelurlaub befanden, den sie alljährlich ohne ihre Frauen unternahmen.

So hatte der Fund des Wracks mehr Fragen aufgeworfen als gelöst. Rhiner blickte über die Schulter durch einen Schwarm kleiner bunter Fische zu dem zweiten Taucher hinüber, der dicht über dem Meeresboden langsam dahinschwebte und nach Hinweisen suchte, die mit dem Unglück zu tun haben mochten. Mit seinen Schwimmflossen stieß er vom Boot ab und schwamm über den Meeresgrund.

Die Sonne stand fast senkrecht über ihm; ihre Strahlen drangen ohne Schwierigkeiten durch das hellgrüne Wasser und wurden vom Sandboden reflektiert wie von einer glatten, polierten Fläche. Alles war deutlich zu sehen. Ein guter Zeitpunkt für eine Suche.

Aber wonach? Er sah sich nach dem Boot um. Hatte er etwas Offensichtliches übersehen? Er blickte auf den Sand unter sich, wo das sanfte Wiegen des Seegrases die Strömung anzeigte. Bewegungslos verharrend beobachtete er das Gras.

Bald spürte er, wie er langsam vorwärts geschoben wurde, während das Gras unter ihm zurückblieb. Als er sich den niedrigen Resten eines Riffs näherte, von dessen einstiger Farbenpracht nichts als ein toter grauer Felsen übriggeblieben war, bemerkte er, daß er von der Strömung um das ehemalige Riff seitlich abgetrieben wurde. Aber die generelle Strömung verlief – zumindest zu diesem Zeitpunkt – nach Süden, also entgegengesetzt zu der Richtung, in der das Speedboot getrieben sein mußte. Außerdem war dieses Gebiet vor den Everglades zwar wenig befahren, aber nicht völlig ohne jeden Schiffsverkehr. In der Zeit, die das Boot gebraucht hatte, um hierherzukommen, müßte jemand es gesichtet haben – oder nicht? Tatsache war jedoch, daß niemand es bemerkt hatte.

Dann setzte Rhiner seine Schwimmflossen wieder ein. Sollten die Ermittler und Ozeanographen sich damit befassen. Sie kannten die Riffe und wußten, wie weit die Strömungen reichten und von wo sie kamen. Jedenfalls konnte er seinen Kindern jetzt eine spannende Geschichte erzählen, dachte er – über ein Boot, das ohne seine Passagiere weit von dem Ort entfernt entdeckt wurde, an dem es eigentlich sein müßte; seine persönlich Version des *Fliegenden Holländers* gewissermaßen. Zwar eine kleinere Speedbootversion, dafür aber seine *eigene*. Später würde er mit etwas Phantasie die Geschichte zu einem furchteinflößenden Abenteuer augestalten, mit dem er seine Enkel unterhalten könnte. Er schmunzelte in sich hinein.

Eine schimmernde Spiegelung am Meeresboden zog seine Aufmerksamkeit auf sich.

Er wartete, bis das Sonnenlicht wieder von dem Gegenstand reflektiert wurde, dann drückte er den Kopf nach unten und schwamm nur mit Hilfe der Schwimmflossen, ohne die Arme zu benutzen, zu jener Stelle.

Jetzt sah er das Ding deutlicher. Seine Farbe war eine Mischung aus Grauweiß und Hellbeige. Trotzdem glänzte es. Als er sich noch näher heranschob, sah er, daß es dreieckig geformt und die stumpfe Basis in der Mitte eingekerbt war. Nach dem nächsten Schlag mit den Schwimmflossen streckte er die Hand nach dem Gegenstand aus.

Noch bevor er ihn berührte, wußte er, was es sein mußte – die Form, die spitz zulaufenden, gezackten Seiten: ein Haifischzahn. Als er ihn aufhob, konnte er kaum glauben, wie groß er war – acht bis zehn Zentimeter breit an der Wurzel und fünfzehn bis zwanzig Zentimeter hoch.

Während er die Füße auf den Meeresboden stellte und sich aufrichtete, untersuchte er den Zahn weiter. Er war unverkennbar alt; die ehemals elfenbeinfarbene Oberfläche war im Lauf der Zeit nachgedunkelt. Aber irgendwann einmal, wie lange es auch her sein mochte, war ein riesiger ...

Sein Blick wanderte zum Speedboot zurück, und obwohl ihm klar war, wie lächerlich der Gedanke war, stieß er sich vom Boden ab und schwamm zum Wrack zurück.

Als er es erreicht hatte, hob er seine Hand zur Oberseite des Rumpfs und drückte das spitze Ende des Zahns in das Loch eines der Schlitze. Das Loch war so breit, daß der Zahn auf den Sand unter dem Boot gefallen wäre, wenn er ihn nicht festgehalten hätte. Sein Gedanke *war* lächerlich gewesen.

Der zweite Taucher gesellte sich zu ihm, und Rhiner hielt ihm auf der flachen Hand den Zahn hin. Hinter der Taucherbrille verengten sich die Augen des Mannes.

Ein Schatten schob sich über sie.

Sie blickten ruckartig nach oben. Über ihnen trieb die Forty-One um ihre Ankerleine.

Alan bremste den Jeep ab, als er sich der Ampel am westlichen Eingang des Beach Hotels und Jachthafens Broadwater näherte. Jahrzehntelang galt die Anlage als verschlafener, luxuriöser Zwischenstop für Jachten, die zwischen New Orleans und Mobile unterwegs waren. Mittlerweile war sie – mitsamt dem President Casino – von hektischerem Leben erfüllt.

In dem breiten und tiefen Rechteck des Hafens hatte selbst die größte Jacht genügend Platz zum Wenden, und an den Seiten und am Fußende des Komplexes befanden sich die viel fotografierten Liegeplätze mit ihren Betondächern, die den vor Anker liegenden Schiffen Schutz vor dem Wetter boten. Alan fuhr zur Nordwestecke des Hafens, wo dicht an dicht zur Charter angebotene Angelboote vertäut waren, und hielt an.

Die erste Person, die er sah, war Carolyns Vater. Er stand auf dem Angeldeck einer zehn Meter langen Silverton, einem der älteren am Kai liegenden Boote, dessen gebogene Linien an Segeljachten erinnerten, wie sie in den sechziger und siebziger Jahren Mode gewesen waren. In der einen Hand hatte er einen Schraubenschlüssel und in der anderen einen Zwanzigliterkanister. Sein großer Körper steckte in einem gelben Overall mit Schmierflecken an den Schultern. Er schaute auf den Boden und drehte sich langsam um die eigene Achse, so als suchte er etwas, das er fallen gelassen hatte.

In diesem Moment fiel sein Blick auf den Jeep, und er winkte mit dem Schraubenschlüssel. Alan stieg aus dem Wagen, griff nach seinem Sportjackett und ging hinter den Booten zu Mr. Herald hinüber.

»Mr. Freeman.«

Alan nickte zur Begrüßung, während er das Jackett über die Schulter warf. »Mr. Herald.«

»Wollen Sie angeln fahren?«

»So ähnlich.«

»Dann sind Sie hier am richtigen Platz. Beim besten Charterkapitän der ganzen Küste. Sie findet immer Fische.«

Sie?

»Weibliche Intuition«, fuhr Mr. Herald fort und nickte in Richtung des Bootsnamens am Heck: *Intuitive.* »Die funktioniert immer.« Er grinste. »Vielleicht mit ein bißchen Unterstützung durch all die Ortungsgeräte, die an Bord eingebaut sind. Carolyn hat erzählt, daß sie Sie gestern abend getroffen hat. Ich bin übrigens wirklich dankbar, daß Dr. Hsiao mir erlaubt hat, mit den Jungs zu Ihnen zu kommen.« Seine Miene wurde ernst. »Schrecklich, diese Sache mit den Kindern im Fluß. Hat man sie schon gefunden?«

Alan schüttelte den Kopf.

»Schrecklich«, wiederholte Mr. Herald. »Gestern morgen waren sie noch da, und dann sind sie einfach weg.« Er schüttelte traurig den Kopf. Dann ging er an den Rand des Boots, um auf den schmalen, zum Parkplatz führenden Betonweg zu steigen.

Während Mr. Herald von Bord ging, betrachtete Alan den breiten Rumpf des rückwärts im Liegeplatz vertäuten Boots. An den Seiten blieb kaum noch Platz. Für die schwierigen Manöver, die nötig waren, um mit einem solchen Boot bei Seitenwind und wechselnden Gezeitenströmungen anzulegen, war weibliche Feinfühligkeit sicherlich von Vorteil. Die feinen Hände einer Chirurgin konnten präziser arbeiten als die ihrer männlichen Kollegen. Daneben waren aber auch schwere Angelruten und Rollen zu handhaben, und ein Haken, der nicht nur dazu benutzt wurde, einen Fisch, der mit der Angelrolle ans Boot herangezogen wurde, zu packen, sondern anschließend auch dazu, den Fang an Bord zu heben. Häufig wogen die Exemplare einiger größerer Arten über zwanzig Kilogramm. Er konnte sich eine *große* Frau bei dieser Arbeit vorstellen, aber Carolyn wog nicht mehr als fünfzig bis fünfundfünfzig Kilo. Andererseits konnte der Kapitän am Steuerrad bleiben und die schweren Aufgaben einem Gehilfen überlassen. Er betrachtete die große Gestalt von Carolyns Vater, der gerade vor ihm stehengeblieben war. Wenn er sich nicht täuschte, hatte er den perfekten Gehilfen vor sich.

Mr. Herald zog einen schmutzigen Lappen aus der Hüfttasche seines Overalls und wischte sich kraftvoll die Hände ab. Aber die Schmiere bekam er nicht ab. Er zuckte die Achseln und lächelte, statt Alan die Hand hinzustrecken. »Sie sagten, Sie wollen so etwas *Ähnliches* wie angeln?«

»Ich muß ein paar rote Schnapper fangen – Weibchen.«

Mr. Herald grinste. »Ihnen kommt es auf das Geschlecht an?«

»Ich brauche sie zum Laichen. Und sie müssen unversehrt sein. Deshalb werden wir sie nicht mit der Angel, sondern mit einem Netz an Bord holen.«

»Sie sollen also lebend an Land gebracht werden«, sagte Mr. Herald nachdenklich. Er warf einen Blick aufs Boot. »In der Kühlbox vielleicht.« Er meinte einen in die Kabinenwand eingebauten Fiberglasbehälter von anderthalb Meter Breite und sechzig Zentimeter Tiefe. »Darin könnten wir ein Pärchen unterbringen. Wir müßten die Box füttern, mit Schaumgummi vielleicht. Sie würden immer noch kämpfen, um freizukommen, und wahrscheinlich auch übereinander herfallen. Ich würde nicht dafür garantieren, daß sie lebend hier ankommen. Wenn Sie die Charter bezahlen wollen – das ist Carolyns Sache.«

Alan nickte. »Ich werde ihnen etwas zur Beruhigung verabreichen. Aber ich weiß nicht, ob zwei genug sind.«

Bevor Mr. Herald etwas erwidern konnte, trat jemand aus der Kabinentür des Bootes. Es war einer der Jungen aus der Boxmannschaft, der dünne Vietnamese namens San-hi. Er war barfuß, hatte seine Khakihose über die dünnen Waden hochgerollt und trug ein langes Hemd über der Hose. In den Händen hatte er einen Eimer und einen Lappen.

»Mr. Herald«, sagte er mit einer Kopfbewegung in Richtung Kabine, »sie ist jetzt so sauber, wie ich es hinkriege. Wollen Sie es sich ansehen?«

»So sauber, wie du es hinkriegst?« fragte Mr. Herald.

»Ja, Sir.«

»Dann muß ich sie mir nicht ansehen, oder? Wenn du sie nicht sauberer hinkriegst.«

»Hier ist auch alles sauber«, meldete sich eine Stimme von der anderen Seite der Kabine. Dann kam die stämmige, dunkle Gestalt von Armon zum Vorschein. Er trug Jeans und ein T-Shirt, das sich um seine muskulösen Schultern spannte, und auch er hatte einen Eimer und einen Lappen in den Händen. Er zeigte auf die Reling. »Wie sieht sie aus?«

Die Reling schimmerte, als wäre sie mit Politur eingerieben worden. Das ganze Boot glänzte.

»Sieht gut aus, Armon. Ich vermute, ich schulde euch beiden jetzt ein Essen.«

»Von den fünfzehn Scheinen pro Mann ganz zu schweigen«, ergänzte Armon.

Mr. Herald lächelte. »Solange ihr Carolyn in dem Glauben laßt, ich hätte das alles selbst gemacht.«

»Darauf können Sie einen la ... wetten.«

Mr. Herald sah ihn scharf an.

»Wetten«, wiederholte Armon.

»Ihr solltet euch jetzt lieber waschen, damit ihr nicht wie zwei Penner ausseht, wenn ich euch ausführe.«

Armons Blick glitt über die Flecken auf Mr. Heralds Overall.

San-hi lächelte. »Komm schon, Armon.«

Während sie in der Kabine verschwanden, sagte Mr. Herald: »Und da kommt der Boß.«

Alan blickte sich um und sah, wie Carolyn mit einem *Ford Ranger* auf den Parkplatz neben seinem Jeep fuhr.

Sie trug ein orangenes Strandkleid, das ihre gebräunten Schultern freiließ.

Ihr Sohn war bei ihr, und Alan konnte nicht anders, als den Jungen anzustarren.

Kapitel 6

Alan war, als würde er sich selbst als kleiner Junge entgegenkommen. Paul hatte dichte dunkle Haare wie er selbst, und ihr Farbton glich eher seiner eigenen Haarfarbe als der Carolyns, fand Alan. Im Geist sah er das Foto vor sich, das seine Tante von ihm gemacht hatte, als er eingeschult worden war.

Während sie auf das Boot zugingen, beugte sich Carolyn zu dem Jungen hinunter, um ihm etwas zu sagen. Der Junge nickte – und sah dann Alan direkt in die Augen.

Alan hob den Blick zu Carolyn, die jetzt vor ihrem Vater stehenblieb.

»Der Boß«, wiederholte Mr. Herald und nickte Paul zu.

»Paul«, sagte Carolyn, »das ist Dr. Freeman.«

Alan schüttelte die Hand, die der Junge ihm entgegenstreckte.

»Dr. Freeman möchte dein Boot chartern«, informierte Mr. Herald seine Tochter.

Carolyn lächelte höflich. »An welchen Tag denken Sie?«

Alan löste seinen Blick von dem Jungen. »Wenn es Ihnen paßt, wäre mir morgen angenehm.«

»Tut mir leid, aber am Wochenende bin ich ausgebucht.«

»Ich dachte, du wärst morgen noch frei«, warf ihr Vater ein.

»Das hat sich vor ein paar Minuten geändert«, erwiderte

Carolyn mit einem Blick auf Paul. »Der erste mögliche Termin wäre Montag, Mr. Freeman. Tut mir leid. Sie können es bei anderen Skippern versuchen, aber ich glaube nicht, daß Sie ein freies Boot finden werden. Am Wochenende haben wir am meisten zu tun.«

»Ist es sauber genug?« wollte ihr Vater von ihr wissen.

Carolyn musterte das Boot. »Du hast ausgezeichnete Arbeit geleistet.«

San-hi und Armon lächelten sich an, und Paul ging um seine Mutter herum zu den beiden Jungen.

Mr. Herald wartete, bis Paul außer Hörweite war, dann fragte er leise: »Wie hat er sich verhalten?«

Carolyn schüttelte den Kopf. »Er hatte Spaß mit den Autoskootern, aber dann wollte er plötzlich gehen.«

»Seine Verfassung wird noch eine Weile schwanken.«

Sie nickte.

»Nun, ich muß San-hi und Armon nach Hause bringen«, sagte er. »Unterwegs werde ich ihnen ein Sandwich kaufen. Soll ich dir eins mitbringen?«

»Nein, ich habe mir mit Paul ein Baguettesandwich geteilt.«

Alan sah zu dem Jungen hinüber. Er grinste über etwas, das einer der älteren Jungen gesagt hatte. In diesem Augenblick wandte er den Kopf zu ihm um, und Alan lächelte ihm freundlich zu.

»Wollen Sie sich bei den anderen Skippern erkundigen?« fragte ihn Carolyn.

Sein Blick kehrte zu ihr zurück. »Es hat bis Montag Zeit«, antwortete er.

»Er will roten Schnappern Spritzen verpassen«, sagte Mr. Herald grinsend. »Und es müssen Weibchen sein. Laß es dir von ihm erklären.« Er sah zu San-hi und Armon hinüber. »Seid ihr fertig, ihr beiden?«

Armon lächelte und rieb in Richtung seines Trainers Daumen und Zeigefinger aneinander.

Mr. Herald runzelte die Stirn, und sie machten sich auf den Weg zu seinem Pick-up.

»Danke, daß du das Boot geputzt hast, Vater«, sagte Carolyn. Dann wandte sie sich wieder Alan zu: »Spritzen?«

Er erklärte ihr, wozu er die Fische brauchte, während ihr Vater mit den beiden Jungen davonfuhr. Als er ihr sagte, daß er ein Mittel finden müsse, um den Fang unversehrt an Land zu bringen, schaute sie auf das Boot.

»Vielleicht könnte ich einen der kleineren Zuchttanks mitbringen«, meinte Alan, »und wir denken uns etwas aus, wie wir ihn auf dem Vordeck befestigen.«

Carolyn nickte. »Wir müßten etwas darunterlegen, um ihn abzufedern. Damit mein Deck geschützt ist und die Fische eine ruhigere Fahrt haben. Die ganztägige Charter beginnt so früh Sie wollen. Nennen Sie mir eine Zeit, und ich werde Sie am Montag morgen hier erwarten. Bringen Sie mit, was Sie benötigen, und dann sehen wir, ob uns etwas Praktikables einfällt.«

Er nickte. Sein Blick wanderte wieder zu dem Jungen, der ihnen den Rücken zugewandt hatte und in das Wasser zwischen der *Intuitive* und dem Nachbarboot starrte. Alan überlegte einen Moment. Dann blickte er auf die Uhr.

»Es ist Mittagszeit. Sind Sie sicher, daß Sie nichts essen wollen?«

Carolyn schüttelte den Kopf.

»Ich habe Hunger«, verkündete Paul, während er sich umdrehte.

»Du hast gerade ein Baguette gegessen«, erinnerte ihn seine Mutter.

»Ich habe trotzdem Hunger.«

Alan sah zum Hafenrestaurant am anderen Ende der in

Reihe ankernden Boote. Aus seinen Außenlautsprechern klang Musik herüber, und die vor dem Hauptgebäude aufgestellten Tische waren gut besetzt.

»Wir könnten dort drüben hingehen oder auch nach Broadwater fahren.«

»Ich möchte in dem Hotel essen«, meinte Paul.

Alan fiel auf, daß er dabei ihn und nicht seine Mutter ansah.

»Paul, Dr. Freeman ist nicht ...«

»Mir ist es gleich«, erklärte Alan.

»Mama?« fragte Paul.

»Okay«, sagte sie matt.

Auf dem Weg zum Hotel blieb sie stumm. Alan sah zu Paul hinunter, als der Junge an seine Seite kam und in seinen Schritt einfiel. Carolyn warf Paul einmal einen kurzen Blick zu, und Alan konnte sehen, wie sich ihre Kiefer kaum merklich verspannten.

Sie nahmen einen Tisch an einem Fenster, das den Blick auf eine Terrasse und den dahinterliegenden Hotelswimmingpool feigab. Carolyn saß Alan gegenüber. Paul hatte sich neben sie gesetzt.

»Willst du etwas vom Buffet?« fragte sie.

Paul schüttelte den Kopf. »Ein Hühnchensandwich.«

»Für mich bitte nur einen Tee«, sagte sie zu der Kellnerin.

»Ich will eine Coke«, sagte Paul.

»Tee und Hühnchensandwich, bitte«, bestellte Alan.

»Auf getrennte Rechnungen«, sagte Carolyn.

»Ich übernehme das«, bot Alan an.

»Getrennte Rechnungen«, beharrte Carolyn.

Alan sah sie an, aber sie erwiderte seinen Blick nicht.

Als die Kellnerin gegangen war, fragte Paul: »Kann ich mir einen Kaugummi kaufen?«

»Nach dem Essen.«

»Ich werde ihn erst danach kauen.« Er hielt seiner Mutter auf dem Tisch die offene Hand hin.

Alan wollte schon in die Tasche greifen, hielt sich aber zurück.

Carolyn nahm einen Dollar aus ihrer Handtasche und gab ihn Paul.

Er schob sich vom Stuhl und stapfte in Richtung Restaurant und Hotelhalle. Alan sah ihm einen Augenblick nach, bevor er sich wieder Carolyn zuwandte, die durchs Fenster auf den Pool schaute.

Nachdem er sie einen Moment beobachtet hatte, sagte er: »Ich weiß nicht, wie ich es anders als direkt sagen könnte. Also frage ich Sie einfach: Habe ich Sie irgendwie verletzt?«

Sie drehte den Kopf zu ihm um. »Paul wollte mit Ihnen essen, weil Sie große Ähnlichkeit mit seinem Vater haben.« Bevor er etwas erwidern konnte, fügte sie hinzu: »Ich bin nicht verheiratet.«

Er sah auf ihren Ehering.

»Den trage ich, um Männer, die mein Boot chartern, davon abzuhalten, mich gegen die Spanten zu drücken. Mit dem Vermieten des Boots verdiene ich meinen Lebensunterhalt, und ich kann es mir nicht leisten, meine Kunden anzufahren. Und bei manchen von ihnen hätte ich gar keine andere Wahl. Abgesehen von den schlimmsten Typen, funktioniert es normalerweise.«

Sie äußerte zwar nicht, daß er dazugehörte, aber der Blick, mit dem sie zuerst auf den Ehering und dann zu Alan sah, war vielsagend.

Gereizt und gleichzeitig amüsiert verzog er den Mund zu einem sarkastischen Lächeln.

Sie blitzte ihn jetzt offen an.

»Hören Sie«, sagte er. »Sie sind genauso hübsch, wie Sie offenbar zu sein glauben. Aber bei mir hat Ihr Ring funktioniert.«

Sie wollte etwas entgegnen, doch jetzt war er an der Reihe. »Ich habe Sie unter anderem deshalb gefragt, ob Sie mit mir Mittag essen wollen, weil … weil Sie sich gestern abend Sorgen um Paul gemacht haben und ich nicht mehr dazu gesagt habe, als daß er darüber hinwegkommen wird. Ich dachte, daß Sie vielleicht noch Fragen haben. Und der andere Grund war Paul. Ich weiß nicht. Ich dachte … Himmel, vermutlich dachte ich, er würde mich etwas fragen wollen. Aber es geht mich nichts an, oder?«

Ihr Blick wurde weicher. »Wie es scheint, meinen Sie es ernst«, sagte sie.

»Wirklich? Nun, ich nehme an, ich sollte dankbar sein, daß –«

»Nein, ich sollte es … Es tut mir leid.«

Er erwiderte ihren Blick.

»Es tut mir leid«, wiederholte sie.

In diesem Augenblick beugte sich die Kellnerin über den Tisch, um den Tee zu servieren. Carolyn nickte ihr zum Dank zu und sah ihr nach, als sie davonging.

»Wir werden Ihren Tank schon irgendwo befestigen«, versprach sie und lächelte leicht. »Vielleicht sollte ich doch einen Salat nehmen«, sagte sie. »Das heißt, wenn Sie Zeit genug haben. Denn ich bin überzeugt, Ihre Bestellung ist so gut wie fertig.«

Sie sah ihm in die Augen. Er nickte.

Sie öffnete die Hände und blickte auf den Ring. »Um eine lange Geschichte kurz zusammenzufassen – ich nehme an, ich schulde sie Ihnen: Er hat mich kurz nach Pauls Geburt verlassen. Aber sparen Sie sich das Mitleid. Er hat auf dem Küchentisch Papiere zurückgelassen, durch die mir das Haus überschrieben wurde. Vermutlich meinte er, mir nach dreijähriger Beziehung und einem Jahr Ehe etwas schuldig zu sein. Er wollte kein Kind. Das hat er mir in den ersten Monaten der Schwangerschaft klargemacht. Ich nehme an, er ist nur deshalb noch einen Monat nach der Geburt geblieben, um sich zu vergewissern, ob ich allein mit Paul fertig werde – seiner Meinung nach war ich zu dumm dazu. Möglicherweise hat er auch so lange gebraucht, bis er einen Ort gefunden hatte, wo ich ihn nicht mit Unterhaltsforderungen belästigen konnte.«

Sie unterbrach sich für einen Augenblick. »Ich bin kein Männerhasser. Ich war nicht einmal wirklich böse auf Sie. Es ist nur so, daß Sie wie der Mann auf den Fotos aussehen, die Paul auf dem Dachboden gefunden hat. Ich fürchtete, er würde aus dem Ranger springen, bevor er begriffen hatte, daß Sie nicht sein Vater sind. Und das hat mich wütend gemacht. Nicht auf ihn. Auf seinen Vater. Außerdem hatte Paul keinen Hunger – er hat sein Baguette kaum berührt –, und dann wollte er mit Ihnen essen. Ist das eine Art Übertragung? Er hat bereits genug damit zu tun, daß Dustin und Skip ertrunken sind, und jetzt ruft Ihr Anblick ihm seinen Vater wieder in Erinnerung – und daß er ihn verlassen hat. Ich ...«

Sie breitete die Hände aus. »Doch das ist keine Entschuldigung. Ich hätte es nicht an Ihnen auslassen sollen.«

Er schwieg noch einen Augenblick, dann sagte er: »Er ist ein nettes Kind.«

»Nicht immer«, schränkte sie mit einem Lächeln ein. Ein weiches Lächeln. Schon als er sie am Fluß gesehen hatte, war ihm aufgefallen, wie attraktiv sie war, aber seine Gedanken waren bei Julie und Barry gewesen, deshalb hatte er sich nicht weiter mit ihrem Aussehen beschäftigt. Doch wenn er sie jetzt betrachtete, stellte er fest, daß sie genauso hübsch war, wie er es in Erinnerung hatte, vielleicht sogar noch hübscher.

Sie blickte wieder auf ihren Ring. »Eigentlich trage ich ihn gar nicht so oft.« Jetzt grinste sie. »Nicht einmal, wenn ich einen Kunden auf dem Boot habe. Nur wenn ich schlechter Laune bin und in Ruhe gelassen werden will. Ich hatte ganz vergessen, daß ich ihn trug. Vielleicht habe ich ihn so oft in schlechter Stimmung benutzt, daß er inzwischen einen bösen Zauber ausübt.«

Sie lächelte wieder. Dann sah sie sich nach Paul um, so daß Alan ihr Profil betrachten konnte – ihre dunklen Haare und hohen Wangenknochen, die vollen roten Lippen und den Olivton ihrer Haut. Verdammt, dachte er in Anbetracht dessen, was er gleich sagen würde.

»Auf die Gefahr, uns wieder zu unserem Ausgangspunkt zurück zu katapultieren –«, begann er.

Sie drehte sich zu ihm um.

Er wies mit einem Nicken auf ihren Ring. »Da ich jetzt weiß, daß er nichts zu bedeuten hat, würde ich Sie wirklich gern zum Abendessen einladen.«

Er hob abwehrend die Hände. »Ein schlichtes Nein reicht völlig aus.«

»Ich würde schon gern«, sagte sie. »Ehrlich. Aber ich möchte Paul eine Zeitlang nicht allein lassen … Vielleicht ein andermal.«

»Wir könnten ihn mitnehmen.«

»Sie machen Witze.«

»Worüber?« wollte Paul wissen, als er neben seine Mutter trat. Er hatte zwei Kaugummipäckchen in der Hand, die beide nicht aufgerissen waren. Trotzdem kaute er etwas.

»Ich habe gerade gesagt, daß ich dich und deine Mutter heute abend gern zum Essen ausführen würde – wenn du nichts dagegen hast.«

Paul lächelte breit.

Seine Mutter runzelte die Stirn, allerdings nur halbherzig.

»Mama?« fragte Paul.

Sie schloß die Augen und nickte.

Paul lächelte wieder.

»Acht Uhr?« schlug Alan vor.

»Sieben«, korrigierte Carolyn. »Paul muß um zehn im Bett sein.«

Jetzt war es an Paul, die Stirn zu runzeln.

Alans Handy klingelte, und er grinste, während er es aus seinem Jackett nahm. »Ho fragt sich bestimmt, ob ich schon ein Boot gefunden habe.« Er klappte das Telefon auf und hielt es ans Ohr.

»Hallo.«

»Alan, ich muß mein Baby zurückhaben, um es zu begraben. Bitte, hilf mir, es zu finden.« Dann begann Julie hemmungslos zu schluchzen.

»Alan.« Jetzt war Barry am Telefon. »Alan, entschuldige. Sie haben aufgehört ... Bis auf ein Boot haben sie aufgehört zu suchen.« Auch seine Stimme war kurz davor zu brechen. »Julie erträgt den Gedanken nicht, daß wir ihn möglicherweise nie finden ... Ich ... ich ... entschuldige, Alan. Es tut mir leid.« Alan hörte, wie der Hörer auf die Gabel gelegt wurde. Er hatte kein einziges Wort gesagt.

Carolyn versuchte in seinem Gesicht zu lesen. »Es war Julie«, berichtete er ihr. »Sie haben aufgehört ...« Er sah zu Paul, der aufmerksam zuhörte.

Die Kellnerin servierte Pauls Hühnchensandwich. »Vorsicht!« warnte sie ihn. »Die Pommes frites sind heiß.«

Alan blickte auf den Teller. Als die Kellnerin sein Essen vor ihm abstellte, wiederholte sie ihre Warnung. Draußen glitzerte das Sonnenlicht auf dem Wasser des Pools. *Erwärmte das Wasser.* Ihm gefiel nicht, was ihm durch den Kopf ging. Er stand auf.

»Ich rufe Sie nachher an«, sagte er zu Carolyn. Dann tätschelte er Paul den Kopf und sagte: »Sei um sieben fertig – dann werde ich dich und deine Mutter abholen.«

Er wandte sich wieder Carolyn zu. »Ich melde mich bei Ihnen«, wiederholte er, bevor er zur Vorderseite des Restaurants ging.

Kapitel 7

Am Flußufer hielt er an. Es war, wie Barry gesagt hatte: Nur das kleine Mako war noch auf dem Wasser. Die beiden Feuerwehrmänner an Bord wirkten übermüdet und saßen zusammengesunken da. Der eine hatte sich auf seine Hand gestützt und blickte auf die Marsch hinaus, während er eine Zigarette rauchte. Die Schleppbewegungen vollzogen sie nur noch mechanisch. In Wirklichkeit warteten sie. Inzwischen waren etwas mehr als vierundzwanzig Stunden vergangen, seit die Jungen verschwunden waren. Lange konnte es nicht mehr dauern, bis das warme Wasser sein Übriges dazu tun würde. Es würde die Leichen der Jungen nach oben schwemmen – vorausgesetzt, sie hatten sich nicht verfangen.

Wenn das der Fall war, würde binnen kurzem nicht mehr viel von den Leichen übrig sein – für die Eltern wäre das ein unerträglicher Anblick.

Das war ihm durch den Kopf gegangen, als die Kellnerin vor den heißen Pommes frites gewarnt und der Sonnenschein auf dem Pool geglitzert hatte. Er dachte daran, wie traurig Julie und Barry geklungen hatten. Dabei starrte er unverwandt aufs Wasser. Es war so verdammt trübe. Nur zwei Taucher waren unten gewesen, und die hätten selbst dann keine Chance gehabt, die Leichen zu entdecken, wenn sie nur wenige Meter von ihnen entfernt gewesen wären.

Fische hatten dieses Problem nicht, ebensowenig wie Schildkröten. Besonders eine bestimmte Schildkröte …

Er war einmal im Norfork-See in Nordarkansas getaucht, ein paar Kilometer von der Grenze zu Missouri entfernt. Nur zwei Tage vorher war ein Sturm über die Gegend hinweggezogen, und die Sicht unter Wasser betrug nicht viel mehr als anderthalb Meter. Als er dicht über dem Boden dahinglitt, wäre er fast mit einer Alligator-Schnappschildkröte von der Größe eines Lastwagenreifens zusammengestoßen. Mit den Füßen leicht den Boden berührend und den langen Hals vorgestreckt, hatte sie ihn fixiert und das Maul weit genug aufgerissen, um einen Softball vertilgen zu können.

Kleine Schildkröten und Fische würden sich zuerst auf Augen, Ohren und Lippen, das heißt auf die Weichteile des Körpers stürzen. Doch so furchtbar der Gedanke war, ein Leichenbestatter konnte Lippen und Ohren wiederherstellen und die Augen schließen. Aber eine Schnappschildkröte wie die, der er im Norfork-See begegnet war … Und der Pascagoula und die Marsch wimmelten von diesen großen Schildkröten, die mit ihren gezackten Rücken und breiten, gekrümmten Nasen wie vorzeitliche Monster aussahen. Wenn eine von ihnen genügend Zeit hatte, um sich an einer Leiche zu schaffen zu machen, hinterließ sie eine Masse, die niemand wiederherrichten konnte.

Er tippte eine Nummer in sein Handy und hob es ans Ohr. Als jemand antwortete, sagte er: »Bert, hier ist Alan. Ich brauche etwas Hilfe – ein paar Freiwillige, die tauchen können.«

Am Bug der Forty-One der Küstenwache spritzte auf beiden Seiten die Gischt hoch, während sie durch die Dünung pflügte und gleichzeitig auf und ab stampfte. Unteroffizier Matt Rhiner stand auf der Brücke auf dem Hauptaufbau in der Mitte des Boots. In der einen Hand hatte er ein Mikrofon und in der anderen den riesigen Zahn. Vor zwanzig Minuten hatte er über die Beschädigungen an dem gesunkenen Speedboot berichtet. Seither war er zweimal gebeten worden, die Beschreibung von Größe und Zustand des Zahns zu wiederholen, und jetzt hatte man sich erneut bei ihm gemeldet und ihn aufgefordert, am Funkgerät zu bleiben. Während er wartete, beobachtete er die Dünung vor der Forty-One. Einige Wellen begannen mit weißen Schaumkronen zu brechen. Er warf einen Blick auf die über das Boot hinwegziehenden Wolken. Plötzlich schlingerte das Boot so hart nach links, daß er sich an der Vorderfront der Brücke festhalten mußte, um das Gleichgewicht zu halten. Er sah zu der Frau am Steuerrad hinüber. Sie erwiderte seinen Blick aus den Augenwinkeln. »'tschuldigung«, brummte sie. Jetzt hielt sie das Steuer mit zwei Händen.

»Ich verbinde mit Admiral Kendrick«, meldete sich eine Stimme aus dem Funkgerät.

Ein Admiral? fragte sich Rhiner verblüfft.

»Unteroffizier Rhiner.«

»Jawohl, Sir.«

»Hier ist Admiral Kendrick. Soweit ich richtig informiert bin, haben Sie etwas Ungewöhnliches an Bord. Ich wollte es selbst hören. Der Zahn hat eine Seitenlänge von über siebzehn Zentimeter?«

»Jawohl, Sir. Mit dem Lineal gemessen, sind es zwischen 17,1 und 17,2 Zentimeter.«

»In der Basis ist eine Einbuchtung, wie Sie berichten, und der ganze Zahn ist fast herzförmig?«

»Jawohl, Sir. Ich habe einmal einen Zahn eines Weißen Hais gesehen, der bis auf die Kerbe und die Größe ziemlich ähnlich aussah.«

»Er ist immer noch glatt, wenn man darüberstreicht? Und von dunkler Farbe?«

»Grauweiß, Sir, vielleicht ein bißchen beige.«

»Nun, dann passen Sie auf, daß Sie ihn nicht verlieren, mein Sohn. Ich habe einen alten Freund, der sich sehr dafür interessieren wird.«

»Jawohl, Sir.«

»Ende.«

Matrose Rowella Brunt zog eine Grimasse, als eine weitere große Welle schräg gegen den Bug der Forty-One klatschte, aber diesmal hielt sie das Boot auf Kurs.

»Gut gemacht, Matrose«, lobte Rhiner.

»Danke.«

Er nickte ihr zur Bestätigung zu. Dann schaute er wieder auf den Zahn. Ihm fiel der dunkle Schatten ein, der über sie hinweggehuscht war, und ein Schauder lief ihm über den Rücken.

Nach Alans Anruf dauerte es keine Stunde, bis die Freiwilligen sich versammelt hatten: zwei Collegefreunde, die jetzt eigene Firmen in der Gegend besaßen, zwei dienstfreie Deputies von der Polizei von Jackson County, drei Autobahnpolizisten, die Feierabend hatten, Carolyns Vater und zwei Nachbarn, die am Fluß wohnten, sowie ein Mann, den einer von ihnen mitgebracht hatte, insgesamt also ein Dutzend Männer – genug, um am Flußboden eine dichte Kette von etwa zwanzig Metern Länge zu bilden. Wenn sie den Fluß von Ufer zu Ufer durchkämmten, würden sie in zehn Durchgängen ungefähr die Länge von zwei Fußballfeldern absuchen – mehr als genug, um die Jungen zu finden, selbst dann, wenn ihre Leichen ein Stück abgetrieben waren, bevor sie auf den Boden sanken.

Genaugenommen war noch ein dreizehnter Helfer bereit zu tauchen. Aber Alan wollte ihn unter keinen Umständen mitnehmen.

Er sah zu Dustins Vater hinüber, der in Badehose mit den

drei ebenso gekleideten Autobahnpolizisten zusammenstand und, eine Hand locker auf die neben ihm abgestellte Sauerstoffflasche gelegt, aufs Wasser blickte. Ein Stück hinter ihm stand Carolyn und beobachtete ihn voller Mitleid.

Barry sah Alan entgegen, als er zu der Gruppe hinüberging. »Barry«, sagte er, »du mußt das nicht machen.«

»Julie dreht noch durch.«

»Ich weiß. Aber wir haben genug Hilfe, um den Boden abzusuchen. Wir werden ...« – als er den Schmerz auf Barrys Gesicht sah, mußte Alan tief durchatmen –, »wir werden sie finden.«

»Ich muß mithelfen«, sagte Barry. »Ich habe es ihr versprochen.«

»Dann markierst du, jedesmal, wenn wir einen Durchgang beendet haben, die Stelle am Ufer und paßt auf, daß wir keine Lücke lassen.«

»Alan, ich will mit euch tauchen –«

»Barry, wenn du mit uns kommst, werden alle ständig darüber nachdenken, was ist, wenn du sie findest – wie du reagieren wirst. Sie könnten sich nicht auf ihre Arbeit konzentrieren.«

»Vielleicht hat er recht«, mischte sich einer der Polizisten mit sanfter Stimme ein.

Barry betrachtete den Mann, dann drehte er sich ohne ein weiteres Wort um, ließ sein Tauchgerät stehen und ging auf die Bäume zu, dorthin, wo Julie stand. Es gab keinen Grund, warum er am Ufer warten sollte. Er wußte, daß niemand gebraucht wurde, um die Durchgänge an Land zu markieren.

Alan schnallte sein Tauchgerät um, und die anderen taten es ihm nach. Carolyns Vater befestigte unter seiner breiten, von einem dichten Gewirr grauer Haare bedeckten Brust den Hüftgurt des Tauchgeräts und bückte sich nach einer Rolle Nylonseil.

»Sie sind jetzt schon vierundzwanzig Stunden da oben«, sagte Alan mit gedämpfter Stimme, damit seine Worte nicht bis zu den Bäumen drangen, »und ich weiß nicht, wie sie es aufnehmen werden. Wer immer sie findet, klopft mit dem Messer an die Sauerstofflasche. Die anderen werden dann auf das Geräusch zuschwimmen. Wenn sie zu schlimm aussehen, müssen zwei von uns an Land gehen und die Eltern vorbereiten, bevor wir die Leichen bergen.«

»Nicht ich«, meldete sich eine ebenso gedämpfte Stimme. Alan sah nach rechts auf den jüngsten Helfer, einen braungebrannten schlanken Mittzwanziger. Er kannte ihn zwar nicht persönlich, wußte aber, daß er Donald hieß. Er war derjenige, den die Nachbarn von Julie und Barry mitgebracht hatten. »Das könnte ich nicht«, fügte der junge Mann hinzu.

»Ich werde es tun, wenn es nötig ist, mein Junge«, versprach Carolyns Vater. Dann reichte er dem jungen Mann ein Ende des Seils, und die anderen bildeten eine Kette, indem sie, während er an ihnen vorbeiging, im Abstand von anderthalb Metern nach dem Seil griffen. Einer der Deputies machte Alan in der Mitte der Reihe Platz. Schließlich gingen sie zum Fluß hinunter.

Unmittelbar am Ufer zogen sie die Schwimmflossen an.

»Fertig?« fragte Alan.

Als alle nickten, zog Alan die Taucherbrille übers Gesicht und rückte das Mundstück zurecht. Die Feuerwehrmänner im Mako verfolgten, wie die Taucherreihe bis zu den Knöcheln in den Fluß ging. Beim nächsten Schritt reichte ihnen das Wasser bis zu den Knien.

Einen Meter weiter fiel der Grund steil ab.

Als würde man in einer Tasse warmem Tee tauchen, dachte Alan. Der braune Schleier reduzierte die Sicht auf kaum einen Meter. Alan spürte ein Zerren am Seil, dann hatten alle

Taucher dieselbe Tiefe erreicht. Als er sich nach vorn beugte, mußte er mit der Taucherbrille fast auf dem schlammigen Boden aufsetzen, bevor er etwas erkennen konnte.

Ein, zwei Meter weiter hatten sich seine Augen den Sehverhältnissen angepaßt, und er schwamm im Schneckentempo auf die Flußmitte zu.

Hinter den langsam an seiner Taucherbrille vorbeitreibenden größeren Sedimentpartikeln wurde ein halb im Schlamm vergrabener Lkw-Reifen sichtbar, der den Enterhaken entgangen war. Er bewegte sich über ihn hinweg. Einer der Taucher auf seiner rechten Seite zog an dem Seil, und Alan wartete, bis die Spannung nachließ, bevor er sich weiter vorarbeitete.

Vor ihm tauchte etwas Weißes auf, und er schob sich näher heran. Es war ein kurzes Plastikrohr.

Er ließ es hinter sich zurück. Um das ihm aufgezwungene langsame Tempo beizubehalten, stieß er sich mit der freien Hand vom Boden ab, anstatt die Schwimmflossen einzusetzen. Er schaute nach rechts und links, sah aber nur trübes Wasser, das sich rasch zu einem braunen Vorhang verdichtete, der ihn rundherum einschloß. Es war, als befände er sich in einem tiefen, vom Sonnenlicht abgeschnittenen Erdschacht, in dem die schlammige Brühe um ihn herum eigenes Licht zu verbreiten schien. Langsam zog er sich voran.

Carolyn beobachtete die im Abstand von gut einem Meter aufsteigenden Blasenkreise. Manchmal fiel einer der Kreise hinter die anderen zurück; dann wieder zog einer der Taucher an den anderen vorbei und mußte warten. Die Männer waren bereits einige Minuten im Wasser, hatten aber noch nicht einmal ein Zehntel der Flußbreite hinter sich gebracht.

Auf der anderen Seite des Flusses fuhr das Mako gerade in eine Schlammzone, und aus dem hohen Wassergras vor dem

Boot flatterte ein Reiher auf, der über die Marsch segelte und in Richtung der fernen Brücke der Interstate 10 davonflog.

Carolyn sah wieder zu den Luftblasen. Die Reihe war wieder einmal zum Stillstand gekommen, damit einer der Kreise zu ihr aufschließen konnte. Da die Taucher jeweils nur eine Sauerstoffflasche hatten, war klar, daß sie nicht einmal die Hälfte der Fläche schaffen würden, die Alan sich vorgenommen hatte.

Alan spürte etwas an seiner Hüfte – es war ein Nylonseil in derselben braunen Farbe wie das Wasser. Bei näherer Betrachtung konnte er eine Angelleine erkennen. Im Abstand von einigen Zentimetern war sie mit kurzen Schnüren versehen, an deren Ende scharfe Widerhaken hingen. Als die Leine ausgebracht wurde, waren die Haken vermutlich mit Kugeln aus stinkendem Käse oder mit Elritzen bestückt gewesen, um die großen Welse im Fluß anzulocken.

Hatten die Such- und Rettungstaucher die Leine nicht entdeckt? Wenn ein Schwimmer an einem der scharfen Haken festhing, konnte er die Nylonleine nicht mit bloßen Händen zerreißen. Um an die Oberfläche zurückzukommen, blieb ihm nur übrig, den Widerhaken mitsamt Fleisch und allem herauszureißen. Und es blieb ihm nicht viel Zeit, um über die zu erwartenden Schmerzen nachzudenken, denn bald würde ihm wegen Sauerstoffmangels schwindlig werden und er nicht mehr die Kraft haben, den Haken durch das Fleisch zu ziehen. Alan versuchte herauszufinden, ob die Leine am anderen Ende noch festhing. Sie ließ sich ohne Schwierigkeiten einholen. Das geht leicht, dachte er. Kein Widerstand von Leichen, die sich irgendwo verhakt haben.

Während er weiter an der Leine zog und genau aufpaßte, wann der nächste Haken in Sicht kam, mußte er gleichzeitig mit den anderen Tauchern weiterschwimmen. Dann tauchte aus der Dunkelheit eine Schnur auf, die durch ein im Wasser treibendes Gewicht straff gezogen wurde. Als er die Schnur weiter heranholte, sah er den Kopf eines Welses, dessen Körper hinter den geripptten Kiemen fehlte.

Während der Fischkopf langsam an seinen Fingern vorbeischwebte, bemerkte Alan, wie groß das aufgerissene Maul war. Er hätte bequem beide Fäuste hineinstecken können. Der Fisch mußte mindestens fünfzehn Kilogramm gewogen haben. Wer immer die Leine ausgeworfen hatte, war von den Schildkröten seiner Beute beraubt worden.

Die Schnur ließ sich immer noch leicht einziehen. Aber er ließ sie fallen und schob sich vorwärts, um die anderen nicht aufzuhalten.

Klack!

Alans Kopf zuckte herum, und er spähte in die Richtung, aus der das Klopfen des Messers gekommen war. Das Halteseil wurde auf dieser Seite schlaff.

Klack! Klack!

Er setzte die Schwimmflossen ein, um auf das Geräusch zuzuschwimmen, verlor aber augenblicklich die Orientierung und verlangsamte das Tempo, um nicht mit einem der anderen Taucher, die auch auf das Klopfen reagierten, zusammenzustoßen.

Klack! Klack! Klack!

Jetzt kam es von oben. Dann verstummte es.

Alan brach durch die Wasseroberfläche. Vier andere Köpfe mit Tauchermasken sahen bereits aus dem Wasser. Einer von ihnen, es war Donald, streckte einen Arm aus dem Wasser und starrte auf seine geschlossene Faust.

Kurz darauf kamen auch die restlichen Taucher an die Oberfläche. Derjenige, der Donald am nächsten war, drehte sich plötzlich weg und erbrach einen Schwall gelber Flüssigkeit ins Wasser.

Jetzt konnte Alan es erkennen.

In Donalds Faust steckten zwei lange, blaue Finger und die Überreste der Hand eines der Jungen.

»Ich … ich …«, stotterte Donald. »Ich habe es unter der Hand gespürt. Es hat sich bewegt. Ich dachte, es bewegt sich …« Er schüttelte entsetzt den Kopf. »Ich … Gott …«

Am Ufer hatte Carolyn die Augen zusammengekniffen, als sie sah, daß einer der Taucher sich übergab. Sie bemerkte Alans Blick, der an ihr vorbei nach oben wanderte. Julie kam zwischen den Bäumen hervor, obwohl Barry, der ihren Arm hielt, sie offenbar davon abzuhalten versuchte.

Die Taucher blickten allesamt auf das Paar, während sie zum Ufer zurückkehrten. Der Blonde hielt die Faust weiter aus dem Wasser, so als hätte er etwas in der Hand, das nicht naß werden durfte.

Julie starrte auf die Männer. »Nein«, sagte sie.

Die Taucher näherten sich dem Ufer.

»Nein«, sagte Julie wieder.

Barry neben ihr kniff die Augen zusammen, um zu erkennen, was es war.

Die Taucher stiegen ans Ufer. Nur der junge Blonde zögerte. Er blieb hinter den anderen zurück, schloß dann aber zu ihnen auf.

Er sah zu Barry und Julie.

Ein Stück hinter ihnen kamen Skips Eltern.

»Nein«, wiederholte Julie.

Alan trat seine Schwimmflossen von den Füßen, schüttelte das Tauchgerät von den Schultern und eilte zu ihr. Barry fiel plötzlich auf die Knie und begann zu schluchzen. Jetzt erkannte Carolyn, was der Blonde in der Hand hatte. O Gott, nein!

»NEIN!« schrie Julie. »NEIN! NEIN! NEIIIIIN!«

Kapitel 8

Ein Krankenwagen fuhr rückwärts in Carolyns Auffahrt, um die Leichen abzutransportieren. Die Sanitäter stiegen mit den Leichensäcken aus. Doch als sie Mr. Herald mit dem in ein Taschentuch gewickelten Handfragment und den beiden Fingern sahen, begab sich der Fahrer noch einmal in den Wagen und kam mit einem Plastikbeutel zurück, in dem er die Körperreste verstaute. Dann faltete er das Behältnis sorgfältig zu einem Quader.

Als der Krankenwagen davonfuhr, hielt Alan Mr. Herald die Haustür auf. Mr. Herald sah ihn an, ging aber ohne ein Wort an ihm vorbei ins Haus. Alan folgte ihm und schloß die Tür hinter sich.

Jonas »Pop« Stark, der massige Sheriff von Jackson County, telefonierte mit seiner rauhen Stimme am Beistelltisch. Er trug eine graue Freizeithose, ein blaues Sportjackett und darunter ein graues Hemd, an dessen offenem Kragen er pausenlos herumfingerte. Jetzt nickte er zustimmend zu einer Bemerkung seines Gesprächspartners, legte den Hörer auf und kam durch das Zimmer zu Alan herüber.

»Also lassen Sie es uns noch einmal durchgehen, Dr. Freeman. Habe ich etwas falsch verstanden – Grundhaie, die so weit flußaufwärts in Süßwasser im Schwarm angreifen?«

So mußte es gewesen sein. Alan wußte es, und Stark wußte es auch, und zwar noch bevor sie darüber gesprochen hatten.

Die einzigen anderen zum Angriff fähigen Geschöpfe im Fluß waren Alligatoren. Aber deren Attacken waren so selten, daß man sie als Möglichkeit von vornherein ausschließen konnte. Außerdem wäre nur ein Opfer unter Wasser gedrückt worden und ertrunken. Einer der Jungen hätte es ans Ufer geschafft. Grundhaie waren zudem die einzigen Haie vor der amerikanischen Küste, die in Süßwasser vordrangen.

»Sie sind schon über dreihundert Kilometer den Mississipi hinauf gesichtet worden«, sagte Alan.

»Sie sind immer hier gewesen«, bestätigte Stark. »Der Pontchartrain-See ist voll von ihnen. Ein paar Leute sind angeknabbert worden, aber ich habe nie gehört, daß jemand ums Leben gekommen wäre. Zum Teufel, sie sind von Texas bis Florida überall an der Küste, und es wurde noch nie jemand aufgefressen. Warum jetzt?«

Stark machte mit dieser Frage seiner ganzen Frustration Luft. Daß Grundhaie schließlich doch jemanden getötet hatten, war für Alan nicht überraschend. Während die meisten Leute, wenn es um Haiangriffe ging, an einen Weißen Hai dachten, würde einem jeder Experte sagen, daß Grundhaie viel eher unprovoziert angriffen. Nur ihre Größe verhinderte, daß sie gefährlicher waren. Die größten, die er in Küstennähe gesehen hatte, waren kaum über einen Meter achtzig lang.

Stark mußte dem gleichen Gedankengang gefolgt sein, denn er sagte: »Sie sind nicht groß genug, um ein Opfer mit einem Biß zu verschlingen. Da weder Skip noch Dustin nach dem Angriff wieder aufgetaucht sind, würde ich ...« Er schüttelte den Kopf, während seine Stimme verebbte. »Wie viele mögen es gewesen sein?« Die Vorstellung, daß Grundhaie, die normalerweise Einzelgänger waren, sich plötzlich zusammengetan haben sollten und in diesem Augenblick weiß der Teufel was anrichteten, war besonders frustrierend.

»Wenn sie in den Sund oder den Golf zurückgeschwommen sind«, erklärte Alan, »ist es unwahrscheinlich, daß sie noch zusammen sind. Wenn sie sich aber immer noch in den beengten Gewässern des Flusses aufhalten und auf weitere Schwimmer stoßen ... dann vielleicht.« Über das Verhalten von Kreaturen, die nahezu vollständig von Instinkten geleitet wurden, konnte man keine präzisen Aussagen machen.

Der Blick des Sheriffs wanderte zu einem der breiten Wohnzimmerfenster, durch das ein Übertragungswagen von WLOX-TV zu sehen war. Vor dem Auto puderte sich gerade eine große, attraktive Brünette das Gesicht, und ein junger Kameramann stellte ein Stativ mit einer Kamera auf. Vor und hinter dem Fernsehwagen war die gesamte Straße Stoßstange an Stoßstange zugeparkt.

»Ich würde gern nach Paul sehen«, sagte Carolyn, die ebenfalls aus dem Fenster geschaut hatte. »Aber ich möchte ihn nicht in dieses Chaos bringen.« Während sie sprach, waren ein Mann und eine Frau an dem Fenster vorbeigekommen. Der Mann hatte auf irgend etwas gezeigt, während sie über den Rasen gingen.

»Wir werden sie alle fortschaffen, sobald wir mit den Medien gesprochen haben«, versprach Stark. »Vorher verbreiten wir die Warnung, nicht im Fluß zu schwimmen, bis wir mit Sicherheit wissen, daß die Gefahr vorbei ist.«

Alan nickte.

»Und im Sund vorsichtig zu sein«, fügte Stark hinzu.

Alan nickte wieder.

Ein Deputy, der in ein kleines Handfunkgerät sprach, kam ins Wohnzimmer. »Die Männer sind jetzt aus dem Wasser«, meldete er Stark. »Sie haben keine weiteren Leichenteile gefunden und möchten wissen, ob sie ihre Tauchflaschen auffüllen sollen, um es weiter zu versuchen.«

»Nein«, entschied Stark, »sie haben sich genug in Gefahr gebracht.« Nachdem er sich wieder zu Alan umgewandt hatte, sagte er: »Zum Teufel, Mr. Freeman, Haie dürften nicht in Gruppen auftreten. Sind Sie sicher, daß sie nicht über andere herfallen werden – auch nicht auf offener See?«

»Sicher?« echote Alan und schüttelte verneinend den Kopf.

»Ich werde jetzt mit dem Fernsehen reden«, verkündete Stark, »und dann werde ich die Leute hier vertreiben.«

Mr. Herald ging zum Telefon. »Ich muß Martha sagen, daß sie Paul ja nicht fernsehen lassen darf.«

»Das wird sie selbst wissen, Vater.«

Er griff trotzdem nach dem Hörer.

»Alan«, sagte Carolyn, »es tut mir leid, aber im Moment ist mir wirklich nicht nach ausgehen zumute.«

Er nickte und schaute auf das Fernsehgerät auf der anderen Seite des Zimmers. Der Ton war zu leise eingestellt, um etwas verstehen zu können, aber auf dem Bildschirm war jetzt die Brünette zu sehen, die etwas sagte. Dann schwenkte die Kamera an den Uferbäumen vorbei zum Haus hinüber und brachte das Paar, das eben am Fenster vorbeigegangen war, ins Bild. Es stand jetzt an der Seite des Gartens, und der Mann zeigte dorthin, wo die Jungen in den Fluß gegangen waren. Als er die Kamera bemerkte, lächelte er breit in ihre Richtung. Die Frau tat es ihm nach.

Danach war ein Kameraschwenk über die Marschlandschaft zu sehen, der schließlich angehalten wurde, um das Bild eines Grundhais über dem hohen Gras einzublenden.

Offenbar wurde eine Warnung ausgegeben.

Washington, 16.30 Uhr

Admiral Vandiver las mit angespanntem Gesicht einen Nachrichtendienstbericht. Als seine Gegensprechanlage summte, hob er den Blick.

»Ja?«

»Sir, Admiral Kendrick von der US-Küstenwache ist am Apparat.«

Vandiver lächelte, als er den Hörer abnahm. »Gus, du Bastard, wie geht's? Deine Jungs müssen ein U-Boot versenkt haben, daß du mich anrufst.«

»Es geht um etwas, das dir sogar noch mehr gefallen wird, alter Krieger. Sie haben den Zahn eines Megalodons gefunden.«

»Sie haben was?«

»In den Gewässern zwischen Keys und Everglades.«

»Verdammt, Gus.«

»Ich wußte, daß dich das in Aufregung versetzen würde.«

»Bist du sicher, daß es ein Megalodonzahn ist?«

»Wenn da draußen kein höllisch großer Weißer Hai rumschwimmt – der sich im übrigen mal die Zähne putzen könnte; der Zahn ist nachgedunkelt. Er hat eine Seitenlänge von über siebzehn Zentimeter und ist anscheinend in ausgezeichnetem Zustand.«

»Siebzehn Zentimeter.« Vandiver überschlug es im Kopf. »Ich habe einen 6,3 Zentimeter langen Zahn von einem fünfeinhalb Meter langen Weißen Hai. Wenn dein Zahn einer der großen vorderen Zähne ist, könnte der Megalodon zwölf bis fünfzehn Meter lang sein. Ist er einer der kleineren hinteren, könnte er gut doppelt so groß sein. Teufel auch, vielleicht dreißig Meter. Verdammt. Eine Ablagerung aus dem Miozän, die an die Oberfläche befördert wurde – aber wie?«

»Das fragst du mich? Das ist dein Feld.«

»Verdammt«, stieß Vandiver zum drittenmal hervor. »Dreißig Meter.«

»Die Vorschriften enthalten keine genauen Angaben darüber, was zu tun ist, wenn man einen prähistorischen Zahn findet. Ich stand vor der Wahl, entweder den Schwarzmarkt zu verständigen oder dich. Du hast gewonnen, weil ich dir von dem letzten Pokerspiel, bei dem du mich über den Tisch gezogen hast, noch hundert Dollar schulde.«

»Das kannst du als erledigt betrachten.«

»Tu ich bereits. Ich werde den Zahn per Flieger schicken, sobald er hier eingetroffen ist.«

»Danke, Gus. Ich warte darauf.«

Nachdem sie das Gespräch mit dem Versprechen beendet hatten, sich häufiger zu kontaktieren, legte Vandiver den Hörer auf und lehnte sich zurück. Ein Lächeln huschte über sein Gesicht. Er war zwar Direktor des Marinenachrichtendiensts, hatte aber in Meeresbiologie promoviert, und diesem Fach galt auch weiterhin seine Liebe. Angesichts der Aussicht, einen auf dem Meeresboden gefundenen Megalodonzahn in den Händen zu halten, und sei es auch nur, um ihn an das Smithsonanian-Institut oder eine andere Einrichtung weiterzugeben, fühlte er sich ein bißchen wie ein Künstler, der sich in die Kette der Besitzer eines neu aufgefundenen Van Goghs einreihen durfte.

Noch erregender war jedoch, daß der Fund einen Gedanken aufflammen ließ, den er seit Jahren hegte. Dieser besondere Zahn, der offen auf dem Meeresboden gelegen hatte, stellte wahrscheinlich kein Geheimnis dar. Einer der Hurrikans der letzten hundert Jahre konnte ihn zutage gefördert haben. Auf diese Weise waren schon spanische Galeonen freigelegt worden, die der Sand seit Jahrhunderten begraben hatte. Es war auch möglich, daß ein nahe gelegener Fluß, der Wasser aus den Everglades führte, sich durch die regelmäßigen Überflutungen im Lauf der Zeit so weit in die Gesteinsschichten geschnitten hatte, daß er den seit Jahrmillionen eingeschlossen Zahn ins Meer spülen konnte. Bei dem ersten Megalodonzahn, der ihn nachdenklich gemacht hatte, war keine dieser Ursachen möglich gewesen.

Er war von einem Bagger geborgen worden, der am Boden des Marianengrabens Proben sammelte. In solcher Tiefe schnitten sich keine Flüsse durch Gesteinsschichten, und Tausende Meter unter Wasser wirkten sich keine Hurrikans aus, wie stark sie auch sein mochten. Dennoch hatte der Zahn offen oder nur leicht bedeckt dagelegen, so daß der Bagger ihn aufheben und an die Wasseroberfläche bringen konnte.

Wie war das möglich? Hatte er sich damals gefragt. Auf den Boden der Tiefsee ging ein ständiger Regen aus verendeten Tieren und Pflanzen von der Oberfläche nieder – das, was die Wissenschaftler *Meeresschnee* nennen. Von diesem Niederschlag lebten nicht nur viele der kleineren Bewohner dieser Tiefen, er hatte im Lauf der Jahrtausende und Jahrmillionen auch den Meeresboden um Hunderte von Metern erhöht. Auf diese Weise waren im wesentlichen die ozeanischen Öl- und Gasvorkommen entstanden. Bei der Ablagerung des organischen Materials hatte sich Schicht um Schicht gebildet. Durch den Druck der immer schwerer werdenden Sedimente hatten sich die Brennstoffe entwickelt.

Also noch einmal, wie hatte ein Zahn eines Exemplars einer Art, die seit anderthalb bis fünf Millionen Jahren ausgestorben war, weit genug an der Oberfläche bleiben können, um von einem Bagger geborgen zu werden?

Ein Wissenschaftler hatte Vandiver mit voller Überzeugung geantwortet, der Zahn sei vermutlich tief im Boden vergraben gewesen, bis er irgendwann von einer unterirdischen Anomalie, einer platzenden Methanblase etwa, nach oben befördert worden sei. Vandiver hielt jeden Zufall für möglich. Jede Kette von Zufällen: Daß ausgerechnet dieser Zahn an die Oberfläche gelangt war und daß der Bagger im Zigtausende von Quadratkilometern großen Marianengraben gerade in dem Areal Proben genommen hatte, wo der Zahn lag. Es war schwer zu glauben, aber möglich.

Doch er hatte sich weiterhin Fragen gestellt, die ihn zu Nachforschungen antrieben. Dabei hatte er herausgefunden, daß mehr Zufälle eingetreten sein mußten, als er sich jemals vorgestellt hätte. So viel mehr, daß ihr Zusammentreffen fast an eine mathematische Unmöglichkeit grenzte. Zumindest begann er dies zu glauben.

Und daraus wiederum war seine Lieblingstheorie hervorgegangen. Natürlich teilte er sie nicht jedem mit – dafür war sie ein bißchen zu extravagant. Andererseits war sie nicht weiter hergeholt als die These jener Handvoll Wissenschaftler, die vor einigen Jahren behauptet hatten, die seit Jahrzehnten geltende Theorie der Mehrheit ihrer Kollegen, der zufolge Dinosaurier Kaltblüter waren, sei falsch. Mittlerweile hatte man genügend Beweise gefunden, um die Warmblüterthese zur vorherrschenden Ansicht zu machen.

Und seine, Vandivers, Schlußfolgerung lautete, daß der Megalodon nicht vor über einer Million Jahren ausgestorben war, sondern in einigen Exemplaren mindestens bis vor ein paar hundert Jahren überlebt hatte, wenn nicht länger – vielleicht viel länger. Und er wußte, daß inzwischen nicht nur Zufälle auf diese Möglichkeit hindeuteten. Ähnlich wie die Warmblütertheorie über Dinosaurier wurde sie von immer mehr Beweisen untermauert.

Seine Gedanken kehrten zu dem Zahn zurück, über den Gus berichtet hatte. Möglicherweise war er ja gar nicht von einem Fluß aus seiner Lagerstätte herausgewaschen oder von einem Hurrikan freigelegt worden. Es war denkbar ... Er lächelte bei dieser Vorstellung. Jetzt spekulierte er. Besonders, da der Zahn in derart flachen Gewässern, weitab von Tiefseegebieten, gefunden worden war. Aber eine Möglichkeit bestand immer, oder nicht? Er spann seine Gedanken noch einen Moment weiter, dann beugte er sich vor und drückte die unterste Taste seiner Gegensprechanlage.

»Ja, Sir?«

»Rufen Sie bitte Leutnant Williams zu mir.«

»Tut mir leid, Sir, aber der bringt gerade Senator Lott nach Andrews.«

»Gut, dann bestellen Sie ihm, daß er sich bei mir melden soll, sobald er zurück ist – ganz egal, wie spät es ist.«

»Sie verhält sich Paul gegenüber nicht richtig«, meinte Mr. Herald, während er beobachtete, wie Carolyn den Ranger aus der Auffahrt zurücksetzte. Paul saß neben ihr auf dem Beifahrersitz. »Sie sollte, wie geplant, mit ihm zu den Inseln fahren und alles tun, um ihn wieder mit dem Wasser vertraut zu machen, bevor er Angst davor bekommt. Es ist absolut furchtbar, was diesen Jungen passiert ist, aber wann hat es hier in der Gegend das letzte Mal einen Haiangriff auf einen Menschen gegeben, von einem tödlichen ganz zu schweigen? Ich kann mich nur an einen einzigen während meines ganzen Lebens erinnern. Was passiert ist, ist eine schreckliche Tragödie. Mehr als schrecklich. Es dreht mir den Magen um. Aber tragisch ist auch, wenn jemand vom Blitz getroffen wird. Und ich habe im Lauf der Jahre mehr als einmal von solchen Todesfällen gehört. Deshalb geht man aber trotzdem noch ins Freie. Man benutzt den gesunden Menschenverstand. Man sucht sich bei Gewitter einen Schutz, dann hat man keine Probleme. Was soll Paul ihrer Meinung nach tun, nie wieder ins Wasser gehen? Vielleicht traut er sich bald nicht einmal mehr in seine Nähe, weil sie ihn zu Tode ängstigt, indem sie ihm sagt, er könne jetzt nicht zu den Inseln fahren.«

Seine Frau legte die Zeitschrift, in der sie gelesen hatte, in den Schoß. »Sie tut nichts dergleichen, Fred. Sie ist seine Mutter. Hättest du gewollt, daß sie als kleines Mädchen, unmittelbar nach einem Haiangriff zu den Inseln fährt und dort schwimmen geht?«

»Natürlich nicht. Um Himmels willen, ich möchte auch jetzt nicht, daß sie ins Wasser geht. Aber sie kann doch irgendwo mit ihm ankern. Was glaubt sie denn, was die Haie tun werden – ins Boot springen?«

»Fred, sie ist einfach zu niedergeschlagen für eine Vergnügungsfahrt mit dem Boot. Und wie wird sich Paul fühlen, wenn er erfährt, was passiert ist? Du weißt, daß sie es ihm sagen muß, bevor er es von jemand anders hört.«

»Ja«, bestätigte er. »Und dabei vermittelt sie ihm den Eindruck, daß sie Angst hat, hinauszufahren. Das macht es nur noch schlimmer. Mir geht es auch nicht blendend, aber mache ich deshalb nicht weiter und fahre morgen mit meinen Jungs zum Camping?«

»Wir haben zwei Kinder großgezogen, Fred. Warum läßt du sie Paul nicht so aufziehen, wie sie es will?« Mit unterdrückter Stimme fügte sie hinzu: »Und ich wette, Calvin ist heilfroh, daß er in Memphis wohnt und seine Tochter ohne deine Einmischung aufziehen kann.«

»Was?« fragte ihr Mann mit einer Hand hinterm Ohr.

»Nichts, Fred. Ich habe mit mir selbst über die Preise der Kleider in dieser Zeitschrift geredet.«

»Mir war, als hättest du etwas über Calvin gesagt.«

»*Calvin Klein*«, sagte sie und vertiefte sich wieder in ihre Zeitschrift.

Einige Sekunden später ließ sie die Zeitschrift jedoch wieder sinken. Ihr Mann starrte immer noch unverwandt durch das Fenster in der Haustür. »Komm nicht auf die Idee, etwas mit Paul auszuhecken, Fred – etwas, das gegen Carolyn geht.«

Sie fixierte den breiten Rücken ihres Mannes.

»Du hast es schon getan, oder?«

Kapitel 9

Admiral Vandiver blickte auf den Monitor seines Computerterminals, der über eine sichere Leitung mit den Supercomputern verbunden war, die in einem anderen Teil des Pentagons unter ständiger Bewachung arbeiteten. Er studierte kein Nachrichtendienstmaterial, sondern betrachtete eine Fotografie, die sich jeder, der über einen Internetzugang verfügte, ansehen konnte.

Auf dem Bildschirm war ein Quastenflosser zu sehen, ein massiger, anderthalb Meter langer Fisch mit knochigen, panzerartigen Schuppen und rapierähnlichen Zähnen. Man sah ihm an, daß er ein Vorzeitfisch war. Alle Welt hatte geglaubt, er sei vor über siebzig Millionen Jahren ausgestorben – bis im Dezember 1938 vor Südafrika ein Exemplar gefangen wurde.

»Vom Trawler *Nerine*, der ein Netz in sechzig Metern Wassertiefe schleppte«, dachte er laut. Für die Wissenschaftler war es ein gewaltiger Schock gewesen. Er lächelte bei der Vorstellung. Dann wandte er sich um, da es an der Bürotür geklopft hatte.

»Herein!«

Die Tür blieb geschlossen.

»Herein!« wiederholte er lauter.

Ein junger schwarzer Leutnant zur See in weißer Ausgangsuniform kam herein, schloß die Tür hinter sich und nahm mit

Blick zum Computer, seine Mütze fest unter den Arm geklemmt, Haltung an.

»Das hat aber gedauert«, meinte Vandiver. Der Leutnant behielt seine steife Haltung bei. »Komm schon, Douglas, entspann dich. Wenn meine Schwester erfährt, daß du in meinem Büro so herumstehst, macht sie mir die Hölle heiß. Manchmal habe ich deutlich den Eindruck, daß sie das Militär im ganzen albern findet.«

Der junge Mann zog die Mütze unter dem Arm hervor und ging zu Vandiver hinüber.

Der Admiral nickte in Richtung des Monitors. »Du weißt, was das ist?« Er wartete die Antwort nicht ab, sondern fuhr fort: »Ein Quastenflosser, von dem man glaubte, er sei seit über siebzig Millionen Jahren ausgestorben, bis '38 vor Südafrika einer gefangen wurde.«

Er tippte etwas in die Tastatur ein und lehnte sich dann zurück, während sich auf dem Monitor ein Bild aufbaute, das die Vorstellung eines Malers von einem massigen Hai wiedergab. Da er gewissermaßen *en face* gemalt war, sah es so aus, als wollte er mit seitlich ausgestreckten Brustflossen aus dem Bildschirm herausschwimmen. In seinem aufgerissenen Maul waren mehrere Reihen langer Zähne zu erkennen. Der Maler hatte sowohl dem Körper als auch den Zähnen eine bräunliche Färbung gegeben.

»Weißt du, was das ist?«

Diesmal war Douglas schneller. »Sieht fast aus wie ein Weißer Hai. Die Nase ist allerdings etwas zu stumpf; sie spitzt sich vorn nicht weit genug zu. Und die Farbe ...«

»Carcharodon megalodon, Douglas.«

»Sir?«

»Carcharodon megalodon, der riesige Vorfahr des Weißen Hais von heute. Nach vorliegenden fossilen Funden war er möglicherweise bis zu dreißig Meter lang. Er soll, je nachdem, welchen Wissenschaftler man fragt, seit anderthalb bis fünf Millionen Jahren ausgestorben sein.«

»Soll, Sir?«

»Ist«, korrigierte sich Vandiver.

Douglas nickte.

Vandiver fuhr mit der Zunge unter der Oberlippe entlang, während er nachdachte. »Ich kann mich nicht an den Namen des Flusses erinnern.«

»Sir?«

»Der erste Quastenflosser wurde an der Mündung eines Flusses vor Südafrika gefunden. Sein Name ist mir entfallen.«

Douglas war überrascht, daß sein Onkel etwas, das mit dem Meer zu tun hatte, vergessen hatte. Im Marineministerium gab es niemanden, dessen Wissen über die Meere und ihre Bewohner auch nur annähernd an das des Admirals heranreichte. Er hatte nicht nur seinen Doktor auf diesem Gebiet gemacht, es war auch sein Hobby.

Vandiver stand auf, ging zu seinem Schreibtisch und zeigte auf einen Stuhl auf der anderen Seite. Beide nahmen Platz. Douglas legte die Mütze ordentlich auf seine Beine. Er saß so steif da, als würde er immer noch in Habachtstellung stehen.

Vandiver musterte ihn. »Du kannst dich einfach nicht entspannen, was, Douglas? Nun, das ist ererbt. Unsere Familie ist immer ziemlich steif gewesen. Das ist ein Charakteristikum der Vandivers.«

Douglas versuchte, sich etwas bequemer hinzusetzen, doch es wirkte noch ungelenker als vorher.

Vandiver lächelte leicht. »Nun, ich werde dir einen kleinen Urlaub genehmigen. Vielleicht wirst du dann etwas lockerer. Du wirst für ein paar Tage nach Südflorida reisen.«

Douglas runzelte kaum merklich die Stirn, während Vandiver auf die Brusttasche seiner Uniformjacke klopfte und dann in die Hosentasche griff.

»Ist meine Sekretärin noch draußen?« erkundigte er sich bei Douglas.

»Es ist fast acht Uhr abends, Sir.«

»Sie sagt mir nie, wann sie geht. Das kommt davon, wenn man fünfzehn Jahre mit denselben Leuten zusammenarbeitet – sie verlieren die Furcht vor dir.«

Er zog eine Schublade an der Seite seines Schreibtischs heraus. »Aha«, sagte er und nahm eine in Zellophan eingepackte Zigarre heraus, die er Douglas hinhielt.

»Nein, danke, Sir.«

»Der Name des Flusses ist mir immer noch nicht eingefallen«, brummte Vandiver in sich hinein und begann mit nachdenklichem Gesicht die Zigarre auszupacken. Nachdem er das Zellophan in den Aschenbecher geworfen hatte, zündete er die Zigarre an und blies eine dicke graue Rauchwolke zur Decke hinauf.

Dann sah er zu Douglas. »Laß es mich ohne Umschweife sagen, Douglas. Ich schicke dich an einen Ort, wo heute der Zahn eines Megalodons gefunden wurde. Du sollst dir den Meeresboden ansehen, wo man ihn entdeckt hat. Ich möchte wissen, was du von dem Gebiet hältst. Insbesondere, ob du Anzeichen für einstige vulkanische Aktivitäten findest, für eine Bodenanhebung oder dergleichen. Außerdem sollst du Proben nehmen, von Felsen, Korallen und allem, was es sonst Auffälliges in dem Gebiet gibt.«

»Sir, ich habe meinen Abschluß in Englisch gemacht.«

»Geologie wäre besser gewesen. Aber ich habe keinen Neffen mit einem Abschluß in Geologie. Wonach du suchen sollst, sind Hinweise, die darauf hindeuten, daß der Zahn vor, sagen wir, einigen tausend und nicht vor anderthalb Millionen Jahren dort verloren wurde. Würde ich jemand anderem anvertrauen, worum es mir geht, würde man mich wahrscheinlich aus Krankheitsgründen aufs Altenteil schicken.«

Über das Gesicht seines Onkels huschte ein Lächeln, aber Douglas wußte, daß er die Bemerkung über das Alter des Zahns ernst gemeint hatte. »Wie kommen Sie darauf –«

»Ich will dir eine kleine wissenschaftliche Vorlesung halten«, unterbrach ihn sein Onkel. »Dazu werde ich ein bißchen ausholen, damit du dich mit offenem Blick umschaust, wenn du dort unten bist. Einst durchstreiften Megalodons alle Weltmeere. Ihre Zähne wurden in Sedimentschichten gefunden, die belegen, daß sie sowohl in tropischen als auch in den kalten Gewässern der Eiszeit zu Hause waren. Sie schwammen in flachen Gebieten, die heute Festland sind – in dieser Gegend zum Beispiel bis hinein nach Maryland –, und in den tiefsten Gräben, die immer Tiefsee waren. Etwa im Marianengraben. Weißt du, wie tief der ist?«

Wieder wartete er die Antwort nicht ab, sondern fuhr augenblicklich fort: »Das ist der tiefste Punkt der Erde. Wenn man den Mount Everest, den mit 8 848 Metern höchsten Berg der Erde, in den Graben stellen würde, läge sein Gipfel immer noch fast zweitausend Meter unter Wasser. Diese Tiefseegebiete sind als einzige Teile der Erde seit Urzeiten im wesentlichen unverändert geblieben. Dort unten liegt die Temperatur knapp über dem Gefrierpunkt. Salzgehalt und Druck verhindern, daß das Wasser zu Eis wird. Während der Eiszeiten herrschte dort die gleiche Temperatur wie während gemäßigter und tropischer Klimaphasen. Sie lag immer knapp über dem Gefrierpunkt. Auch der Sauerstoffgehalt blieb weitgehend derselbe, nämlich etwas geringer als in flachen Gewässern. Und es war dort unten immer stockdunkel, so dunkel, wie man es sich kaum vorstellen kann. Die Dinosaurier sind aufgrund einer globalen Temperaturänderung nach und nach ausgestorben oder plötzlich, nachdem ein Meteorit auf der Erde eingeschlagen war und eine riesige Staubwolke verursacht hatte, die nicht nur einen weltweiten Temperatursturz bewirkte, sondern auch die Blätter absterben ließ, von denen die Saurier sich ernährten. In beiden Fällen gab es eine große Umweltveränderung von einem Jahrzehnt zum anderen oder auch von einem Jahr zum anderen. In der Tiefsee jedoch sind die Umweltbedingungen im wesentlichen gleichgeblieben. Die im Lauf der Zeit eingetretenen Veränderungen waren unbedeutend.«

Vandiver beugte sich vor und sah seinem Neffen in die Augen. »Warum also, frage ich dich, Douglas, warum sollte nicht jedes Geschöpf, das ursprünglich dort lebte, heute noch dort leben?«

Douglas antwortete nicht.

Vandiver schüttelte amüsiert den Kopf. »Nein, ich bin noch nicht bereit, aufs Altenteil zu gehen. Ich will nicht sagen, daß sie da sind, Douglas. Wenn man an die Meßgeräte denkt, die wir heute in U-Booten haben, an die Forschungsschiffe, die die Gräben ständig mit Sonartechnik vermessen, ... zum Teufel, an all die Leute, die heutzutage mit Tauchbooten und Robotersonden hantieren, dann kann man sich kaum vorstellen, daß Geschöpfe von der Größe der Megalodons noch am Leben sein sollen, ohne daß man sie bemerkt hätte. Ich sage nur, daß ich eine Theorie habe, eine Hypothese, und die lautet, daß Megalodons viel länger überlebt haben, als allgemein angenommen wird.«

Vandiver hielt für einen Augenblick inne, dann sagte er: »Wenn du von dort zurückkommst, werden wir sehen, ob du mir in dieser Sache weiterhelfen kannst.«

»Könnte man nicht das Alter des Zahns feststellen lassen, Sir?«

»Darum werde ich mich kümmern. Aber inzwischen will ich nicht, daß ein Sturm über das Gebiet fegt und etwas auslöscht, was ein früheres Unwetter verursacht haben könnte, oder daß irgendeine Bodenanhebung die Gegend verändert. Deshalb möchte ich, daß du sobald wie möglich hinfliegst. Oh, ja, und ich möchte wissen, wie weit die Fundstelle von den Mündungen der aus den Everglades kommenden Flüsse entfernt ist.«

Damit war dieses Thema abgeschlossen. Während der Admiral Douglas zur Tür begleitete, sprach er nicht mehr über den Zahn, sondern nur noch über seine Schwester, Douglas' Mutter.

Alan lag auf der Couch und sah fern. Als das Telefon klingelte, streckte er den Arm über den Kopf und hob beim zweiten Klingeln ab.

»Hallo?«

»Alan.«

»Hi«, sagte er.

»Hi«, erwiderte seine Tante. »Wie geht es meinem Lieblingsneffen?«

»Deinem einzigen.«

»Dabei würde ich es gern belassen.«

»Was willst du damit sagen? Daß du irgendwo eine Schwester hast, von der ich noch nie gehört habe, die demnächst ein Baby bekommen wird?«

»Ich bin froh, daß die Fische, mit denen du umgehst, in Tanks leben.«

»Ich auch.«

»Du gehst dieses Wochenende doch nicht tauchen, oder?«

»Hast du einen Idioten aufgezogen?«

»Ich weiß nicht. Du hast einmal Sky diving probiert.«

»Ein Mal.«

»Ein Mal reicht.«

»Okay. Aber das ist lange her. Und im übrigen mögen Haie

kein menschliches Blut, Rayanne. Auf offener See wäre es völlig sicher. Trotzdem habe ich nicht vor, tauchen zu gehen oder sonst irgend etwas zu tun – jedenfalls eine Weile lang.«

»Versprichst du mir, mich anzurufen, bevor du es tust? Wenn nicht, werde ich mir jeden Abend Sorgen machen, daß du am nächsten Tag tauchen wirst, und dann finde ich keinen Schlaf.«

»Ich werde dich vierundzwanzig Stunden vorher vorwarnen.«

»Alan, du bist das einzige Kind, das ich habe.«

»Ich meine es ernst, Tante Rayanne. Und wenn der wahre Grund, aus dem du anrufst, der ist, daß du herausfinden möchtest, ob ich dir schon ein Geburtstagsgeschenk gekauft habe – nein, habe ich nicht. Aber ich werde es wahrscheinlich bald tun.«

»Du weißt, was du mir schenken wirst?«

»Wenn ja, würde ich es dir auf keinen Fall sagen.«

»Ich mag Konfekt, Parfüm und Pyjamas – solche aus Baumwolle.«

»Ich werde es im Hinterkopf behalten.«

»Und du wirst mich wirklich vorwarnen?«

»Vierundzwanzig Stunden.«

»Ich liebe dich.«

»Ich dich auch.«

Als Alan aufgelegt hatte, bettete er den Kopf wieder auf das gegen die Sofalehne gedrückte Kissen und sah an die Decke statt auf den Fernseher.

Obwohl es schrecklich gewesen war, seine Eltern zu verlieren, hätte er es nicht besser treffen können als bei Rayanne. Sie war nach der Beerdigung in sein Zimmer gekommen und hatte ihn in die Arme genommen und geschaukelt, und er hatte gewußt, daß jemand ihn liebte.

Sie hatte ihn von Jackson an die Küste gebracht. Ob er mit neun Jahren Feuerwehrmann oder Polizist werden wollte, wußte er nicht mehr. Aber er erinnerte sich noch lebhaft an den ersten Juli, den er hier verbracht hatte. Damals war sie mit ihm zu den Docks gefahren, um zuzusehen, wie die Boote sich für das alljährliche Angelrodeo anmeldeten. Er hatte nicht geahnt, daß er eines Tages Meeresbiologe sein würde, aber er hatte sich geschworen, daß sein Beruf etwas mit dem Meer zu tun haben würde.

Rayanne hatte ihm vor ein paar Jahren abgeraten, seine Stelle beim Golf Coast Research Lab aufzugeben. Aber als sie sah, daß es ihm ernst damit war, eine Aquakulturfirma aufzubauen, während sich die Branche noch in den Kinderschuhen befand und die großen Lebensmittelkonzerne sie noch nicht kontrollierten, hatte sie ihm nicht nur ihren Segen gegeben, sondern auch zehntausend Dollar von ihrem Sparkonto abgehoben, um ihm den Start zu erleichtern. Er hatte das Geld sicher auf der Bank gelassen, bis klar war, daß seine Firma es schaffen würde, dann hatte er ihr doppelt so viele Aktien gegeben, wie sie mit ihrem Geld auf dem freien Markt hätte kaufen können. Aber Rayannes Einsatz war nicht mit Geld zu bezahlen. Kein Kind und kein Erwachsener konnten sich einen besseren Mutter- und Vaterersatz wünschen.

Das Telefon klingelte wieder. Alan nahm lächelnd ab.

»Ich werde dir nicht sagen, was ich dir schenken werde«, sagte er.

»Alan? Hier ist Carolyn.«

Er setzte sich auf und schwang die Füße auf den Boden.

»Alan, es ist mir peinlich ... aber Paul hat gesehen, wie ich Steaks auf den Grill gelegt habe, und begriffen, daß es nach sieben Uhr ist und ... Alan, besteht vielleicht die Möglichkeit, daß Sie herkommen und mit uns essen?«

Kapitel 10

Paul bestand darauf, sein Steak selbst in mundgerechte Stücke zu schneiden. Als ihm Carolyn sagte, er solle jedes Stück noch einmal teilen, runzelte er die Stirn, tat aber, was sie wollte. Sie zeigte auf den Broccoli auf seinem Teller, dann ging sie über die Terrasse zu dem Korbtisch hinüber, an dem Alan saß.

»Große Jungs müssen ihr Steak nicht in kleine Stücke zerschneiden«, sagte sie leise, während sie sich setzte. »Das denkt er jetzt. Und wissen Sie was? Er hat recht. Mir ist klar, ich will ihn zu sehr beschützen. Ich sage mir selbst, daß ich mich zurückhalten soll, und einen Augenblick später klettert er auf einen Baum, und ich renne hinaus und sage ihm, daß er hinunterfallen und sich den Hals brechen wird. Ich glaube, in mancher Hinsicht haben es Kinder, deren Eltern alles egal ist, besser ...« Sie rollte die Augen und fügte hinzu: »Solange das Kind überlebt.«

Alan beobachtete, wie Paul Duchess mit einem Stück Broccoli fütterte. Duchess schluckte es als Ganzes hinunter und schaute dann zum Tisch herüber, so als wollte er prüfen, ob Carolyn aufpaßte.

Alan lächelte und blickte zu dem sechs Meter langen Außenborder, der hinter dem Garten an einem kleinen hölzernen Anlegeplatz lag. »Ich glaube, Sie sind der erste weibliche Charterbootkapitän, den ich getroffen habe.«

Carolyn hielt in der Bewegung, mit der sie eine Gabel Salat zum Mund führte, inne. »Soll das heißen, was macht ein nettes Mädchen wie ich in einer Branche wie dieser? Nun, Carl hat mir auch die *Intuitive* gelassen. Carl – so hieß er. Sie bemerken, ich benutze die Vergangenheit im Sinne von ›Gott sei Dank, daß er weg ist‹. Obwohl ich ihm gegenüber vermutlich nicht so hart sein sollte, denn wie sich herausgestellt hat, ist die *Intuitive*, soweit es Paul angeht, das Beste, was mir passieren konnte. Erst wollte ich sie verkaufen und soviel herausschlagen wie möglich. Doch dann überlegte ich mir, daß ich das Geld bei einem Verkauf auf einmal bekäme, während es bei der Vermietung ständig fließen würde. Sie sehen also eine ehemals unterdrückte Frau vor sich, die im muffigen Büro eines Buchprüfers gearbeitet hat, bis sie plötzlich anfing, mit ihrem Kind an der Seite das tosende Meer zu befahren. Und Sie wären überrascht, wie sehr Paul mir hilft. Möchten Sie ein Glas Wein?«

»Klingt gut.«

Als Carolyn im Haus verschwunden war, streckte Paul die Hand nach Duchess' Maul aus, bis er bemerkte, daß Alan ihn beobachtete. Doch Alan hob den Blick theatralisch gen Himmel. Paul quittierte es mit einem Lächeln und gab Duchess seinen ganzen Teller. Sekunden später hob er ihn, völlig sauber geleckt, auf und stellte ihn auf das Fernsehregal zurück.

Als Carolyn mit dem Wein aus dem Haus kam, spielten Paul und Duchess auf einem Grasstück neben dem Haus mit einer Frisbee-Scheibe. Sie warf einen Blick auf Pauls leeren Teller und ging dann zu Alan hinüber.

Alan erhob sich und nahm sein Glas entgegen und während er darauf wartete, daß sie vor ihm Platz nahm, fiel sein Blick flußabwärts auf das Wasser. Er fragte sich, wieso die Männer nach dem Fund der versehrten Hand nicht in der

Lage gewesen waren, weitere Leichenteile zu finden. Möglicherweise hatten sie etwas übersehen, aber er bezweifelte es.

»Alan«, sagte Carolyn, indem sie zu ihm aufsah.

Immer noch in Gedanken versunken, setzte er sich auf seinen Stuhl. Der Angriff war vollständig und schnell gewesen, denn weder Skip noch Dustin waren wieder an die Oberfläche gekommen, nachdem sie einmal unter Wasser gezogen worden waren. Im Schwarm angreifende Grundhaie?

»Worüber denken Sie nach?« erkundigte sich Carolyn.

Er verbannte die nagende Ungewißheit, die ihn beschäftigte, aus seinen Gedanken und sah zu Paul hinüber. »Weiß er, was wirklich passiert ist?«

Sie nickte. »Er hat geweint, als ich es ihm erzählte. Aber es war weniger schlimm für ihn, als ich gedacht hatte. Nicht so wie gestern, als er begriff, daß sie tot sind. Ich bin mir nicht sicher, ob es eine Art Schock ist oder ob die Tatsache, wie sie gestorben sind, in seinen Augen nichts ändert. Es klingt schrecklich, aber ... Woher will man wissen, was jemand nach einem solchen Ereignis denkt und fühlt, besonders wenn es sich um einen sechsjährigen Jungen handelt.«

Er musterte sie einen Moment. »Haben Sie ihm Fragen gestellt?«

»Ich habe versucht, es ihm zu erklären, so gut ich konnte. Aber wie macht man so etwas?«

Er wollte gerade erläutern, was er gemeint hatte, als Paul auf die Terrasse kam. »Mr. Freeman.«

»Du solltest ihn Dr. Freeman nennen«, verbesserte ihn Carolyn.

»Alan«, warf Alan ein.

Paul lächelte. »Mr. Alan, hast du ein Boot?«

»Ja, habe ich.«

»So eins wie die *Intuitive*?«

Alan schmunzelte. »Nein, nicht ganz so groß. Einen Boston Whaler. Weißt du, was das für ein Boot ist?«

»Eins mit Mittelsteuerung?«

Alan lächelte. »Genau so ist es. Ein Outrage mit Mittelsteuerung.«

»Das sind die besten«, meinte Paul und warf stirnrunzelnd einen Blick auf den Außenborder. »Das habe ich Mama auch gesagt.«

Carolyn blickte auf die Uhr. »Zeit, schlafen zu gehen.«

Paul nickte und drehte sich zum Haus um, öffnete die Fliegentür und ging hinein. »Gute Nacht, Mr. Alan«, sagte er, bevor er die Tür hinter sich schloß.

Carolyn starrte ihm nach. »Ich bin baff«, sagte sie. »Vielleicht sollten Sie öfter vorbeikommen.« Damit stand sie auf. »Ich bringe ihn schnell zu Bett. Es wird nur eine Minute dauern.«

In Pauls Zimmer half sie ihm, das Oberteil des Schlafanzugs über den Kopf zu ziehen. »Warum bist du so artig?« wollte sie wissen. »Weil Dr. Freeman hier ist?«

Paul sah zu ihr hoch. »Opa Fred hat gesagt, ich kann morgen mit der Mannschaft zelten gehen ... wenn du es erlaubst.«

Das traf sie völlig unvorbereitet. »Oh«, sagte sie nach einem Moment, »das ist nett von Opa Fred, aber das sind größere Jungen als du, Paul.«

»Sie mögen mich.«

Er sah sie von unten an.

»Ich weiß, Paul, aber ... vielleicht wenn du ein bißchen älter bist. Im nächsten Sommer vielleicht.«

»Er hat gesagt, du mußt meine Sachen heute abend packen«, erklärte Paul. »Denn wir werden früh am Morgen aufbrechen.«

»Nein, Schatz, das glaube ich nicht.«

Er biß sich mit den Zähnen auf die Unterlippe und drehte sich zum Bett um.

In Pascagoula betrat eine füllige alte Frau, deren graumelierte Haare auf dem Hinterkopf zu einem Dutt zusammengenommen waren, das Polizeirevier von Jackson County. Sie spielte nervös an ihrem weiten, bedruckten Kleid, während sie durch den schwach beleuchteten Flur ging. Der Deputy, auf den sie zusteuerte, blickte von seinem Schreibtisch auf und sah sie mit einem freundlichen Lächeln an.

Sie versuchte, mit ruhiger Stimme zu sprechen. »Mein Mann – Eddie. Ich, äh … ich habe gestern abend meine Schwester in McComb besucht, und Eddie ist mit seinem Freund Luke angeln gegangen. Als ich zurückkam, war er nicht da – Eddie, meine ich. Und bei Luke hat sich niemand gemeldet.«

Carolyn sah wütend auf den Telefonhörer. »Vater, ich kann es kaum glauben, daß du Paul versprochen hast, ihn mitzunehmen.«

»Was ist daran falsch?«

»Vater, er ist erst sechs.«

»Ach so. Ich bin also nicht verantwortungsbewußt genug, um auf ihn aufzupassen?«

»Vater!«

»Was?«

»Du wirst alle Hände voll mit den anderen Jungen zu tun haben.«

»Ich habe sie wie eine Kavallerietruppe ausgebildet. Sie könnten sich um *mich* kümmern.«

»Ich würde ihn nicht einmal in der Marsch übernachten lassen, wenn sie tatsächlich eine Kavallerietruppe wären. Besonders jetzt nicht.«

»Wir werden nicht schwimmen gehen, Carolyn. Wir wollen campen. Und wir werden praktisch vor deiner Hintertür sein. Du weißt, wie gern die Jungs ihn haben. Sie werden alles für ihn tun. Es ist das Beste für ihn – es wird ihn auf andere Gedanken bringen; zumindest wird er nicht mehr nur daran denken, was passiert ist. Martha hat gesagt, du machst dir deswegen Sorgen. Und wenn du ihn mitkommen läßt, verspreche ich dir, daß ich nicht zulassen werde, daß er auch nur einen Zeh ins Wasser steckt.«

Carolyn blies die Backen auf und stieß wütend die Luft aus. Die Miene, mit der Paul an die Decke gestarrt hatte, nachdem er ins Bett gegangen war, hatte ihr ins Herz geschnitten. Aber sie *konnte* ihn nicht gehenlassen. Sie würde die ganze Zeit über vor Nervosität vergehen.

»Also?«

»Wirklich nicht, Vater.«

»Es wäre für euch beide das Beste. Wenn du nur zu Hause herumsitzt und an diese Jungen denkst, wirst du verrückt. Und, Carolyn, du weißt, daß ich ihn keine Minute aus den Augen lassen werde. Bevor ihm etwas zustößt, würde ich eher zulassen, daß mir selbst etwas passiert.«

Kapitel 11

»Ich glaube einfach nicht, daß Vater das getan hat«, sagte Carolyn, fügte dann aber hinzu: »Doch, ich glaube es.«

Als Alan nichts erwiderte, stellte sie ihr Weinglas auf den Korbtisch und schaute zum ihm hinüber. »Meinen Sie, Paul sollte mitgehen?«

»Er ist Ihr Sohn.«

»Aber Sie denken, daß es gut für ihn wäre, oder?«

»Wenn es Sie beunruhigt, sollten Sie es ihm nicht erlauben.«

»Alan! Sie meinen, er sollte mitgehen. Es würde mich zu Tode ängstigen, Alan.«

»Wollen Sie, daß ich Ihnen zustimme oder antworte?«

Sie runzelte die Stirn, sagte aber: »Letzteres.«

»Meiner Ansicht nach wird Paul, wenn er mit anderen Jungen gemeinsam etwas unternimmt, auf neue Gedanken gebracht. Das wird sehr hilfreich sein, auch wenn es ihn nur für ein paar Tage von Dustin und Skip ablenkt.«

Carolyn seufzte und blickte auf das Marschland hinaus.

»Und Sie wissen, daß er unter der Obhut Ihres Vater nicht einmal einen Zeh ins Wasser stecken dürfte. Er wäre keine Minute unbewacht.«

Sie sah ihm in die Augen. »Haben Sie mit meinem Vater gesprochen? Das ist das zweite Mal, daß Sie das gleiche sagen wie er.«

Er schüttelte lächelnd den Kopf.

»Sie hören sich wirklich genau wie er an.« Sie setzte eine finstere Miene auf und schaute wieder aufs Marschland hinaus.

»Dann werde ich also die böse West-Hexe sein.«

Biloxi, President Casino, 23 Uhr

Leonard bemerkte, daß die Blondine ihn aus den Augenwinkeln musterte. Sie hatte die Größe, die er bevorzugte. Ohne ihre hohen Absätze war sie bestimmt nicht mehr als eins zweiundsechzig groß – also etwa so groß wie er. Er lächelte in sich hinein und erhöhte seinen Einsatz um vier weitere Hundert-Dollar-Chips.

Um ihn herum beobachtete eine Menschentraube das Spiel. Das Kasino war selbst für einen Freitagabend erstaunlich gut besucht, egal, in welcher Richtung man sich vom Roulettetisch aus umblickte. In der Mischung aus weichem und hellem Licht, das in allen Farben schimmerte, hätten die meisten Frauen gut ausgesehen, aber nur wenige besaßen eine solche Büste wie die Blonde, dachte Leonard. Sie war ihm das erste Mal auf der anderen Seite des Tischs aufgefallen. Jetzt stand sie an seinem Ende. Er vergrößerte den Köder ein wenig, indem er mit einigen Fünfhundert-Dollar-Chips spielte und den großen, mit Diamanten besetzten Ring, den er am kleinen Finger trug, in ihre Richtung blitzen ließ. Das tat seine Wirkung.

Er lächelte unmerklich. Vor Jahren, als er fünfzehn geworden war und seinen Führerschein bekommen hatte, war sein Vater mit ihm vors Haus gegangen, um ihm den funkelnden neuen Mercedes zu zeigen, der in der Einfahrt stand.

»Mein Sohn«, hatte er gesagt, »wenn du mit diesem Auto

aus der Einfahrt herausfährst, solltest du wissen, daß es Leute gibt, die du nicht kennst, die dir aber ablehnend gegenüberstehen – sie haben keinen brandneuen Mercedes. Und mit Sicherheit besaßen sie keinen, als sie fünfzehn waren. Ihre Gefühle kümmern mich wenig, solange ich mich korrekt verhalte. Aber manchmal, wenn ich es eilig habe und die Leute, die in meiner Ölfirma arbeiten, nicht richtig behandle, muß ich an all jene denken, die im Leben auf eine Menge trockener Löcher gestoßen sind. Das war nicht ihr Fehler. Als sie die Würfel warfen, sind sie eben auf der falschen Seite liegengeblieben. Das soll beileibe nicht heißen, daß man sie schlecht behandeln darf. Also denk an diese Menschen, sei höflich, wenn du ihnen begegnest, und wirf niemandem einen bösen Blick zu, nur weil er zu langsam fährt. Verstehst du, was ich sagen will?«

Leonard war seinem Vater ewig dankbar für diesen Rat. Als er seine kleine Ansprache hörte, wußte er augenblicklich, daß er jemand war. Seither hatte er stets an die Leute gedacht, von denen sein Vater gesprochen hatte. Besonders an die Frauen. Es entging ihm auch nicht, daß nicht viele von ihnen einen Mercedes besaßen. Und die meisten sahen ihm nach, wenn er vorbeifuhr.

Und genau das hatte er seither in seinem Leben getan. In seinem Mercedes vorbeizufahren, gewissermaßen. Und seinen Vorteil daraus zu ziehen. Ohne zu der Blondine hinzusehen, ließ er seinen Ring noch einmal aufblitzen.

Der Croupier zog seinen Chipstapel vom Tisch, und Leonard legte einen neuen Köder aus.

Das Wumm-wumm-wumm der Rotorblätter und das Donnern des Motors hallten in Leutnant Williams' Ohren wider. Der Frachtraum vibrierte, als würde er im nächsten Augenblick auseinanderbrechen. Douglas starrte durch die breite

Seitenöffnung des Hubschraubers auf die Bäume, die sich unter ihm in der zunehmenden Dunkelheit wiegten. Der Hubschrauber brachte ihn zu einer F-16, die auf dem Luftwaffenstützpunkt Andrews für ihn bereitstand. Er würde vor der Abenddämmerung in Südflorida sein. Dann würde er eine Bootsfahrt zu der Stelle unternehmen, wo der Zahn gefunden worden war. Er hatte gesehen, daß eine Schlechtwetterfront sich dem Gebiet näherte. Wenn er seinen Auftrag nicht rechtzeitig erfüllte, würde die Hölle los sein – auch wenn Vandiver sein Onkel war.

Die Blondine zog ihre Pumps aus und hüpfte in das schnittige schwarze Speedboot, das am Nordende des Jachthafens Broadwater lag. Leonard nahm den Krug mit Wodka und Grapefruitsaft aus der Kühlbox in der Mitte des Boots und goß ihr ein Glas ein.

»Selber gemixt«, erklärte er.

Ihr Interesse galt jedoch mehr dem Ring an seinen kleinen Finger, den er deutlich vom Krug abspreizte. Damit hatte er gerechnet – man durfte ihnen niemals die Zeit geben, an etwas anderes als den Köder zu denken. Es war so ähnlich, als würde man die Schnur gespannt halten, wenn man einen Fisch an der Angel hatte. Auch diesen Rat verdankte er seinem Vater.

Er drehte sich um und trat zwischen die Vordersitze an die Zündung.

Als der Motor aufheulte, lächelte er der Blondine zu.

»Gib's ihm, Leonard«, sagte sie.

Genau das hatte er vor.

Carolyn hielt sich mit ihrer Hand am Türknauf hinter sich fest. Alan, der vor ihr stand, blickte ihr in die Augen. Der Mond schien auf seinen Rücken.

»Wann bekomme ich Gelegenheit, mich für das Steak zu revanchieren?« fragte er.

»In ein paar Tagen vielleicht. Sie wissen, daß wir Paul mindestens einmal mitnehmen müssen, nachdem wir ihn schon eingeladen haben.«

»Oh, jetzt planen Sie schon für mehrere Verabredungen. Nun, Sie sehen gut aus – ich werde darüber nachdenken.«

Sie lächelte, beugte sich vor und gab ihm einen Kuß auf die Wange.

Als er die Hände an ihre Oberarme legte, schüttelte sie jedoch den Kopf, und er ließ die Arme wieder sinken.

»Danke, daß Sie sich so um Paul bemüht haben«, sagte sie.

Er hoffte, daß sie nicht nur wegen Paul an ihn dachte. Es überraschte ihn, daß er bereits so ein starkes Gefühl für sie empfand, obwohl er sie erst anderthalb Tage kannte.

Auf der Rückfahrt nach Biloxi dachte er mehr als einmal darüber nach. Weshalb zog sie ihn so an? Sie war eine schöne Frau – aber von denen gab es noch mehr. Sie war stark – aber in der heutigen Gesellschaft gingen viele alleinerziehende Frauen einer Arbeit nach. Und er war sowohl mit schönen als auch mit starken Frauen ausgegangen. Doch das Gefühl, das er jetzt empfand, war neu für ihn.

Es war kaum zu glauben, welche Richtung seine Gedanken einschlugen. Er lächelte und klopfte im Rhythmus des *Faith-Hill*-Songs, der im Radio gespielt wurde, auf das Lenkrad.

Das schwarze Speedboot schoß, aus Biloxi kommend, über das im Mondschein schimmernde Wasser. Vor dem Boot war der dunkle, kantige Umriß von Fort Massachusetts zu sehen. Leonard riß das Steuerrad herum. Das Boot neigte sich zur Seite und raste auf das Ostende von Ship Island zu – seitdem der Hurrikan Camille eine breite Bresche in die Mitte geschlagen hatte, waren es genaugenommen zwei Inseln. Das Boot fuhr an der Lücke vorbei zu dem langen östlichen Teil des unbewohnten Landflecks, der verlassen und nur in trübes Mondlicht gehüllt dalag.

»Hierhin wolltest du mich also haben«, schrie Stella, um das Röhren des Motors zu übertönen. »Paßt mir ausgezeichnet.«

Leonard gefiel ihre Haltung. Der Wodka beeinflußte ihn mehr, als er wahrhaben wollte. Er schrie zurück: »Du bist wirklich in Ordnung.«

Sie betrachtete ihn einen Moment, dann lachte sie laut auf.

Während er das Tempo verlangsamte und aufs Ufer zufuhr, brach sich eine Welle am Bug des Boots. Kalte Gischt spritzte über den Windschutz und regnete auf sie nieder. Stella brüllte vor Lachen: »Weiter, Leonard.«

»Weiter, Stella«, rief er zurück.

Sie lachte und trank den letzten Schluck aus ihrem Glas.

Carolyn stand in ihrem Schlafzimmer und starrte auf den Zettel, den Paul auf ihr Kopfkissen gelegt hatte. Unter der schwungvollen Handschrift ihres Vaters, mit der er aufgelistet hatte, was auf den Campingausflug mitgenommen werden sollte, stand in sorgfältig gemalten kleineren Buchstaben von Pauls Hand: *Bitte, ich bin artig gewesen.*

Kapitel 12

Leonard stöhnte ein letztes Mal und rollte sich auf den Rücken, während Stella eine Ecke der Decke über ihren Körper zog.

»Huuui!« machte sie.

»Laß mich einen Augenblick ausruhen«, sagte er voller Stolz auf seine bisherige Leistung, »damit ich wieder in die Gänge komme.«

Sie griff nach der Wodkaflasche neben der Decke und landete mit dem Arm im Sand. Die Decke an ihre schweren Brüste gedrückt, setzte sie sich auf und betrachtete die Rückseite ihres Arms. »Ich mag dieses Gefühl von Sand nicht auf der Haut«, sagte sie. »Er war auch auf der Decke. Du hast meinen Rücken geschmirgelt.« Sie strich sich mit der Hand über die Schulter und streifte soviel Sand ab, wie sie konnte.

»Wisch ihn ab«, verlangte sie und drehte ihm den Rücken zu. Er hob den Arm und gab ihr einen Klaps auf die Schulter. »Arrrg«, machte sie und wich vor seiner Berührung zurück. »Du hast mehr an der Hand als ich auf dem Rücken.«

Sie stand, die Decke mit sich ziehend, auf. Leonard rappelte sich ebenfalls auf und streifte dabei seine Hose hoch. Er war nicht dazu gekommen, sie ganz auszuziehen. Dann wischte er etwas Sand von seinem Bauch.

Stella lachte plötzlich auf, ließ die Decke fallen und rannte den Strand hinunter ins Wasser. Die erste Welle konnte sie noch überspringen. Von der zweiten wurde sie getroffen, so daß sie für einen Augenblick bis zur Hüfte im Wasser stand. Als es zurückgeflutet war, reichte es ihr nur noch bis zum Knie, und sie stakte weiter hinein. Leonard säuberte immer noch seinen Bauch.

»Komm rein«, rief sie über die Schulter und winkte ihn mit einer weiten Armbewegung zu sich. »Das Wasser ist toll.«

Eine große Welle umspülte ihre Brust und stürzte mit im Mondlicht glitzernder Schaumkrone hinter ihr auf den Strand.

Leonard ging an den Rand des Wassers und schaute hinaus. Sie befanden sich auf der am Golf gelegenen Südseite der Insel, und so weit er sehen konnte, rollte Welle auf Welle heran. Er horchte auf das Pfeifen des Windes und spürte ihn auf seiner hohen Stirn und in den zerzausten Haaren. Unweit des Ufers brach eine Welle mit besonders lautem Krachen.

»Leonard!«

Das Wasser reichte ihr jetzt bis zu den Schultern, so daß sie abwechselnd stand und im Wasser trieb, je nachdem ob sie von einer Welle angehoben oder abgesetzt wurde.

»Komm rein, Leonard!«

Er dachte nicht daran. Im Gegenteil – es machte ihn ein wenig nervös, daß Stella dort draußen war.

»Stella!«

Stella warf lächelnd ihre nassen Haare zurück, während sie von einer großen Welle hoch über den Strand gehoben wurde. Der weiße Sand glitzerte jetzt wie Schnee.

Als die nächsten Welle sie erfaßt hatte, begann sich der Strand zu verdunkeln. Am Himmel schob sich eine dicke Wolke vor den Mond. Das Wasser um sie herum begann sacht an ihren Beinen zu ziehen. Stella drehte sich um und schaute in die Nacht, die sich in eine schwarze Leere verwandelte. Ein mulmiges Gefühl ergriff sie.

»Leonard!«

Er rief etwas zurück, aber seine Worte verloren sich im Lärm der Brandung. Sie beugte sich vor und begann in seine Richtung zu schwimmen. Dabei versuchte sie sich nicht zu hektisch zu bewegen, um nicht in Panik zu geraten. Aber da sie jetzt flach im Wasser lag, spürte sie den Zug an den Beinen nicht mehr, und sie begann sich zu entspannen.

Es schob sich hinter sie. Am Tag wäre das fünfzehn Meter lange Geschöpf in dem klaren Wasser deutlich zu erkennen gewesen, mitsamt den Brustflossen, die seitlich ausgebreitet waren, als wollte es mit ihnen sein Gleichgewicht halten, und der einen ganzen Meter aus dem Wasser ragenden Rückenflosse. Sein Kopf blieb unter der Oberfläche – direkt hinter ihr und nur knapp unter ihrem Körper.

Leonard war erleichtert, als er bemerkte, daß Stella sich offenbar dem Strand näherte. Lächelnd nahm er einen tiefen Schluck aus der Wodkaflasche. Der Mondschein drang jetzt durch den ausfasernden Rand der Wolke, und Stellas blonde Haare und sogar ihre weißen Schultern begannen das Licht zu reflektieren.

Hinter ihr erhob sich etwas Schwarzes aus dem Wasser.

Leonard riß erschrocken die Augen auf, und die Flasche fiel ihm aus der Hand.

Der Schatten machte einen plötzlichen Ruck nach vorn und verschluckte Stella mit einem Mal von den Füßen bis zum Kopf. Ohne jeden Laut. Ein letztes Leuchten ihrer blonden Haare. Dann schloß sich das riesige Maul.

Das dunkel schimmernde Geschöpf lag reglos im Wasser, während sich die Wellen klatschend an seinem Körper brachen. Mit runden, schwarzen Augen starrte es direkt auf Leonard.

Zu gelähmt, um sich bewegen zu können, war Leonard einer Ohnmacht nahe. Mit übermenschlicher Anstrengung machte er einen Schritt rückwärts. Dann noch einen. Sein Körper schlotterte, als stünde er bei zwanzig Grad unter Null nackt im Wind. Schließlich gelang es ihm, sich umzudrehen – und zu rennen.

»Ahhhhh!«

Schreiend, ohne daß er sich dessen bewußt war, lief er durch die Nacht zu seinem Boot, das er auf der Südseite der Insel an den Strand gezogen hatte. Er riß den kleinen Anker aus dem Sand und warf ihn hektisch ins Heck. Dann stieß er so hart gegen den Bug, daß er sich fast die Schulter ausrenkte. Seine Füße gruben sich in den Sand, während er das Boot zurück auf den Sund schob.

Als er bis zu den Knien im Wasser stand, lief ihm ein Schauder den Rücken hinunter, und er schwang sich an Bord. Er tastete nach der Zündung, und als er sie endlich gefunden hatte, drehte er den Schlüssel herum, legte hart den Rückwärtsgang ein und rammte den Gashebel auf volle Kraft.

Die Schraube zerrte so heftig am Boot, daß der Motor für einen Augenblick angehoben wurde. Dann fing sich das Fahrzeug und schoß rückwärts. Wellen bauten sich auf, krachten hart gegen das stumpfe Heck und klatschen ins Bootsinnere.

Leonard nahm die Geschwindigkeit zurück, legte den Vorwärtsgang ein, hieb den Gashebel wieder nach vorn und drehte gleichzeitig am Steuerrad. Das Boot neigte sich zur Seite und fuhr eine scharfe Kurve, bis Leonard es auf die schwachen Lichter von Biloxi ausrichtete. Dann hieb er mit dem Handballen gegen den Gashebel, aber er ließ sich nicht weiter nach vorn schieben.

Mit schreckensweiten Augen und einem wie ein Maschinengewehr hämmernden Herzen sah er sich nach der rasch kleiner werdenden Insel um. In diesem Moment stieß der Bug quer in eine Welle, die mit voller Wucht gegen den Fiberglasrumpf krachte, so daß das Boot sich zuerst auf die linke und dann auf die rechte Seite legte. Hätte Leonard sich nicht automatisch ans Steuerrad geklammert, wäre er vermutlich hinausgeschleudert worden.

Das Geschöpf hatte das Ende der Golfseite von Ship Island erreicht und bog in den Camille-Einschnitt ein. Zuerst schwamm es schnell weiter, doch dann kam es zitternd zum Stillstand, weil es mit dem Bauch auf dem Boden aufsaß. Aber mit einem gewaltigen Schlag seiner Schwanzflosse schob es sich vorwärts und rutschte über den Sand in tieferes Wasser.

Sekunden später nahm es, ohne tief genug zu tauchen, daß die Finne unter Wasser verschwand, die Verfolgung des in der Ferne dahinrasenden kleinen Boots auf.

Leonards Hände umklammerten das Steuerrad des Sechs-Meter-Boots, als wäre es ein Rettungsring. Er würde es erst wieder loslassen, wenn er in Biloxi am Strand angekommen war und über den Bug an Land sprang. Als er sich umsah, lag Ship Island im hellen Mondschein. Die störende Wolke hatte sich inzwischen verzogen. Da die Insel hinter ihm die Wellen des Golfs aufhielt, war die Wasseroberfläche völlig glatt.

Da sah er die Finne.

Fünfzig, sechzig Meter hinter ihm teilte sie wie ein langes, dickes U-Boot-Sehrohr die Oberfläche und warf auf beiden Seiten eine im Mondschein schimmernde Schaumkrone auf. Wie sehr sich sein Herzschlag verlangsamt hatte, bemerkte Leonard erst, als er das Blut wieder durch die Venen strömen fühlte. Er warf einen Blick auf den Tachometer, der achtunddreißig Knoten anzeigte, und drückte mit aller Kraft gegen den Gashebel. Doch dann zog er ruckartig die Hand weg, weil er Angst hatte, bei einer noch größeren Belastung könnte das Kabel brechen. Er schaute über den Bug auf die Lichter von Biloxi – sie wurden zwar heller, waren aber immer noch weit entfernt. Dann blickte er wieder nach hinten, sah aber nichts außer der ruhigen Meeresoberfläche.

Da war sie.

Seitlich der Position, an der er sie zuerst gesehen hatte.

Die Schaumkronen waren höher geworden.

Sein Blick fiel auf den Tachometer. Dann zurück zur Finne. Wieder war ihm, als müßte er ohnmächtig werden. Es gab keinen Zweifel, das Geschöpf verfolgte ihn. Aber das war unmöglich. Er schloß die Augen, dann schaute er wieder auf die spiegelglatte Wasserfläche vor dem Boot. Bis zu den Lichtern waren es immer noch Kilometer. Ship Island war viel näher. Er biß sich auf die Lippe und spürte, wie der Fahrtwind den Schweiß trocknete, der von seinem Gesicht tropfte und vom Wind ins breite Kielwasser des Boots geweht wurde.

Er sah zwischen Biloxi und Ship Island hin und her. Mein Gott, dachte er, warum habe ich den sicheren Boden bloß verlassen? Er hätte sich in der Mitte der Insel verstecken können, bis der Morgen anbrach und er gesehen werden konnte. Irgend jemand wäre ihm bestimmt zu Hilfe gekommen. Jemand, der etwas Größeres fuhr als ein niedrig im Wasser liegendes Sechs-Meter-Boot. Ständig sah er das schreckliche Bild vor sich – den großen weißen Kopf des Geschöpfs. Der Körper mußte fünfzehn Meter lang sein. Beim nächsten Gedanken wäre ihm fast das Herz stehengeblieben. Wenn ein Geschöpf von dieser Größe das Boot von der Seite rammte oder – bei seiner Geschwindigkeit – auch nur dagegenstieß, könnte es sich drehen und verkehrt herum auf die Oberfläche krachen. Und er würde ins Wasser fallen.

Er begann so stark zu zittern, daß er fürchtete, die Vibration seiner Hände könnte das Steuerrad zerbrechen. Wieder sah er sich um.

Das Geschöpf verringerte mit kräftigen Schlägen seiner riesigen Schwanzflosse kontinuierlich den Abstand zum Boot. Obwohl sein Kopf unter Wasser war und es in der trüben Düsternis nicht weit sehen konnte, wußte es doch genau, wo sein Ziel sich befand. Die auf beiden Seiten seines Körpers entlanglaufenden, sensiblen, breiten Kanäle empfingen die Schwingungen des Boots und orteten die Schraube und das Klatschen des Bugs genauer als jeder von U-Booten geschleppte Sonarschlitten. Die Flachheit des Sunds stellte das einzige Problem für den Raubfisch dar. Mit einer Wassertiefe von maximal 4,20 Meter – an manchen Stellen sogar nur drei Meter – war er fast zu flach für seinen massigen Körper. Bei Ebbe wäre er nie so weit in den Sund hineingekommen, aber im Augenblick befand sich die Flut auf dem Höhepunkt. Wäre Leonard nur ein wenig weiter östlich in die Gewässer zwischen Horn Island und Biloxi gefahren, hätte das Geschöpf ihm nicht mehr folgen können. Doch das Boot fuhr plötzlich scharf nach links, also nach Westen, weg von dem flacheren Gebiet, und beschrieb einen weiten Kreis. Das Geschöpf änderte ebenfalls die Richtung.

Leonard sah seine einzige Chance darin, nach Ship Island zurückzukehren, wo er sich auf dem Sand in der Mitte des Eilands verkriechen konnte. Er beobachtete, wie Finne und Schaumkronen den Kurs änderten, um dem Boot den Weg abzuschneiden. Ein Blick auf den Gashebel bestätigte ihm, daß er bis zum Anschlag nach vorn geschoben war. Er schloß die Augen.

Das Boot raste jetzt direkt auf die Insel zu. Die Finne hielt im Winkel auf einen Punkt vor dem Bug zu, doch Leonard versuchte es zu ignorieren. Der Sand von Ship Island schimmerte im Mondlicht.

Die Finne verringerte den Abstand zum Bug.

Dann passierte der Bug die Stelle, an der sich beide Kurse kreuzten. Leonard blickte auf die rasch näher kommende Insel. Er war im Vorteil. Hinter ihm legte sich die Finne scharf in die Kurve, daß das Wasser aufspritzte wie bei einem Slalom fahrenden Wasserskiläufer, und schwamm wieder in der Kiellinie des Boots.

Leonard starrte auf die Insel.

Die Finne richtete sich auf, und die Gischt auf beiden Seiten stieg höher und höher.

Noch sechzig Meter bis zur Insel.

Der Abstand zwischen Boot und Insel nahm ab. Aber auch der zwischen Finne und Boot.

Leonard schaute zur Insel, dann zur Finne. Das Wasser spritzte jetzt so hoch, daß es aussah, als käme es aus Schläuchen. Und es war so nah.

Und kam näher.

Leonard blickte wie gebannt auf die dicke, dunkle Form und verfolgte, wie sie auf die linke Bootsseite schwenkte. Tränen begannen über seine Wangen zu rinnen. Jetzt hatte die Finne aufgeschlossen. Als sie vor dem Boot auftauchte, spritzte die an ihr aufschäumende Gischt über den Motor in den hinteren Teil des Boots und über ihn hinweg.

»Verschwinde. Hau ab! ... *Hau ab*!«

Plötzlich bewegte sich die Finne schräg auf das Boot zu, und der Kopf des Geschöpfs tauchte unter den Bug.

Es geschah fast genau so, wie er es befürchtet hatte: Von Leonards Schreien und dem Röhren des Motors begleitet, stieß der Riesenfisch mit seinem Vorderteil das Boot aus dem

Wasser. Vom Schub seiner Schraube unterstützt, wurde es in die Luft geschleudert, wo es sich, immer noch aufsteigend, zu drehen begann, um schließlich nach einer fast vollständigen halben Wende wie ein U-Boot bei Alarm ins Wasser einzutauchen und unter der Oberfläche zu verschwinden. Leonard wurde aus dem Boot gerissen und flog im hohen Bogen durch die Luft. Als seine Füße wieder die Meeresoberfläche berührten, sah es für einen kurzen Moment so aus, als ob er auf dem Wasser laufen würde. Dann drehte er sich, klatschte hart auf die Wellen und ging schließlich unter.

Leutnant zur See Douglas Williams verfolgte vom Rücksitz der F-16 Fighting Falcon den Landeanflug. Neben der Rollbahn wartete mit drehendem Rotor ein orange gestreifter Hubschrauber der Küstenwache auf ihn. Wolken begannen sich vor den Mond zu schieben und den Nachthimmel zu verdunkeln. Er schaute kopfschüttelnd in Richtung der Gewässer vor den Everglades.

Kapitel 13

Den Vorteil der Flut nutzend, hielt das Charterboot, das von einer nächtlichen Angeltour bei den Bohrinseln südlich der Chandeleur-Inseln zurückkehrte, auf die Abkürzung durch den Camille-Einschnitt zu, statt die längere Route um den Westzipfel von Ship Island herum in den Sund zu nehmen. Der Kapitän, ein kräftiger, bärtiger Mann von Anfang Vierzig blickte von der Laufbrücke auf das schwache Glühen am Osthimmel. Hinten im Boot unterhielten sich drei aus Chicago stammende Paare mittleren Alters, doch ihre Stimmen waren zu leise, als daß er sie unter dem Summen der zwei Dieselmotoren des Boots hätte heraushören können.

»Kevin«, rief seine Frau vom Fußende der Leiter, die zur Brücke hinaufführte. Sie hatte einen Teller mit Sandwiches in der Hand, den sie jetzt hochhob, um ihn zu fragen, ob er eines wolle. Als er den Kopf schüttelte, drehte sie sich zu den Passagieren um. Kevin sah am dunklen Umriß von Fort Massachusetts vorbei auf die Lichter eines Frachters, der im Schiffahrtskanal nach Gulfport am Ende der Insel vorbeidampfte. Am Heck flatterte die russische Fahne. Das Schiff lag hoch im Wasser, denn es hatte seine Ladung irgendwo anders gelöscht und wollte jetzt in Gulfport Fracht für die Rückfahrt aufnehmen. Höchstwahrscheinlich tiefgefrorene Mississippi-Hühnchen. Schiffe aus der ehemaligen Sowjetunion und deren Satellitenstaaten kamen meistens deswegen nach Gulfport.

Der Kapitän stand gähnend auf der Brücke des Frachters. Sein Mund blieb offenstehen, als er auf das Echolot blickte.

»Wladimir! Glubina!«

Der Erste Offizier verfolgte die Anzeige. Vier Meter unter dem Kiel. Drei Meter. Zwei. Bei zwei Meter blieb sie stehen.

Immer noch zwei Meter. Drei. Vier. Fünf – danach war die Tiefe unter dem Schiff wieder normal.

Der Kapitän ließ das Schott los, an dem er sich in Erwartung des ausgebliebenen Unfalls festgehalten hatte.

»Mjelki wody ili sdjes schto-to satonulo. Soobschschitje amerikanskoi pribreschnoi ochrane.«

Der Erste Offizier griff nach dem Mikrofon des Funkgeräts und meldete in perfektem Englisch: »US-Küstenwache. Hier ist der russische Frachter *Scholokhow*.« Dann wiederholte er, was der Kapitän ihm zu übermitteln befohlen hatte: »Der Kanal hat eine Untiefe, oder etwas ist hier gesunken.«

Einen Kilometer hinter der schäumenden Hecksee des Frachters schwamm ein langes, dunkles Geschöpf an Ship Island vorbei in den Golf hinaus. Die Spitze seiner dicken Rückenflosse befand sich nur knapp unter der Wasseroberfläche. Vierhundert Meter zu seiner Linken nahm es in der tiefen Dunkelheit die schwachen Schwingungen eines anderen großen Lebewesens wahr, das in entgegengesetzter Richtung unter Wasser unterwegs war. Aber die Schwingungen waren ihm vertraut, und so wich es nicht von seinem Kurs ab und behielt sein schnelles Tempo bei, obwohl sich die große, halbmondförmige Schwanzflosse nur ungefähr im Minutentakt wellenförmig zur Seite bewegte.

Am Bug des Charterboots ertönte ein dumpfer Schlag. Schon schrammte der Kiel am Hindernis entlang. Kevin riß die Gashebel zurück und entkuppelte die Motoren. Seine Frau versteifte die Beine, um die plötzliche Verlangsamung abzufangen. Dann hastete sie die Leiter zur Laufbrücke hinauf.

»Was war das?«

Kevin zuckte mit den Schultern. Dann warf er einen Blick hinter das Heck und drehte das Steuerrad nach links, kuppelte die Motoren wieder ein und drückte die Gashebel nach vorn, so daß das Boot langsam einen Kreis beschrieb.

Er spähte nach Backbord und nahm die Geschwindigkeit ein wenig zurück, während seine Frau über die Brücke ging und an Steuerbord ins Wasser schaute. Die Passagiere auf dem Angeldeck spähten ebenfalls suchend ins Meer.

»Ich sehe es. Es ist ...«, sagte der Älteste von ihnen. »Jetzt ist es weg. Etwas Schwarzes, ungefähr anderthalb bis zwei Meter breit. Es war direkt unter der Oberfläche.« Er beugte sich weit über die Reling und schaute nach hinten zum Heck.

Kevin zog die Gashebel ganz zurück und entkuppelte die Motoren. Dann nahm er eine Taschenlampe aus dem Steuerpult und strahlte das Wasser neben dem Heck an.

Seine Frau schüttelte den Kopf. »Ich sehe gar nichts«, stellte sie fest. »Doch, da!«

Er richtete den Lichtstrahl auf die Stelle, auf die sie zeigte. Nur Zentimeter unter der Oberfläche war das verkehrt herum im Wasser treibende Heck eines Speedboots zu erkennen. Der Motor fehlte. Doch das Licht der Taschenlampe reichte tief genug, um den Bootsnamen lesen zu können.

Er griff nach dem VHF-Funkgerät, schaltete Kanal sechzehn ein und hob das Mikrofon an den Mund.

»Küstenwache«, sagte er und gab den Namen seines Boots durch. Dann meldete er: »Hier ist ein kleines Boot gesunken, unmittelbar nördlich des Camille-Einschnitts, in der Nähe des Ostteils von Ship Island – vielleicht dreißig Meter vom Ufer entfernt.«

Er wartete einen Augenblick. »Küstenwache, empfangen Sie mich? Hier ist das Charterboot –«

»Hier ist die Küstenwachstation Gulfport. Fahren Sie fort, Kapitän.«

»Ich bin nördlich des Camille-Einschnitts auf ein gesunkenes Speedboot gestoßen. Das Heck treibt unmittelbar unter der Wasseroberfläche. Ich bin mit dem Kiel darüber hinweggeschrammt. In der Dunkelheit läßt sich nicht viel erkennen. Aber es heißt *Scent*. Ich kenne es. Es liegt in Broadwater. Der Typ, dem es gehört, hat noch eine Bertram namens *Bigger Scent*. Ein Ölmensch aus New Orleans. Ein kleiner, netter Kerl.«

Manche Abteilungen des Pentagons schlossen nie. Admiral Vandivers Büro gehörte nicht dazu, obwohl er erst weit nach Mitternacht nach Hause gefahren war und nun schon zu früher Stunde wieder an seinem Schreibtisch saß. Er blies eine Wolke grauen Zigarrenrauch ins Zimmer und schaute auf seine Uhr. Vor über einer Stunde hatte ihm der Kurier das Päckchen aus Südflorida ausgehändigt. Es müßte mittlerweile im Labor angekommen sein. Dort arbeitete ein alter Bekannter, auf den er sich verlassen konnte. Denn er würde ihm die Tatsachen unverfälscht und vorurteilsfrei mitteilen.

Es gab allerdings so viele Unwägbarkeiten in den Tests – bei der Datierung überhaupt. Ihm fiel das Beispiel ein, das gerade in allen Zeitungen besprochen wurde. Es ging um das Turiner Grabtuch, ein hundertzehn mal vierhundertsechsunddreißig Zentimeter großes Leinentuch, in das sich irgendwie der Abdruck eines gekreuzigten Mannes eingeprägt hatte, der eine Dornenkrone trug und starke Ähnlichkeit mit den frühesten bildlichen Jesus-Darstellungen aufwies. Seit seiner Entdeckung hatte man vermutet, daß es das Tuch war, in das der Leichnam Jesu gehüllt worden war. Dann hatte ein Radiokarbontest ergeben, daß der Stoff nach dem Jahr 1200 gewebt worden war. Doch jetzt hatte ein Team vom Health Science Center der Universität von Texas in San Antonio in einer weiteren Untersuchung herausgefunden, daß eine Schicht von Bakterien und Pilzen diesen Test verfälscht hatte. Das Tuch konnte tatsächlich das sein, wofür man es von Anfang an gehalten hatte. Beide Wissenschaftlergruppen beharrten auf ihren Ergebnissen.

Außerdem war da noch der Fall der alten Karte. Auf ihr waren Umrisse von Kontinenten verzeichnet, die die Europäer nach allgemeiner Ansicht zum Entstehungszeitpunkt der Karte noch gar nicht kannten. Bei der Altersbestimmung der verwendeten Tinte stellte sich heraus, daß sie nicht so alt sein konnte, wie behauptet wurde. Bei nachfolgenden Datierungen durch andere Wissenschaftler kam man wiederum zum gegenteiligen Ergebnis. Und auch in diesem Fall konnten sich die Forscher nicht einigen.

Das waren geradezu klassische Beispiele dafür, daß unterschiedliche Gruppen höchst qualifizierter Profis, die allesamt die neueste Technologie benutzten, zu diametral entgegengesetzten Schlußfolgerungen gelangten, aber es waren nicht die einzigen. Bei weitem nicht. Verunreinigungen, von Fremdeinflüssen verursachte schnellere bzw. langsamere Alterung, die Dinge, die in der Nähe der untersuchten Objekte gelegen hatten, die simple Frage, wie lange sie den Sonnenstrahlen ausgesetzt waren – alle diese Umstände und eine Vielzahl weiterer Ursachen konnten die verschiedenen Methoden der Altersbestimmung von Gegenständen außer Kraft setzen.

Aber eins *konnte* man feststellen, dachte Vandiver – ob der Zahn nur wenige Jahre alt oder sogar noch jünger war. Er blickte wieder auf die Uhr, dann stand er auf, ging zum Computer, zog den Stuhl zurück und schaltete den Terminal ein. Augenblicklich erschien auf dem Monitor die Aufforderung, das Paßwort einzugeben, und er tippte eine Reihe von Zeichen ein.

Sekunden später war in der Mitte des Monitors das Bild eines Haizahns zu sehen.

Aus den Lautsprechern ertönte eine weibliche Stimme, die, Wort für Wort präzise artikulierend, in angenehmem Tonfall die den Zahn betreffenden Fakten aufzählte:

»... eines Carcharodon Megalodon. Wahrscheinlichkeit: neunundneunzig Komma neunundneunzig Prozent. Seitenhöhe zwanzig Komma sieben neun fünf Zentimeter bei einer entsprechenden Breite, die auf dem neben dem Zahn eingeblendeten Lineal abzulesen ist.« Das Lineal blinkte zweimal auf. *»Körpermaße bestätigt. Nimmt man an, der Zahn sei einer der größeren Zähne, wie sie in den vorderen Zahnreihen heutiger Haie zu finden sind, wäre der Megalodon schätzungsweise fünfzehn bis achtzehn Meter lang bei einer möglichen Abweichung von plus minus zwanzig Prozent. Nimmt man an, der Zahn gehöre zu den kleineren Exemplaren, wie sie in den hinteren Zahnreihen heutiger Haie zu finden sind, wäre der Megalodon schätzungsweise dreiundzwanzig bis achtundzwanzig Meter lang, bei einer möglichen Abweichung von plus minus zwanzig Prozent. Hauptmerkmal: beige Färbung. Bestätigt. Schlußfolgerung ...«*

Der Zahn schrumpfte und wurde von einem Quadrat eingerahmt, das sich an die rechte obere Ecke des Monitors schob. In der Mitte des Bildschirms erschien jetzt ein massiger Hai, der die Mund- und Flossenstruktur eines großen Weißen Hais aufwies, dessen Kopf aber stumpfer war. *»... Carcharodon Megalodon. Weit verbreitet in allen Meeren während des Trias bis zum frühen Pleistozän. Wahrscheinlichkeit:*

neunundneunzig Komma neunundneunzig Prozent.« Der Hai schrumpfte und wurde von einem Quadrat eingerahmt, das sich an die rechte obere Ecke des Bildschirms schob und dort aufblinkte. Statt dessen baute sich eine Karte des südlichen Pazifiks auf. In der Mitte des Ozeans erschien ein kleiner Kreis, der größer wurde, bis das eingekreiste Gebiet den ganzen Bildschirm ausfüllte. Das Bild wechselte zur topographischen Darstellung der Bodenbeschaffenheit des Gebiets, so daß die Rücken und Bergkämme eines unterseeischen Gebirgszuges und seitlich davon ein tiefes Tal sichtbar wurden.

»Der Zahn wurde am 15. Juni 1982 von einem Roboter geborgen, der im Marianengraben in einer Tiefe von achttausend Metern Proben sammelte. Tiefe bestätigt.

Allgemeine Schlußfolgerung: Zahn eines Carcharodon Megalodon – bestätigt. Wahrscheinlichkeit: neunundneunzig Komma neunundneunzig Prozent. Ausgestorben seit anderthalb bis fünf Millionen Jahren. Einschränkung: Datierung des Zahns nicht schlüssig.

Von europäischen und russischen Forschungsinstituten durchgeführte Untersuchungen ergaben keinen Hinweis auf Karbonisierung, Aminosäurerazemisierung oder sonstige Fossilisation.

Allgemeine Schlußfolgerung: Unbekannter Prozeß, wahrscheinlich chemischer Art, verzögerte im Zusammenhang mit der Lagerstätte, an der der Zahn gefunden wurde, die Fossilisation, oder die vorliegende, dem Anschein entsprechende Altersbestimmung war fehlerhaft. Wahrscheinlichkeit: fünfundsiebzig Prozent.«

Vandiver saß einen Augenblick gedankenverloren da. Dann griff er nach dem Telefon neben dem Monitor.

Obwohl Dr. Tegtmier gesagt hatte, er würde im Labor auf die Lieferung des Zahns warten, meldete sich dort niemand.

Vandiver legte stirnrunzelnd auf, schaute wieder auf den Bildschirm und dachte nach.

Neben der *Scent*, deren Heck im Licht der aufgehenden Sonne unter der Wasseroberfläche kaum auszumachen war, lag eine Forty-One der Küstenwachstation von Gulfport.

Bootsmannsmaat Beverly Cowart starrte mit in die Hüften gestemmten Händen auf das Speedboot. Sie trug dunkelblaue Hosen und ein steif gebügeltes kurzärmeliges Hemd. Ihre blonden Haare endeten knapp über dem Hemdkragen.

»Wir werden es mit einer Boje markieren«, sagte sie. »Dann sehen wir zu, daß wir jemanden auftreiben, der es aus der Durchfahrt schafft.«

Ihr Kollege, der neben ihr stand, nickte.

Der Taucher war erst ein paar Sekunden unter Wasser, als er wieder nach oben kam. Sein Kopf brach spritzend durch die Wasseroberfläche.

»Sir ... Ma'am, da unten liegt ein Fuß.«

Es waren insgesamt acht Jungen. Sie standen in hellorangenen Schwimmwesten neben zwei am Ufer liegenden, fünfeinhalb Meter langen Aluminiumbooten. Carolyn parkte den Ranger und griff hinten auf den Rücksitz, wo Pauls zusammengerollter Schlafsack lag. Paul sprang mit seinem Rucksack aus dem Auto und rannte zu den Booten.

Als sie die Tür geöffnet hatte und die Füße auf den Boden setzte, sah sie, wie ihr Vater Paul entgegenging.

»Junge«, begrüßte er ihn, »lassen Männer Frauen ihr Gepäck tragen?«

Paul blieb abrupt stehen und raste zum Auto zurück. Als er Carolyn erreicht hatte, streckte er die Hand nach dem Schlafsack aus.

»Vater«, sagte sie, während Paul ihr den Schlafsack abnahm, »er wiegt fast nichts.«

Paul balancierte den Rucksack auf den Schultern, so daß sein Kopf verdeckt war, und rannte, den Schlafsack in der anderen Hand, wieder zum Ufer.

Mr. Herald legte die Hände auf die Hüften und beobachtete die Jungen. »Schau sich einer das an«, rief er. »Ich brauche überhaupt nichts zu sagen.«

San-hi und Armon prüften sorgfältig, ob die anderen Jungen die Schwimmwesten richtig befestigt hatten. Dann durften sie einer nach dem anderen in die Boote steigen. Sie gingen von sich aus zu den Bänken in der Mitte, setzten sich und legten ihre Rucksäcke auf den Schoß. San-hi gab Paul eine Schwimmweste, beobachtete, wie er sie anzog, und zeigte dann auf das erste Boot. Paul stieg ein und setzte sich neben den Kleinsten der Mannschaft, einen muskulösen dunkelhäutigen Jungen mit so kurz geschnittenen Haaren, daß es fast wie eine Glatze aussah. San-hi ging zum anderen Boot und machte es sich auf dem Hecksitz vor dem kleinen Außenbordmotor bequem. Armon stieg in den Bug und sah sich nach Mr. Herald um.

»Auf bald« sagte Carolyns Vater, indem er sich vorbeugte und ihr einen Kuß auf die Wange drückte. »Bis morgen nachmittag ... Spätnachmittag.«

»Vater, wenn du wüßtest, wieviel Sorgen ich mir mache.«

»Dafür kann ich nichts. Du selbst hast entschieden, daß er mitkommen soll.«

»Vater, du sprichst mit deiner Tochter, und ich weiß, daß du das Ganze geplant hast.«

Er gab ihr noch einen Kuß. »Der Zug ist abgefahren«, sagte er. Dann fügte er mit weicherer Stimme hinzu: »Carolyn, du solltest mit uns kommen und es dir gutgehen lassen. Ich würde mich freuen.«

»Ein Mädchen unter lauter Männern?« fragte sie mit tiefer Stimme. »Das verhüte Gott, Kapitän.« Dann, leise: »Behalt ihn im Auge.«

Ihr Vater zwinkerte ihr zu und nickte. Dann ging er zu den geduldig in den Booten wartenden Jungen.

»Bereit, Männer?« fragte er, als er am Ufer angekommen war.

»Ja, Sir«, antworteten die Jungen wie aus einem Mund.

»Ja, Sir«, sagte Paul.

»Gut«, meinte Mr. Herald, stieg ins erste Boot und setzte sich auf den Hecksitz. Im nächsten Augenblick erwachte der Außenbordmotor knatternd zum Leben, und er steuerte das Boot mit der Ruderpinne vom Ufer weg.

Unterdessen hatte San-hi den Außenbordmotor des zweiten Boots gestartet und nahm ebenfalls Kurs auf die Mitte des Flusses.

Mit langsamer Fahrt, so daß das Wasser hinter den Booten kaum aufgewirbelt wurde, glitten sie auf die Brücke der Interstate 10 zu, die in der Ferne hinter einem feuchten Schleier verschwommen schimmerte.

Mr. Herald sah über die Schulter zurück und winkte seiner Tochter zu.

Auch Paul drehte sich für einen Augenblick um. Dann richtete er seinen Blick wieder wie die anderen Jungen flußaufwärts.

Leutnant zur See Douglas Williams starrte über die Reling auf das am Boot vorbeiströmende glitzernde Wasser. Er dachte an Haie. Nicht an die Art, die sein Onkel im Kopf hatte, sondern an echte, lebendige Haie. Insbesondere an Tiefseehaie. Jene Arten, die in tiefen Gewässern oder in deren flacherer Nachbarschaft lebten, wie beispielsweise in den Gebieten rund um Inseln, die von unterseeischen Gebirgen gebildet worden waren, also durch vulkanische Erhebungen, die im Lauf der Zeit aus mehreren Kilometern Tiefe gewachsen waren und jetzt Landflächen wie Hawaii und die vielen anderen Inseln im überwiegend aus Tiefseegebieten bestehenden Pazifik bildeten.

Er meinte Raubfische wie den Weißspitzen-Hochseehai und den Makohai, die Art von Haien, die zusammen mit dem weitverbreiteten Tigerhai für viel mehr Tode verantwortlich waren als der von den Medien stärker beachtete, aber weniger zahlreiche Weiße Hai. Diese Haie hatten auch im Ersten und Zweiten Weltkrieg Tausende von schiffbrüchigen Seeleuten von dem Treibgut, an das sie sich klammerten, gezerrt. Allerdings war dies meistens auf der Hochsee passiert.

Das hatte sich aber geändert. In den letzten beiden Jahrzehnten waren die kommerziellen Fischfangflotten zum Schutz der Küstengewässer überall auf der Welt weit aufs Meer hinaus gedrängt worden. Riesige, höchst effektive Fangschiffe aus technologisch fortgeschrittenen Ländern wie Japan hatten mit bis zu sechzig Kilometer langen Netzen im Schlepptau ganze Fischschwärme aus der Hochsee abgefischt und sie dadurch nicht nur aus der Nahrungskette herausgebrochen, sondern auch verhindert, daß sie sich vermehrten. Aufgrund dieses dramatischen Rückgangs der Fischbestände begannen die großen Räuber der Meere, auf der Suche nach Beute in die flacheren Gewässer der Kontinentalsockel vorzudringen. Plötzlich traf man Haie, die noch nie zuvor oder nur äußerst selten in Küstennähe gesehen worden waren, häufiger in flacheren Gewässern an.

Er konnte es bezeugen. Ins Pentagon war er erst vor wenigen Monaten abkommandiert worden. Davor hatte er auf einem Zerstörer gedient, und nur zwei Monate vor seiner Versetzung war er während einer Fahrt im Osten des Golfs von Mexiko an Deck gewesen und hatte, als er über die Reling sah, einem dreieinhalb Meter langen Tiefseemako ins Auge geblickt.

Die meisten Leute hatten ein falsches Bild von einem Haiangriff – sie dachten an kämpfende, um Hilfe schreiende Menschen. Von der Wirklichkeit hatte die Allgemeinheit keine Ahnung. Ihre Vorstellung mochte für einige kleinere Flachwasserhaie, die an den amerikanischen Küsten verbreitet waren, zutreffen, aber nicht auf die gigantischen Geschöpfe der Hochsee, von denen manche bis zu fünfeinhalb Meter lang wurden und drei Tonnen wogen. Wenn diese Tiere angriffen, dann ging es schnell – ohne Kampf; oft wurde der Schwimmer fast ganz verschluckt oder in zwei Hälften zertrennt. Einer seiner Schiffskameraden auf dem Zerstörer hatte eine solche Attacke miterlebt. Er war mit einem Freund vor den Philippinen geschwommen und hatte einen Augenblick woanders hingesehen, und als er sich wieder zu seinem Freund umschaute, war dort nichts als Wasser gewesen. Sekunden später hatte er die Spitze einer dicken, sich von ihm entfernenden Finne gesehen, die für einen Moment durch die Oberfläche brach. Das war alles gewesen.

Und jetzt soll ich in Gewässern tauchen, die nicht allzu weit von denen entfernt sind, wo ich den Mako gesehen habe, dachte Douglas. Er wußte, daß Haie trotz des verbreiteten Irrtums, sie besäßen kein gutes Sehvermögen, unter Wasser in Wirklichkeit doppelt so weit wie Menschen sehen konnten. Bei schlechtem Licht oder in trübem Wasser war der Unterschied sogar noch größer. Gut aufzupassen genügte also nicht – ein Mensch konnte einen Hai niemals eher sehen als dieser ihn. Aber selbst wenn Haie blind wären, hätten sie noch alle Vorteile auf ihrer Seite. Sie konnten über anderthalb Kilometer weit hören und Schwingungen empfangen. Der wichtigste Teil ihres Gehirns war dem Geruchssinn zugeordnet. Sie konnten eine Beute sogar noch eher riechen, als sie ihre Anwesenheit hörten und spürten. Es war ausgeschlossen, daß ein Schwimmer ins Wasser ging, ohne daß wenig später sämtliche Haie im Umkreis von Kilometern aufmerksam wurden.

Aber selbst wenn ein künftiges Opfer einen Angriff irgendwie vorher spüren sollte, war eine Flucht sinnlos, egal, ob ein sicherer Ort in der Nähe war oder nicht. Makos wie der, den er gesehen hatte, waren über fünfzig Stundenkilometer schnell – und das war noch nicht einmal die Angriffsgeschwindigkeit.

Douglas schloß bei dem Gedanken an den bevorstehenden Tauchgang die Augen. Eigentlich hatte er Englischprofessor werden wollen. Dann hätte er an einem kleinen College gelehrt, wo er einen großen Teil der Zeit seiner Liebe zur Dichtkunst hätte widmen können. Aber sein Onkel war Admiral. Also hatte ihn seine Mutter, auch wenn sie, wie sein Onkel meinte, das Militär für albern halten sollte, in diese Richtung gelenkt. Und er hatte nachgegeben. In der Vergangenheit hatte sich ihr Rat stets als klug herausgestellt.

O Mann, fragte er sich, *warum habe ich bloß auf sie gehört?*

Mit unterdrückter Stimme verfluchte er seinen Onkel – und meinte es einen Augenblick fast ernst.

»Sir«, sagte ein Angehöriger der Küstenwache hinter ihm, und Douglas drehte sich zu dem kleineren Mann um. »Sir, haben Sie Ihre Badehose dabei?«

Douglas nickte.

»Ihre Tauchausrüstung liegt drinnen bereit«, sagte der Mann.

Douglas starrte zur Mitte des Boots. Dann folgte er ihm mit ernster Miene das Deck entlang.

Kapitel 14

»Wie viele von euch haben schon einmal einen Biberdamm gesehen?«

Paul hob die Hand. »Ich«, sagte er.

Fred Herald schaltete den Außenbordmotor aus, und das Boot glitt längsseits ans Ufer. San-hi steuerte das zweite Boot hinter ihn, und Armon stieg aus dem Bug auf den weichen Erdboden.

»Immer mit der Ruhe, Männer«, sagte Fred, als die Jungen vor ihm aufstanden.

Paul stand in dem schaukelnden Boot. Den Rucksack unter einem Arm, den zusammengerollten Schlafsack unter dem anderen, wankte er zur Seite des Boots, das, von den Tritten der neben ihm aussteigenden Jungen abgestoßen, langsam vom Ufer abzutreiben begann.

»Halt es fest, Armon«, rief Fred.

Im selben Augenblick machte Paul einen Schritt ins knietiefe Wasser, stolperte vor Überraschung darüber, daß es so tief war, und klatschte der Länge nach aufs Ufer.

Armon grinste, während er nach dem Rand des Boots griff. Als Fred ihm einen finsteren Blick zuwarf, zuckte er die Schultern, aber das Grinsen konnte er nicht abstellen.

San-hi packte Paul an der Schulter und zog ihn in die Höhe. Pauls Jeans, Hemd und Schwimmweste waren durchnäßt, Rucksack und Schlafsack trieften, sogar seine dichten dunkeln Haare hingen naß in die Stirn. Doch er lächelte.

»Puh«, machte Armon und hielt sich die Nase zu.

Paul blickte zum Wald hinüber, von wo der stechende Geruch kam. Die anderen Jungen begannen unterdessen das Boot zu entladen.

Außer zwei blonden Brüdern. Sie waren zehn und zwölf Jahre alt und sahen abgesehen von einem leichten Größenunterschied fast gleich aus. Im Gegensatz zu den andern streiften sie die Schwimmwesten ab, schulterten die Rucksäcke und stiegen ins Boot zurück, um die Angeln aufzuheben, die in der Mitte lagen. Im nächsten Augenblick stapften sie um den Tümpel herum.

»Überanstrengt euch nur nicht«, rief San-hi ihnen nach.

Der ältere Bruder hatte Schwierigkeiten mit den Angelruten, die er schräg vor dem Körper trug, und schwankte ungeschickt vor und zurück, während er neben seinem schmunzelnden Bruder zur Bachmündung auf der anderen Seite des Tümpels ging.

San-hi trat auf Paul zu, öffnete die Klappe seines Rucksacks und schob den feuchten Schlafsack darunter. Dann zog er die Riemen wieder durch die Schnallen und drückte Paul den Rucksack in die Hand. Paul lächelte und schwang ihn auf die Schulter.

Armon hatte die beiden beobachtet. »Wenn du mit Babysitten fertig bist...«, sagte er. Er stand neben dem zweiten Boot, in dem sich noch die Boxausrüstung befand.

Als San-hi auf ihn zukam, stellte er ein Bein ins Boot, um es am Ufer zu halten. Dann begann er Pflasterrollen, Mullpackungen, Springseile und Kopfschützer auf San-his Arme zu stapeln. Zuletzt hievte er den Sandsack aus dem Boot, der dick wie ein Baumstamm und schwer wie ein Zementsack war.

Nachdem er ihn mit dem flachen Ende auf einer Bank abgestellt hatte, sah er zu den Jungen hinüber. Um den Sack zum Bach zu tragen, waren zwei der Kleineren nötig, an jedem Ende einer.

Armon warf einen Blick auf den Wald und hielt sich wieder die Nase zu.

»Irgendwas Großes«, meinte Fred.

Er beobachtete den kleinsten Jungen der Mannschaft, der auf dem Damm balancierte und gerade über das Durcheinander von vorstehenden Ästen und kleinen Baumstämmen in die Lücke in der Mitte hinunterkletterte.

»Laß das, Edward, komm raus da.«

Der Junge reagierte nicht.

Fred wartete einen Augenblick. Edward konnte als einziger aus der Mannschaft nicht schwimmen.

»Edward!«

Jetzt tauchte der Kopf des Jungen auf.

Einen Augenblick darauf war er wieder auf dem Biberdamm. In den Händen hatte er eine Mütze und eine Angel mit Rolle.

Admiral Vandiver ging ein Gedanke durch den Kopf. Genaugenommen waren es mehrere, die aber alle dieselbe Möglichkeit betrafen.

Zu seinem Neffen hatte er gesagt: Warum, Douglas, warum sollte nicht jedes Geschöpf, das ursprünglich dort lebte, heute noch dort leben? Zwar hatte er sofort eingeschränkt, er wolle nicht andeuten, daß es noch Megalodons gebe, sondern nur die Vermutung aufstellen, daß sie viel länger gelebt hätten, als man allgemein glaube. Aber was hätte er sonst sagen sollen, ohne Douglas gegenüber seine Glaubwürdigkeit zu verlieren, während er gleichzeitig von ihm erwartete, daß er sich den Teil des Meeresbodens, wo die Küstenwache den Zahn gefunden hatte, besonders aufmerksam ansah? Um Douglas zu zeigen, wie wenig er an die Möglichkeit glaubte, daß Megalodons noch existierten, hatte er auf die neuen Technologien für die Erforschung der Meere, auf all die U-Boote, Tauchfahrzeuge und Robotersonden hingewiesen und erklärt, es sei kaum vorstellbar, daß man derart gigantische Geschöpfe nicht entdeckt hätte. Sicherlich wäre ein voll ausgewachsener Megalodon, der in so flache Gewässer wie die zwischen Keys und Everglades vordrang, während der vielen Tage und Nächte, die er für die Passage vom nächstgelegenen Tiefseegebiet gebraucht hätte, irgendwo gesichtet worden. Doch es gab eine mögliche Erklärung.

Der Weiße Hai war der einzige Hai, dem die Meeresbiologen Intelligenz zubilligten – nicht nur Instinkt. Von ihm wußte man, daß er den Kopf aus dem Wasser streckte, um zu beobachten, was außerhalb seines Königreichs vor sich ging. Andere Haie waren zwar physisch dazu in der Lage, taten es aber nicht. Außerdem unterschied der Weiße Hai offenbar zwischen Booten und Insassen. Mehrere Male hatten Weiße Haie versucht, sich den Menschen an Bord über die Reling zu nähern. Und Weiße Haie gingen bei einem Angriff fast immer zum Gegenangriff über. Wenn Tiger-, Hammer- und Weißspitzen-Hochseehaie und andere sogenannte Menschenfresser verwundet waren, flohen sie für gewöhnlich, es sei denn, sie befanden sich in einem Freßrausch oder mitten in einem Angriff, den sie selbst eingeleitet hatten. Bei einer Verletzung zu fliehen war eine instinktive Reaktion.

Am meisten beschäftigte Vandiver jedoch die Ansicht mancher Experten, daß Weiße Haie möglicherweise sogar fähig waren zu planen. Schon ihre bevorzugte Angriffsart legte diesen Schluß nahe. Während andere Haie ihre Opfer in der Regel aus der Richtung angriffen, aus der sie sie entdeckt hatten, oder sie in Sichtweite umkreisten, tauchten Weiße Haie, sofern sie Gelegenheit dazu hatten, nach der Ortung eines Opfers in die Tiefe, um sie ungesehen von unten anzugreifen. Mehr als ein wassertretender Schwimmer war an den Beinen in die Tiefe gezerrt worden, mehr als ein Surfer einem Angriff zum Opfer gefallen, nachdem er vorher von seinem Brett gestoßen worden war.

Aber es gab noch weit dramatischere Vorfälle, die den Gedanken aufkommen ließen, Weiße Haie könnten ihr Handeln planen. Der wahrscheinlich tragischste hatte sich Ende des 19. Jahrhunderts auf der englischen Schaluppe *Byrum* ereignet.

Dem Segelschiff war seit Tagen ein Weißer Hai gefolgt. Er fraß die Abfälle, die der Koch jeden Abend über Bord warf. Auch tagsüber blieb er in der Nähe des Schiffs. Tag für Tag. Die Besatzung gewöhnte sich an seinen Anblick. Einige Matrosen schworen hinterher, sie hätten gesehen, wie das Auge des Hais ihnen folgte, wenn sie an der Reling entlanggingen. Auf jeden Fall war ihnen die Anwesenheit des großen Räubers bald vertraut. Eines Tages stieg ein Mann über die Reling, um an einigen Leinen der Takelage zu arbeiten. Den Zeugenaussagen zufolge schwamm der Weiße Hai, der sich gut zehn Meter entfernt aufgehalten hatte, plötzlich in einer scharfen Kurve auf das Schiff zu, erhob sich aus dem Wasser und schnappte den Mann – fast so, als hätte er auf diesen Augenblick gewartet.

Hatte er es geplant? Und tagelang geduldig gewartet, bis er sein Vorhaben ausführen konnte? Oder hatte er nur von der leichten Beute profitiert? Wer würde es jemals mit Sicherheit sagen können?

Aber selbst wenn man von diesem Fall absah, blieb die Tatsache bestehen, daß der Weiße Hai den Kopf aus dem Wasser streckte, um sich umzusehen, und bei einem Angriff nicht dem grundlegenden Überlebensinstinkt folgte, sondern reagierte und sich gegen den Angreifer wendete. Beides sprach für Intelligenz.

War der Megalodon, der direkte Vorfahre des Weißen Hais, genauso intelligent gewesen? Oder intelligenter? In beiden Fällen war es möglich, daß er über genügend Denkfähigkeit verfügte, um der Entdeckung auszuweichen, wenn er nicht gesehen werden wollte… aus welchen Gründen auch immer.

Die blonden Brüder starrten auf die Angel im weichen Erdboden, deren Schnur schlaff ins Wasser hing.

Fred blieb hinter ihnen stehen.

Einen halben Meter vom Ufer entfernt lagen drei aufgedunsene, blau angelaufene Barsche seitlich im Wasser. Durch ihre Kiemen war eine Schnur gezogen, die an einem im Uferboden steckenden Zweig verankert war. Daneben stand ein Elritzeneimer mit halb geöffnetem Deckel.

»Die Schlangen haben sie geholt«, sagte einer der Brüder. Sein Blick war auf die dunklen, runden Bißmale gerichtet, die auf den hellblauen, angeschwollenen Fischbäuchen leicht zu erkennen waren.

Fred betrachtete die Angel. Dann blickte er in die Richtung, aus der der Gestank kam. Am Biberdamm war er besonders intensiv.

»Wartet hier eine Minute«, sagte er zu den Jungen.

»Ich komme mit Ihnen«, erklärte Armon.

Fred nickte. »Behalt die andern hier, San-hi«, ordnete er an.

Als sich Fred und Armon dem Wald näherten, war der Gestank wieder da, und zwischen den Baumstämmen wurde er immer stärker. Ein paar Schritte weiter war es kaum noch auszuhalten. In einigen Metern Entfernung drang hinter einer dicken Eiche ein Geräusch hervor, das wie das Summen eines Bienenstocks klang. Als Fred um den Baum herumging, entdeckte er den auf der Seite liegenden, aufgedunsenen Kadaver eines Wildschweins. Die dicken Vorderbeine des Keilers ragten steif in die Luft. Das rechte Hinterbein fehlte bis zum Hüftansatz. Um den sauberen Schnitt, die starren Augen und das aufgerissene Maul mit den spitzen, zwanzig Zentimeter langen, gebogenen Fangzähnen schwärmten dicke, blaue Fliegen. Daher das Summen.

»Sie haben geahnt, daß es ein Kadaver ist, oder?« fragte Armon.

Fred nickte. »Das lag nahe.«

»Hat ein Alligator ihn erwischt?«

Fred nickte wieder. »Er muß ihn geschnappt haben, als er am Ufer trinken wollte.« Er betrachtete die tiefen Spuren, die der Keiler im Todeskampf mit seinen Fangzähnen in die Erde gegraben hatte. Etwas seitlich entdeckte er die Stelle, wo das Wildschwein gestürzt war. Danach hatte es sich an die Stelle geschleppt, an der es jetzt lag, und dabei mit dem Stumpf des Hinterbeins einen breiten Streifen dunklerer Erde hinterlassen. An einem etwas näher am Tümpel stehenden Tupelobaum schwirrte ein weiterer Schwarm Fliegen um einen Blutfleck herum.

»Ich würde sagen, der Alligator hat ihn zuerst gerochen und dann angefallen«, meinte Armon. »Was meinen Sie?«

»So ähnlich war es bestimmt«, sagte Fred, während er sich zum Tümpel umdrehte.

Als sie aus dem Wald traten, standen die Jungen, mit Paul in der Mitte, auf dem Damm und starrten auf die Bäume. Armon schüttelte mit gespielter Besorgnis den Kopf, während er auf die Gruppe zuging.

»Zwei große Alligatorbullen haben miteinander gekämpft

und sich gegenseitig umgebracht«, sagte er. »Man weiß nie, was sie tun werden, wenn sie in der Paarungszeit sind. Ich glaube, jemand wird heute nacht am Wasser Wache stehen müssen, damit sie nicht in die Zelte kommen.«

Dabei sah er Paul an.

Paul grinste. Er war öfter als jeder andere der Jungen im Marschland gewesen und kannte sich am Fluß aus.

Fred kniete sich neben seinen Rucksack, schlug die Klappe zurück, schob eine leichte Decke beiseite und tastete an einer Taschenlampe und einer Flasche *Maalox* vorbei nach seinem Handy. Nachdem er es herausgenommen hatte, tippte er eine Nummer ein.

Während er wartete, betrachtete er die schräg in der Erde steckenden Angel, die sich über die Wasserfläche neigte, und die im Wasser treibenden Barsche.

»Hier ist Fred Herald. Ich bin am Pascagoula, ein paar Kilometer oberhalb der Interstate-Brücke auf den Resten eines Biberdamms. Am Fuß des Damms haben wir eine Angel und eine Mütze gefunden. Ich habe mir zuerst keine großen Gedanken darüber gemacht – die Leute vergessen dauernd etwas. Aber am Ufer des Tümpels hinter dem Damm steckt eine Angel im Boden. Der Haken hängt noch im Wasser; neben ihr steht ein Eimer mit Elritzen, und im Wasser treiben an einer Schnur ein paar tote Fische. Es sieht aus, als wäre jemand beim Angeln aufgestanden und hätte alles stehen- und liegengelassen. Vielleicht waren es auch zwei.«

Jetzt grinste Paul nicht mehr.

Freds Meldung wurde vom Revier der Polizei von Jackson County an einen jungen, dunkelhaarigen Deputy weitergeleitet, der am Fuß eines verdreckten, auf den Fluß führenden Stegs stand und zu Eddie Fullers altem Ford-Pick-up hinaufsah.

»Vielleicht wissen wir jetzt, wohin sie sind«, sagte er.

Der ältere grauhaarige Polizist neben dem Auto sah zu seinen Kollegen hinunter und ging zu ihm.

Ihr Boot war neben ihm an einem Ast festgemacht.

Kapitel 15

Der Sandsack hing am Ast einer Zeder. Da der Zweig elastisch war, begann er jedesmal, wenn Armon den Sack traf, zu schwingen. Versetzte er ihm einen Aufwärtshaken, hüpfte der Ast ein Stück in die Höhe.

»Diesmal hab ich richtig getroffen«, keuchte Armon, während ihm der Schweiß von der dunklen Stirn tropfte. »Genauso werde ich es machen – sie in die Luft schicken und ihnen beim Landen den Rest geben.«

Fred blickte auf die Stoppuhr. »Nicht, wenn du schon nach zehn Minuten so schwer atmest.«

»Die Runden dauern nur zwei Minuten«, erwiderte Armon mit einem Blick über die Schulter, während er weiter an dem Sandsack vor und zurück tänzelte. »Mann, ich trainiere wirklich hart, Mr. Herald.«

Ein wenig entfernt, wickelte Edward, der keine fünfzehn Zentimeter größer als Paul war, Mull um San-his Hände. Im Moment hatte er seine Tätigkeit allerdings unterbrochen und schaute zu San-hi hoch. »Wie soll ich das hinkriegen, wenn du deine Finger nicht ausstreckst?«

»Halt den Mund, Edward, und mach weiter.«

»Noch dreißig Sekunden«, rief Fred laut.

Armon senkte die Fäuste, schob die muskulösen Schultern vor und begann mit kurzen, harten Schlägen den Sandsack zu bearbeiten.

»Fünfzehn«, verkündete Fred.

Armons Fäusten hämmerten wie rasend auf den Sandsack ein.

»Zehn.«

Das Klatschen von Armons Fäusten verschmolz zu einem einzigen abgehackten Geräusch. Pauls Augen weiteten sich.

»Aus!« sagte Mr. Herald.

Armon machte einen Schritt zurück. »Er ist tot«, sagte er. »Er hätte nie mit dem *Rambo* von Biloxi in den Ring steigen sollen.« Er wischte sich mit dem verbundenen Handrücken den Schweiß von der Stirn und blinzelte in die strahlende Sonne. Paul gab ihm eine Plastikspritzflasche.

»Danke, Mann.« Armon legte den Kopf zurück und ließ sich die isotonische Lösung in den Mund laufen.

Unterdessen war San-hi an den Sandsack getreten.

»Zeit läuft«, sagte Mr. Herald, und San-hi begann auf den Sandsack einzuschlagen, wobei er sich mehr als Armon auf kurze Geraden aus der Distanz konzentrierte.

»He!« rief der ältere Deputy aus.

Sein jüngerer Kollege hatte in dieselbe Richtung geblickt und drehte das Steuerrad des Fünfeinhalb-Meter-Boots bereits herum, so daß es sich in Richtung des kleinen Aluminiumboots in die Kurve legte. Dieses trieb halb untergetaucht und von hohem Wassergras verborgen im Schatten einer über den Fluß geneigten Baumreihe.

Paul gab San-hi die Spritzflasche, während Edward den Sandsack zu bearbeiten begann. Paul war überrascht, wie hart die Treffer des kleinen Jungen klangen. Er betrachtete seine eigenen Hände und schloß sie zur Faust. Doch San-hi streckte die Hand aus und zog seinen Daumen zwischen den Fingern hervor.

»Sonst verletzt du noch jemanden«, erklärte der schmale Vietnamese. »Und brichst dir selbst den Daumen. Klemm ihn unten vor die Finger.«

Paul schob den Daumen zum ersten Knöchel des Zeigefingers hinunter und ballte die Faust enger. San-hi nickte und hob die Spritzflasche wieder an den Mund.

Klatschklatschklatschklatschklatsch.

Edward folgte jedem Schlag mit den Schultern, so daß es aussah, als würde eine Puppe mit der Größe von einem Meter vierzig gegen den Sandsack geschleudert. Auch Paul begann die Schultern zu rühren und den Kopf im Rhythmus von Edwards Schlägen vor und zurück zu bewegen.

Klatschklatschklatschklatschklatsch.

»Aus!« rief Mr. Herald. »Okay, das Training ist zu Ende. Baut die Zelte auf, macht Feuer, und dann werden wir das Abendessen kochen. Danach gehen wir angeln – und jemand soll diese toten Barsche wegschaffen.«

Die Jungen beeilten sich, seine Befehle auszuführen.

Der junge Deputy schlug nach einer Mücke in seinem Nakken, während er sich vorbeugte und nach der Bugleine des halb gesunkenen Aluminiumboots griff.

Sein Kollege lehnte sich am anderen Ende aus dem Boot, um sich die Linie schartiger Risse im Boden des Hecks näher anzusehen. Sie war leicht gebogen, so als hätte jemand mit einer scharfen Axt auf einer Breite von einem Meter in sehr kurzem Abstand immer wieder zugeschlagen und jedesmal geringfügig, aber stetig den Winkel verändert.

»Wer, zum Teufel, macht so etwas?« fragte der jüngere Polizist. »Man kann ein Boot mit Schwimmsitzen nicht versenken, indem man Löcher in den Boden schlägt.«

»Sieht wie eine riesige altmodische Bärenfalle aus«, murmelte der ältere Mann zu sich selbst.

»Was?«

»Ich sagte, es ähnelt den Zahnreihen der alten Bärenfalle, die mein Großvater vor seinem Kamin aufbewahrte. Nur daß das hier größer ist – größer als jede jemals gebaute Falle. Und sieh dir an, wie gleich die Abstände zwischen den Schlitzen sind, fast so, als hätte sie jemand mit dem Lineal ausgemessen. Es macht mir, ehrlich gesagt, angst. Und es gibt mir Rätsel auf.«

Damit bückte er sich nach dem Handy vor seinen Füßen.

Der Fuß steckte noch in dem teuren Schuh von *Ferragamo*, und der Schnürsenkel war gebunden. So lag er auf dem Tisch aus rostfreiem Stahl in der Ecke der Leichenhalle.

»Mr. Leonard Fraizer der Dritte«, stellte der Leichenbeschauer fest. »Eindeutige Identifizierung.«

Bobby Broussard, der Sheriff von Harrison County, ein dicker Mann in brauner Freizeithose und zu eng sitzendem blauem Jackett, starrte auf den Schuh. Auf seinem Gesicht lag ein verwunderter Ausdruck. »Sie haben den Schuh wieder übergestreift, nachdem sie den Abdruck gemacht haben?«

»Hab' keinen Abdruck gemacht«, erklärte der Leichenbeschauer, ein kleiner, dünner Mann mit einer Brille, die seine Augen doppelt so groß erscheinen ließen, wie sie in Wirklichkeit waren. »Hab' das Schuhgeschäft in New Orleans angerufen, in dem er nach Auskunft des Kapitäns seiner Bertram Kunde war. Es ist das Modell, das er gekauft hat, in derselben Größe und Farbe wie das letzte Paar, das er sich zugelegt hat.«

»Es wird das letzte bleiben«, meinte der kleine Mann, der neben dem Sheriff stand. Er war sogar noch kleiner und dünner als der Arzt und im Leichenschauhaus das Mädchen für alles. Seit er in der achten Klasse von der Schule abgegangen war, ärgerte er sich über jeden, der es nicht getan hatte. Besonders wütend war er gewesen, als er erfuhr, daß Leonard einen Mercedes besessen hatte. Jetzt nickte er zufrieden über die Gerechtigkeit des Lebens.

Die Tür zum Büro öffnete sich, und der Sheriff von Jackson County, »Pop« Stark, betrat den Raum. Den Blick auf den Fuß gerichtet, ging er auf Sheriff Broussard zu. Kopfschüttelnd blieb er vor dem Leichenbeschauer stehen.

»An dieser Geschichte stimmt etwas nicht.«

Broussard streckte die Hand aus. »Hi, Jonas«, sagte er.

Stark schüttelte Broussard die Hand, ohne den Blick vom Untersuchungstisch abzuwenden. »Drei Leichen in drei Tagen. Und mehr als das hier und ein Teil einer Hand ist von ihnen nicht geblieben. Eine Gruppe Grundhaie? Ein Schwarm Piranhas hätte mehr übriggelassen.«

»Es war um etliches größer als Piranhas«, bemerkte der Leichenbeschauer. »Schauen Sie sich den Schnitt einmal genau an. Er ist sauber, ein einziger glatter Schnitt am Knöchel – wie von einem riesigen Skalpell. Während meines Studiums in Kalifornien habe ich einmal eine von einem Weißen Hai getötete Robbe gesehen, die an den Strand gespült worden war. In dem Kadaver waren große gezackte Löcher, und wenn man näher hinsah, konnte man erkennen, wo jeder Zahn sauber ins Fleisch eingedrungen war – die eingerissenen Ränder rührten daher, daß die Zähne über ihre Länge hinaus ins Fleisch geschlagen worden waren. Der Hai, der diesen Knöchel durchtrennt hat, besitzt so große Zähne, daß er es mit einem einzigen getan hat. Meines Wissens kann das nur ein Weißer Hai gewesen sein – und zwar ein großer.«

Bevor Stark oder Broussard etwas einwenden konnten, fügte der Mediziner hinzu: »Ich weiß, daß hier noch nie ein Weißer Hai gesichtet worden ist, weder bevor ich hierhergezogen bin, noch seit ich hier lebe. Aber ich verwette den knochigen Hintern meiner Tante Laura, daß jetzt einer hier ist.«

Die Forty-One der Küstenwache durchpflügte in raschem Tempo die Wellen. Gischt wehte Douglas ins Gesicht. Er wandte sich ab. In geblümten, bis übers Knie reichenden Shorts stand er an der Reling, die langen Beine leicht eingeknickt, um sich gegen das Stampfen des Boots abzufedern. Hinter ihm tanzten Schwimmflossen, Taucherbrille und Zweiflaschengerät auf dem Deck.

Vor dem Bug wurde der Himmel immer dunkler. Er schaute an der Seite des Boots hinunter auf die Schildkröte, die aus dem Wasser aufgetaucht war und problemlos die nächste Welle nahm. Ein anderes großes Tier, das eine geschmeidigere Fortbewegungsart unterhalb der aufgewühlten Wasseroberfläche vorzog, setzte als schattenhafter Umriß das Rennen mit dem dahinrasenden Boot fort. Die Gashebel waren bis zum Anschlag nach vorn gedrückt, um zum Fundort des Zahns und hoffentlich auch zurück zu kommen, wie Douglas in Gedanken hinzufügte, bevor es anfing, in Strömen zu regnen und zu blitzen.

Sein Blick fiel auf einen dunklen Schatten auf der Seite des Boots, und als sie ihn überholten, zuckte sein Kopf in die Richtung, in der er im Kielwasser verschwand.

Eine große Seeschildkröte?

Ein großer Rochen dicht unter der Oberfläche?

Er schüttelte den Kopf, atmete tief durch und rieb sich den Nacken. Dann beobachtete er die aufs Boot zurasenden Wolken.

Am Ufer des Pascagoula bewegte sich etwas im Wald. Für einige Augenblicke war nichts mehr zu sehen. Das Tier streckte den Kopf hinter einem Tupelobaum hervor. Einen Moment darauf folgten die Schultern. Es war eine kleine Damhirschkuh, die jetzt hinter dem Baum hervor ins Freie trat. Neben ihr erschien ein Kitz, ein Männchen, das spät genug im Frühjahr geboren worden war, um noch helle Flecken auf dem braunen Fell zu haben. Dennoch bewegte es sich munter und federnd. Es war vor seiner Mutter am Ufer. Als sie kurz darauf den Kopf zum Wasser senkte, ging das Kitz an ihr vorbei in den Fluß. Aber seine Hufe sanken in den weichen Morast ein, und sein nach vorn gereckter Kopf klatschte aufs Wasser. Daraufhin wandte es sich um und hüpfte ans Ufer zurück.

Nach einem prüfenden Blick aufs Wasser machte es vorsichtig einen Schritt vorwärts, diesmal aber nur wenige Zentimeter in den Fluß hinein. Dann neigte es den Kopf nach vorn und begann zu trinken.

Doch das Muttertier hob plötzlich den Kopf, und seine Vorderbeine versteiften sich. Es starrte auf die Wasserfläche ein, zwei Meter vor dem Kitz.

Für das junge Männchen waren die Bewegungen der Mutter Warnung genug. Es zog sich rasch an ihre Seite zurück.

Dann wirbelte die Hirschkuh herum, das Kitz tat es seiner Mutter nach und rannte ihr voraus. Kurz darauf waren beide im Wald verschwunden.

Im Fluß tauchten langsam die obersten Zentimeter einer dicken Finne auf, die in einem leichten Wasserwirbel kehrtmachte und dann wieder unter die Oberfläche sank.

Kapitel 16

Alan stand am Zuchttank, während Ho mit einem breiten Grinsen auf dem Gesicht sachte auf das Wasser schlug.

»Ich und kleine Frau es wieder geschafft«, sagte er. Die jungen roten Schnapper waren noch zu klein, als daß man sie in dem blubbernden und mit Algen versetzten, hellgrünen Wasser hätte sehen können, aber sie waren da. »Sie müde, ich bin sicher«, fügte Ho hinzu. »Aber ich sagen ihr, Chang angerufen heute morgen und sagen, er hat Nachschub auf Weg gebracht. Sie wieder freundlich mit mir.«

Alan schob den Ärmel seines Jacketts hoch und schaute auf die Uhr. »Rayanne wird nicht sehr erfreut sein, wenn ich ihr keine Geschenke mitbringe.« Er ging sie in Gedanken durch: Konfekt, Parfüm und Pyjamas – Baumwolle. Und dazu eine Überraschung. »Ich mache mich jetzt auf den Weg, bevor ich abgelenkt werde und es vergesse.«

Ho nickte. »Gut, sie nicht wütend zu machen. Sie macht gute Roastbeef und Mohrrüben. Und fritierte Gurken – noch nie gehört vorher, bevor ich Rayanne getroffen.«

Sheriff Stark versuchte durch das Vergrößerungsglas zu sehen, das der Leichenbeschauer über den runden Stumpf des Knöchels hielt. Schließlich nahm er es dem Arzt aus der Hand und hielt es dicht an den Schnitt, wo der Knöchel kurz über dem Rand des Schuhs abgetrennt worden war.

»Sehen Sie sich die Muskelfasern an«, sagte der Leichenbeschauer. »Glatt durchgeschnitten wie bei einer Sektion im Labor. Sogar Talus und Calcaneus – ein sauberer Schnitt. Das war ein einziger Zahn, scharf wie ein Skalpell und so breit wie der Knöchel.«

Straight richtete sich auf und hielt Daumen und Zeigefinger ungefähr siebeneinhalb Zentimeter weit auseinander.

Der Arzt nickte. »Mindestens.«

Alan schob sich hinters Lenkrad und zog das Handy aus der Innentasche seines Jacketts, während er den Jeep auf die Straße zurücksetzte. Zwei Minuten später bog er, das Telefon am Ohr, vom Bayview Drive in Richtung Highway 90 und Uferstreifen vor der Doppelstadt von Biloxi und Gulfport ab.

Im Leichenschauhaus ließ sich Sheriff Stark am Telefon von Mrs. Hsiao Alans Handynummer geben. Dann wählte er, lauschte einige Sekunden und legte auf.

»Besetzt«, erklärte er und blickte wieder auf den Fuß im *Ferragamo*-Schuh.

»Ein höllisch großer Hai«, meinte Sheriff Broussard.

Stark sah zum Leichenbeschauer hinüber, der auf der anderen Seite des Raums an der Tür stand, wo soeben eine Leiche hereingefahren wurde. Dann sagte er leise: »Wenn er weiß, wovon er spricht«

»Du hast die Fasern selbst gesehen«, erwiderte Broussard.

»Und was sagt mir das?« gab Stark zurück. »Daß ich das, was ich gesehen habe, so interpretiert habe, wie er es mir dargelegt hat.«

Er griff wieder nach dem Telefon und wählte Alans Nummer.

»Immer noch besetzt«, sagte er einen Augenblick später.

»Kaffee?« fragte der Leichenbeschauer von der anderen Seite des Raums und hielt einen dampfenden Becher hoch.

Stark betrachtete den Becher. Es war gewiß kein angenehmer Morgen in der Leichenhalle, inmitten des durchdringenden Geruchs nach Desinfektionsmitteln, unter den sich etwas anderes mischte, ein stechender Geruch nach ... nun, nach Tod. Aber Kaffee *klang* gut. Während er durch den Raum ging, beschloß er, seinen Kaffee schwarz zu trinken. Er hatte bemerkt, wie der Leichenbeschauer eine Zuckerdose ohne Deckel aus einem Regal nahm, in dem sich große Gläser mit konservierten Organen befanden, die teilweise halb offen waren, und der Platz, an dem eben noch die Zuckerdose gestanden hatte, war fleckig von verschütteter Flüssigkeit.

Alan beendete sein Telefongespräch und steckte das Handy wieder in die Jackentasche, während er nach Westen in Richtung der Edgewater Mall auf den Highway 90 fuhr. Draußen auf dem Sund fuhr eine fünfzehn Meter lange Hatteras-Jacht auf die Mündung des Pascagoula zu. Es wehte ein steifer Nordwind, und eine tiefbraun gebrannte, junge Windsurferin mit blonden Haaren sauste mit ihrem Brett über das dunkle Wasser außerhalb der Flachwasserbojen. Ein kleines Küstenwachboot raste so schnell auf sie zu, daß es aussah, als könnte es zu einem Zusammenstoß kommen. Doch das Boot verlangsamte das Tempo, fuhr neben die Surferin und stoppte ganz, als es sie erreicht hatte.

Als Alan an einer roten Ampel hielt, klingelte das Telefon. Es war Rayanne.

»Ich habe dir schon zum Geburtstag gratuliert«, sagte er. »Also kann dein Anruf nur bedeuten, daß du mich überprüfen willst.«

»Wie käme ich denn dazu?«

»Oder du willst wissen, was ich dir kaufe.«

»Nein, in Wirklichkeit stehe ich vor dem Supermarkt und möchte gern wissen, was *du* zu *meinem* Geburtstag gern zu Abend essen würdest.«

»Das ist Bestechung.«

»Nenn es, wie du willst.«

»Einfach ein paar Steaks und eine gebackene Kartoffel.«

»Einfach? Bei dem, was Steaks kosten?«

»Ich grille sie für dich.«

Vor ihm machte ein Pick-up auf einer Kreuzung eine Kehrtwendung, so daß er vom Gas gehen mußte, um nicht in seine Ladefläche zu krachen. Er runzelte die Stirn, erkannte dann aber den Fahrer und lächelte. Als der Pick-up in eine Tankstelle fuhr, war er unmittelbar hinter ihm.

»Noch einmal alles Gute zum Geburtstag«, sagte er ins Telefon. »Ich bin gegen acht da.«

Stark legte den Hörer auf die Gabel und schüttelte den Kopf. Broussard nippte an seinem Kaffee, während eine neue Leiche in den Raum geschoben wurde.

»Lustiger Ort«, meinte Stark.

Als Ronnie Khulman neben den Zapfsäulen aus dem Pick-up stieg und Alans Jeep hinter seiner Stoßstange sah, freute er sich. Sie waren seit der High-School befreundet und hatten am Junior College zusammen Football gespielt, waren dann aber an verschiedene Universitäten gegangen, Alan bei der US-Marine und Khulman an die Ole Miss, die Universität von Mississippi in Oxford. Sie schüttelten sich neben dem Pick-up die Hände.

»Ich bin übers Wochenende in der Stadt, um meine Mutter zu besuchen«, sagte Khulman. »Dann geht es zurück ins große Dallas. Sie sagt, daß du bei einer neuen Pflanze kurz vor dem Durchbruch stehst – ein Unternehmer auf dem Weg an die Spitze. Wirst du mir Geld borgen, wenn ich es brauche?«

Alan lächelte. »Was macht ein Schönheitschirurg heutzutage?«

»Ich dachte, genug, bis mein Steuerberater mir sagte, was ich Onkel Sam schulde. Aber man läßt mir gerade noch so viel, daß ich einem alten Kumpel ein Bier ausgeben kann – falls du noch Bier trinkst.«

»Sicher. Laß mich nur meinen Jeep parken, bevor wir mit Alkohol am Steuer gegen die Verkehrsordnung verstoßen.«

»Weißt du«, sagte Khulman und schaute blinzelnd in den Himmel, »ich glaube, hier ist es heißer als in Dallas.«

Alan warf einen Blick auf die brennende Sonne und zog das Jackett aus, während er zu seinem Jeep ging.

Der jüngere Deputy schüttelte Fred die Hand. »Jim Fairley.«

»Fred Herald.«

Edward übergab Fairley Angel und Mütze, die er am Damm gefunden hatte.

»Die andere Angel ist drüben am Bach«, sagte Fred. »Ich habe alles so gelassen, wie es war.« Sie gingen um den Tümpel herum. Die Jungs warteten bei den Booten.

Anderthalb Kilometer weiter flußabwärts durchbrach die stumpfe, runde Nase des Geschöpfs leise die Wasseroberfläche. Das Maul öffnete sich leicht, während es sich höher schob, bis ein großer Teil seines massigen Körpers aus dem Wasser ragte. Das Ufer war nur ein paar Meter entfernt, doch das dichte Unterholz bildete eine fast undurchdringliche Wand.

Eine Bewegung. Für einen kurzen Augenblick war der schlanke, niedrige Umriß der kleinen Damhirschkuh zu sehen. Neben ihr, in Höhe ihres Bauchs, war eine spielerische Bewegung zu erkennen. Das weiß gefleckte Kitz, das anmutig an ihrer Seite stand, gab nur einen undeutlichen Blick auf den dünnen Körper seiner Mutter frei. Dann verschwanden beide wieder hinter den Bäumen.

Der Hai sank langsam in den Fluß zurück. Die braune Wasseroberfläche kräuselte sich leicht, als sie sich über seinem breiten Kopf schloß. Dann zog sich seine Spur weiter flußabwärts hin – in derselben Richtung, in der die Hirschkuh und ihr Junges unterwegs waren.

Es klingelte zum zweitenmal. Der Tankwart, der gerade ein Auto auftankte, erkannte, daß es nicht das Telefon im Laden war, und warf einen Blick auf den Jeep, der vor den Toiletten parkte.

Im Jeep klingelte es erneut. Das Geräusch kam aus dem verschlossenen Handschuhfach. Auf dem Boden davor lag Alans Jackett. Er hatte es säuberlich zusammengelegt und so weit unter den Sitz geschoben, daß es kaum noch zu sehen war.

Das Klingeln hörte auf.

Ein paar Sekunden später setzte es wieder ein.

Douglas stieß sich von der Leiter am Heck der Forty-One der Küstenwache ab. An einem Band um seinen Hals hing eine wasserdichte Kamera, und an seiner Hüfte baumelte ein Sammelnetz. Mit seinem Tauchpartner von der Küstenwache im Gefolge schwamm er zu dem kieloben auf dem Sandboden liegenden Boot der beiden Ärzte. Womit auch immer es zusammengestoßen sein mochte, es hatte den Rumpf von vorn bis hinten beschädigt. Der Zahn war rund zwölf Meter entfernt gefunden worden, unweit der Überreste des toten Riffs, das er vom Wrack aus sehen konnte. Auf dem Boden wirkte alles normal, jedenfalls schien es so.

Aber woher, zum Teufel, soll ich das wissen? dachte er.

Mit angespannter Miene setzte er die Schwimmflossen in Bewegung und glitt weiter vom Küstenwachboot fort. Dabei drehte er den Kopf langsam von einer Seite zur anderen, um womöglich etwas zu entdecken, das selbst seinen ungeübten Augen auffallen würde, irgend etwas, das aussah, als könnte es von einer Bodenanhebung verursacht worden sein.

Doch wohin er auch blickte, überall sah er nur flachen Sandboden. Und das Riff war zwar abgestorben, stand aber wie ein massiver, modellierter Betonblock da. Weder ein Riß noch irgend etwas anderes deuteten darauf hin, daß sich der Boden unter ihm verändert hatte.

Er bewegte die Schwimmflossen und schwamm über das Riff hinweg. Auf der anderen Seite war es dasselbe. Nirgendwo auch nur die Spur eines Spaltes.

Er drehte sich auf den Rücken und entfernte sich langsam vom Riff, bis er es im ganzen sehen konnte. Abgesehen von den normalen Unebenheiten der einst lebenden Organismen, wies nichts auf eine Erhebung oder Absenkung hin.

Auch die Sandfläche sah genauso aus wie auf der anderen Seite.

Er blickte zum schattenhaften Rumpf der Forty-One hinauf. Gerade schwamm ein gut einen Meter langer Barracuda unter dem Kiel entlang. Mit zusammengekniffenen Augen beobachtete Douglas den Fisch mit dem häßlichen Grinsen, bis er in der Ferne im grünen Dunst verschwunden war. Dann wandte er sich wieder zu dem gesunkenen Speedboot um.

Es schaukelte leicht in einer Welle, die an der Oberfläche entlangrollte. Über ihm bewegte sich der Rumpf der Forty-One auf und ab. Douglas konnte den weißen Schaum der

Wellen sehen, die sich an der anderen Seite des Schiffs brachen. Sie waren inzwischen stark genug, daß man sie auch unter Wasser spürte.

Er betrachtete den Sandboden unter sich.

Obwohl sich das Seegras im Rhythmus der Rückströmung der Wellen bewegte, wurde kaum Sand aufgewirbelt. Nur einige winzige Partikel stiegen kurzzeitig auf und setzten sich dann wieder auf dem Boden ab. Durch Wellen wäre niemals etwas hervorgespült worden, das so tief vergraben war, wie man es von dem Zahn annehmen mußte.

Sein Körper wurde leicht seitwärts getrieben. Über ihm wühlte eine besonders große Welle die Oberfläche auf. Die Forty-One wurde angehoben und sackte heftig ins nachfolgende Tal. Douglas bemerkte, daß das Wasser um ihn herum trüber wurde. Er wandte den Blick wieder dem Boden zu und begann weiter von dem Riff wegzuschwimmen.

Konnte es in einiger Entfernung zu einer Bodenanhebung gekommen sein, und hatte danach ein Sturm den Zahn dorthin geschwemmt, wo er gefunden worden war?

Woher sollte er das wissen?

Wenig später war er so weit vom Riff entfernt, daß es nur noch vage als verschwommener Fleck in der Ferne zu erkennen war. Den Kiel der Forty-One sah er gar nicht mehr. Er begann einen weiten Kreis um das Riff zu schwimmen. Sein Tauchpartner folgte ihm mit wenigen Metern Abstand.

Kapitel 17

Douglas stellte die Bewegungen der Schwimmflossen ein und starrte auf eine Vertiefung, die wie ein V-förmiger Graben in einem Sandstrand unter ihm verlief.

Er fokussierte die Erscheinung genauer, um sicherzugehen, daß er nicht irgendeine vom Glas der Taucherbrille verursachte Verzerrung oder eine vom Wasser erzeugte optische Täuschung sah. Das war nicht der Fall. Es *war* ein V-förmiger Graben, nur etwas runder als ein V. In diesem Moment ließ eine an der Oberfläche rollende Welle etwas Sand den Abhang des Grabens hinabrutschen.

Unbewußt hatte er die Luft angehalten, seit er die Vertiefung entdeckt hatte, und jetzt spürte er plötzlich den Drang zu atmen. Er sog die kühle Sauerstoffmischung tief ein, sah sich unsicher zum zweiten Taucher um und schwamm dann tiefer.

Der Graben verlief so flach, daß seine Form im trüben Wasser kaum auszumachen war. Der Sand und das Seegras am Rand der Mulde ließen ihre Konturen verschwimmen. In der Rückströmung einer Welle bröckelte gerade wieder etwas Sand in die Vertiefung.

Douglas bewegte die Schwimmflossen und begann am Graben entlangzuschwimmen. Seine Länge gab ihm zu denken.

Nach zehn bis zwölf Metern endete er in einer kreisförmigen Ausbuchtung. Aber drei Meter weiter entdeckte er eine zweite Vertiefung. Sie verlief waagerecht zur ersten – wie der Querstrich beim T – und war leichter zu erkennen, weil sie um etwa dreißig Zentimeter tiefer war.

Eine Welle an der Oberfläche drückte Douglas nach unten und hob ihn wieder an. Am Ende der ersten Vertiefung löste sich ein großes Sandstück und stürzte wie eine Lawine in die Mitte des Grabens.

Er wurde schnell voller.

Douglas starrte auf den frisch aufgehäuften Sand. Der Sturm oben türmte die Wellen zwar hoch genug auf, daß er sich unwohl gefühlt hatte, als er sich für den Tauchgang fertigmachte, aber er war nichts im Vergleich mit anderen Unwettern, die regelmäßig über diese Gegend hinwegfegten. Die Vertiefung konnte noch nicht lange existieren, denn sonst wäre sie längst durch die Wellen eingeebnet worden.

Er ließ sich tiefer sinken und berührte mit den Schwimmflossen vorsichtig den Boden in der Mitte des Grabens.

Dabei schoß ihm ein neuer Gedanke durch den Kopf. Wenn es dieses abgesenkte Gebiet gab, könnte dann nicht irgendwo anders eine angehobene Stelle vorhanden sein? Und konnte eine solche Erhebung in der Lage sein, einen metertief vergrabenen Zahn zutage zu fördern? Der Megalodon war seit einer Million Jahren oder länger ausgestorben, hatte sein Onkel gesagt. Möglicherweise hätte also eine Schicht in fünfzig oder hundert Metern Tiefe aufgeworfen werden müssen. Er blickte in den grünen Wasserschleier um sich herum, dessen Farbe mit der Entfernung immer düsterer wurde, bis ein dunkelgrüner Vorhang die Sicht versperrte. Selbst eine Bergkette, die sich in hundert Metern Entfernung erhoben hätte, wäre nicht zu erkennen gewesen.

Er blickte auf seine Füße.

Das vordere Ende der Schwimmflossen berührte kaum den Boden. Er bewegte sie ein wenig. Während er durch den

Schub etwas höher stieg, bildete der aufgewirbelte Sand eine winzige Dunstwolke, die sich rasch wieder legte.

Mußte es wirklich irgendwo eine Erhebung von mächtigem Ausmaß geben, oder hatte er, Laie, der er war, etwas vor sich, das selbst schon auf eine viel größere Unregelmäßigkeit hindeutete, als er sich vorstellen konnte?

Sein Onkel war verrückt, ihn mit diesem Auftrag zu betrauen. Da hatte er etwas gefunden, und bis er einen Fachmann zu näheren Untersuchung herbringen konnte, waren die Vertiefungen möglicherweise schon mit Sand gefüllt und nicht mehr zu finden.

Er beobachtete einen Moment, wie die Strömung Sand in den Graben schüttete. Dann sah er an dem zweiten Taucher vorbei in die Richtung des Riffs, das aus dieser Entfernung nicht mehr zu erkennen war.

Hatte die Tatsache, daß es tot war, etwas mit einem Ereignis zu tun, das hier vor Jahren stattgefunden hatte? Waren vielleicht bei einer Bodenanhebung, die inzwischen zur Ruhe gekommen war, aber den Zahn zurückgelassen hatte, ätzende Substanzen aus den Tiefen der Erde freigesetzt worden?

Er schüttelte mißmutig den Kopf. Woher sollte er das wissen? Gereizt griff er nach der Kamera und drehte sich zur Vertiefung um. Als er die Kamera vor die Taucherbrille hob, wurde er wieder von einer Welle an der Oberfläche nach unten gedrückt, und eine weitere Minilawine ergoß sich in den Graben.

Im Sand wurde etwas Dunkles sichtbar.

Etwas Schwarzes mit dünnen Fäden.

Er streckte die Hand aus. Die dünnen Teile ließen sich leicht aus dem Boden ziehen. Verfaulende Pflanzen. Vergrabenes Seegras. Als er mit der Hand im Sand wühlte, stieß er auf mehr Seegras, das seine Form behalten hatte, aber bei der Freilegung zerbröselte.

Er grub an einer anderen Stelle. Auch dort totes Gras.

Er blickte den Graben entlang. Auf beiden Böschungen schwankte Seegras in der Strömung, nur in der Vertiefung selbst war keine lebende Materie vorhanden.

Aber vor noch nicht allzu langer Zeit war auch dort Gras gewachsen. Douglas konnte nicht sagen, wie lange es her war – er war auch kein Meeresbotaniker. Und er hatte keine Ahnung, wie lange es dauerte, bis vergrabenes Gras sich vollständig zersetzte. Aber irgendwann – vor Tagen, Wochen oder vielleicht Monaten – war dort Gras gewachsen. Und dann war es unter den Sand gewälzt worden.

Gewälzt? dachte er.

Er betrachtete die lange Mulde. Hinter ihm lag die flache, glatte Sandfläche – bis zur zweiten Vertiefung, die im rechten Winkel zur ersten verlief.

Gewälzt?

Plötzlich sah er in Gedanken einen langen, atmenden Umriß vor sich, der sich auf dem Boden wälzte,. Der Graben endete, wo der hintere Teil des massigen Körpers zur Schwanzflosse hin eine Kurve nach oben beschrieb. Und die Schwanzflosse bewegte sich langsam hin und her und hinterließ ebenfalls eine Mulde im Sand.

Jetzt wußte er es.

Sein Herz raste. Er verlor vorübergehend die Orientierung und versuchte hektisch herauszufinden, in welcher Richtung die Forty-One lag. Kurz darauf hatte er sich wieder gefangen und schwamm mit hastigen Bewegungen der Schwimmflossen zum Boot zurück. Er hatte sich kaum die Zeit genommen, dem Taucher von der Küstenwache zu signalisieren, daß er auftauchen wollte.

Kapitel 18

An der Stelle, wo das bewaldete Ostufer des Pascagoula in die weite Fläche des Marschlandes überging, fraß die kleine Damhirschkuh von dem saftigen Gras, das am Rand des sonnenüberfluteten Flusses wuchs. Ihr Kitz trat ins Wasser und streckte den Kopf an ihr vorbei, um an das Gras heranzukommen. Als es versuchte, das Gesicht der Mutter wegzudrücken, versteiften sich seine Beine. Dabei sanken die Vorderhufe in den Schlamm ein, und als es sich aufbäumte, um sie freizubekommen, rutschten die Hinterhufe unter ihm weg. Es stürzte seitwärts in den Fluß, landete auf dem Rücken und strampelte mit seinen Beinen in die Luft. Den Kopf in Richtung seiner Mutter gereckt, die ihm zu Hilfe kommen wollte, rutschte das Kitz weiter vom Ufer weg. Für einen Augenblick verschwand es ganz unter Wasser, rappelte sich aber spritzend wieder auf und kam auf die Knie. Es drehte sich zum Ufer, streckte das Kinn in die Höhe und versuchte mit den Hufen in dem glitschigen Untergrund Halt zu finden. Aber es glitt wieder aus und rutschte rückwärts den Abhang zur Flußmitte hinunter. Die Hirschkuh stakte weiter ins Wasser und schob in dem Versuch, ihr Junges zu erreichen, das Maul vor.

Jetzt wurde es rückwärts unter Wasser gezerrt.

Die Vorderbeine des Muttertiers versteiften sich. Sie versuchte sich umzudrehen, um ans Ufer zu gelangen. Aber ihre

Hinterbeine rutschten weg, und sie setzte sich seitlich ins Wasser. Als sie, den Hals zum Ufer gereckt, aufsprang, tauchte hinter ihr das Maul aus dem Wasser und packte ihre Hüfte. Mit den dünnen Vorderbeinen trat die Hirschkuh in die Luft und warf ihren Kopf wild hin und her. Dann verschwand sie im Fluß.

Ein, zwei Meter vom Ufer entfernt schäumte das Wasser.

Blasen stiegen auf.

Einen Augenblick später begann sich die Wasseroberfläche wieder zu beruhigen.

Warum sollten sich Megalodons, die, wie man aus Fossilienfunden wußte, einst alle Weltmeere beherrscht hatten, in die Tiefseegräben zurückgezogen und seither dort gelebt haben? Fragte sich Vandiver. Denn so mußte es abgelaufen sein; es war der einzige Ort, an dem sie überleben konnten, ohne daß ihr Vorhandensein entdeckt wurde.

Hatte sie irgend etwas aus den flacheren Gewässern vertrieben? Es war unwahrscheinlich, daß es in den Ozeanen jemals ein Lebewesen gegeben hatte, das einen Megalodon in Angst versetzen konnte. Vielleicht kein Lebewesen, überlegte er. Möglicherweise war in der Übergangsphase vom eiszeitlichen zum tropischen Klima ein heute unvorstellbares Loch in der Ozonschicht entstanden, und eventuell waren die Megalodons dafür anfällig. Die letzten trüben Strahlen des Lichtspektrums konnten bis in eine Wassertiefe von vierhundertfünfzig Meter vordringen – deshalb hatten sie vielleicht die Tiefseegräben als Lebensraum ausgewählt. Oder eine globale Temperaturschwankung hatte weltweit zu einer Vergiftung der flachen Gewässer geführt, ähnlich wie heutzutage das sogenannte rote Meerwasser. Oder klimatische Veränderungen hatten starke Winde ausgelöst, die überall riesige Staubwolken aufwirbelten und auf diese Weise die flacheren

Meeresgebiete verunreinigten. Vielleicht waren die Megalodons davor in die Gräben geflohen, wo allein schon die Tiefe des Wassers dafür sorgte, daß der Staub verteilt wurde. Beim nächsten Gedanken mußte Vandiver lächeln – war der Umzug der Megalodons in die Tiefsee vielleicht nicht mysteriöser als der von Asthmakranken nach Arizona?

Seine Miene wurde wieder ernst. Über die Ursachen der Wanderung nachzugrübeln war zwecklos. Selbst wenn er auf der richtigen Spur war, würde er seine Annahme nie beweisen können. Ein weiteres Rätsel kam dazu: Warum waren die Megalodons nach ihrem Rückzug in die Tiefe dort geblieben? Vermutlich war es am besten, wenn er sich auf die Frage konzentrierte, warum einer von ihnen jetzt plötzlich aus der Tiefsee aufgetaucht war. Daß es in den letzten Jahrhunderten öfter passiert war, darauf hätte er sein Leben verwettet.

Das Summen der Gegensprechanlage unterbrach ihn in seinen Gedanken.

»Dr. Tegtmier ist am Apparat, Sir.«

Das wird aber auch Zeit, dachte Vandiver und atmete tief durch, während er zum Telefon griff.

»Admiral Vandiver«, meldete er sich.

»Admiral, die ersten Untersuchungen haben kein schlüssiges Ergebnis erbracht. Das hatte ich auch nicht erwartet. Solche Einzelstücke zu datieren ist fast unmöglich, wenn man nicht weiß, aus welcher Gesteinsschicht sie stammen. Wenn man hört, daß irgend etwas, das so alt ist wie ein Megalodonzahn, datiert wurde, dann hat der Wissenschaftler meistens in Wirklichkeit das Alter der Gesteinsschicht bestimmt, in der das Fundstück lag. Wir werden den Zahn zur Radiokarbondatierung nach Massachusetts schicken, doch bei phosphathaltigen Stücken wie Haizähnen ist sie nicht immer zuverlässig. Ich kann es in diesem Stadium natürlich nur unter Vorbehalt sagen, aber es gibt die vage Möglichkeit einer verzögerten Alterung aufgrund des Kontakts mit einem unbekannten Gas oder Element an dem Ort, wo der Zahn –«

»Wie sieht er für Sie aus, Doktor?«

»Wie aussehen, Sir? Ich habe erwähnt, daß wir ihn zur weiteren Untersuchung wegschicken müssen, bevor wir –«

»Nein, Doktor. Wie sieht er aus – dem Augenschein nach.«

»Sie haben ihn sich nicht angesehen, bevor sie ihn hergeschickt haben?«

»Natürlich habe ich das. Ich möchte nur wissen, wie er für sie aussieht.«

»Nun, er liegt hier vor mir auf dem Tisch. Aber Sie wissen so gut wie ich, aus wie vielen Gründen der eine Zahn so und der nächste anders aussieht –«

»Verdammt, Kurt, antworten Sie einfach – schauen Sie ihn sich an.«

Es folgte ein kurzes Schweigen.

»Es sind keine Anzeichen von Lochfraß zu sehen, Admiral. Es sind keine Meeresorganismen in den Schmelz eingedrungen, zumindest keine, die wir bei unseren vorläufigen Untersuchungen nachweisen konnten. Und er ist weder verkrustet noch brüchig.«

Vandiver nickte. »Kurt, soweit ich mich erinnere, ist er so glatt und seidig wie der Bauch einer Cheerleaderin, die ich vor vielen Jahren kannte, stimmt's?«

»Nun, dazu kann ich nichts sagen, Admiral.«

»Ich aber. Er wäre nicht glatter, wenn er erst vor ein paar Wochen aus dem Maul eines Megalodons gefallen wäre.«

Die Gegensprechanlage summte.

»Sir, Leutnant Williams ist auf Leitung zwei. Er wollte, daß ich Sie unterbreche.«

Vandiver schaltete Tegtmier ab, ohne es ihm anzukündigen.

»Douglas.«

»Es ist unglaublich, Sir«, sagte Douglas aufgeregt. »Nicht weit von den Überresten eines alten Riffs gibt es eine Vertiefung, die aussieht, als stamme sie von einem Lebewesen, das auf dem Boden lag. Man sieht, wo es das Gras plattgewalzt hat. Die Mulde ist ziemlich breit. Und dann gibt es noch eine zweite ... Ich glaube, sie wurde mit der Schwanzflosse ausgehoben.«

Vandivers Puls beschleunigte sich.

»Es gibt doch nichts anderes, was der Urheber einer solchen Vertiefung sein könnte, oder, Sir? Legen sich Wale jemals auf den Meeresboden, Sir?«

»Wie lang ist die Vertiefung, Douglas?«

»Zählt man die ... wenn es denn eine Schwanzflosse war ... über fünfzehn Meter, Sir. Und an der Stelle, wo die längere Vertiefung endet und die Lücke beginnt, habe ich auf beiden Seiten kaum wahrnehmbare Spuren entdeckt, so als ob schräg nach hinten so etwas wie Sprossenleitern in den Sand gedrückt worden wären. Haben Haie ... Weiße Haie ... dort nicht kleine Flossen an der Unterseite des Körpers?«

»Eine über fünfzehn Meter lange Vertiefung«, murmelte Vandiver vor sich hin.

»Sir, haben Haie –«

»Ja, ja. Was ist mit den Schlitzen im Boot?«

»Ich lasse jemand kommen, der sie untersuchen wird.«

»Wen?«

»Einen forensischen Experten.«

»Einen forensischen Experten?«

»Für Bißspuren, Sir – in Vergewaltigungsfällen«

Die beiden Boote trieben seitlich den Fluß hinunter. Im ersten saßen die vier Jüngsten der Mannschaft, die Schwimmwesten neben sich, Rücken an Rücken rittlings auf den Mittelsitzen, hielten ihre Angeln über den Bootsrand und beobachteten die im vorbeiströmenden braunen Wasser schaukelnden Korkposen. Armon im Bug war der einzige, der nicht fischte, sondern die Angel an seine Schulter gelehnt hatte.

Fred sah über den Außenbordmotor hinweg zum zweiten Boot hinüber, das sechs Meter seitlich hinter ihnen fuhr. San-hi saß auf dem Hecksitz und hatte den Ellbogen auf die Ruderpinne gestützt, während er mit einer Hand die Angel über die Bootsseite hielt. Paul, der darum gebeten hatte, mit Edward in einem Boot fahren zu dürfen, saß mit seinem neuen Freund Rücken an Rücken auf der Bank vor San-hi. Auf dem nächsten Sitz hockte das letzte Mitglied der Mannschaft, der ältere der blonden Brüder. Zwischen ihm und den beiden Kleinen lagen Freds Rucksack sowie eine Kühlbox mit Sandwiches und Coke auf dem Boden.

Niemand rührte sich; alle saßen still, wie es ihnen gesagt worden war. Fred warnte sie trotzdem noch einmal: »Denkt daran, die Haken nicht aus dem Wasser zu reißen. Sie werden jetzt jede Sekunde probeweise zuschnappen.«

Die Boote drifteten langsam weiter. Die Sonne war bereits hinter den Bäumen am Westufer verschwunden.

Ein Schwimmer wurde unter Wasser gezogen.

Edward riß die Angel hoch. Ein leerer Haken flog in die Luft und klatschte wieder aufs Wasser. Er murmelte etwas, und Paul sah sich grinsend zu ihm um.

»Laß ihnen Zeit, den Köder zu schlucken«, rief Fred.

Edward hob die Angel an und griff nach dem zu ihm zurückschwingenden Haken.

Kurz darauf verschwand der Haken, mit einer neuen Elritze versehen, wieder unter Wasser. Die Pose trieb ein Stück vom Boot weg, zuckte zweimal und reihte sich dann langsam unter die anderen ein.

Alan blieb mit einem Pyjama, einer Flasche Parfüm und einer Konfektschachtel am Ladentisch stehen. Dahinter war eine blonde Frau von vielleicht Anfang Fünfzig.

»Packen Sie Sachen ein?« erkundigte er sich.

Sie nickte und streckte die Hand aus, um ihm seine Einkäufe abzunehmen. Er gab ihr Parfüm und Konfektschachtel und legte den Pyjama auf die Glasplatte. »Zum Geburtstag«, sagte er.

Die Frau sah auf den Schlafanzug. Daß er keinen Ehering trug, hatte sie bereits bemerkt. »Aber nicht für eine Ehefrau, oder?«

»Nein, Ma'am.«

Ihr Blick wanderte zu Parfüm und Konfekt. »Ich glaube, Unterwäsche würde besser dazu passen als ein Pyjama.«

»Nicht in diesem Fall«, entgegnete er und blickte auf die Glasplatte. »Ich brauche noch etwas Besonderes.«

Sie wartete.

»Für eine Tante.«

»Oh.« Sie nickte. »In welcher Art?«

»Ich weiß nicht. Etwas Nettes.«

»Wie alt ist Ihre Tante?«

»Zweiundsechzig, seit heute.«

»Schauen wir mal«, sagte sie. »Parfüm, Konfekt und ein Pyjama – wie wäre es mit Hausschuhen?«

Er nickte. »Und einen Morgenmantel – aus Baumwolle. Haben Sie lange Ohrringe – silberne, die kräftig funkeln?«

Zehn Minuten später trat Alan durch den Haupteingang der Edgewater Mall ins Freie und ging zu seinem Jeep. Außer den hübsch eingewickelten Paketen trug er noch ein dickes Buch über Gartenbau, das er in der Bookland-Filiale gekauft hatte. Als er die Einkäufe auf dem Rücksitz verstaute, klingelte sein Handy.

Er griff ins Handschuhfach. »Hm-hm.«

»Hier ist Sheriff Stark. Ich versuche schon … ach, vergessen Sie's. Haben Sie schon von dem jüngsten Angriff gehört?«

»Haie?«

»Oder ein einziger sehr großer. Diesmal im Sund. In der Nähe von Ship Island. Die Küstenwache hat die Leiche gefunden. Das heißt, was von ihr übrig ist – ein Fuß. Laut Leichenbeschauer ist er durch einen einzigen Zahn am Knöchel abgetrennt worden.«

»Durch einen einzigen?«

»Er sagt, daß der Hai so groß war. Seiner Meinung nach ein Weißer Hai. Ich weiß, daß er kein Meeresexperte ist, aber er scheint sich ziemlich sicher zu sein. Doch Weiße Haie schwimmen keine Flüsse hinauf. Haben wir es also mit Grundhaien *und* einem Weißen Hai zu tun?«

»Ich will den Fuß sehen.«

»Er ist drüben im Leichenschauhaus. Und, Alan, Deputies haben Meldung vom Pascagoula gemacht. Sie suchten dort nach zwei Männern namens Eddie Fuller und Luke Crenshaw, die vorletzte Nacht nicht von einem Angelausflug zurückgekommen sind. Ich habe noch nicht mit ihnen gesprochen. Mein Dispatcher sagt, daß sie auf dem Rückweg sind. Aber sie haben Fullers Boot gefunden, und sie haben dem Dispatcher erzählt, daß es quer über das Heck eine Reihe von Einschnitten aufweist. Nach dem, was sie berichtet haben, würde ich nicht darauf wetten, daß es keine Bißmale sind. Und, Alan, wenn es Bißmale sind, dann schwimmen Weiße Haie Flüsse hinauf. Nach dem Bericht der Deputies zu urteilen, stammen die Spuren von einem, dessen Maul groß genug ist, daß der Reifen eines Trucks bequem darin verschwinden würde – und größer.«

»Können Sie die Männer über Funk erreichen?«

»Zum Teufel, ich bin nicht am Funkgerät. Ich bin zu

Hause. Bin vorbeigefahren, um ein Hot dog zu essen. Legen Sie auf, dann gehe ich zum Wagen hinaus und schalte uns zusammen. Teufel, das geht auch nicht. Für das Boot, mit dem sie draußen sind, braucht man einen Anhänger, der einem meiner Deputies gehört. Er ist also in seinem Lastwagen. Er hat zwar ein Handy, aber ich habe seine Nummer nicht. Teufel, legen Sie trotzdem auf. Ich werde mir vom Dispatcher seine Nummer geben lassen und ihm sagen, daß er Sie anrufen soll. Wir treffen uns dann im Leichenschauhaus.«

Alans Gedanken waren wie gelähmt von der Nachricht eines neuen Angriffs und von den Worten des Sheriffs. Nach und nach begann er sich der Tragweite des Geschehens bewußt zu werden.

»Jonas.«

»Ja, Alan, ich werde ihn augenblicklich kontaktieren.«

»Das meinte ich nicht. Sagen Sie ihm, er soll mich gar nicht erst anrufen. Statt dessen soll er das Boot wieder auf den Fluß schaffen und nach Carolyns Vater suchen. Er zeltet mit einem Haufen Kinder heute nacht da draußen – und sie wollen angeln.«

Eine Viertelstunde später bog Alan von der Interstate in Richtung der asphaltierten Straße ab, an der Carolyns Haus lag.

Sein Handy klingelte.

»Sie waren in einem verdammten Schnellimbiß, um einen Kaffee zu trinken, und haben das Telefon im Wagen gelassen!« schimpfte Stark. »Sie sagen, sie wüßten genau, wo Herald und die Kinder sind. An einem alten Biberdamm ungefähr drei Kilometer flußaufwärts von Carolyns Haus. Sie sind auf dem Weg. Es wird fünfzehn bis zwanzig Minuten dauern, bis sie wieder am Steg sind und das Boot ins Wasser geschafft haben. Bis zu dem Damm sind es noch mal rund zehn Minuten. Sie müßten also in ungefähr einer halben Stunde dort sein.«

Alan schüttelte den Kopf. »Rufen Sie Ihre Deputies an, und sagen Sie ihnen, sie sollen bleiben, wo sie sind. Ich bin keine fünf Minuten von Carolyns Haus entfernt. Sie hat ein Boot. Ich kann in zehn Minuten bei ihnen sein. Es ist nicht nötig, daß sich noch jemand auf das Wasser begibt. Sie müssen alle vom Fluß holen. Fragen Sie nicht, und wenn nötig, befehlen Sie es.«

»Das habe ich vor zwei Stunden schon getan. Ich wußte nicht einmal, daß Mr. Herald an dem Damm ist, bis Fairley mir eben berichtete, daß man da draußen Angeln gefunden hat.«

»Angeln?«

»Zwei, um genau zu sein, eine davon mit Rolle. Wahrscheinlich gehörten sie den vermißten Männern. Fairley hat gesagt, Fullers Frau habe ihm erzählt, daß ihr Mann eine Rohrangel und der andere eine Angel mit Rolle benutzten.«

Stark unterbrach sich für einen Moment.

»Alan, ich dachte, sie wären beim Angeln gewesen und das Boot sei gekentert, so daß die Haie sie schnappen konnten. Aber sie wären nicht ins Boot gestiegen, um auf dem Fluß zu fischen, und hätten ihre Angeln am Ufer zurückgelassen ... oder?«

Kapitel 19

Fred sah auf die beleuchteten Fenster an der Hinterseite des Hauses. Gerne hätte er seiner Tochter gemeinsam mit den Jungen lauthals ein Ständchen gebracht, so daß sie lachend aus dem Haus gekommen wäre. Aber er wollte Paul nicht in Verlegenheit bringen.

Er wandte sich seinem Enkel zu, der, an Edwards Rücken gelehnt, das Haus ignorierte, während es hinter ihnen in der Ferne verschwand. Ein einziges Mal hatte er hinübergesehen, und das auch nur mit gesenktem Kopf und verstohlenem Blick. Danach hatte er sich vergewissert, daß keiner der Jungen es bemerkt hatte.

Fred lächelte und legte den Schalter der roten Lampe um, die an einer kurzen Aluminiumstange am Heck befestigt war. Im anderen Boot hinter ihm schaltete San-hi ebenfalls die Hecklampe ein. Vor anderthalb Kilometern hatten sie die Stelle des Flusses passiert, wo das Ufer bewaldet war. Jetzt erhellte der Mondschein die scheinbar endlose Weite des Marschlands östlich von ihnen.

»Können wir in die Kanäle hinein, Opa Fred?«

Fred sah auf das hohe Gras. Das brackige Wasser in den engen Rinnen durch die Marsch war ein idealer Brutplatz für Süßwassergarnelen, die ihrerseits alle möglichen Fische, von Barschen bis zu Salzwasserfischen, anzogen, und sowohl Garnelen als auch Fische standen auf dem Speiseplan der großen Räuber wie den Kaimanfischen und Alligatoren. Es war schwer, an dieser Stelle nichts zu fangen. Aber dort zu angeln brachte auch Probleme mit sich, besonders mit einer Horde von Jungen.

Fred sah sich wieder zu ihnen um. »Ich nehme an, das können wir. Wenn alle darauf achten, ihre Haken nicht ins Gras zu hängen. Denn sonst müßt ihr an den Schnüren ziehen, um sie frei zu bekommen, und als nächstes habt ihr irgendein Ohr an der Angel. Vielleicht meins. Und«, fügte er hinzu, »wenn alle stillsitzen, wie es sich gehört. Ist das nicht der Fall, werde ich euch die Schwimmwesten wieder anziehen lassen – ob ihr darunter schwitzt oder nicht.«

Alan zwang sich, einen Augenblick ruhig im Jeep sitzen zu bleiben, nachdem er in Carolyns Auffahrt angehalten hatte. Er wollte sie nicht zu Tode ängstigen. Die Wahrscheinlichkeit, daß etwas, das groß genug war, um derartige Bißmale zu erzeugen, einen Fluß hinaufschwamm, war so gering, daß ein Angriff nahezu auszuschließen war. Das Boot mußte an etwas hängengeblieben sein, das die Beschädigungen verursacht hatte. Er stieg aus dem Jeep und ging auf das Haus zu.

Carolyn lächelte, als sie die Tür öffnete. »Ich hoffe, Sie sind zufrieden«, sagte sie leise, »und Vater auch. Ich weiß, Paul ist – ich habe ihn mitgehen lassen.«

Er verspürte ein flaues Gefühl in der Magengegend.

Carolyns Miene veränderte sich. »Was ist?«

»Nichts Besorgniserregendes, aber –«

»Was *ist*, Alan?«

»Es hat einen weiteren Angriff gegeben.«

Sie wurde bleich.

»Nicht im Fluß«, ergänzte er rasch. »Draußen im Sund. Aber um sicherzugehen, werde ich Fred überreden, die Jungen zurückzubringen. Dafür bräuchte ich Ihr Boot.«

Sie drehte sich um und eilte zum Telefon auf dem Bücherregal. Als sie seine fragende Miene bemerkte, sagte sie: »Ich werde ihn anrufen, um mich zu vergewissern, daß sie nicht schon angeln gefahren sind.«

Er trat neben sie, als sie die Nummer tippte. »Er nimmt immer sein Handy mit, wenn er mit den Jungen zelten geht«, erklärte sie. »Für den Notfall.«

Sie hob den Hörer ans Ohr, lauschte einen Moment und runzelte die Stirn. Dann tippte sie die Nummer hastig noch einmal ein. Alan sah, daß ihre Hand zitterte, aber sie wählte zu Ende und hielt den Hörer ans Ohr. Einen Augenblick später ließ sie ihn wieder sinken und schüttelte den Kopf.

»Ich bekomme nur die Meldung, daß es nicht in Betrieb ist.«

Er nahm ihr den Hörer ab. »Wie ist die Nummer?«

Beim Wählen achtete er darauf, die Zahlen langsamer als Carolyn einzugeben.

»Es tut uns leid, aber der Teilnehmer, den Sie zu erreichen versuchen, ist entweder nicht empfangsbereit, oder er hält sich nicht im Empfangsbereich auf. Bitte versuchen Sie es später wieder.«

»Sind Sie sicher, daß das die richtige Nummer ist?«

Sie nickte. »Ich werde meine Mutter anrufen.«

Kurz darauf hatte Carolyn sie am Apparat. »Mutter« – sie schloß die Augen, während sie sich zwang, normal zu klingen –, »hat Vater sein Handy mitgenommen?«

Ihre Mutter brauchte etwas Zeit für ihre Antwort. Dann sagte Carolyn: »Nein, ich wollte nur einmal anrufen und sehen, wie es Paul geht. Ja, Mutter, ich habe ihn mitgehen lassen. Nein, ich mache mir keine Sorgen. Ich ... Mutter, ein Freund von mir steht in der Tür. Ich rufe dich später noch einmal an.« Sie legte den Hörer auf, ohne eine Erwiderung abzuwarten.

»Meine Mutter sagt, daß er es ausschaltet, wenn er es nicht

benutzt«, berichtete sie, während sie in Richtung Hintertür ging. »Aber er will sie heute noch anrufen, bevor sie schlafen gehen. Von dem Angriff hat sie offenbar noch nicht gehört.« Sie schüttelte den Kopf, als sie die Fliegentür aufstieß und in den Garten ging. »Ich war den ganzen Tag über mit meiner Buchhaltung beschäftigt. Für gewöhnlich läuft der Fernseher, aber ich ...« Sie ging so schnell, daß sie fast rannte. »Woher wollen wir wissen, wohin sie gefahren sind?«

»Sie sind flußaufwärts an einem alten Biberdamm.«

»Woher wissen Sie das?«

Er ging auf den kleinen Anlegeplatz und löste die Heckschnur, während Carolyn die Bugleine über die Windschutzscheibe warf.

»Vielleicht sollten Sie hierbleiben«, meinte er. »Es sind nur ein paar Kilometer. Ich werde in wenigen Minuten mit ihnen zurück sein.«

»Sind Sie übergeschnappt?« stieß sie hervor und sprang ins Boot. Sie schob sich hinter das Steuerrad und drehte den Zündschlüssel herum. Knatternd sprang der Motor an.

Als der Außenbordmotor aufheulte, sah Fred über die Schulter in Richtung des Hauses seiner Tochter. Sie waren weit genug flußabwärts, um nicht einmal mehr den geringsten Lichtschimmer zu sehen. Aber es hörte sich an, als wäre der Motor direkt hinter dem Haus gestartet worden.

Jetzt kam er voll auf Touren. Sogar aus der Ferne klang das Rattern klar zu ihnen herüber.

Paul blickte den Fluß hinauf in die Richtung, aus der das Geräusch kam.

Carolyns dunkle Haare wehten im Fahrtwind.

»Ich hatte Sie gefragt, woher Sie ihren Aufenthaltsort wissen«, erinnerte sie Alan.

Er stand neben ihr und hielt sich an der Oberkante der Windschutzscheibe fest. »Ein paar Polizisten haben sie gesehen. Sie wußten nichts von dem Angriff im Sund. Sie waren schon den ganzen Vormittag auf dem Fluß.«

»Wonach haben sie gesucht?«

Als er nicht sofort antwortete, warf sie ihm einen fragenden Blick zu. »Alan?«

»Nach zwei Anglern, die vor zwei Tagen verschwunden sind.«

Sie schaute auf den Gashebel, aber er war bis zum Anschlag nach vorn geschoben. Hinter ihnen klatschten die Kielwellen an das eine Ufer der Fahrrinne. Auf der andern Seite brachten sie das Wassergras zum Schwanken, als würde es tanzen.

Vor ihnen wuchsen an beiden Ufern Bäume. Eine Minute später fuhren sie unter ihren Zweigen durch.

»Sie haben gesagt, es wären nur ein paar Kilometer«, wiederholte er sich. »Wir müssen gleich dasein.«

Der breite Strahl der Buglampe tauchte die Fahrrinne in helles Licht und schimmerte auf den Bäumen. Die Kielwellen brachen sich jetzt auf beiden Uferseiten und wurden in die Flußmitte zurückgeworfen.

Ein Insekt prallte von Alans Wange ab und flog benommen zur Seite.

»Da!« sagte er.

Carolyn nahm die Geschwindigkeit zurück, und das Boot sank mit einer kleinen Bugwelle tiefer ins Wasser, während sie auf die Lücke im Damm zufuhr. Dann schob sie den Gashebel langsam nach vorn, drehte am Steuerrad und richtete das Boot perfekt auf den Zwischenraum aus. Als es hindurchfuhr, blieb auf beiden Seiten nur ein Abstand von wenigen Zentimetern.

Am Rand des Tümpels waren die dunklen Umrisse von

drei Zelten zu erkennen. Kein Lagerfeuer. Nichts rührte sich.

»Vater!« rief Carolyn.

»Sie sind angeln«, sagte Alan.

Sie wirbelte das Steuerrad herum, wendete scharf und beschleunigte. Als das Boot in Richtung Fahrrinne durch die Lücke schoß, kratzten aus dem Damm herausragende Zweige lautstark über den Rumpf.

Carolyn schüttelte den Kopf.

»Und wohin nun?«

Kapitel 20

»Halt durch!« rief Armon unter lautem Lachen.

San-his lange Arme zuckten unter den ruckartigen Bewegungen des großen Fischs, den er an der Angel hatte, hin und her.

Paul beugte sich über den Bootsrand, um sich die zappelnde Schnur anzusehen.

»Nicht zu weit, Paul«, rief Fred aus dem anderen Boot.

»Du hältst die Schnur nicht straff«, sagte Paul zu San-hi.

»Paul!« rief Fred. »Du wirst gleich deine Schwimmweste anziehen müssen.«

Paul richtete sich ein wenig auf, streckte Kopf und Hals aber weiterhin über das im Licht der Hecklampe rötlich schimmernde Wasser.

Als San-hi den Fisch verlor, lachte Armon aus vollem Hals. Der Vietnamese starrte seinen Freund wütend an.

Paul nickte wissend. »Ich hab es dir ja gesagt«, meinte er.

San-hi blitzte ihn an.

Armon lachte wieder.

Ein paar Meter neben San-his Boot kräuselte sich das Wasser.

»Das ist ein großer«, sagte Paul, während er seine Pose aus dem Wasser hob. Dann beugte er sich vor, ließ das Ende seiner Angel hochschnellen und schleuderte den Haken mit dem

Köder so weit weg, wie er konnte. Er landete ein Stück vor der Stelle, an der er den Wirbel gesehen hatte.

Er runzelte die Stirn. Hinter ihm riß Edward an seiner Angel, und der Haken flog in die Luft.

»Ich bin nur froh, daß Martha so viele Sandwiches gemacht hat«, rief Fred aus dem anderen Boot herüber.

Das Wasser auf Edwards Seite kräuselte sich, und ein großer Barsch tauchte zur Hälfte aus dem Wasser, um nach einer Libelle zu schnappen.

»Schau ihn dir genau an, Edward!« rief Armon herüber. »Der ist dir durch die Lappen gegangen.«

Dann wurde Armon aufmerksam auf einen Wirbel und eine langgezogene Welle neben der Stelle, an der der Barsch verschwunden war.

Auch San-hi blickte dorthin. »Ich glaube, gerade hat ein Alligator deinen Barsch erwischt, Edward«, sagte er.

Der Scheinwerfer am Bug überzog die Wasseroberfläche mit einem breiten Lichtstrahl. Carolyn schaltete ihn aus und spähte ins Dunkel. Aber sie konnte nirgendwo ein Licht ausmachen.

Die beiden kleinen Lampen am Heck der Aluminiumboote tauchten die Jungen in einen rötlichen Schimmer und warfen rote Lichtkreise aufs Wasser.

Armon schlug nach einer Mücke auf seiner breiten Stirn. Daraufhin gab ihm der blonde Junge vor ihm eine Spraydose mit einem Insektenschutzmittel, und Armon sprühte es sich großzügig unter die Achseln, um seine Tennisschuhe herum und in die Handflächen, um sich das Gesicht einzureiben.

Im anderen Boot bemerkte Paul, daß seine Pose unter Wasser gezogen wurde, und hob die Angel an, um den Haken einzuholen. Doch plötzlich neigte sich der Schwimmer zur Seite, vollführte eine scharfe Kurve und zog die Schnur in Richtung Bug. Der ältere der blonden Brüder duckte sich, als Pauls Angel über seinen Kopf hinwegstrich.

»Was, zum Teufel, ist das?« stieß Armon hervor, der das Geschehen vom andern Boot aus beobachtete.

Als die Schnur den Bug umrundete, legte sich die Pose fast flach ins Wasser. Dann kräuselte der Fisch das Wasser längsseits des Boots, und Edward duckte sich, als die Angel jetzt über seinen Kopf fegte.

Jetzt ließ der Fisch das Wasser am Heck aufspritzen, bis sein schmaler, über einen Meter langer Körper vollständig aus dem Wasser sprang.

»Ein Knochenhecht«, sagte Armon und lachte auf. »Fang ihn, Paul.«

Paul spannte die Arme an, während der Fisch in die Tiefe tauchte und die Pose, nachdem sie mit einem Knall gegen den Bootsrumpf geschlagen war, mit ihm unter Wasser verschwand.

Kurz darauf sprang der Fisch wieder aus dem Wasser und tauchte erneut ...

Dann riß die Schnur, und die Pose hüpfte zitternd an die Wasseroberfläche.

Paul zog die Stirn kraus.

Carolyn entdeckte in der Ferne den schwachen Schimmer der roten Lampen und schaltete den Bugscheinwerfer aus, weil sie die Reflexionen auf dem Wasser als störend empfand.

»Sind sie das?« überschrie sie das Dröhnen des Motors.

»Es sind zwei Boote.«

Carolyn blickte auf das vorbeifliegende Wasser. Ihr schien, als wäre es noch nie so schwarz gewesen. Dann schaute sie wieder über den Windschutz hinweg und biß sich auf die Lippe. Die roten Lampen vor ihnen bewegten sich langsam in Richtung Marschland.

Jemand schlug nach einer Mücke.

Fred lenkte das Boot mit einem Paddel auf die schmale Rinne zu, die vom Fluß zwischen das Marschgras führte.

Armon folgte mit dem anderen Boot.

Hinter ihnen war das Geräusch eines näher kommenden Speedboots zu hören. An seinem Bug strahlte ein greller Scheinwerfer.

Dann war ein deutliches Platschen zu vernehmen.

»Verdammter Mist!«

»Armon!«

»Sir, der kleine Hu ... er hat mich mit einem Wasserballon beworfen.«

Mit ausgestreckten Armen schaute Armon auf sein triefendes T-Shirt und die durchnäßte Jeans. Der jüngere der blonden Brüder starrte aufs Wasser hinaus.

»Milton«, sagte Fred.

Der Junge reagierte nicht.

»Milton!«

Langsam drehte er den Kopf herum.

Obwohl Fred nichts weiter sagte, zog der Junge zwei mit Wasser gefüllte Ballons hinter seinem Rücken hervor und legte sie zwischen seinen Füßen auf den Boden.

»Milton«, wiederholte Fred.

Jetzt kam ein halbes Dutzend noch unbenutzter Luftballons zum Vorschein. Armon beugte sich vor, griff nach ihnen und stopfte sie in die Jeanstasche.

Das Licht hinter ihnen wurde immer greller. Das heranrasende Boot drehte jetzt in ihre Richtung und verlangsamte sein Tempo.

Paul hob die Hand über die Augen und blickte in das Licht.

»Vater«, rief Carolyn.

Paul runzelte die Stirn.

Carolyn lenkte das Speedboot zwischen die beiden kleineren Boote.

»Vater, es gab einen weiteren Angriff – im Sund. Und hier auf dem Fluß vielleicht auch. Zwei Männer werden vermißt, und die Polizisten, die ihr Boot gefunden haben, sagen, daß es quer über das Heck Bißmale aufweist.«

Pauls Miene verdüsterte sich.

Auf Freds Gesicht lag ein fragender Ausdruck.

Alan nickte. »Ich weiß, es klingt verrückt. Ich habe das Boot nicht selbst gesehen. Aber die Deputies haben Jonas die vorhandenen Beschädigungen beschrieben.«

San-hi paddelte um die rechte Seite des Speedboots herum. Freds Boot schaukelte leicht auf den von Carolyn erzeugten Wellen, während es weiter auf die flache Rinne zutrieb.

»Macht die Boote hier fest«, sagte Alan. »Dann bringen wir euch zurück.«

Fred blickte über den Fluß zum anderen Ufer. »Okay, ihr nehmt die Jungen. Ich werde die Boote hinüberbringen. Dann kann ich morgen mit dem Pick-up hinfahren und sie holen.«

»Nein, Vater. Darum kümmern wir uns später.«

»Also gut, dann binden wir sie zusammen und verankern sie im Gras. Armon, paddle uns dort hinüber.« Er zeigte nach rechts auf eine Fläche mit Wassergras.

Armon nahm das Paddel vom Boden und beugte sich über den Bug.

»Du mußt Mutter anrufen«, sagte Carolyn. »Sie wird die Nachrichten sehen, wenn sie es nicht schon getan hat, und sich schreckliche Sorgen machen.«

Freds Boot war jetzt zur Hälfte in die schmale Rinne vorgedrungen. San-hi befand sich noch auf dem Fluß, schloß aber direkt auf. Fred warf einen Blick auf die Kühlbox und seinen Rucksack, die bei San-hi zwischen den Sitzen lagen.

»Jungs, mein Handy.«

Der ältere der blonden Brüder beugte sich vor, aber Paul war schneller. Er zog die Rucksackklappe zurück, tastete im Innern, fand das Handy samt Batterieteil und nahm beides heraus. San-hi paddelte links neben Freds Boot.

Als Paul aufstand, schwankte der Kahn ein wenig.

»Paul«, entfuhr es Carolyn.

»Vorsichtig«, sagte Fred.

Paul nickte und wartete, bis die beiden Boote nebeneinanderlagen.

Da brach zwischen ihnen plötzlich in einer aufspritzenden Fontäne ein breiter Kopf durch die Wasseroberfläche, das Maul in Richtung Fred weit aufgerissen. Der Bug von San-his Boot stieß gegen den Rücken des Geschöpfs und wurde angehoben. Paul, der immer noch Handy und Batterieteil in Händen hielt, stürzte seitwärts ins Wasser. Carolyn schrie auf.

Der Hai drehte sich ein Stück in die Richtung der von hinten kommenden Störung und klatschte ins Wasser zurück. Von der entstehenden Welle wurde San-his Kahn gegen das Speedboot gedrückt, wobei es sich so weit auf die Seite legte, daß Edward über den Rand ins Wasser rollte.

Fred sprang ins Wasser. Alan wurde durch San-his Boot, das direkt neben ihm lag, behindert. Deshalb schwang er sich über den Sitz ins Heck des Speedboots, stieg mit einem Fuß auf den Motor und hechtete von dort ins Wasser.

Paul kraulte, so schnell er konnte, zum Speedboot. Als Edwards Kopf kurzzeitig vor ihm auftauchte, stoppte er und griff nach seinem Freund. Dabei wurde er selbst unter Wasser gezogen.

Fred und Alan erreichten gleichzeitig die Stelle. Kurz darauf tauchte Paul wieder auf, schwer rudernd und einen Arm nachziehend. Mit seinen Fingern hatte er den Halsausschnitt von Edwards T-Shirt umklammert. Alan griff nach Paul, während Fred Edward übernahm. Der Motor des Speedboots heulte auf, als Carolyn zu ihnen zurücksetzte und dabei das Aluminiumboot mit San-hi und dem älteren der blonden Brüder anstieß, so daß sich um die eigene Achse zu drehen begann.

»Paßt auf!« schrie Carolyn, als sie den Leerlauf einlegte und das Boot weiter rückwärts gleiten ließ. Das Heck stieß hart gegen Alans Brustkorb, als er die Hand ausstreckte, um sich am oberen Rand festzuhalten. Freds große Hand klammerte sich neben ihm fest. Carolyn legte den Vorwärtsgang ein und drückte den Gashebel nach vorn. Die Schraube drehte sich dicht neben Alans Bein.

San-his Boot, das langsam wieder ins Gleichgewicht kam, ragte immer noch teilweise auf den Fluß hinaus. Fred streckte eine Hand danach aus, während er mit dem anderen Arm am Speedboot hing. Er schnitt eine Grimasse, weil seine Arme schmerzhaft auseinandergezerrt wurden, hielt aber durch. Edward hatte sich an seinen Hals geklammert. Alan schob Paul über das Heck ins Speedboot, wo er sofort auf alle viere geworfen wurde, weil der Bug das andere kleine Boot gerammt hatte und es mitsamt den verängstigten Jungen weiter in die flache Rinne zwischen dem Marschgras schob.

Als das Speedboot in den Kanal einfuhr, rutschte Freds Hand vom Heck, und das Gewicht des Jungen auf seinem Rücken drückte ihn unter Wasser. Zuerst war nur eine Hand zu sehen, die nach dem Rand des Aluminiumboots griff. Dann streckte Fred Kopf und Schultern heraus. Edward hing immer noch an seinem Hals.

Hinter ihnen stieg der Kopf des Hais aus dem Wasser. Fred

tauchte unter das kleine Boot, während der blonde Junge über den Bootsrand auf eine kleine dreieckige Marschgrasfläche sprang, wo er bis zu den Knöcheln im Wasser versank. San-hi landete spritzend neben ihm. Im selben Augenblick krachte der breite Kopf des Hais auf das Boot und begrub es unter sich.

Freds Kopf stieß durch die Wasseroberfläche. Edward vor sich herschiebend, kroch er auf das Grasstück.

Kapitel 21

Vier hellorangene Schwimmwesten trieben auf dem Wasser. Aus der sinkenden Kühlbox stiegen Luftblasen auf. Fred, San-hi, der ältere der blonden Brüder und Edward standen auf dem sumpfigen Grasstück, das nicht viel umfangreicher war als ein großer Eßtisch. Gerade kletterte der letzte Junge aus dem anderen Kahn über den Rand des Speedboots und rollte sich auf den Boden. Das leere Fahrzeug trieb an Alan vorbei nach hinten. Er stand neben dem Heck des Speedboots bis zu den Oberschenkeln im Wasser.

»Kommt hier entlang«, rief er. »Hierher schafft er es nicht. Es ist zu flach für ihn.«

Draußen auf dem Fluß schoß plötzlich San-his Boot mit dem Bug zuerst in die Luft und klatschte verkehrt herum aufs Wasser.

»Kommt schon«, drängte Alan.

Der Blonde und San-hi sahen zu Fred, als warteten sie auf eine Reaktion. Dann traten sie an den Rand des Grasstücks, blieben aber stehen und betrachteten den zehn Meter breiten Streifen braunen Wassers der sie vom Speedboot trennte. Plötzlich sprang der Blonde, so weit er konnte, in den Fluß und schwamm, ohne unterzutauchen mit hastigen Kraulbewegungen auf Alans ausgestreckte Hände zu. Schließlich packte ihn Alan und zog ihn neben das Speedboot.

San-hi blickte abwechselnd auf den Wasserstreifen und den

Fluß hinaus, während Edward sich an Fred klammerte und ablehnend den Kopf schüttelte.

»Wartet«, sagte Alan und griff nach dem Rand des neben ihm treibenden Aluminiumboots. Nachdem er die Hand zum Bug geschoben hatte, zog er es zu sich und drehte es gleichzeitig, so daß das andere Ende in einer weiten Kurve zum Grasstück schwenkte. Dann stieß er es von sich weg.

Fred trat an den Rand und streckte die Hand nach dem Boot aus. Hinter ihm blickten San-hi und Edward, die jetzt vom roten Licht der Hecklampe angeleuchtet wurden, wieder auf den dunklen Fluß hinaus.

Als wenige Meter vom Grasstück entfernt eine dicke Finne aus dem Wasser stieg, zogen sie sich bis an den entgegengesetzten Rand zurück.

»Vater!« rief Carolyn.

Die Finne hielt auf die schmale Rinne zu. Fred trat in die Mitte des Grasstücks zurück.

Der breite Kopf brach durch die Oberfläche und stupste seine Nase in die grünen Halme. Paul drückte sich enger in den Arm seiner Mutter. Fred zog sich zu San-hi und Edward ans äußerste Ende der Rettungsinsel zurück. Auch hinter ihnen erstreckte sich das Wasser des Flusses, der dort einen einige Meter in das grasbewachsene Marschgebiet hineinragenden Einschnitt bildete.

Der Kopf glitt unter Wasser, und die Finne, deren Spitze im Licht der Hecklampe dunkelrot zu glühen schien, wandte sich dem hinteren Ende des Grasstücks zu.

Dann verschwand sie.

Fred sah sich um und trat, indem er Edward vor sich herschob und San-hi am T-Shirt mitzog, in die Mitte des Grasstücks. Dort drängten sie sich eng zusammen, während sie verfolgten, wie das zweite Aluminiumboot auf das verkehrt herum im Fluß treibende Boot zudriftete.

»Fred«, sagte Alan leise, »das Wasser ist hier zu flach für ihn. Kommt einfach zu uns rüber.«

Fred schob Edward vorwärts. Doch der Junge verkrampfte.

»Geh schon, Junge. Du mußt«, sagte Fred. »Ich werde dich nicht untergehen lassen.« Dabei warf er wieder einen Blick über die Schulter.

San-hi blickte auf den Rand des Flusses ein paar Meter neben ihnen, dann zum Speedboot hinüber und ging um Edward herum. Alan streckte die Hand aus, während Carolyn die Stelle beobachtete, wo die Rinne in den Fluß mündete.

»Halt!« schrie sie.

Die Finne stieg rasch aus dem Wasser, gefolgt vom Kopf, und dann stieß sich das Geschöpf vorwärts in die Rinne hinein.

San-hi stolperte zurück, und Edward drückte sich so heftig an Fred, daß er ihn fast rückwärts in den Flußeinschnitt geschubst hätte.

Der Hai machte einen weiteren Satz nach vorn. Die obere Hälfte seines Körpers befand sich jetzt außerhalb des Wassers, und die Zähne in seinem aufgerissenen Maul schimmerten bräunlich im Mondschein. Bis zur Spitze der aus dem Fluß ragenden Schwanzflosse war das Geschöpf fast acht Meter lang.

Plötzlich rutschte es mit einer heftigen Drehung rückwärts, trieb kurze Zeit mit der oberen Körperhälfte über Wasser und sank dann in einem Wirbel unter die Oberfläche.

»Fred«, sagte Alan.

»Nein!« rief Carolyn.

Sie starrten alle auf den Fluß hinaus.

Sekunden vergingen.

Dann tauchte die Finne dreißig Meter entfernt im Fluß auf

und bewegte sich mit einer schäumenden Welle auf beiden Seiten schnell auf die Gruppe zu.

»Zurück, Vater!«

Alan sprang ins Speedboot.

Als der stumpfe Kopf durch die Oberfläche brach, spritzte das Wasser in die Höhe wie bei einem mit Höchstgeschwindigkeit auftauchenden U-Boot.

Die schwarzen Augen wurden sichtbar.

Der Körper stieg empor.

Das Wasser spritzte höher.

Dann warf sich der Hai in die flache Rinne, hob seinen massigen Körper abrupt an und schob sich noch ein Stück weiter. Carolyn hieb gegen den Gashebel. Der Hai warf den Kopf auf die Seite der Rinne, so daß der Körper teilweise um das kleine Grasstück herum lag und Fred, San-hi und Edward vom Speedboot abgeschnitten waren. Die dunklen Augen des Hais starrten auf die drei Gestalten, die sich auf der anderen Seite des Grasstücks zusammendrängten. Ihre Fersen berührten schon das Flußwasser. Dann begann das Geschöpf hin und her zu rollen und den Schlamm unter sich herauszuwalzen.

Plötzlich legte es sich auf eine Seite, hob ein paar weitere Zentimeter seines Körpers aus dem Wasser und preßte das hohe Gras zur Seite. Den Kopf verdrehend, versuchte es, auf das sumpfige Stück Land zu gelangen.

Fred machte einen Schritt zurück, fand aber keinen Halt mehr und setzte sich, Edward festhaltend, ins Wasser. Mit wild rudernden Armen kam er auf die Knie, zog Edward nach vorn und schob ihn aufs Gras, bevor er selbst hinaufkroch.

Der Hai ruckte vor und zurück, preßte den schlammigen Boden zusammen und rutschte wieder ein paar Zentimeter vorwärts.

»Alan«, kreischte Carolyn. Sie hatte den Handrücken vor den Mund geschlagen. Paul drückte das Gesicht in ihren Bauch. Die anderen Jungen hockten im Boot und blickten voller Schrecken auf die Szene.

Alan sprang über den Sitz zum Steuerrad und kuppelte den Motor ein.

»Hinlegen!« befahl er und stieß den Gashebel nach vorn.

Die Jungen duckten sich auf den Boden, während das Speedboot rückwärts schoß und den Hai in die Seite rammte. Der breite Kopf zuckte herum, während das Boot sich von ihm absetzte, um ihn erneut anzugreifen. Der Hai versuchte, sich zu dem feindlichen Boot umzudrehen.

Alan fuhr fünf, sechs Meter nach vorn, bevor er wieder den Rückwärtsgang einlegte und mit Vollgas zurücksetzte. Als das Heck diesmal in die Flanke des Geschöpfs raste, waren metallische Geräusche zu hören, die verkündeten, daß die Schraube zerfiel und der untere Teil sich festfraß.

Durch den Rückstoß glitt das Boot vorwärts in die flache Rinne. Der Hai rollte sich herum, drehte den Kopf ein Stück in seine Richtung und starrte ihm mit einem Auge nach. Neben ihm breitete sich ein Blutfleck im Wasser aus.

Langsam wandte der Hai den Kopf wieder dem sumpfigen Grasstück zu. Dann begann er erneut, sich hin und her zu wälzen.

Die Hälfte des Bodens war bereits zusammengepreßt; ein großer Teil des Grases lag neben dem Hai unter Wasser. Von den ursprünglich wenigen Metern sicheren Bodens war nur noch die Hälfte übriggeblieben.

Das Speedboot lief auf dem Gras auf der anderen Seite der Rinne auf Grund. Armon kniete im Heck neben dem kaputten Motor und hantierte am Benzintank herum.

Der Hai rollte sich hin und her und versuchte, seinen Kopf

wieder auf die drei Gestalten auszurichten, die jetzt nur noch anderthalb bis zwei Meter von ihm entfernt waren.

Armon stand auf. Die Augen auf den Hai fixiert, stieg er auf die Heckreling und nahm einen Arm zurück.

Er hielt einen der Luftballons in der Hand, aus dem eine Flüssigkeit tropfte.

Jetzt warf er ihn mit aller Kraft auf den breiten Kopf.

Er traf zwischen den Augen auf, und die Flüssigkeit floß zum Maul herunter.

In Armons Hand flammte ein Feuerzeug auf. »Paß auf!« rief er. Als er das Feuerzeug warf, stand plötzlich sein Arm in Flammen.

Der Kopf des Hais verwandelte sich in einen dicken Feuerball. Die drei auf dem Grasstück duckten sich und drückten die Hände vors Gesicht. Als das Maul des Hais aufklappte, züngelten die Flammen um seine Zähne.

Das Geschöpf wälzte sich mit zuckendem Kopf hin und her. Dann bewegte es sich rückwärts, und während die Flammen höher schlugen, zog es sich aus der Einfahrt der Rinne zurück. Unter den hoch über den Kopf lodernden Flammen starrten die schwarzen Augen direkt auf Armon. Dann verschwand das Geschöpf, kleine brennende Benzinflecken zurücklassend, unter Wasser.

Qualm schwebte über der Wasseroberfläche.

Zwei der Jungen wickelten ein nasses Handtuch um Armons rauchenden Arm.

Fred packte Edward an den Schultern und schob ihn an den Rand des Grasstücks.

»Komm schon, San-hi«, sagte er, während er Edward ans Wasser drängte. »Los!« brüllte er San-hi an.

San-hi sprang als erster und schwamm, so schnell er konnte, zum Speedboot hinüber. Fred sah sich um.

»Beeil dich, Vater!«

Fred schnappte sich Edward, sprang bis zum Oberschenkel ins Wasser und stakte zum Boot hinüber.

Vor der schmalen Rinne tauchte die Finne auf und hielt darauf zu.

Alan griff nach San-hi und zog ihn ins Boot.

»Vater!« schrie Carolyn.

»Opa!« schrie Paul.

Fred kämpfte sich weiter voran.

Dreißig Zentimeter neben ihm stieg der geschwärzte Kopf aus dem Wasser und schob sich vorwärts, kam aber nur wenig voran. Der Hai versuchte es noch einmal. Wieder gewann er nur Zentimeter.

Fred erreichte das Boot und hob Edward zu den anderen Jungen hoch, die nach ihm griffen.

Der Hai ruckte mit starren Augen im Wasser, hob den Kopf und versuchte sich zum Boot zu schieben.

San-hi beugte sich über die Seite und begann mit aller Kraft zu paddeln, während Alan neben dem Boot ins Wasser sprang und schob. Fred drückte am Heck.

Der Hai hörte auf, sich zu bewegen, und schien die Szene zu beobachten. Dann zog er sich langsam aus der Rinne zurück. Einen Augenblick später tauchte er unter die Wasseroberfläche des Flusses.

Armon stöhnte vor Schmerz auf.

Paul begann zu weinen.

Rayanne streckte die Hand nach dem Telefon aus, zögerte und legte sie wieder in den Schoß. Hinter ihr im Eßzimmer war der Tisch mit Tellern und Tafelsilber gedeckt. In der Küche lagen die Steaks auf dem Brett.

Draußen auf der kleinen Terrasse verglühte die Kohle.

Sie seufzte, griff nach der Fernbedienung und schaltete den Fernseher ein.

Kapitel 22

Armon lag, mit den Schultern an die Bootswand gelehnt, quer auf den Vordersitzen des Speedboots. Carolyn hatte es ihm so bequem wie möglich gemacht, indem sie eine Schwimmweste unter seinen Rücken gestopft hatte. Sein Arm, der von der Hand bis zum Ellbogen in das T-Shirt eines der Jungen eingewickelt war, ruhte auf seinem Schoß. Sein Gesicht war schmerzverzerrt, aber er hatte noch nichts gesagt, seit die anderen ihm auf die Sitze geholfen hatten. Paul kramte in seiner Jeanstasche und förderte ein halbvolles Päckchen mit Kaugummi zutage. Einen davon bot er Armon an. Der Junge nahm ihn, wickelte ihn mit der gesunden Hand aus und steckte ihn in den Mund. Paul wickelte einen zweiten aus und hielt ihn Armon hin. Der aber schüttelte den Kopf. Also kaute er ihn selbst. Carolyn betrachtete Armon.

Die anderen Jungen saßen, mit dem Rücken an der Bootswand, still am Boden. Nur San-hi stand bei Alan und Fred neben dem Motor.

»Er hat sich so schlimm verbrannt, daß er Flüssigkeit absondert«, sagte Alan leise. Dann blickte er auf den Fluß hinaus, der jetzt etwa dreißig Meter entfernt war. Wie lange würde es nach Sonnenaufgang dauern, bis ein Boot vorbeikam, sofern überhaupt eines kommen würde, nachdem Sheriff Stark angeordnet hatte, sich vom Fluß fernzuhalten? Er wußte nicht, wie lange Armons Brandwunde unbehandelt bleiben konnte, ohne lebensgefährlich zu werden oder sich so weit zu verschlimmern, daß der Arm abgenommen werden müßte.

Sein Blick wanderte über die weite, von hohem Wassergras bewachsene Fläche, die sich bis zur Brücke der Interstate 10 erstreckte, über die sich winzige Lichtpunkte bewegten. Die ersten Bäume, die links vor der Brücke den Anfang des höher gelegenen Untergrunds markierten, waren mindestens drei Kilometer entfernt. Mit dem Speedboot zu paddeln war ausgeschlossen; dazu war es zu groß.

»Ich werde hinüberwaten«, kündigte Alan an.

»Ich komme mit«, sagte Fred.

»Ich schaffe es allein wahrscheinlich schneller.«

»Und brechen sich einen Arm, zerren sich einen Muskel oder was auch immer – und wir warten hier umsonst.«

Mehr wurde nicht gesprochen. Carolyn gab beiden eine Schwimmweste. Dann schwang Alan die Beine über die Bootswand und ließ sich ins Wasser gleiten, das ihm bis zu den Oberschenkeln reichte. Fred sprang neben ihn. Danach kam San-hi. Auch jetzt schwiegen sie. Carolyn reichte eine weitere Schwimmweste aus dem Boot.

»Laßt uns das Boot so weit ins Gras schieben, wie wir können«, schlug Fred vor.

Die anderen Jungen stiegen ebenfalls ins Wasser, um den dreien zu helfen.

Rayanne warf einen Blick auf ihren Geburtstagskuchen. Auf der einen Seite standen sechs Kerzen im Zuckerguß, auf der anderen zwei.

Dann ging sie zum Wandtelefon neben dem Kühlschrank.

In Carolyns Auffahrt begann das auf dem Jeepsitz liegende Handy zu klingeln. Es klingelte ein zweites und ein drittes Mal.

Eine Minute später läutete das Telefon in Alans Wohnung. Nach einiger Zeit verstummte es.

Wie sie herausgefunden hatten, kamen sie am schnellsten voran, wenn sie die Schwimmwesten unter den Bauch legten und paddelten. Sie waren jetzt seit einer Stunde unterwegs. Vor ihnen änderte der schmale Wasserweg wieder seine Richtung. Ihr Plan, zu den Bäumen und dem trockenen Land zu waten, hatte sich rasch zerschlagen, als sie bei der ersten Rechtskurve der Rinne, die sie von den Bäumen weggeführt hätte, versuchten, durch das Gras zu stapfen. Denn der Untergrund bestand dort aus gut fünf Zentimeter tiefem Wasser und einer vielleicht dreißig Zentimeter tiefen Schlammschicht, die ebenfalls flüssig wie Wasser war; darunter befand sich eine weitere, fast bodenlose Ablagerung aus dickerem, die Füße förmlich ansaugendem Matsch. San-hi verlor gleich bei den ersten Schritten beide Tennisschuhe. Schon nach drei Metern gerieten sie außer Atem. Der einzige Ausweg bestand darin, der Rinne bis zur Interstate-Brücke zu folgen und dann zu hoffen, daß man jemandes Aufmerksamkeit auf sich zog, oder irgendwie die dicken Betonpfeiler zu den Fahrbahnen hinaufzuklettern.

Freds tiefe Stimme drang zu San-hi, der hinter ihm paddelte: »Junge.«

»Sir?«

»Armon hat wieder angefangen zu rauchen, stimmt's? Deshalb hatte er das Feuerzeug dabei.«

San-hi antwortete nicht.

»Das dachte ich mir«, sagte Fred. »Deshalb hat er am Sandsack so geschnauft – nach nur zehn Minuten.«

San-hi schwieg weiter.

»Ich wünschte, du würdest auch rauchen«, fuhr Fred fort. »Ich wünschte, ihr alle würdet rauchen und hättet Feuerzeuge und Streichhölzer dabei, einen ganzen Haufen Streichhölzer. Wie eine alte Dampflok müßtet ihr qualmen. Dann würde ich eure Zigaretten, Streichhölzer und Feuerzeuge nehmen und das größte, häßlichste Signalfeuer errichten, das man jemals gesehen hat.«

San-hi lächelte.

Doch das Lächeln verschwand rasch wieder von seinem Gesicht, als er etwas plätschern hörte.

Alan schob sich rückwärts ins Wasser, das jetzt bis zu seiner Hüfte reichte. Fred hielt seine Schwimmweste vor sich, und San-hi nach spähte vorn.

Da war es wieder – *platsch-platsch, platsch-platsch, platsch, platsch*.

Es kam nicht von vorn, sondern von der Seite, aus dem Gras rechts neben ihnen.

Alan rückte neben Fred. San-hi hielt sich hinter ihnen.

Sie hörten ein kurzes, tiefes Zischen.

»Aufs Gras«, sagte Alan leise und gab Fred einen Stoß an die Schulter. »Schnell.«

Fred zerrte seine Füße, so schnell er konnte, aus dem an seinen Schuhen saugenden Schlamm und wich zurück. San-hi war schneller. Als er das Gras erreichte, wankte er einen Moment bei dem Versuch, das rutschige Ufer zu erklimmen, doch dann zog er sich in das dichte Grün hinauf.

Auf der anderen Seite der Rinne platschte es zweimal kurz hintereinander, dann streckte ein Alligator seine breite Schnauze ins Freie. Die Vorderbeine teilten das Gras und machten zwei weitere unbeholfene Schritte. Dann zischte er wieder.

Alan schob Fred weiter aufs Gras, während er spürte, wie ihm ein Schuh vom Fuß gezogen wurde. San-hi beeilte sich, heftig spritzend, einige Schritte weiter fortzukommen, doch als seine Füße tiefer einsanken, strauchelte er. Zwar versuchte er noch, sich an einem Grasbüschel festzuhalten. Der war aber nicht stabil genug, und San-hi stürzte der Länge nach ins Wasser.

Als Alan sich umsah, verschwand der Kopf des Alligators. Er verlangsamte sein Tempo, hielt Fred am Hemd fest, und sagte leise: »Sie verfolgt uns nicht.«

Es mußte eine *Sie* gewesen sein. Denn ein Männchen wäre beim ersten Geräusch der drei davongeschwommen. Ein Weibchen normalerweise auch, es sei denn, es bewachte einen Nestplatz, den sie irgendwo hinter sich an einer erhöhten feuchten Stelle angelegt hatte.

Während San-hi den Schlamm von den Händen schüttelte, versank Alan mit einem Bein in einem Loch, das für einen Zaunpfahl hätte bestimmt sein können. Aus dem Gleichgewicht geraten, ruderte er mit einem Arm im Wasser. Fred packte ihn und hielt ihn fest, bis er wieder Halt gefunden hatte.

San-hi bekam Panik, denn er steckte fest. Es dauerte einen Moment, bis er seine Füße aus dem Schlamm befreit hatte.

Dann kämpften sich die drei, das Gras mit den Unterarmen teilend, neben der Rinne voran.

Das Speedboot lag zur Hälfte im hohen Gras neben der Rinne, während das Heck ins Wasser hinausragte. Auf Armons Wangen schimmerten Tränen, die er ohne einen Laut vergoß. Mücken umschwärmten das durchnäßte T-Shirt um seinen Arm, flogen summend um das Boot herum und stürzten sich auf die am Bootsrand sitzenden Jungen, so daß ständig das Klatschen von Händen zu hören war.

Jedesmal, wenn etwas in der Dunkelheit plätscherte, zuckte Carolyn zusammen. Paul stand am Motor und schaute in die Richtung, in der Alan und die anderen verschwunden waren. Nach einer Weile verengten sich seine Augen. Für Carolyn und jeden anderen Erwachsenen hätte es außer dem dünnen braunen Wasserstreifen, der sich in der Ferne verlor, nichts zu sehen gegeben. Aber Kinder können bis zum Alter von zehn Jahren im Dunkeln besser sehen als Erwachsene, und diese Fähigkeit kam Paul jetzt zugute.

»Mama.«

Der Klang seiner Stimme ließ sie herumfahren. Sie ging zu ihm und drückte seinen Arm.

Die blonden Brüder hoben die Köpfe über den Bootsrand in die Richtung, in die Paul blickte.

Es dauerte fast eine Minute, bis Carolyn einen langen, dicken Umriß ausmachte, der sich in der Mitte der Rinne auf sie zubewegte. Zu diesem Zeitpunkt konnten Paul und der jüngere der blonden Brüder bereits erkennen, was es war.

»Ein Kaimanfisch«, sagte Paul mit hörbarer Erleichterung.

Der zweieinhalb Meter lange Fisch schwamm langsam die Rinne entlang. Im Unterschied zu dem dünnen, spitz zulaufenden Knochenhecht, den Paul an der Angel gehabt hatte, hatte dieser Fisch einen breiten, dicken Körper. Auf den ersten Blick hätte jeder geglaubt, einen Alligator vor sich zu haben, und wer die Geschöpfe der Marschen, Flüsse und Tümpel des unteren Mississippitals nicht kannte, wäre auch nach einem längeren Blick noch nicht sicher gewesen, womit er es zu tun hatte. Der Kopf des Fischs war flach, langgestreckt und vorn abgerundet wie die Schnauze eines Alligators. Sogar die Musterung ähnelte den großen Schuppen des Reptils, und die Bauchflossen sahen fast wie vier stummelartige Beine aus. Insgesamt unterschied sich der Fisch, der jetzt am Speedboot vorbeiglitt, kaum von seinen prähistorischen Vorfahren, die in ähnlichen Feuchtgebieten gelebt hatten.

Die blonden Brüder zogen die Köpfe ein, und Paul wandte den Blick wieder der Rinne zu.

Ein lautes Plätschern im hohen Wassergras vor dem Boot ließ Carolyn aufschrecken.

Alan paddelte an der Spitze. Fred, dessen kräftiger Körper die Schwimmweste tief ins Wasser drückte, folgte seitlich versetzt, und San-hi bildete die Nachhut. Vor ihnen kreuzte eine weiterer Kanal die Rinne. Er war größer als diejenigen, die sie bisher passiert hatten.

Alan streckte die Arme aus und drückte sie langsam wie beim Brustschwimmen durchs Wasser. Fred trat regelmäßig mit den Beinen. So glitten sie auf die Kreuzung.

San-hi schob sich rückwärts von seiner Schwimmweste und sank unter Wasser. Als er wieder auftauchte, prustete er das braune Flußwasser aus dem Mund.

Fred sah sich nach ihm um, während Alan ebenfalls von der Schwimmweste glitt und mit den Füßen den Boden zu erreichen versuchte. Er hielt den Atem an und ließ sich, ohne die Schwimmweste loszulassen, langsam unter die Oberfläche sinken. Doch seine Füße fanden keinen Halt. Es war das erste Mal, seit sie die Rinne entlangschwammen, daß sie nicht mehr stehen konnten. Alan blickte in den kreuzenden Kanal hinein, der sich von ihnen aus gesehen auf der linken Seite weit nach hinten zog und in einer Kurve in Richtung Fluß verschwand.

Fred trat kräftig mit den Füßen und setzte auch wieder die Arme ein. San-hi hielt sich auf einer Höhe mit ihm. Alan beeilte sich, ihnen zu folgen, indem er sich auf die Seite legte, mit einem Arm schwamm und mit dem anderen die Schwimmweste mit sich zog.

Erst hundert Meter weiter konnten sie wieder stehen.

Bis zur Brücke waren es immer noch anderthalb Kilometer.

Kapitel 23

James L. Broderick III. war fünfundfünfzig Jahre alt und hatte eine Stirnglatze. Unter den Gesetzeshütern von Südflorida war er ein bekannter Mann. So wie er an der Reling der Forty-One stand, in schlabberiger Badehose und zu kurzem T-Shirt, das einen Streifen seiner umfangreichen Mitte freiließ, machte er allerdings keine besonders beeindruckende Figur, zumal er von den Gischtschauern, die jedesmal, wenn sich das Boot durch eine Welle pflügte, vom Bug herübergeweht wurden, völlig durchnäßt war.

»So gewöhne ich mich ans Wasser«, erklärte er.

Für Douglas, der mehr in der Mitte des schlingernden Boots stand, klang das nicht sehr sinnvoll. Aber Broderick mußte es wissen, immerhin war er als ehemaliger Marinetaucher in Vietnam – später hatte er jahrelang als Bergungstaucher gearbeitet – länger unter Wasser gewesen als die meisten anderen Leute. Bis er zur Strafverfolgung wechselte. Danach hatte er sich wieder etwas anderem zugewandt und in Abendkursen forensische Wissenschaften studiert. Er hätte überall eine Stelle gefunden, wie er Douglas erzählt hatte. Mehrere Universitäten hatten ihn umworben, und vielleicht würde er eines Tages auf ihre Angebote zurückkommen. Aber im Augenblick blieb er einer der kenntnisreichsten und höchstqualifiziertesten Detectives, die jemals von der Polizei beschäftigt worden waren.

Bißmale waren sein selbstgewähltes Spezialgebiet, dem er sich mit ganzer Energie widmete. Er hatte zahlreiche Fälle gelöst, in denen solche Verletzungen an Opfern gefunden worden waren, und mehrere Aufsätze über das Thema verfaßt.

»Aber das hier ist eine Premiere«, dachte er laut. »Quer über den Boden des Boots. Wie groß, sagten Sie, sind die Schlitze?«

»Groß genug, um den Arm durchzustecken«, antwortete Douglas.

Broderick schüttelte ehrfürchtig den Kopf. Im stillen sagte er sich jedoch, daß er einen höchst phantasievollen jungen Marineoffizier mit mangelhafter Ausbildung vor sich hatte. Die Fahrt zum Wrack des Boots der beiden Ärzte hat sich trotzdem gelohnt, fügte er in Gedanken hinzu. Jemandes Unrecht zu beweisen, war in vieler Hinsicht ebenso aufregend, wie den Nachweis zu führen, daß jemand recht hatte.

Er nickte sich selbst zu – eine Art selbstverliebter Angewohnheit, die zeigte, daß er sich einer Sache sicher war. Ein Blitz leuchtete vor der Forty-One auf. Im erhellten Nachthimmel sah Broderick eine schwarze Regenwand rasch auf das Boot zutreiben.

Auch als bald darauf der Regen einsetzte und der Donner über den Sund rollte, blieb er an Deck. Er hatte einen Hang zum Dramatischen.

Der stellvertretende Chef der US Navy war ein kleiner, beleibter Mann mit graumelierten braunen Haaren und Silberblick. Bisher hatte Vandiver das Gespräch allein bestritten, indem er über den Fund des Zahns durch die Küstenwache und die nachfolgende Entdeckung der Gräben durch einen hochbegabten jungen Offizier, den er in das Gebiet entsandt habe, berichtete. Seine seit langem bestehende Theorie über das Geschehene preiszugeben, hielt Vandiver immer noch nicht für angebracht. Er bereitete allerdings den Boden für die Maßnahmen vor, die seiner Ansicht nach eingeleitet werden mußten, indem er den stellvertretenden Marinechef an eine andere Haiart erinnerte, die, nachdem sie auf dem Meeresboden versteckt gelebt hatte, plötzlich in flachen Gewässer aufgetaucht war – ein riesiger Hai, der jetzt allgemein als Riesenmaulhai bekannt war. Tatsächlich war sein Erscheinen für die Wissenschaftler in gewisser Hinsicht eine größere Überraschung gewesen, als wenn sie plötzlich hundert Megalodons zu Gesicht bekommen hätten. Denn die Megalodons hatten als Beweis für ihr einstiges Vorhandensein immerhin Zähne hinterlassen. Die Existenz von Riesenmaulhaien hätte dagegen vor ihrer Entdeckung niemand vermutet, da nie irgendwelche Versteinerungen gefunden worden waren. Der riesige Hai hatte über Hunderttausende, wenn nicht Millionen von Jahren in völliger Anonymität gelebt. Bis zum November 1976, als vor Hawaii ein Exemplar gefangen wurde. Mittlerweile war die Art aus Gründen, über die die Wissenschaftler nicht einmal Vermutungen anstellen konnten, in großer Zahl aufgetaucht und zu einer weitverbreiteten Spezies in vergleichsweise flachen Gewässern geworden.

»Es könnte Zufall sein«, meinte der Marinechef.

»Sir?«

»Eine Bodenabsenkung in der Nähe des Fundorts, zum Beispiel.«

Vandiver nickte. »Ja, Sir.«

»Wo befindet sich der Zahn jetzt?«

Vandiver sagte es ihm.

»Und Sie haben einen Offizier entsandt, der die Möglichkeit untersuchen soll, daß der Zahn von einem ... lebenden Hai stammt?«

»Einen Hinweis zu finden, der diese Möglichkeit bestätigen könnte. Ja, Sir.«

»Lassen Sie es mich wissen, wenn irgend etwas in diese Richtung deutet.«

Er klang fast gleichgültig, jedenfalls nicht wie jemand, der damit rechnete, daß die Welt mit dem Wiederauftauchen einer überaus gefährlichen Kreatur konfrontiert sein könnte. Vandiver ging zur nächsten Phase seines Plans über, indem er ein bereitliegendes Buch aus dem Bücherregal nahm und es dem stellvertretenden Marinechef über den Schreibtisch reichte.

»Vielleicht möchten Sie das mitnehmen und einmal durchblättern. Sie können davon halten, was Sie wollen, aber Sie werden es bestimmt interessant finden.«

Der stellvertretende Marinechef betrachtete den Hai auf dem Einbandfoto. Es war ein Sachbuch von Theo Brown, einem bekannten australischen Meeresforscher und Zoologen, mit dem Titel *Sharks. The Silent Savages*, erschienen bei Little, Brown & Company in Boston. Man konnte es in jeder großen öffentlichen Bibliothek finden. Der Autor hatte Augenzeugenberichte gesammelt und wiedergegeben, wie den eines Kapitäns, der 1963 erzählt hatte, daß ein mindestens fünfundzwanzig Meter langer Hai unter seinem Schiff hindurchgeschwommen sei, als es zu Reparaturzwecken einmal mitten im Pazifik geankert habe. Auch enthielt das Buch den bekannten Bericht über einen vor Neusüdwales gesichteten Hai von möglicherweise über fünfunddreißig Metern Länge, der das erste Mal 1918 von dem Naturforscher David G. Stead veröffentlicht worden war. Dutzende von Fischern, die angeblich das Auftauchen des Geschöpfs beobachtet und sich danach tagelang geweigert hatten, wieder auf See zu fahren, obwohl ihr Lebensunterhalt davon abhing, bezeugten, daß dieser Hai eine ganze Reihe gefüllter Hummerkörbe von über einem Meter Durchmesser verschlungen hatte. Ähnliche Berichte reichten bis zu den frühen Polynesiern zurück, die mit ihren Einbäumen den Pazifik befuhren.

Vandiver war sich im klaren darüber, daß es nicht zum erstenmal der Fall war, daß ein Megalodon in Erscheinung trat. Er wußte aber auch, daß der Raubfisch ebenso schnell wieder in der Tiefe verschwinden konnte, wie er aufgetaucht war, ohne eine einzige weitere Spur zu hinterlassen – und er konnte nicht das Risiko eingehen, sich zu weit aus dem Fenster zu lehnen. Andererseits wollte er auch darauf vorbereitet sein, wenn der Hai nicht wieder verschwand.

Doch jetzt zu seinem Plan. »Wenn der Offizier, der jetzt am Fundort ist, genügend Hinweise findet, die – ähm – zumindest auf die Möglichkeit hindeuten, daß solch ein Hai noch existiert«, sagte er, »dann sollten wir, denke ich, einen Notfallplan in der Tasche haben.«

»Der wäre?«

»Es gäbe nicht viel, was wir tun könnten, Sir. Außer die Flotte auf die Möglichkeit aufmerksam zu machen.«

»Die Flotte alarmieren?«

»Ja, Sir. Und eine intensive Suche starten. In aller Stille natürlich. Zumindest sollten wir nicht das Risiko eingehen, daß einer unserer Offiziere eine Sichtung fälschlicherweise für einen Wal hält.«

»Ein Wal mit einer Rückenflosse? Admiral!«

»Sir, wenn nicht vorher auf die Möglichkeit der Existenz einer solchen Kreatur hingewiesen wurde, müßte ein Offizier ziemlich viel Mut haben, um Bericht über einen fünfzehn Meter langen prähistorischen Hai zu erstatten. Die meisten Berufsoffiziere, die ich kenne, würden zwinkern, sich die Augen reiben und unter Deck gehen, um einen zu trinken, und mit niemandem darüber reden. Vielleicht wäre es angeraten, unter der Hand ein paar U-Boote in einem Umkreis von, sagen wir, tausend Meilen um den Fundort zu plazieren. Überwasserschiffe könnten mit Sonar- und Laserortung suchen. Daneben würden mir noch ein paar andere Dinge einfallen.« Das war sein Traum – eine intensive, mit allen Mitteln durchgeführte Suche nach solch einem Geschöpf. Er war fast sicher, daß sie *jetzt* Resultate erbringen würde.

Der stellvertretende Marinechef schüttelte leicht den Kopf. Er machte immer noch den Eindruck, als wäre er nicht sonderlich an dem Thema interessiert. Tatsächlich sah er jetzt auf die Uhr und gähnte. Der Zufall war immer noch die wahrscheinlichste Erklärung. Jedenfalls, soweit es den stellvertretenden Chef der US Navy betraf.

San-hi klammerte sich mit Fingern und Zehen an die rauhe Oberfläche des schrägen Betonpfeilers. Über ihm donnerten die Autos über die Brücke. Seine Hände rutschten ab, und da er keinen Halt mehr an dem Beton fand, stürzte er drei Meter in die Tiefe. Er tauchte vollständig unter und kam strampelnd wieder an die Oberfläche. Das Wasser war jetzt einige Meter tief.

Fred schob sich rückwärts von seiner Schwimmweste herunter. Dann hielt er sich mit einem Arm über Wasser, während er mit dem anderen Arm die Weste in die Luft zu werfen versuchte. Sie flog drei Meter hoch und fiel ihm dann auf den Kopf.

Alan schwamm zum nächsten Wassergrasstück, bohrte die Zehen in die schlammige Böschung, sank beim ersten Schritt bis zum Knöchel und beim nächsten bis zum Knie ein, kämpfte sich aus dem saugenden Untergrund frei und stand schließlich auf der Grasfläche. Bei der nächsten Bewegung nach vorne versank er wieder knietief im Schlamm. Während er ein Bein herauszog, drehte er sich mit dem anderen zur Seite, so daß er parallel zur Brücke stand, die sich zehn Meter über ihm spannte. Dann lehnte er sich zurück, bis seine vom Wasser schwere Schwimmweste beinah in den dünnflüssigen Schlamm eintauchte, und schleuderte sie in die Luft.

Sie stieg fast bis ans Brückengeländer hinauf, bevor sie kehrtmachte und unter dem Bauwerk aufs Wasser klatschte.

San-hi schwamm hin, um sie zu holen.

Von der anderen Seite bewegte sich im trüben Mondlicht eine vielleicht drei Meter lange, bunt geringelte Wasserschlange auf die Schwimmweste zu.

Als San-hi die Schlange bemerkte, hielt er inne und schwamm abrupt zur Seite. Die Schlange änderte ebenfalls ihren Kurs und tauchte unter.

San-hi wartete eine volle Minute, bevor er wieder langsam auf die Schwimmweste zusteuerte. Wenig später kämpfte er sich, seine und Alans Schwimmwesten vor sich herschiebend, auf den Knien auf das Grasstück.

Alan nahm eine von ihnen, lehnte sich zurück und warf sie mit aller Kraft in die Höhe. Sie stieg genauso hoch wie die erste, schien dann für einen Augenblick in der sanften, warmen Brise unter der Brücke in der Luft zu hängen und trudelte schließlich wieder in Richtung Wasser. Sie landete ein paar Meter hinter Alan auf dem Grasstück.

Er warf die andere Schwimmweste, kam aber nicht höher als bei den ersten beiden Versuchen. Dann brauchte er fast fünf Minuten, um sie wieder einzusammeln.

San-hi kletterte auf die Grasfläche. Fred stützte sich mit einem Knie auf die Böschung, während der andere Fuß im Schlamm versank, und warf dem Jungen seine Schwimmweste zu. San-hi fing sie am Rand auf und begann sie wie ein Lasso über dem Kopf zu schwingen. Sein Körper schwankte bei jeder Umdrehung vor und zurück, während die Schwünge immer weiter und schneller wurden. Dann machte er eine letzte weite Bewegung und schickte die Schwimmweste schräg segelnd in die Luft. Sie stieg fast bis zur Oberkante des Brückengeländers hinauf, blieb einen Moment hängen und fiel dann ins Wasser zurück.

Jetzt hob San-hi einen Stock vom Gras auf. Er war schwer mit Wasser vollgesogen und ungefähr fünf Zentimeter dick und achtzig, neunzig Zentimeter lang. Nachdem er einen Augenblick lang die Brücke fixiert hatte, holte er aus, zögerte eine Sekunde, bis er ein näher kommendes Scheinwerferlicht sah, und schleuderte den Stock mit aller Kraft nach oben. Er schoß wie eine Rakete fast senkrecht in die Luft, neigte sich, schien für einen Moment stillzustehen und verschwand dann über dem Geländer.

Fred und Alan jubelten.

Der Pick-up auf der Brücke erfaßte den Stock mit dem Scheinwerferlicht, als er über das Geländer flog und über die Fahrbahn sprang. Der alte Schwarze, der den Wagen fuhr, blickte im Vorüberfahren auf die Stelle, wo der Gegenstand aus der Dunkelheit gekommen war, hielt aber nicht an. Der große Lastwagen hinter ihm klebte fast an seiner Stoßstange.

San-hi hatte einen anderen Stock entdeckt und stapfte darauf zu. Als er ihn aus dem schlammigen Wasser hob, zerfiel er jedoch in seinen Händen.

»Alan«, flüsterte Fred.

Hinter einem der geschwungenen Pfeiler auf der anderen Seite der Brücke kam ein dunkler, niedrig im Wasser liegender Schatten hervor, der lautlos auf die drei zuglitt. Fred krabbelte aus der Fahrrinne, und San-hi wollte sich hastig an den hinteren Rand des Grasstücks zurückziehen. Doch der Schlamm sog derart an seinen Füßen, daß er rücklings ins Wasser fiel. Noch am Boden drehte er sich um und kroch auf allen vieren weiter auf das Gras. Fred erreichte Alan.

Ohne einen Laut kam der Umriß im dunklen Schatten der Brücke näher.

»Es ist ein Boot«, rief Fred aus.

Dann hörten sie einen kurzen, schrillen Aufschrei.

Alan hörte, wie Fred hinter ihm ins Wasser stürzte.

Ein Licht leuchtete auf und blendete sie.

»Verdammt noch mal, es sind Leute«, sagte eine erstaunte Stimme. »Was zum Teufel –« Das Licht ging aus. »Ihr habt mich fast zu Tode erschreckt«, fügte die Stimme hinzu. Das Boot verließ den Schatten der Brücke. »Also – was, zum Teufel, macht ihr hier?«

Als sich Alans Augen wieder an die Dunkelheit gewöhnt hatten, sah er, daß der Sprecher ein kleiner, stämmiger Mann war, der im Bug des Boots stand. Im Heck senkte ein dünnerer Mann eine Schrotflinte, mit der er auf die Grasfläche gezielt hatte.

San-hi platschte ins Wasser und schwamm zu dem Boot hinüber. Einen Augenblick später griff er über den Rand.

»Sachte, Junge«, sagte der stämmige Mann, während das Boot heftig zu schaukeln begann. »Du bringst uns noch zum Kentern. Was, zum Teufel, ist mit eurem Boot passiert?«

»Meine Tochter ist da hinten mit ihm zurückgeblieben«, erklärte Fred, während er zum Boot stakte.

Der Mann richtete seine Taschenlampe auf die Rinne. »In der Nähe des Flusses«, ergänzte Fred. »Wir müssen zu ihr zurück.«

Alan hatte den Bug des Boots erreicht. »Wo ist der Steg, von dem sie kommen?« fragte er.

»Anderthalb Kilometer zurück.«

»Wir müssen dringend telefonieren.«

Sheriff Starks mit Grau durchsetzte braune Haare flatterten im Wind. Mücken, Wasserflöhe und andere Insekten klatschten auf die Windschutzscheibe des Boots.

Plötzlich zog Deputy Fairley den Gashebel zurück und drehte den Bug in Richtung des Aluminiumboots, das verkehrt herum im Fluß lag.

Als sie längsseits kamen, bemerkte Stark den zweiten kleinen Kahn, der knapp hinter dem ersten trieb. Beiden wiesen gebogene Linien von Vertiefungen auf.

Stark schüttelte den Kopf. »Wie viele Kinder, haben Sie gesagt, hat Mr. Herald bei sich?«

»Haben Sie etwas dagegen, wenn wir jetzt zurückfahren, Sheriff?« fragte Fairley. »Ich ... äh ... meiner Frau gefällt es gar nicht, daß ich hier draußen bin. Mit – äh ... Sie wissen schon, mit diesem Ding ...« Er lächelte ansatzweise. »Sie wissen ja, wie leicht Frauen Angst bekommen.«

Der jüngere der blonden Brüder klatsche eine Mücke tot. Um Edwards Kopf schwirrte unablässig eine laut summende Bremse, und er ruckte mit dem Kopf von einer Seite zur anderen, so als würde er Schlägen ausweichen. In vielleicht dreißig Metern Entfernung ertönte aus dem hohen Gras ein schrilles Quietschen, das langsam schwächer wurde und schließlich ganz erstarb. Carolyn fuhr es in Mark und Bein. Es war dumm, das wußte sie, aber was ihr, seit Alan und ihr Vater das Boot ins Gras geschoben hatten, am meisten angst gemacht hatte, war eine kurze, dicke Mokassinschlange gewesen, die in der Rinne hinter dem Boot vorbeigeschwommen war. Ein Gutes daran, Kapitän eines Charterboots zu sein, war, daß man, wo immer man sich auch auf dem Meer befand, eine Begegnung mit Schlangen ausschließen konnte. Vor denen hatte sie eine Heidenangst, seit sie als kleines Kind im Haus ihrer Großmutter in Laurel in der Badewanne gesessen und beim Hochblicken auf der Gardinenstange eine Schlange entdeckt hatte.

Hinter dem Boot plätscherte etwas.

»Mrs. Haines«, sagte der ältere der blonden Brüder über die Schulter. »Hören Sie das?«

Sie versuchte ein beruhigendes Lächeln zustande zu bringen und nickte.

Dann *hörte* sie es – ein leises Geräusch aus Richtung des Flusses. Der blonde Junge stand auf und schaute seitlich aus dem Boot. Auch die anderen rappelten sich auf.

Ein Motor.

Sein Brummen wurde ständig lauter. Ein mit voller Kraft arbeitender Außenbordmotor.

Am Ende der Rinne sahen sie auf dem Fluß ein Licht vorbeigleiten.

»He!« brüllte Carolyn, so laut sie konnte. »Hier!«

Die Jungen schrien aus voller Kehle und sprangen winkend in die Luft.

»Verdammt, seht hierher«, stieß Carolyn leise hervor.

Aber was würde es bringen? Ihr Boot war dreißig Meter vom Fluß entfernt. Aus der Ferne mußte es in der Dunkelheit wie ein Grasstück aussehen, das sich in die Rinne erstreckte, oder wie festhängendes Treibgut. Im ersten Moment war sie wütend, weil sie das Gefühl hatte, die Leute auf dem Boot würden absichtlich vorbeifahren und sie links liegenlassen. Doch dann dachte sie an den Hai im Fluß und daran, daß die Leute auf dem Boot sich der Gefahr nicht bewußt waren. Da verflog ihre Wut.

Douglas richtete den breiten Strahl der wasserdichten Flutlichtlampe auf den umgedrehten Rumpf des gesunkenen Speedboots, während Broderick ihn genauer untersuchte. Sie trugen beide helmartige Tauchermasken mit Mikrofon und Kopfhörer.

Broderick senkte den Kopf, um sich die Schlitze genauer anzusehen, und streckte seine Hand durch einen von ihnen.

Als er den Kopf hob, um eine noch größere Beschädigung fünfzig Zentimeter daneben zu betrachten, schwamm ein kleiner grellbunter Fisch an seiner Tauchermaske vorbei.

»Ähr«, war alles, was er von sich gab. Es klang metallisch durch sein Mundstück.

»Ährrr.«

Dann begann er mit sich selbst zu reden. »Eine unvollständige halbkreisförmige Reihe von geraden Schlitzen mit unterschiedlichen Maßen von bis null Komma acht ... Und ich meine null Komma acht Meter, nicht Zentimeter ... Meter, ganz richtig.« Er nickte bestätigend. Es konnte nur ihm selbst gelten, denn er sah nicht zu Douglas hinüber.

»Alles spricht für Abdrücke von Oberkieferzähnen«, fuhr er fort und nickte wieder.

»Zur Hölle, alles spricht dafür«, stieß er plötzlich hervor.

Dann drehte er sich, ohne Douglas eines Blickes zu würdigen, um und schwamm mit schnellen Bewegungen ans Licht hinauf.

Sheriff Stark sah auf den kleinen Anlegeplatz hinter Carolyns Haus. Dicht am Wasser wartete ein schwarzer Labrador.

»Sie sind auch noch nicht zurück«, stellte er fest.

Deputy Fairley räusperte sich. »Sheriff, meine Frau wird sich große Sorgen machen.«

Er lächelte unsicher, als Stark ihn ansah. »Okay«, sagte der Sheriff. »Dann hauen Sie ab, los!« Er zeigte mit dem Zeigefinger auf den Anlegeplatz. »Machen Sie schon!«

»Nein, ist schon in Ordnung, Sheriff. Wir werden jetzt heimfahren und –«

»Machen Sie schon«, wiederholte Stark. »Ich habe, auch ohne mir Sorgen um Sie zu machen, schon genug im Kopf.«

Seinem Gesichtsausdruck nach zu urteilen, schien es Fairley zu widerstreben, aber er sprang trotzdem über die Bootsseite auf die rohen Zypressenbretter des Stegs. Dann lächelte er Stark wieder unsicher an. »Ich – äh ... ich werde das mit ihr klären«, versprach er. »Es wird nicht wieder vorkommen.«

Der Labrador bellte.

Fairley sah sich nach dem Hund um, aber er bellte nicht ihn an, sondern blickte an ihm und Stark vorbei auf den Fluß.

Stark drehte das Steuerrad herum, fuhr vom Steg weg und drückte den Gashebel nach vorn.

Das aufgeregte Gebell verlor sich im Röhren des beschleunigenden Boots, das flußaufwärts in Richtung des Biberdamms davonraste.

Die beiden Männer sprangen aus dem Boot ans Ufer und liefen Alan hinterher, der barfuß zu ihrem Pick-up rannte und sich auf den Beifahrersitz schwang, während der stämmige Mann sich hinters Lenkrad schob. San-hi, Fred und der andere Mann kletterten auf die Ladefläche. Die durchdrehenden Reifen wühlten den Schlamm auf, während der Wagen vom Wasser weg auf einen schmalen Kiesweg schoß.

Fast eine halbe Stunde war vergangen, seit sie das Motorengeräusch gehört hatten. Jetzt kam es flußabwärts zurück.

»Mrs. Haines«, sagte der ältere der blonden Brüder leise.

Kurz darauf kam der Scheinwerfer in Sicht.

»Mrs. Haines«, wiederholte der blonde Junge.

Der Scheinwerfer drehte sich in ihre Richtung.

Die Jungen sprangen jubelnd auf und ab.

Das Boot kam rasch näher. Dann zog Sheriff Stark den Gashebel zurück, und ließ das Boot langsam auf Carolyn und die Jungen zutreiben.

»Ich bin da«, meldete er über Funk. Dann zählte er die

Kinder, die ihm entgegensahen. »Sagen Sie Alan und Mr. Herald, daß es ihnen allen gutgeht. Ich bin …«

Dann mußte er sich unterbrechen, um nicht in Tränen auszubrechen.

Kapitel 24

Carolyn lief ein Schauder über den Rücken, als Sheriff Starks Boot die schmale Rinne zwischen dem Marschgras verließ und auf den Fluß einbog. Paul drängte sich an sie, und sie zog ihn enger in den Arm, während sie sich unbewußt vom Bootsrand wegbeugte.

Mit dem Motor auf vollen Touren rasten sie flußaufwärts zu ihrem Haus.

Der Streifenwagen des Deputys hielt mit Blaulicht in Carolyns Auffahrt. Alan sprang heraus und lief, von Fred und San-hi gefolgt, auf die Seite des Hauses.

Deputy Fairley war aus dem Korbstuhl auf der Terrasse aufgestanden, als er das Boot mit röhrendem Motor näher kommen hörte. Ein Streifenwagen hatte vor dem Haus angehalten. Jetzt jagte ein Krankenwagen, dessen Blinklicht einen roten Lichtschein auf die Uferbäume warf, die Straße entlang, während Alan und die anderen in den Garten hasteten.

Stark zog den Gashebel erst zehn Meter vor dem Anlegeplatz zurück, so daß sich der Bug des Speedboots im letzten Moment auf die Wasseroberfläche senkte und mit einer schäumenden Welle hart gegen den Steg stieß.

Als Fairley die Kinder sah, lächelte er erleichtert. Die Jungen kletterten über den Bootsrand und sprangen auf die schwankenden Zypressenbretter.

Alan und San-hi griffen gleichzeitig nach Armon, aber der kräftige Junge hüpfte allein an Land und lief, den verwundeten Arm an die Brust gedrückt, auf den Rasen. Fred nahm Paul aus Carolyns Armen, und sie stieg nach ihnen aus dem Boot.

Stark wandte sich an Alan. »Ich habe gesagt, daß nur Grundhaie in Süßwasser vordringen, und Sie haben mir zugestimmt, Alan. Weiße Haie tun das nicht.«

»Das stimmt«, bestätigte Alan. »Das tun sie nicht.« Damit ging er zu Armon und San-hi hinüber, warf einen Blick auf das durchnäßte T-Shirt um Armons Hand und Unterarm und legte dem Jungen den Arm um die Schulter. »Komm mit«, sagte er und nickte in Richtung der beiden Sanitäter, die durch den Garten auf sie zukamen.

Zwei weitere Streifenwagen hielten vor dem Haus. Fairley sah zu Stark, senkte dann aber die Augen, als der Sheriff die Stirn runzelte.

Stark eilte an Fairley vorbei, um Alan einzuholen. »Alan, was meinen Sie damit: ›Das stimmt‹? Carolyn hat gesagt, daß es ein Weißer Hai war. Was außer einem Weißen Hai könnte sonst über sieben Meter lang sein?«

»Möglicherweise gibt es einen ähnlichen Fall.«

»Einen ähnlichen Fall? Was, zum Teufel, soll das heißen?«

Die Sanitäter nahmen Armon in Empfang und führten ihn um das Haus. Fred und die Deputies folgten ihnen mit den anderen Jungen. Der jüngere der blonden Brüder begann plötzlich zu weinen. Paul, der gerade über die Terrasse zur Küchentür ging, sah sich nach ihm um, blickte zu Alan und verschwand, von Carolyn gefolgt, im Haus.

»Alan«, sagte Stark, »wollen Sie nun meine Frage beantworten oder nicht? Was für ein Fall?«

Alan sah Stark an, während sie zum Haus gingen. »Das genaue Datum habe ich nicht im Kopf. Es muß so 1916 oder '17 gewesen sein. Vor der Küste von New Jersey waren zwei Menschen einem Weißen Hai zum Opfer gefallen, der dann dreißig Kilometer weit einen Fluß hochschwamm. In der Gegend von South Amboy. Er hat einen zehnjährigen Jungen und einen jungen Mann getötet und ein weiteres Kind verstümmelt, bevor er in den Ozean zurückkehrte. Auch damals haben sich alle darüber gewundert, daß ein Weißer Hai in Süßwasser aufgetaucht war. Aber es war Juli, so wie jetzt, und besonders trocken. Der Fluß hat wohl wenig Wasser geführt. Aus Angaben über die Niederschlagsmenge ziehen Wissenschaftler heute den Schluß, daß das Meer wahrscheinlich ins Land geströmt war und den Fluß mit Brackwasser gefüllt hat, das möglicherweise sogar mehr Salzwasser als Süßwasser enthielt.«

Stark blieb auf der Terrasse stehen und sah auf den Fluß hinaus. »Gut«, sagte er. »Es ist bis ins Marschland hinein brackig, mindestens bis zur Interstate-Brücke. Aber das Salzwasser überwiegt nicht. Und von hier bis zum Damm ist es auch nicht brackig. Trotzdem glaube ich, daß er diese beiden Angler geholt hat. Mit Sicherheit hat er ihr Boot in der Mangel gehabt. Könnte er einfach weitergeschwommen sein, obwohl kein Brackwasser mehr vorhanden war? Ich meine, Süßwasser ist kein Gift für sie – sie mögen es nur einfach nicht, richtig?«

»Das ist alles, was ich sagen kann, Jonas. Sonst weiß ich von keinem anderen Fall, in dem ein Weißer Hai in einen Fluß geschwommen ist, ob er nun Brackwasser führte oder nicht.« Alan öffnete die Tür und betrat die Küche. Stark folgte ihm.

»Könnten es zwei sein, Alan? Wenn nicht, hätten wir nicht nur einen Weißen Hai, der den Fluß heraufgeschwommen ist, sondern einen, der den Fluß verlassen hat, um Mr. Fraizer im Sund anzugreifen, und dann wieder hierher zurückgekehrt ist.«

Bevor Alan etwas erwidern konnte, fuhr Stark fort: »Aber es können nicht zwei gewesen sein, denn dann müßten beide riesengroß sein. Und, zum Teufel auch, zwei von diesem Umfang kann es nicht geben, die sich noch dazu zur selben Zeit bei uns einfinden. Es muß ein einziger sein. Oder nicht?«

»Soll ich jetzt auch spekulieren?« fragte Alan.

»Das kann nicht sein«, beharrte Stark. »Nicht zwei zur selben Zeit, wenn vorher jahrelang kein einziger da war. Und bestimmt nicht zwei von über sieben Metern Länge. Der Mistkerl streift eben herum.«

Der Sheriff sah sich zur Küchentür um, als könnte er durch sie hindurch den Fluß sehen. »Und jetzt ist unser Problem, ihn in dieser undurchsichtigen Brühe zu finden. Wenn er außerhalb der Küsteninseln wäre ... Zum Teufel, wenn er sich irgendwo anders an der Golfküste aufhalten würde, wäre seine Größe ein Nachteil. Man könnte ihn aus der Luft sehen. Teufel, sogar von einem Boot aus wäre er aus dreißig Metern Entfernung auszumachen – bei dem Schatten, den er werfen muß. Aber selbst wenn er den Fluß verläßt, hilft es uns nicht. Der Sund ist so verdammt schlammig, daß man keinen halben Meter weit sehen kann. ... Zum Teufel, er könnte dicht unter der Oberfläche sein, und wir würden ihn trotzdem nicht entdecken.«

Als er verstummte, blickte er auf die Küchenschränke. »Glauben Sie, daß sie etwas dagegen hat?« fragte er mit ruhigerer Stimme.

Als Alan den Kopf schüttelte, öffnete Stark einen Schrank

und dann einen zweiten, in dem er die Gläser fand, nach denen er gesucht hatte. Er nahm eins heraus.

»Siebeneinhalb Meter«, murmelte er, während er zur Spüle ging. Er füllte das Glas mit Wasser, trank es in einem Zug halb aus und sah dann wieder zu Alan.

»Siebeneinhalb Meter?« fragte er.

Obwohl die Größe im Vergleich mit den Weißen Haien, die normalerweise vor den nordamerikanischen Küsten gesichtet wurden, ungewöhnlich war, lag sie, wie Alan wußte, nicht außerhalb des Möglichen. Der größte jemals vor Nordamerika gefangene Weiße Hai war ein neun Meter langes Exemplar gewesen, das Ende des 19. Jahrhunderts vor Kalifornien in die Netze gegangen war, und in jüngerer Zeit war bei Kuba, also nicht allzu weit vom Golf von Mexiko entfernt, ein sechseinhalb Meter langes Exemplar nicht nur gefangen, sondern auch fotografiert und gewogen worden. Es hatte über dreieinhalb Tonnen auf die Waage gebracht.

Was Alan jedoch verwunderte, war die Art, wie sich der Hai in der flachen Rinne gewälzt hatte, und zwar offenbar in der Absicht, die kleine Grasfläche plattzudrücken, um an Fred und die beiden Jungen heranzukommen. Ein ähnliches Verhalten war, soweit er wußte, nur von Killerwalen bekannt, die ihr Gewicht einsetzten, um Eisschollen anzukippen, so daß ihre hilflose Beute ins Wasser rutschte. Aber Haie?

»Ich muß mit der Küstenwache telefonieren«, sagte Stark und ging ins Wohnzimmer hinüber. »Mehr als die Bootsführer zu warnen, werden sie allerdings nicht tun. Wenn er gefangen werden soll, dann müssen wir uns darum kümmern. Und wenn man darüber nachdenkt, werden wir genauso vorgehen müssen wie im Mittelalter – mit einer langen Leine, einem großen Haken und einem riesigen Stück Fleisch. Das nennt man moderne Technologie, nicht wahr? Aber was tun wir, wenn der Mistkerl nicht anbeißt?«

Alan ging zum Fenster und verfolgte, wie der Krankenwagen aus der Ausfahrt fuhr. Danach setzte ein Streifenwagen voller Jungen auf die Straße zurück, und Fairley kam aufs Haus zu. Alan öffnete ihm die Tür.

»Mr. Herald läßt seiner Tochter ausrichten«, sagte der Deputy, »daß er mit dem verletzten Jungen im Krankenwagen mitgefahren ist.«

Alan nickte, während Fairley zum Sheriff blickte, der mit der Küstenwache telefonierte. Stark erwiderte den Blick und wandte sich dann wieder dem Telefon zu.

Fairley ging zum letzten noch in der Auffahrt parkenden Streifenwagen zurück.

Als Alan die Haustür schloß, kam Carolyn aus dem Flur. »Paul ist fast im selben Moment eingeschlafen, als er den Kopf aufs Kissen legte«, berichtete sie.

Stark legte den Telefonhörer auf und kam zu ihnen herüber. »Wenn wir eine Chance haben wollen, ihn zu erwischen, brauchen wir alle Boote, die wir kriegen können«, sagte er.

Carolyn nickte. »Ich werde die *Intuitive* morgen früh herholen.«

»Und ich werde heute nacht einen Köder besorgen«, sagte Stark. »Irgendwo.« Er blickte auf seine Uhr und ging zur Haustür. Als er sie öffnete, sah er sich zu Carolyn um. »Je früher, desto besser.«

Sie nickte wieder.

»Ich spreche heute nacht noch mit den anderen Kapitänen«, erklärte er. Er verstummte und schien über etwas nachzudenken. Dann sah er wieder zu den beiden hinüber. »Teufel auch, ich habe den *Weißen Hai* immer gehaßt.« Damit trat er hinaus.

Fairley erwartete ihn neben der Fahrertür des Streifenwagens. Als das Auto aus der Auffahrt fuhr, strich das Scheinwerferlicht über Alans Jeep und beleuchtete die hübsch eingepackten Geschenke auf dem Rücksitz.

»Ich werde ihr jetzt wohl auch ein Geschenk machen müssen«, sagte Carolyn, während sie neben ihn trat. »Wenn sie nicht angefangen hätte herumzutelefonieren und Stark gesagt hätte, daß wir noch nicht von dem Damm zurück sind, hätte ich da draußen noch eine Stunde auf Hilfe warten müssen. Und ich glaube, ich hätte keine fünf Minuten mehr ausgehalten.«

Sie schaute auf die Uhr. »Ich werde jetzt meine Mutter anrufen und sie bitten, herüberzukommen und auf Paul aufzupassen. Ich kann die *Intuitive* ebensogut gleich holen. Ehe ich Schlaf fände, wäre es sowieso Zeit, aufzustehen und die Jagd aufzunehmen. Alan ...« Sie zog ein verlegenes Gesicht. »Ich weiß, es ist dumm. Aber würde es Ihnen etwas ausmachen, mich zu begleiten? Das Boot allein herzufahren würde mich ...« Sie zuckte die Achseln.

Er lächelte und nickte.

Sie sah ihm jetzt direkt in die Augen. »Ich konnte mich nicht bewegen, als Paul aus dem Boot fiel«, sagte sie. »Danke für das, was Sie getan haben.« Ihr quoll eine Träne aus dem Augenwinkel. Als sie über ihre Wange rollte, gab er ihr einen Kuß auf die Stirn.

Sie lehnte sich an seine Brust, und er nahm sie, eine Hand an ihren Hinterkopf legend, in die Arme. Ihre Tränen flossen jetzt ungehindert, und sie schüttelte den Kopf. »Es ist verrückt, jetzt zu weinen, wo alles vorüber ist«, sagte sie. »Jetzt ist doch alles vorüber.«

Kapitel 25

Als der Morgen dämmerte, lag eine dünne Nebelschicht über dem Marschland. Ein halbes Dutzend Charterboote fuhr langsam den Fluß entlang. Jedes von ihnen zog Leinen hinter sich her, an deren Ende große Haken mit Fleischstücken befestigt waren. Kurz vor dem Ende der Leinen angebrachte Posen von der Größe kleiner Bojen sorgten dafür, daß der Köder in der richtigen Tiefe hing. Unterdessen suchten zwei kleinere Kähne die flachen Rinnen ab, die sich durch das hohe Gras wanden, und prüften mit Hilfe des Echolots, ob eine von ihnen tief genug war für einen siebeneinhalb Meter langen Weißen Hai.

In diesem Augenblick stoppte einer von ihnen und setzte zurück, um aus einer Rinne herauszukommen, die zu flach war, um sie weiter befahren zu können. Carolyn steuerte die *Intuitive* von der überdachten Laufbrücke aus. Fred beobachtete vom Angeldeck aus das Wasser hinter dem Köder. Alan und der Sheriff standen vor dem kleinen schwarzen Schlauchboot auf dem Vordeck und hielten sich an der Bugreling fest.

»Sehen Sie sich diese Idioten an«, sagte Stark, der einem kleinen Wasserskiboot entgegensah, das langsam den Fluß hinauffuhr. Als es den Suchtrupp in entgegengesetzter Richtung passierte, winkte einer der beiden Männer auf den Vordersitzen einem Charterbootkapitän, der den Mann jedoch nur anstarrte, ohne den Gruß zu erwidern.

»Carolyn«, rief Stark zur Laufbrücke hoch. »Können Sie ihnen den Weg abschneiden?«

Sie drehte das Steuerrad in Richtung des kleinen Boots.

Da er nicht wußte, auf welcher Seite das Charterboot an ihm vorbeifahren würde, zog der stämmige Mann in T-Shirt und Badehose hinter dem Steuerrad den Gashebel zurück. Einen Augenblick später trieb die *Intuitive* im Leerlauf vor den Bug seines Boots.

Der Mann auf dem Beifahrersitz war dünner und trug eine Windjacke über der Badehose. Als er die *Intuitive* vor sich sah, lächelte er. »'n Morgen«, rief er, den Blick unverwandt auf Carolyn gerichtet.

»Sie haben vor, Wasserski zu laufen?« erkundigte sich Stark.

Die Männer lachten auf. Sie hatten beide ein Bier in der Hand. Dann griff der dünne Mann auf den Rücksitz und hob eine Stange Dynamit hoch.

»Wir haben vor, Haisuppe zu machen«, verkündete er lachend.

»Woher haben Sie das?« wollte Stark wissen. Er war nicht in Uniform, sondern trug T-Shirt, Khakihose und Deckschuhe.

»Man hat so seine Quellen«, antwortete der Mann. »Wollen Sie ein paar Stangen? Die sind verdammt viel wirkungsvoller als die Leinen, die Sie da ziehen.«

»Nein. Ich denke, ich werde sie *alle* konfiszieren.«

Das Grinsen auf dem Gesicht des Mannes wurde künstlich. »Wie bitte?«

»Ich sagte, ich nehme sie alle.«

Jetzt war das Grinsen völlig verschwunden. »Dann hatte ich doch richtig verstanden.«

Der Mann sah zu seinem kräftig gebauten Freund, einem dunkelhäutigen Typen mit breiten Schultern, dicken Armen und altmodischem Bürstenhaarschnitt, der sich jetzt hinter dem Steuerrad hochdrückte und auf der Sitzlehne niederließ. Carolyn legte den Rückwärtsgang ein und drückte den Gashebel leicht nach vorn, um die Drift des Boots in Richtung Ufer zu stoppen. Der stämmige Mann beobachtete sie, bis sie das Gas wieder wegnahm, dann wandte er sich Stark zu.

Starks Dienstmarke glitzerte an der Brieftasche, die er aufgeklappt über die Reling hielt. »Sie verstoßen gegen Paragraph siebenundneunzig Strich siebenunddreißig Strich dreiundzwanzig des Gesetzbuchs von Mississippi – unrechtmäßiger Besitz von Sprengstoff, der für die Begehung einer Straftat benutzt werden soll.«

»Welcher Straftat? Wir wollen den verdammten Hai in die Luft jagen.«

»Genau – die Verwendung von Sprengstoff zum Fischen. Was neben den Gesetzen von Mississippi auch eine ganze Reihe von Bundesgesetzen verletzt, ganz zu schweigen davon, daß das Wildtier- und Fischereiministerium stinksauer sein wird.«

»Ah, Deputy, nun machen Sie mal –«

»Sheriff«, sagte Stark.

»Okay, Sheriff. Wir versuchen nur zu helfen. Sie wissen, daß das Biest zwei Kinder gefressen hat.«

»Ich weiß Ihre Absichten zu schätzen. Deshalb nehme ich Sie auch nicht auf der Stelle fest, sondern erst, wenn ich Sie wieder auf dem Fluß sehen sollte.«

Die Männer wechselten einen Blick. Der dünnere grinste. »Sie meinen, er könnte an Bord kommen und uns rausholen? Ich habe gehört, daß er eins dieser kleinen, alten Aluboote zertrümmert hat. Stimmt das?«

»Genau das ist passiert. Aber ich mache mir keine Sorgen darüber, daß er in ein Boot dieser Größe gelangen könnte. Mich beschäftigt vielmehr, daß ich zwei Jungs habe, die betrunken werden und wild zwischen den Charterbooten hin und her rasen. Am Ende werden Sie sich in einer Leine verfangen. Oder Sie werfen das Dynamit auf etwas, das Sie nur zu sehen glauben.«

»Wir würden es auf nichts anderes als den Hai werfen«, widersprach der Fahrer des Boots. »Und ich bin nicht hin und her gerast, Sheriff. Oder bin ich etwa nicht vorsichtig an der Seite des Flusses gefahren?«

»Noch sind Sie auch nicht betrunken«, sagte Stark mit einem Blick auf die beiden Bierkartons auf den Rücksitzen.

»Nein, und mit dem bißchen da werden wir es auch nicht. Was meinen Sie –«

»He«, unterbrach Stark den Mann plötzlich in scharfem Tonfall. »Genug geredet. Schaffen Sie das Dynamit zum Heck, und dann fahren Sie dorthin zurück, woher Sie gekommen sind. Und passen Sie auf, daß Sie sich nicht in einer Leine verfangen.«

Zwei Minuten später betrachtete Fred den vor seinen Füßen stehenden Karton mit Dynamitstangen. In die Oberfläche war ein wächsern aussehender Streifen eingeprägt, auf dem in großen schwarzen Buchstaben zu lesen war: RED DIAMOND, DYNAMIT FÜR GRABENAUSHUB, STÄRKE 50%.

»Es ist nicht gefährlich«, versicherte ihm Stark.

Fred sah ihn zweifelnd an.

»Ist es wirklich nicht«, wiederholte Stark. »Solange Sie die hier davon fernhalten.« Damit übergab er Fred einen kleinen Karton mit Zündkapseln und eine Rolle orangene Zündschnur, die er den Männern abgenommen hatte. Dann sah er dem Boot nach, das flußabwärts davonraste. »Es gibt schon taube Nüsse auf der Welt – aber die meisten von ihnen meinen es gut.«

»Ihre Männer sind zurück«, meldete Carolyn von der Laufbrücke.

Deputy Fairley und ein älterer, grauhaariger Polizist passierten in einem breiten, stählernen Arbeitsboot, wie sie von Bohrinseln eingesetzt wurden, das Wasserskiboot und näherten sich der Gruppe. Wenig später verlangsamten sie die Fahrt und kamen längsseits der *Intuitive*. Im Heck standen ein halbes Dutzend Fässer.

»Wissen Sie, wie sehr es in einem Schlachthaus stinkt, Sheriff?« fragte der ältere Deputy rhetorisch.

Stark lächelte. »Lassen Sie es in der Flußmitte ausschütten.«

Der Deputy nickte. Fairley sah über die Reling zu Stark. »Sheriff, wegen letzter Nacht«, sagte er. »Daß sich meine Frau Sorgen macht, war nicht der eigentliche Grund. Ich dachte an meine Kinder und daran, was wäre, wenn mir etwas passieren –«

Stark hielt eine Hand hoch, um Fairley zu unterbrechen. »Wenn ich an Ihrer Stelle gewesen wäre, Jim, hätte ich mich wahrscheinlich genauso verhalten.«

»Nein, das hätten sie nicht, Sheriff. Aber danke, daß Sie das sagen. Es wird keine Probleme mehr geben.«

Stark hob den Kopf, weil er einen Hubschrauber hörte, der den Fluß hinauf auf sie zukam. Er flog so niedrig, daß Stark durch die Plexiglasscheibe das Gesicht der brünetten Frau von WLOX erkennen konnte.

Der Sund wimmelte ebenfalls von Charterbooten. Wer auf dem Highway 90 zwischen Bay St. Louis und Pascagoula unterwegs war und aufs Meer blickte, glaubte wahrscheinlich, daß wieder einmal Schwärme von Regenbogenforellen oder Rotbarschen im Wasser versammelt waren. Allerdings fuhren die Boote ohne zahlende Passagiere, und statt Angelschnüren zogen sie ein oder zwei dicke Taue hinter sich her.

Auch die Küstenwache von Gulfport war im Einsatz. Eine ihrer Forty-Ones umrundete gerade die Westspitze von Ship Island. Während Fort Massachusetts linker Hand zurückfiel, schaute Bootsmannsmaat Beverly Cowart an dem massiven Bauwerk vorbei zu einem kleinen Segelboot, das mit eingeholtem Segel dalag. In dem flachen Wasser zur Insel hin planschten zwei kleine Kinder in orangenen Schwimmwesten in den Wellen. Sie waren keine zweihundert Meter von der Stelle entfernt, wo man den Fuß gefunden hatte. Obwohl die Fähre aus Biloxi an dem schmalen hölzernen Anlegesteg vertäut war, der von der Insel ins Wasser hinausragte, und Touristen im Fort Massachusetts ein und aus gingen, waren die glitzernden Strände auf der Golfseite der Insel fast menschenleer. Nur ein einsames Paar saß, voll angezogen, unter einem Sonnenschirm und las. Aber es gab immer jemanden, zu dem die Nachrichten nicht durchgedrungen waren. Vielleicht Durchreisende, die auf dem Weg von einem Ankerplatz zum nächsten waren und keine der von Rundfunk- und Fernsehsendern überall an der Küste verbreiteten Warnungen gehört oder gesehen hatten.

Cowart hob das Mikrofon des Lautsprechers an den Mund. *»Achtung, Segelboot direkt voraus. Vorletzte Nacht gab es in Ihrer unmittelbaren Nähe einen Haiangriff, und es besteht Grund zu der Annahme, daß der Hai immer noch in der Gegend ist.«*

Der braungebrannte junge Mann und die blonde Frau, die in Badesachen auf einer ausgebreiteten Decke auf dem Bug lagen, sahen herüber. Der Mann stütze sich auf einen Ellbogen, winkte mit der anderen Hand und nickte. Dann legte er sich wieder hin.

Beverly sah ungläubig zu dem Paar hinüber.

Der Mann wandte sich der Blondine zu, sagte etwas zu ihr und zuckte mit der Schulter. Offenbar spielte er die Gefahr herunter. Die Frau warf einen Blick auf die Kinder, dann legte sie den Kopf an den Oberkörper des Mannes.

In Beverlys Blick mischten sich jetzt Wut und Verachtung. Sie riß das Mikrofon hoch.

»Mr. und Mrs., wie immer Sie heißen mögen, wenn Sie Ihre Kinder nicht aus der Gefahrenzone bringen wollen, würde ich vorschlagen, daß Sie selbst auch ins Wasser gehen, damit Ihre Kinder wenigstens eine Chance von fünfzig zu fünfzig haben, daß der Hai an ihrer Stelle Ihnen die Köpfe abreißt.«

Beverlys Kollegen im Bug sahen sich zu ihr um. Auf dem Weg zum Fort Massachusetts sprachen jetzt einige Touristen aufgeregt miteinander, wobei sie in Richtung der Forty-One zeigten. Ein alter Mann am Ende des Anlegestegs schüttelte seinen Kopf, während er die Szene beobachtete.

Schließlich holte das Paar seine Kinder aus dem Wasser.

»Laut Broderick entspricht die Druckverteilung derjenigen von Bißmalen«, sagte Douglas. Er saß auf einem Stuhl vor dem Schreibtisch seines Onkels. Jetzt hob er eine Hand und formte sie mit gespreizten Fingern zu einer Kralle. »Er sagt, daß sich das Gebiß wie eine Hand schließt – der Druck wird in der Mitte ausgeübt. Nachdem er sich beruhigt hatte, hat er allerdings einiges wieder zurückgenommen. In dem Bootsrumpf seien so viele Schlitze, daß die halbkreisförmige Anordnung, die er gesehen zu haben glaubte, auch Zufall gewesen sein könne. Er wird sich für Sie nicht allzu weit aus dem Fenster lehnen, Sir.«

»Das hatte ich auch nicht erwartet. Mir war klar, daß wir im wesentlichen auf uns selbst angewiesen sind und gewissermaßen mit dem Finger auf den Megalodon zeigen müssen, bevor irgend jemand uns glauben wird. Und weißt du was? Ich denke, wir haben eine Spur.«

Douglas hob fragend die Augenbrauen.

»Also, Douglas, was wissen wir mit Sicherheit? Daß die beiden Ärzte ihre Frauen am Abend angerufen haben und am nächsten Abend nicht an ihrem Ziel eingetroffen sind. Von ungefähr dieser Position bis zu der Stelle vor den Everglades, wo das Wrack liegt, sind es über hundert Kilometer.«

»Ja, Sir. Er muß das Boot mitgenommen und mit ihm wie mit einem Spielzeug gespielt haben.«

»Hundert Kilometer«, wiederholte Vandiver. »Auf nordnordwestlichem Kurs. Würden wir eine Route von mehreren hundert Kilometern in ein und dieselbe Richtung kennen, wüßten wir ungefähr, in welchem Gebiet wir zu suchen hätten. Deshalb ist es wichtig zu wissen, woher er kam. Je länger die Strecke in die gleiche Richtung führt, desto sicherer können wir darauf schließen, wohin er unterwegs ist. Das stimmt doch, oder?«

Douglas nickte.

»Deshalb habe ich mir ein paar Gedanken gemacht. Woher kann er gekommen sein, und warum hat er sein bisheriges Umfeld verlassen? Dafür muß es einen Grund geben. Weißt du, was Subduktionszonen sind?«

»Nein, Sir.«

»Stell dir die Welt als einen Fußball vor, dessen Hülle aus einzelnen Platten besteht.«

»Ja, Sir, das kenne ich.«

»Also, es gibt Orte, wo Material aus dem Erdmantel austritt und neue Kruste bildet, und solche, wo Material von der Oberfläche im Erdmantel verschwindet. Hoch kommt es, zum Beispiel, in der Mitte des Atlantiks, am sogenannten Mittelatlantischen Rücken. Das nennt man Sea-Floor-Spreading. Der Boden des Atlantiks dehnt sich also nach Osten und Westen immer weiter aus. Aber wenn es irgendwo breiter wird, muß es irgendwo anders schmaler werden. Und das sind die Subduktionszonen. An ihnen kollidiert eine Erdplatte mit einer anderen und schiebt sich unter sie, so daß die Kruste in den Erdmantel abtaucht. Der Marianengraben, zum Beispiel, ist so eine Subduktionszone, wo der Meeresboden durch den Zusammenstoß von Erdplatten nach unten gedrückt wird. Das kann Erdbeben auslösen. Deshalb habe ich mich gefragt, ob sich in unseren seismischen Untersuchungen nicht Hinweise auf eine in den letzten Monaten eingetretene Katastrophe finden lassen, die den Megalodon vertrieben haben könnte. Es war nur eine vage Möglichkeit. Aber ich habe schon vor langer Zeit die Erfahrung gemacht, daß Geistesblitze manchmal aus heiterem Himmel über einen kommen, wenn man nur lange genug nachdenkt. Und genau so war es. Ich beschäftigte mich mit einer völlig anderen Art von Unregelmäßigkeit im Südpazifik, den französischen Atomtests, und plötzlich fiel mir wieder ein, daß einer meiner Leute erzählt hatte, sie hätten einen Wal zu Tode erschreckt. Über die französischen Tests weißt du Bescheid, oder?«

»Im großen und ganzen, ja, Sir.«

»Ursprünglich waren acht geplant, aber die Wiederaufnahme der Atomtests stieß rund um die Welt auf ein derart negatives Echo, daß die Franzosen schließlich bekanntgaben, sie würden zwei streichen. Der letzte fand vergangenen Januar statt, am siebenundzwanzigsten. Was die Franzosen nicht bekanntgegeben hatten, war die Tatsache, daß sie die Verringerung der Testzahl durch eine Vergrößerung des Sprengsatzes auf hundertzwanzig Kilotonnen ausgeglichen hatten, um soviel wie möglich aus dem Versuch zu lernen. Das war die vierfache Sprengkraft des fünften Tests, der erst im Monat zuvor durchgeführt worden war. Die Folge war, daß das Atoll, unter dem sie die Tests durchführten, Risse bekam. Und das könnte für uns zu einem großen Problem werden. Wenn sich der Zustand des Atolls weiter verschlechtert, wie manche Wissenschaftler annehmen, wird es am Ende auseinanderbrechen und womöglich den gesamten Fischbestand des Pazifiks radioaktiv verseuchen. Plutonium 239 bleibt annähernd eine Viertelmillion Jahre radioaktiv. Ahnst du auch nur, was das bedeuten würde? Der Hunger rund um den Pazifik wäre unglaublich – und das auf unabsehbare Zeit.

Aber diese Sorge liegt noch in der Zukunft. Für uns ist jetzt wichtig, daß die Tests nicht nur das Atoll beschädigt, sondern auch den umgebenden Meeresboden in Mitleidenschaft gezogen haben. Wir haben Risse von bis zu sechstausend Metern Tiefe und mehreren Kilometern Länge entdeckt. Und dann hat einer meiner Leute von diesem Wal erzählt. Ich habe in den Akten nachgesehen – hast du die Sicherheitsstufe dafür? Egal. Wir hatten U-Boote da. Die halbe Welt war dort versammelt. Wir mögen über die Tests geschimpft haben, aber es wäre dumm gewesen, sie nicht zu unserem Vorteil zu nutzen und soviel wie möglich aus ihnen zu lernen.«

Er nahm einen Kassettenrecorder aus dem Schreibtisch und drückte auf die Starttaste. »Hör zu!«

Man hörte ein leises Krachen, das von Geräuschen unterbrochen wurde, die am besten als dumpfe Schläge beschrieben werden konnten.

»Das ist ein gedämpftes Band«, erklärte Vandiver. »Andernfalls würde es dir die Trommelfelle zerreißen. Hast du dieses kurze schrille Geräusch gehört?«

Douglas schüttelte den Kopf.

»Macht nichts. Beim ersten Mal hat es noch keiner gehört. Du wirst es gleich noch einmal hören. Was jetzt kommt, ist die Stimmaufzeichnung aus einem unserer U-Boote.«

»Klingt immer noch wie das Ende der Welt.«

»Das ist der Horchgast auf seinem Posten«, warf Vandiver ein.

Für einige Sekunden war alles still.

»Was zum –«

»Wieder der Horchgast«, sagte Vandiver.

»Wie ein ... wie ein Kreischen, Captain. Peilung zwei-fünf-null. Ein paar Meilen vom Atoll entfernt, vor der Bergkette dort. Es bewegt sich, Sir. Aber ich empfange weder eine Schraube noch einen Reaktor oder Motor ... Es ist kaum wahrnehmbar – ziemlich hoch.«

»Ein Wal?«

»Das ist der diensthabende Offizier neben ihm«, erläuterte Vandiver. »Ich glaube, er wollte den Horchgast hochnehmen, indem er unterstellte, er würde einen Wal nicht erkennen. Jedenfalls antwortete der Horchgast nicht auf die Frage.«

Es folgten wieder einige Sekunden Stille, wenn man von den leisen Atemgeräuschen im Hintergrund absah.

»Russen, Briten, Israeli und wer sonst noch alles. Zusammen müssen wir wie eine Horde Haie aussehen, die um das Testgebiet herum auf der Lauer liegen. Gehen Sie zu aktivem Sonar über. Geben Sie ihnen ein Ping. Sie sollen wissen, daß wir sie bemerkt haben.«

»Der Kapitän spricht mit dem Horchgast«, sagte Vandiver.

Einige Sekunden Stille.

»Erlaubnis für fortgesetzte Signale, Sir?« In der Stimme des Horchgasts klang ein neuer Ton mit.

»Erlaubnis erteilt.«

Die Impulse waren zu hören, einer nach dem anderen.

Ping. Ping. Ping.

»Ziel läuft mit ... Ich habe es verloren, Sir. Es ist hinter der Bergkette verschwunden ... Spitzengeschwindigkeit wie ein Alfa bei Vollgas. Und, Sir ... immer noch kein Antriebsgeräusch.«

»Ein Wal?« Es war wieder die Stimme des jungen diensthabenden Offiziers.

»Nicht bei dem Echo, das wir empfangen haben, Sir.«

»Jetzt hör genau zu«, drängte Vandiver. »Es ist mit dem Computer aufbereitet worden.«

Im nächsten Augenblick war ein hohes Kreischen zu hören – ein Geräusch, das fast wie der schrille Schmerzensschrei eines Babys klang.

Kapitel 26

Douglas spürte den Schauder immer noch, als sein Onkel den Kassettenrecorder wieder im Schreibtisch verstaute.

»Für sich allein genommen wäre diese eine Aufnahme nicht sehr beweiskräftig, Douglas. Es gibt Leute in diesem Dienst, die glauben, daß es ein Wal *war* – daß die im U-Boot empfangenen Signale durch die vom Test ausgehenden Schockwellen verzerrt worden sind, sogar die Geschwindigkeitsmessungen. Aber ich habe in meinem Computer jede Suchvariante durchprobiert, die mir eingefallen ist. Und ich glaube, ich weiß, wo es noch einmal passiert ist, so ähnlich jedenfalls – einen Monat später vor der Spitze von Südamerika. Dort hat eins unserer U-Boote dieselben Schwimmbewegungen entdeckt, die gleichen schnellen Bewegungen, bis das Ziel abdrehte und in der Ferne verschwand. Du darfst nicht wissen, woher ich die Information habe, aber ich kann dir sagen, daß das Echo weder von Stahl oder Titan noch von irgend etwas anderem in der Art verursacht worden ist. Und es hatte, wenn es nach mir geht, die richtige Größe, auch wenn meine Leute Vorbehalte äußern. Meiner Ansicht nach handelt es sich um das aus spitzem Winkel aufgefangene Echo eines Objekts von mindestens fünfzehn Metern Länge, während die anderen glauben, daß es die Breitseite eines etwa neun Meter langen Lebewesens wiedergibt – und überzeugt sind, daß es ein Wal war. Und ich muß zugeben, daß meine

Leute wesentlich mehr Erfahrung mit solchen Echos haben als ich. Aber ich kann mir nicht helfen – ich komme immer wieder zu demselben Schluß.«

Vandiver lehnte sich zurück. »Wenn wir einmal unterstellen, daß ich keine Geister sehe, dann haben wir eine Aufnahme eines Megalodons an dem Atoll und eine zweite vor der Spitze von Südamerika, und wir wissen mit Sicherheit von einem Aufenthalt vor den Everglades. Allem Anschein nach ist er von Anfang hierher unterwegs gewesen, und wie es aussieht, zieht er jetzt weiter in den Golf hinein. Wenn es nach mir ginge, würde ich augenblicklich eine umfassende Suche in Gang setzen. Aber das ist leider nicht der Fall, und solange ich nicht mehr in der Hand habe als umstrittene Sonar- und Laserechos, wird sich daran auch nichts ändern. Sofern er nicht gerade in der Nähe eines Frachters oder Fischtrawlers auftaucht, werden wir etwas anderes vorweisen müssen, bevor ich zum Chef der Vereinigten Stabschefs gehen und ihm sagen kann: ›Er ist wirklich da!‹«

Vandiver zog eine Zigarre aus seiner Uniformjacke und entfernte die Zellophanverpackung, während er fortfuhr: »Ich glaube, es besteht zumindest die Möglichkeit, daß wir dieses Etwas finden. Es ist anzunehmen, daß der Megalodon der Herr seiner Welt war, egal, was es sonst noch in der Tiefe gibt. Er hat Hunger, also frißt er. Und ich glaube, andere große Fische und Menschen sehen in seinen Augen eher wie eine Mahlzeit aus als ein Schwarm Rotbarsche. Genau das war meiner Meinung nach das Verhängnis der beiden Ärzte. Und es gibt keinen Grund, warum er damit aufhören sollte. Was ich von dir möchte, ist, daß du ein paar Anrufe tätigst. Der Computer kann nur ausspucken, womit er gefüttert worden ist. Wir wissen von dem Unfall der Ärzte, aber wir führen nicht Buch über jeden Ertrunkenen und jedes Boot, das unter rätselhaften Umständen im Golf verschwunden ist. Das machen die Polizeireviere entlang der Küste. Ich möchte, daß du dich bei ihnen erkundigst.«

»Entlang der Küste?« fragte Douglas vorsichtig. »Sir, ist Ihnen bekannt, wie viele Countys es an der Küste gibt? Sie reicht immerhin von Florida bis Texas.«

Vandiver nickte, während er die Zigarre in den Mund steckte. »Florida, Alabama, Mississippi, Louisiana und Texas. Keine Ahnung, wie viele Countys es sind, von denen mit spanisch sprechenden Sheriffs ganz zu schweigen.«

Deputy Fairley tauchte einen Eimer in eins der rostigen Fässer und schleppte ihn zur Reling, um die dicke Suppe aus Blut und Geronnenem in den Fluß zu kippen. Hinter dem breiten Boot bildeten die dunklen Flecken von Fleisch und Blut eine V-förmige Spur.

»Damit locken wir wahrscheinlich nur die Grundhaie an, die mit Sicherheit noch *nicht* hier sind«, sagte er.

»Kaum«, widersprach der ältere Deputy, während er einen Eimer über das Heck hievte. »Die Strömung wird es hinausschwemmen.«

»Das ist anzunehmen, ja. In den Sund hinaus, damit sie über die Leute dort herfallen.«

»Wer dumm genug ist, jetzt ins Wasser zu gehen, hat es nicht anders verdient. Hoffentlich müssen wir uns später nicht mit ihnen befassen, weil sie irgendwelche anderen Verrücktheiten begangen haben – wie diese Typen mit dem Dynamit.«

»Keine Bange«, wandte Fairley ein. »Idioten wie die werden nicht gefressen oder in die Luft gesprengt.«

»Das sage ich doch, Fairley. Es wäre besser, wenn –« Der Deputy zog plötzlich den Kopf ein. Ein Schuß hallte über den Fluß. Er sah sich zum Ufer um. »Was tun diese Blödmänner da?«

Zwischen den Bäumen am Ufer stand ein großgewachsener Mann in einem Overall, der sein Gewehr gerade wieder an die Schulter hob, kurz zielte und es dann absetzte. Der kleinere Mann neben ihm lachte aus vollem Hals, klatschte sich auf die Schenkel und streckte, immer noch lachend, die Arme in die Luft.

Carolyn steuerte mit der *Intuitive* auf die beiden Männer zu, während Alan und Sheriff Stark zum Bug gingen.

»He!« rief Stark.

Der kleinere Mann sah zu ihnen hinüber. Der mit dem Gewehr beobachtete ungerührt den Fluß, hob wieder die Waffe an und blickte über Kimme und Korn hinweg.

»Verdammt, Sie hören mich doch!« brüllte Stark.

Das Gewehr senkte sich, während die *Intuitive* sich dem Ufer näherte.

»Was, zum Teufel, tun Sie da?« fragte Stark.

»Ich dachte, ich hätte den Hai entdeckt«, erklärte der Mann mit dem Gewehr.

Alan sah in die Flußmitte.

»Einen Kaimanfisch hat er gesehen, mehr nicht«, feixte der kleinere Mann.

Der größere funkelte ihn an.

Stark schüttelte gereizt den Kopf. »Ist Ihnen klar, daß wir Leute auf dem Fluß haben? Und Sie ballern mit einem verdammten Gewehr in der Gegend herum!«

»Ich weiß, wohin ich schieße«, entgegnete der Schütze.

Stark zückte wieder seine Brieftasche und ließ die Dienstmarke aufblitzen. »Schaffen Sie Ihren Arsch woanders hin, klar?«

»Deputy, ich bin mit Gewehren geboren und aufgewachsen.«

»Sicher. Aber ein erfahrener Idiot bleibt doch ein Idiot.«

»Meinen Sie?« gab der Mann mit einem verächtlichen Blick auf die Dienstmarke zurück. »Wie heißen Sie?«

»Jonas Stark.«

»Und ist das eine Dienstmarke der hiesigen Polizei, womit Sie da herumwedeln?«

»Ganz recht.«

»Vielleicht interessiert es ja den Sheriff, wie Sie mit den Wählern in diesem County reden. Wie heißt der Sheriff?«

»Jonas Stark.«

Der kleinere Mann drehte sich still um und ging durch die Bäume zur Straße. Der größere starrte weiter den Sheriff an. »Okay«, sagte er schließlich. »Das werde ich mir merken.«

Als der Mann sich abgewandt hatte und seinem Begleiter folgte, lächelte Alan Jonas zu. »Das waren vier Wähler innerhalb von zwei Stunden.«

»Der Hundesohn hat nicht einmal meinen Namen gekannt«, erwiderte Stark. »Der hat mich nicht gewählt.«

Dann hörten sie die Motorengeräusche von zwei kleinen Hubschraubern, die über den Fluß auf sie zuflogen. Der eine mit der Brünetten von WLOX an Bord flog vorüber, während der andere abstoppte und sich leicht auf die Seite legte, damit der Kameramann sich hinauslehnen und die Gruppe auf dem Boot filmen konnte.

Carolyn drehte am Steuerrad der *Intuitive* und lenkte sie in die Flußmitte zurück. Fred warf einen Blick auf das in der Kabine stehende Dynamit und schaute dann auf die Leine, die sich hinter dem Boot im Wasser spannte. Unterdessen kippte Deputy Fairley den letzten Eimer mit Ködern ins Wasser, und der ältere Deputy drehte das Steuerrad des Arbeitsboots herum, machte kehrt und fuhr flußabwärts davon.

Die Sonne begann unterzugehen.

Auf Douglas' Schreibtisch standen zwei leere Big-Mac-Pakkungen und ein großer Plastikbecher, der jetzt nur noch Eis enthielt. Er steckte den Rest seiner Portion Pommes frites in den Mund, während er den Telefonhörer zwischen Kopf und Schulter klemmte.

»Polizei von Sarasota County.«

»Ich rufe wegen ungeklärter Bootsuntergänge oder Unfälle an, die sich seit Januar in ihrem County ereignet haben.«

»Sie tun was?«

Douglas leierte die übliche Platte hinunter: »Hier ist Leutnant Douglas Williams. Ich bin vom Marinenachrichtendienst und rufe aus Washington, D. C., an. Wir suchen nach Informationen über ungeklärte Untergänge oder vermißte Boote ...«

Vandiver blickte auf die rote Lampe an seinem Telefon, die ihm anzeigte, daß sein Neffe ein weiteres Telefongespräch führte. Pro Telefonat brauchte Douglas im Durchschnitt fünf bis sechs Minuten. Vandiver hoffte, daß er sie nicht zu schnell abhakte.

Er wandte sich wieder dem Computer zu. In den letzten zehn Minuten war auf dem Monitor nicht mehr zu sehen gewesen als der Megalodon, den er Douglas gezeigt hatte. Er sollte seine Gedanken anregen und ihn, wenn möglich, auf eine Idee bringen, was noch getan werden konnte, um den Raubfisch zu finden. Aber ihm fiel nichts ein. Also starrte er weiter auf das Bild. Die Vorstellung eines Malers, dachte er. Wenn die Technik nur ein bißchen weiter entwickelt wäre, hätte er jetzt möglicherweise ein echtes Abbild vor sich. Aber sie war es nicht, jedenfalls nicht so weit, daß Computer etwas sichtbar machen konnten, was nicht einmal auf dem Videoband zu erkennen war. Für die technische Aufbereitung brauchte man irgendeinen Bildfetzen, und wenn er noch so verschwommen wäre.

Es lag am mangelnden Licht. Und vielleicht, wer weiß, auch an der Intelligenz des Megalodons.

Es war erst vier Jahre her – das Bild auf dem inzwischen berühmten Videoband hatte bei den Meeresforschern rund um die Welt endlose Spekulationen ausgelöst. Damals hatte man eine Roboterkamera zusammen mit mehreren Hunderttausend Candela starken Scheinwerfern viertausend Meter tief auf den Meeresboden des Pazifiks hinuntergelassen. Man hatte gehofft, das Licht würde einige der merkwürdigen Tiefseebewohner erfassen, so daß die Kamera sie zu Forschungszwecken aufnehmen konnte. Aber selbst derart starke Strahlen reichten in dieser Tiefe nur wenige Meter weit, bevor sie von der undurchdringlichen Dunkelheit absorbiert wurden. Die Objekte mußten schon sehr nahe sein, um auf Film gebannt zu werden.

Einige Geschöpfe waren weit genug herangekommen. Ein knapp einen Meter langer gelbbrauner Pelikanaal, der den Namen seinem Maul verdankte, das fast so lang war wie der Körper, war langsam ins Blickfeld geschwommen, und im Sand am rechten Rand des Sichtfelds waren winzige, gelbgrün blinkende Lichter zu erkennen gewesen. Sie stammten von kleinen Tiefseekrabben, die mit Paarungssignalen auf das Licht reagierten.

Dann hatte es der Pelikanaal plötzlich eilig gehabt und war seitlich aus dem Bild verschwunden. Vor der Kamera hatte sich am Rand des Lichtscheins ein riesiger Schatten vom dunkleren Hintergrund abgehoben und sich langsam durch das Sichtfeld bewegt. Es dauerte ganze fünfzehn Sekunden, bis die Kamera wieder nur schwarzes Wasser vor sich hatte. Dann war erneut eine kaum wahrnehmbare Bewegung zu beobachten, die diesmal eine halbe Minute anhielt.

Wissenschaftler hatten die Geschwindigkeit der Geschöpfe errechnet, indem sie ihre Bewegung mit derjenigen des langsam über den sandigen Meeresboden driftenden Sediments verglichen. Das erste war schätzungsweise sechs Meter lang gewesen. Das zweite, dessen Länge etwa bei zwölf Metern lag, war ihm im Abstand von neun bis zehn Metern gefolgt. Angesichts der Entdeckung der Riesenmaulhaie in jüngster Zeit hatten die Wissenschaftler den Schluß gezogen, die Kamera müsse ein Paar dieser gewaltigen Tiere gefilmt haben.

Vandiver war sich da nicht so sicher. Niemand konnte mit Gewißheit sagen, daß es tatsächlich zwei Lebewesen gewesen waren. Seiner Ansicht nach war es durchaus möglich, daß man es nur mit einem einzigen Fisch zu tun hatte, der am Rand des Sichtfelds der Kamera vorbeigeschwommen war, sich dann ein Stück entfernt hatte und wieder näher gekommen war. Die sechs Meter des angeblich ersten Geschöpfs addierten sich mit der neun bis zehn Meter großen Lücke, entstanden beim Entfernen von der Kamera, und den zwölf Metern des angeblich zweiten Fisches zu siebenundzwanzig beziehungsweise achtundzwanzig Metern – wenn es denn ein einziges Lebewesen gewesen war.

Noch wahrscheinlicher wurde dies in Vandivers Augen, weil beide Erscheinungen das Sichtfeld der Kamera in der Höhe vollständig ausgefüllt hatten. Dafür hätten sie vom Rücken bis zum Bauch mindestens sechs Meter messen müssen, und so dick konnte selbst ein zwölf Meter langer Riesenmaulhai nicht sein. Er kannte zwei wissenschaftliche Erklärungen für diese Tatsache, die beide im wesentlichen mit Schattenspielen zu tun hatten. »Mehr als wahrscheinlich«, hatte einer der beiden Wissenschaftler diese Hypothese genannt. »Oder etwas Ähnliches«, hatte der andere vermutet. Akademiker!

»Wir haben einen Todesfall durch einen Haiangriff vor Tampa, Sir«, rief Douglas aus dem vorderen Büro herüber. »Männlich, zwanzig Jahre alt, Windsurfer, verblutete, nachdem er ans Ufer gebracht worden war.«

Vandiver ignorierte die Mitteilung. Nach einem Megalodonangriff wäre nichts mehr übrig gewesen, was man ans Ufer hätte tragen können.

»Die Leute werden müde«, sagte Stark, als er neben Alan und Carolyn trat, die im Schein der Positionslichter auf der Laufbrücke der *Intuitive* standen. »Wir wissen nicht, wie lange es noch dauern wird. Ich werde die Hälfte der Boote zurückschicken. Ein Teil von ihnen soll in acht Stunden, der Rest acht Stunden darauf wieder auf den Fluß kommen.« Er blickte auf die Bertram-Jacht, die in entgegengesetzter Richtung an ihnen vorbeifuhr. »Ich habe die Countyvorstände angerufen und ihnen gesagt, daß die Kapitäne durch unsere Suchaktion Charteraufträge verloren haben und wir ihnen zumindest die Betriebskosten der Boote erstatten müssen. Aber ich rechne nicht damit, daß man sich dazu bereit erklären wird. Sie beide müssen erschöpft sein. Wollen Sie als erste eine Pause einlegen?«

Carolyn nickte. »Ich würde gern duschen und nach Paul sehen, bevor er schlafen geht. Danach komme ich zurück. Da unten ist eine Koje. Mein Vater, Alan und ich können uns abwechselnd ausruhen.«

Stark sah an ihnen vorbei flußaufwärts und dann flußabwärts. »Ich habe Fairley seit ein oder zwei Stunden nicht gesehen. Könnten Sie ihm vielleicht funken, daß er vorbeikommen und mich abholen soll?«

Fairley traf ein, als Carolyn ihren Anlegeplatz erreichte. Die Fässer im Arbeitsboot waren nachgefüllt worden, und aus einem von ihnen schwappte die dicke Blutmischung über, als Fairley das Tempo verlangsamte und längsseits der *Intuitive* kam. Der Gestank war bestialisch, und die Kleidung der beiden Deputys war rot von Blut.

Stark schüttelte den Kopf, als er von der *Intuitive* ins Arbeitsboot stieg. »Mit dem Gestank hätte Sie Ihre Frau letzte Nacht nicht zu Hause haben wollen«, sagte er.

Fairley runzelte die Stirn. »Sheriff, ich habe schon gesagt, daß es mir leid tut.«

Stark lächelte, während er ans Steuerrad ging. Einen Augenblick später sprang stotternd der Motor an, dann begann er regelmäßig zu tuckern, und das Boot entfernte sich von der *Intuitive.*

Fred zog den Rest der langen Leine mit dem großen Haken aus rostfreiem Stahl ein. An seinem Ende hing ein mehrere Pfund schweres Fleischstück, das aus einem Rinderviertel herausgeschnitten worden war. Er rollte die Leine zusammen, legte die Boje obenauf und packte das Fleisch auf eine hintere Ecke des Angeldecks.

Ein Stück Haut hing fast bis ins Wasser. Aus dem nach stundenlangem Bad im Fluß weich gewordenen Fleisch sikkerte roter Saft, der an der Haut entlang Tropfen für Tropfen ins braune Flußwasser rann.

Kapitel 27

Als die Hintertür sich öffnete, steckte Carolyns Mutter ihren Kopf aus der Küche. »Ich wollte euch gerade rufen.« Auf der Ablage hinter ihr standen vier mit Aluminiumfolie abgedeckte Teller, eine Zweiliterflasche Cola und eine Thermoskanne.

Sie schaute wieder zur Tür, als Fred hereintrat. »Kommt der Sheriff nicht?« fragte sie.

»Wir fahren bald wieder raus«, teilte ihr Carolyn mit. »Dann nehme ich seinen Teller mit.«

»Ihre Tante Rayanne ist vorbeigekommen und hat die Geschenke mitgenommen. Sie hat Kleidung zum Wechseln und Rasierzeug gebracht.«

Paul kam in die Küche.

»Hallo, Schatz«, begrüßte ihn Carolyn.

»Habt ihr ihn gekriegt?« fragte er.

»Noch nicht.«

»Ihr schafft das schon«, prophezeite er und nickte.

»Da hast du verdammt recht«, bestätigte Fred mit einem Blick auf die Teller.

»Es wird noch eine Viertelstunde dauern«, sagte Martha. »Ich habe das Maisbrot zu spät reingeschoben.«

»Ich kann es ohne Maisbrot essen«, erklärte Fred.

»Du kannst wie alle andern warten«, wies ihn seine Frau zurecht.

Er zog ein finsteres Gesicht und ging ins Wohnzimmer.

»Die Nachricht über den Hai läuft auf allen Kanälen«, rief sie ihm nach.

Douglas schloß die Wohnungstür hinter sich, zog die Uniformjacke aus, warf sie auf die Couch und begann seinen Schlips zu lockern. Gähnend ging er in die Küche. Die Krawatte landete auf der Ablage neben der Spüle, in der sich schmutzige Teller und Gläser stapelten. Er ging zum Kühlschrank, nahm ein Bier heraus und öffnete es. Dann beugte er sich wieder zum Kühlschrank, griff nach einem zweiten Bier und ging ins Wohnzimmer hinüber.

Er knöpfte den Kragen auf, schüttelte eins der Sofakissen auf und streckte seine langen Glieder aus. Dann hob er den Kopf, um an dem Bier zu nippen, und griff gleichzeitig nach der Fernbedienung auf dem Couchtisch.

Der Wettersender flackerte auf. Das war das letzte Programm, das er gesehen hatte, bevor er für die erste Etappe seiner Floridareise an Bord des Hubschraubers ging. Er zog die Brauen zusammen, als er sich daran erinnerte, wie besorgt er gewesen war, als er auf der Karte gesehen hatte, daß eine Sturmfront in Richtung der Everglades zog.

Er drückte auf die Senderwahltaste.

Bei NBC berichtete eine attraktive Brünette vom Pascagoula in Mississippi.

Carolyn stand in BH und einem wie ein Bikiniunterteil geschnittenen Slip vor dem Waschbeckenspiegel im Badezimmer. Sie drehte sich zur Seite und drückte die Schultern zurück. »Nicht schlecht«, murmelte sie und betrachtete sich dann von der anderen Seite.

Sekunden später schlüpfte sie in eine weite Khakihose und

eine orangene kurzärmlige Bluse. Bevor sie das Bad verließ, tupfte sie sich etwas Parfüm hinter die Ohren und lächelte in den Spiegel.

Martha stülpte einen dicken Handschuh über die Hand und griff in den Backofen, um das Blech mit dem Maisbrot herauszuziehen. Beim Abstellen auf die Ablage berührte sie es mit der bloßen Hand und schimpfte leise vor sich hin.

Carolyn kam in den Flur.

Martha legte einen Zeigefinger an den Mund und nickte zu Alan, der schlafend auf der Couch lag. »Ich habe ihm gesagt, er soll sich eine Minute hinlegen und sich entspannen«, flüsterte sie. »Er ist sofort eingeschlafen.«

Carolyn ging lächelnd in die Küche. »Wo sind Paul und Vater?«

»Draußen, Frisbee spielen. Ich habe sie rausgejagt, damit sie ihn nicht aufwecken. Das Essen habe ich auf die Terrasse gestellt, um ihn nicht zu stören. Er kann essen, wenn er aufgewacht ist.«

Carolyn nickte, und ihre Mutter legte das Maisbrot auf eine Platte. Dann gingen sie leise hinaus.

»Du riechst gut«, sagte Martha mit dem Anflug eines Lächelns.

Als das Telefon klingelte, bedeckte Vandiver das Gesicht mit dem Kopfkissen.

Es läutete zum zweitenmal.

Er stöhnte, streckte den Arm zum Nachttisch aus und zerrte den Telefonhörer unters Kissen.

»Sir«, sagte Douglas, »sehen Sie fern?«

Vandiver schob das Kissen vom Gesicht und starrte auf den Hörer. Dann hob er ihn langsam wieder ans Ohr.

»Nein, Douglas, das tue ich nicht.«

»Schalten Sie NBC ein – sie berichten über einen großen Hai.«

Paul nahm seinen Teller und stand vom Korbtisch auf.

»Was willst du?« fragte Carolyn. »Ich hole es dir.«

»Ich bin ganz leise«, versprach Paul, während er zur Terrassentür ging.

Vorsichtig schloß er die Fliegentür hinter sich. Alan lag auf der Seite.

Paul beobachtete ihn einen Augenblick, bevor er einen Küchenschrank und den Besteckkasten öffnete. Dann ging er mit Teller und Besteck auf Zehenspitzen ins Wohnzimmer.

Immer noch leise, setzte er sich auf den Rand des Couchtischs und schaute einen Augenblick auf den dicht vor ihm schlafenden Alan.

»Mr. Alan.«

Er wartete einen Moment, bevor er mit etwas lauterer Stimme wiederholte: »Mr. Alan.«

Alan riß die Augen auf.

Paul hielt ihm den Teller hin. »Wir essen«, sagte er. »Ich dachte, Sie haben vielleicht Hunger.«

Alan schwang die Füße auf den Boden. »Das habe ich. Danke.«

»Wir sitzen draußen«, informierte ihn Paul. Nach einem Blick auf die Stelle, wo Alans Füße gelegen hatten, fügte er hinzu: »Mama mag keine Schuhe auf der Couch. Aber ich werde es ihr nicht verraten.«

»Danke«, sagte Alan.

Als Alan auf die Terrasse trat, sah Carolyn Paul forschend an. »Hast du ihn aufgeweckt, Schatz?«

»Nein«, mischte sich Alan ein. »Ich bekam Hunger.«

»Das Maisbrot ist wirklich gut«, meinte Fred. »Aber kein Grund, um so lange zu warten.«

Martha sah ihn finster an.

Paul schob einen leeren Stuhl neben seinen.

Vandiver blickte auf den Bildschirm. *Ein Weißer Hai in einem Fluß?* Als die brünette Reporterin das sagte, war sein erster Gedanke gewesen, daß da jemand auf einem Trip sein mußte. Doch der Mann, dessen Foto eingeblendet wurde, war Meeresbiologe. Er würde einen Weißen Hai bestimmt erkennen. Und welcher andere Hai konnte so groß werden? An diesem Punkt hatte er natürlich innegehalten. Der vor den Everglades gefundene Zahn stammte von einem Megalodon, der mindestens zwölf Meter lang war – nicht siebeneinhalb. Hatte er etwas übersehen?

Alan stand ein paar Schritte vom Anlegeplatz entfernt und beobachtete zwei Charterboote, die im schwachen Schein ihrer Positionslichter auf dem Fluß vorbeifuhren. Eins von ihnen schleppte eine Leine flußabwärts, das andere kam ihm flußaufwärts entgegen.

Carolyn ging über die Terrasse zu Alan. »Paul läßt Ihnen gute Nacht wünschen«, sagte sie, als sie neben ihm stehenblieb. Dann blickte auch sie auf den Fluß hinaus. »Wir haben so viele Boote draußen, daß wir ihn möglicherweise verjagt haben.«

»Ich glaube nicht, daß er sich so leicht verjagen läßt.«

»Vater hat im Krankenhaus angerufen und mit Armon gesprochen. Ein Schönheitschirurg aus Dallas hat von Armons Tat gehört und ihm angeboten, kostenlos die Narben zu entfernen. Aber das macht Armon keine Sorgen. Seine größte Angst war, ob die Verbrennung an der Hand ihn vom Boxen abhalten wird. Doch die Ärzte haben ihm versichert, daß das nicht der Fall sein wird. Er muß warten, bis die Wunden verheilt sind, aber danach kann er tun, was immer er will. Vater hat ihm gesagt, daß nichts dagegen spricht, in der Wartezeit mit dem Lauftraining fortzufahren.« Sie lächelte. »Das – und daß er mit dem Rauchen aufhören soll. Möchten Sie ein Glas Wein?«

»Gerne.«

Carolyn ging zum Boot.

»Vermittlung«, sagte Vandiver. »Ich habe die Nummer eines Alan Freeman in Biloxi, Mississippi, bekommen. Aber dort meldet sich niemand. Könnten Sie noch einmal nachprüfen, ob es die richtige Nummer ist? Danke.«

Carolyn goß Alans kleinen Plastikbecher zum zweitenmal halb voll und stellte die Weinflasche in die Kühlbox an der Vorderseite des Angeldecks zurück. Dann stieß sie mit ihrem Becher gegen seinen, trank einen Schluck und drehte sich zum Fluß. An die Reling gelehnt, betrachtete sie einen Augenblick das weiche, schlaff über Bord hängende Fleischstück, dann hob sie den Blick und schaute über das Wasser auf die im Mondschein blau schimmernde Marsch.

»Ich finde es immer noch schön hier.«

Alan trat neben sie und legte den Arm um sie. Sie lehnte den Kopf an seine Schulter. Durch sein Hemd spürte er die Wärme ihrer Haut. Er bewegte die Hand zu ihrem Kopf. Ihre Haare waren weich und dufteten nach Parfüm. Sie hob den Blick zu ihm, und er gab ihr einen sanften Kuß auf die Stirn. Als sie das Gesicht an seiner Schulter rieb, küßte er ihre Wange. Jetzt drehte sie sich zu ihm um, legte die Arme um seinen Hals und suchte seinen Mund. Ihre Lippen waren weich, feucht vom Wein und warm. Er nahm den Kopf zurück und sah sie an, dann küßte er sie wieder, diesmal fordernder. Sie erwiderte sein Verlangen und küßte dann seinen Hals im offenen Hemdausschnitt.

Er stellte seinen Becher auf die Reling.

»Alan«, sagte sie. Er griff nach ihrem Kinn und drehte ihr Gesicht zu sich. »Alan, okay?« Sie warf einen Blick aufs Haus.

Er hob die Hände an ihre Wangen, küßte sie leicht und nickte, während sie sich wieder an die Reling lehnte. Hinter ihr sprudelte das Wasser, weil eine Bilgenpumpe angesprungen war. Sie reichte ihm seinen Becher. Dann drehte sie sich um und schaute auf den Fluß.

Paul hörte jemanden im Flur, sprang vom Fenster ins Bett zurück und zog die Decke über sich.

Als Martha die Tür aufdrückte, schien Paul zu schlafen.

Der Schrei war schrill und durchdringend.

Carolyn wollte Alan zurückhalten und stieß ihn gegen die Kabine. Als sie zur Reling herumwirbelte, eilte er an ihr vorbei.

»Nicht, Alan!«

Er streckte den Kopf vorsichtig über die Reling und schaute ins Wasser.

Das dunkle Spiegelbild einer kreisrunden Wolke, die wegen des durchscheinenden Mondlichts in der Mitte heller war, glitt langsam über die Oberfläche. Er sah sich nach Carolyn um, die den Kopf in die Hände gelegt hatte, und schüttelte den Kopf.

»Es ist nur eine Spiegelung.«

Langsam kam sie näher. Den Körper zurückgeschoben, beugte sie sich vor und blickte für einen Moment aufs Wasser. Dann begann sie zu weinen.

Fred rannte, von Martha gefolgt, aus dem Haus. Carolyn sah sie und schloß die Augen. Als auch Paul aus dem Haus kam und zum Anlegeplatz rannte, stieg sie über die Seite der *Intuitive* und ging ihm entgegen.

Pauls Gesicht war bleich.

Sie kniete sich hin und nahm ihn in die Arme.

»Tut mir leid«, sagte sie. »Es war nur eine Spiegelung.« Ihr Blick richtete sich auf ihre Eltern.

Alan schaute über die Reling ins Wasser. Wenn da etwas gewesen war, das im verborgenen zu Carolyn hochgesehen und sie beobachtet hatte ... Der Raubfisch hatte bewußt versucht, Gras und Schlamm plattzuwalzen, um an Fred und die beiden Jungen heranzukommen. Etwas stimmte hier nicht ... Er grübelte noch einen Moment darüber nach, dann fiel sein Blick auf das Fleischstück, und er stieß es von der Reling.

Es klatschte ins Wasser und versank in einem Ring sich ausbreitender Wellen.

Kapitel 28

Carolyn sah auf ihre Uhr, nippte am Kaffee und stellte die Tasse auf den Küchentisch.

»Wir haben dem Sheriff gesagt, wir würden wieder hinauskommen«, erklärte sie. »Außerdem muß ich tanken.«

»Was?« fragte Fred aus dem Wohnzimmer, ohne die Augen vom Fernseher zu lassen.

»Ich habe gesagt, ich werde tanken fahren. Das habt ihr vergessen, du und Armon.«

Ihr Vater kam, den Blick über die Schulter weiter auf den Fernseher gerichtet, zu ihnen. »Als wir das Boot saubergemacht haben, hattest du keine Charter. Ich dachte, das könnten wir später erledigen.«

Carolyn nickte. »Und ich habe nicht daran gedacht, nachzusehen, als ich es hergebracht habe. An mir ist wirklich ein Seemann verlorengegangen!«

Fred ging zur Tür zurück.

»Vater, du mußt nicht mitkommen. Warum legst du dich nicht ein bißchen hin? Ich kann dich auf dem Rückweg abholen.«

»Oh, das macht mir nichts aus.«

»Du brauchst etwas Schlaf, Fred«, rief Martha aus dem Wohnzimmer herüber. Als Alan und Carolyn in den Garten gingen, fügte sie leiser hinzu: »Vielleicht wollen sie dich ja gar nicht dabeihaben.«

Er sah zur Tür. »Heute nacht? Du machst Witze.«
»Ich kenne Carolyn, Fred.«

Als Carolyn die Zündschlüssel für die großen Motoren der *Intuitive* herumdrehte, sah sie sich nach Alan um, der die Boje über Bord warf, so daß die Leine ins Wasser gezogen wurde. Sie fuhr eine weite Kurve, bis sie sicher war, daß die Leine ganz abgerollt war. Als Alan die leiterähnlichen Stufen zur Laufbrücke heraufkam, richtete sie das Boot flußabwärts aus und sah wieder nach achtern. Sie wartete, bis die Leine sich gestrafft hatte, dann zog sie die Gashebel zurück, so daß die Boje in ruhiger Lage langsam hinter dem Boot hergezogen wurde.

Kurz darauf kam ihnen eine Bertram entgegen, die im hellen Mondschein und im Licht ihrer eigenen Positionslampen gut zu erkennen war. Ihr Kapitän nickte und hob grüßend die Hand. Vor ihnen mündete der Pascagoula direkt in den Sund. Hinter der Brücke des Highway 90 war er aufgrund jahrtausendelanger Verschlammung jedoch so flach, daß nur sehr kleine Boote diesen Weg nehmen konnten. Carolyn mußte mit der *Intuitive* in den Bayou Chemise einbiegen und ihm in den East Pascagoula folgen, um an der Ingalls-Werft vorbei in die markierte Durchfahrt zum Golf zu gelangen.

Ein paar Minuten später lief die *Intuitive* in den Küstenwasserweg ein, und Carolyn wandte sich nach Westen in Richtung Biloxi und Jachthafen Broadwater. Vor ihnen lag die dunkle, trübe Wasserfläche des Sunds. Linker Hand war die unterbrochene Reihe der Küsteninseln zu sehen, von denen manche nicht größer als Landflecken, andere dagegen mehrere Kilometer lang waren. Auf der rechten Seite erstreckte sich die Küste von Mississippi mit ihren hellerleuchteten Wirtschaftsgebieten, Wohnanlagen und Jachthäfen, zwischen denen sich immer wieder dunkle, leere Sandflächen hinzogen.

Nathan stand knietief im Sund. Nettie war auf dem Sandstreifen zwischen Wasser und Autobahn geblieben.

»Nathan«, sagte sie, »ich finde das nicht sehr klug.«

»Hä?« machte Nathan, indem er ein Ohr in ihre Richtung drehte.

»Ich sagte, daß das nicht sehr klug ist.«

»Ja«, sagte er und nickte. Offenbar hatte er die Worte seiner Frau nicht verstanden, denn aus dem Sund wehte eine steife Brise.

Er richtete den Strahl der Lampe wieder aufs Wasser. Er trug eine blaue Windjacke über einem Sweatshirt und einer dunklen Badehose. An den Füßen hatte er hohe Tennisschuhe, für den Fall, daß Glasscherben im Wasser lagen. Im Licht der Lampe glühten die engstehenden Augen einer Flunder, und er stieß ihr seinen Fischspeer in die Seite.

»Hab 'nen guten Fang gemacht«, rief er über die Schulter, während er den flachen, zappelnden Fisch aus dem Wasser hob.

»Was?« fragte Nettie. Keiner von beiden konnte sonderlich gut hören. Nettie hatte sich, kurz nachdem sie in Rente gegangen war, ein Hörgerät gekauft. Ihr Mann behauptete dagegen, mit seinem Gehör sei alles in Ordnung. Die Leute müßten nur deutlich sprechen – was in Mississippi nur wenige taten, wie er fand. Er war aus Peoria, Illinois, hierhergezogen. Kurz darauf hatte er Nettie kennengelernt. Da sie aus dem Stiefelabsatz von Missouri stammte, konnte sie die meisten Leute gut verstehen. Sie waren seit zwei Jahren verheiratet.

»Guck dir diesen Dummkopf an«, sagte er. Jenseits der Markierungen der Fahrrinne, die hinter Deer Island in die

Bucht von Biloxi führte, raste ein im Mondschein schimmernder, hoher Gischtschleier über den Sund. »Wie nennt man diese Dinger gleich?«

Diesmal hatte Nettie ihn verstanden. »Wellenreiter – glaube ich.«

»Hat der Blödmann nicht von dem Hai gehört?«

»Dasselbe habe ich gerade über dich gesagt, Nathan.«

»Hä?«

»Dasselbe habe ich gerade über dich gesagt, Nathan!« schrie sie. »Du bist nicht bei Trost, dich da draußen knietief ins Wasser zu stellen.«

»Meinst du, Haie seien Landtiere, Nettie? Wie, zum Teufel, sollte er mich hier kriegen?«

»Das werden wir ja sehen«, erwiderte Nettie. »Ich habe gehört, daß Lebensversicherungen sieben Jahre lang nicht ausgezahlt werden, wenn jemand einfach verschwindet.«

»Das stimmt nicht, Nettie.«

»Nun, ich will jedenfalls kein Risiko eingehen. Ich werde dich im Auge behalten, damit ich sagen kann, was passiert ist.«

Nathan stach wieder mit dem Speer zu. »Hab wieder einen. Ich wette, du willst sie auch essen – trotz der Sticheleien.«

»Ich beobachte.«

»Hä?«

Sie antwortete nicht.

»Verdammt noch mal!« stieß Nathan hervor.

»Siehst du den Hai, Nathan?«

»Nein. Mir ist der Fisch aus der Hand gerutscht.« Er beobachtete, wie die Flunder ein, zwei Meter vor ihm untertauchte. Bald war nur noch ein kleiner dunkler Fleck von dem aus der Speerwunde gesickerten Blut zu sehen. Dann löste sich auch dieser letzte Rest in mit dem bloßen Auge nicht mehr wahrnehmbare Teilchen auf, die von der zurückgehenden Flut in Richtung der Markierungen geschwemmt wurden. Dorthin war auch schon das Blut der anderen Flundern gespült worden, die Nathan innerhalb der letzten Stunde in dem Netz an seiner Seite verstaut hatte.

Hinter den Markierungen bewegte sich der hohe Gischtschleier plötzlich in Richtung Strand. Im nächsten Augenblick wurde er niedriger und fiel dann ganz in sich zusammen, während die Finne unter die Oberfläche glitt.

Nathan trat in ein Loch, so daß ihm das Wasser bis zu den Oberschenkeln reichte.

»He-he«, rief Nettie.

Nach dem nächsten Schritt ging ihm das Wasser wieder bis zu den Knien. Er sah sich um, aber in dem trüben Wasser war nicht zu erkennen, wohin er getreten war.

»Ich beobachte«, sagte Nettie.

»Wirst du wohl still sein, Nettie!«

»Du kannst mich doch nicht hören.«

»Das hab ich doch gerade, oder nicht?«

»Nathan ...« Ihr Ton hatte sich verändert. Sie starrte an ihm vorbei auf die erste Reihe der Markierungen.

Der Mond schien hell, so daß Nathan keine Schwierigkeiten hatte, den dunklen Umriß zu sehen. Aber trotz des hellen Lichts hielt er das, was Nettie anstarrte, im ersten Augenblick für ein Boot ohne Positionslampen. Als es jedoch den vorderen Teil zur Seite bewegte und sich ein Stück vorwärtsschob, hob sich die Rückenflosse vor dem klaren Himmel ab. Dann bewegte der Hai sich vom Ufer weg und sank langsam unter die Oberfläche. Einen Augenblick später war nur noch die Spitze der Finne zu sehen. Dann war auch sie unter Wasser verschwunden.

Hundert Meter von der Stelle entfernt stand Alan im Licht von Mond und Positionslampen auf der überdachten Laufbrücke der *Intuitive* und steuerte das Boot nach Westen in Richtung Gulfport. Carolyn hatte die Hände von hinten auf seine Schultern gelegt und küßte sanft seinen Nacken. Als er den Kopf zu ihr umdrehte, liebkoste sie seine Wange.

Das näher kommende Wasserskiboot übertönte mit seinen hundertfünfzig PS starken Mercury sogar das Doppelmotorengeräusch der *Intuitive*.

»Ich glaube, Mr. Haisuppe und seine Freunde haben einen neuen Karton Bier angebrochen«, sagte Carolyn.

Eine Frau mit wehenden langen roten Haaren, deren bloße Beine unter einer leichten Jacke zum Vorschein kamen, beugte sich über den stämmigen Dunkelhaarigen am Steuer. Eine zweite dünne Frau mit kurzen blonden Haaren, die eine ähnliche Jacke trug, saß quer auf dem Schoß eines weiteren Mannes. Dieser hatte es sich in Badehose und Windjacke auf der Rückbank bequem gemacht.

Der Stämmige zeigte auf die *Intuitive*, und die Rothaarige winkte. Als er etwas zu ihr sagte, ließ sie den Arm sinken. Der Mann auf der Rückbank stand auf, während sein Kumpan das Steuerrad herumdrehte und auf den Bug der *Intuitive* zuhielt. Das Boot raste kaum sechs Meter vor ihr vorbei.

Carolyn runzelte die Stirn. Alan sah sich um und verfolgte, wie das Boot um die *Intuitive* herumfuhr, das Kielwasser durchquerte und auf der anderen Seite längsseits kam.

Der dünnere Mann, der sein Gesicht dem Speedboot zugewandt hatte, wölbte die Hände zu einer Kugel.

»Bumm!« brüllte er laut genug, um gehört zu werden, während er die Hände auseinanderriß und die Arme ausbreitete.

Das Boot kreuzte wieder den Kurs der *Intuitive*.

»Bumm!« Wieder flogen die Hände unter lautem Lachen der Frauen auseinander.

»Bumm! Bumm!«

»Bumm!« klang es leiser zur *Intuitive* herüber, während das Wasserskiboot aufs Ufer zuhielt.

»Bu-umm!« war es, vom Wind verweht, kaum noch wahrzunehmen. Alan konnte sehen, wie der Mann weiter die Hände auseinanderriß, während das Boot Kurs auf die markierte Fahrrinne hinter Deer Island nahm. Jetzt zerrte die Blondine den Mann auf die Rückbank, so daß er nach hinten fiel und mit seinen mageren Beinen in der Luft strampelte.

Als die Frau am Hals des Mannes nagte, stieß er die Beine noch einmal in die Luft, bevor er sie lachend zurückstieß und die Hand nach dem offenen Bierkarton auf dem Boden des Boots ausstreckte.

»Howard?« fragte er, indem er eine Bierdose nach vorn reichte.

Howard hob einen Arm und griff nach dem Bier, ließ das Steuerrad los, um die Dose zu öffnen, und hob sie an den Mund.

Das Boot brach aus, und die Rothaarige faßte mit einer Hand nach dem Steuerrad, während sie die andere nach hinten streckte.

»Peter!« sagte sie.

Der Angesprochene drückte ihr eine Bierdose in die Hand und stand wieder auf. »Da wir gerade von mir sprechen«, sagte er, »ich brauche einen Platz, um mich zu erleichtern. Wollt ihr alle die Augen zumachen?«

Die Rothaarige fand es lustig, die Blondine nicht. »Laß das lieber«, sagte sie, packte ihn an seiner Windjacke und zog ihn in den Sitz zurück.

Howard schob plötzlich den Kopf dichter an die Windschutzscheibe. »He, Peter«, sagte er in verändertem Tonfall, »siehst du auch, was ich sehe?«

Peter blickte in die Richtung, in die sein Freund schaute, konnte aber nichts erkennen. »Was denn?«

»In der Fahrrinne.«

Peter sah immer noch nichts. Doch dann entdeckte er fast zweihundert Meter entfernt die dicke Spitze einer dunklen Finne, die zwischen den Markierungen der Fahrrinne in Richtung Biloxi glitt. Sie war im Lichtschein des Mondes und der Leuchtreklamen an den hohen, hell erleuchteten Kasinos, die sich am Ufer aneinanderreihten, deutlich zu erkennen.

»So ein Mist!« stieß Peter hervor und sah sich zur *Intuitive* um. »Sie haben unser verdammtes Dynamit.«

»Das hier haben sie nicht«, verkündete Howard, während er unter seinem Sitz herumfummelte. Schließlich förderte er einen schweren Revolver mit zwanzig Zentimeter langem Lauf zutage und hielt ihn hoch. »Mein Idiotenstopper«, erklärte er.

Dann drückte er den Gashebel bis zum Anschlag nach vorn. Das Boot machte einen Sprung vorwärts und schoß auf die Durchfahrt zu.

Kapitel 29

Nathan stand am Münztelefon. Nettie neben ihm sah zum Sund zurück.

»Die Küstenwache«, wiederholte er. Dann dehnte er das Wort in dem Versuch, den Südstaatenakzent so gut wie möglich nachzuahmen: »K-ü-s-t-e-n-w-a-c-h-e. Ein Wort. Fängt mit einem K an.«

Die hundertfünfzig Pferdestärken des Mercury röhrten über die Wasserfläche, während Howard mit seinem »Idiotenstopper« über dem Kopf herumfuchtelte. Peter stand hinter ihm. Er hielt sich an der Lehne der Vordersitze fest. So rasten sie in die Bucht von Biloxi hinein und an dem breiten, runden Betonpier vorbei, das links von ihnen vor dem Scott Marine Education Center lag.

»Wo, zum Teufel, ist er hin?« fragte Howard.

»Woher sollen wir das wissen«, sagte die Rothaarige mit einem Blick zur Blondine, die ihr mit einem Nicken zustimmte.

»Da!« rief Peter. Er zeigte nach vorn auf die über die Bucht nach Ocean Springs führende Brücke des Highway 90. Ungefähr in ihrer Mitte bewegte sich die dicke Finne, die trotz des hellen Mondscheins kaum auszumachen war, langsam zwischen den Pfeilern des hohen, gebogenen Brückenabschnitts durch die Fahrrinne.

Howard hieb den Gashebel nach vorn, so daß sich Peter an die Sitzlehne klammern mußte, um nicht umzufallen.

Der Abstand wurde rasch kleiner, da die Finne weiterhin nur langsam zwischen den Pfeilern hindurchschwamm. Als ein Teil der Nase aus dem Wasser auftauchte, legte Howard den langen Revolverlauf auf die Windschutzscheibe.

»Warte, bis wir näher dran sind«, sagte Peter. »Du willst ihn doch richtig treffen.«

»Aus dem Ding hier ist jeder Treffer richtig«, erwiderte Howard.

Die Finne verschwand unter Wasser.

»Mistkerl!« stieß Howard hervor.

Sie waren jetzt nur noch dreißig Meter entfernt, und er nahm die Geschwindigkeit etwas zurück. Über ihre Köpfe strichen die Scheinwerferstrahlen von Autos, die in Richtung Ocean Springs auf die Brücke einbogen. Kleine Wellen klatschten sanft an den Bootsrumpf.

»Da!« sagte Peter. *»Da!«*

Dreißig Meter vor ihnen brach die Finne durch die Wasseroberfläche und bewegte sich langsam in die markierte Fahrrinne unter der Brücke. Howard drückte den Gashebel nach vorn. Peter nickte lächelnd.

Als die Nase aus dem Wasser stieg, feuerte Howard. Augenblicklich spürte er den Rückstoß in seiner Hand. Der Lärm war ohrenbetäubend. Der Hai tauchte abrupt und ließ nur einen Wirbel zurück.

»Hab ihn direkt in den Kopf getroffen!« brüllte Howard.

Das Boot schoß auf den Kanal zu.

Plötzlich stieg der Kopf aus dem Wasser, das weit aufgerissene Maul in ihre Richtung gewandt. Drei Meter hob sich der Körper in die Luft.

»Heiliger Strohsack!« stieß Peter hervor.

Als der Hai ins Wasser klatschte, breiteten sich nach beiden

Seiten enorme Wellen aus. Dann jagte die Finne von der Brücke aus auf sie zu.

Howard ließ den Revolver sinken, drehte das Steuerrad herum und rammte den Gashebel nach vorn, so daß das Boot vorwärts schoß. Die beiden Frauen sahen sich voller Entsetzen um.

»Du hast ihn nicht in den Kopf getroffen«, sagte Peter mit einer Stimme, die über dem Motorenlärm kaum zu hören war. »Du hast seinen Kopf nicht einmal gesehen.«

Auf beiden Seiten der Finne begann Gischt aufzuspritzen.

Howard sah abwechselnd nach vorn und wieder zurück. Die Gischt spritzte jetzt drei Meter hoch, und der Abstand zur Finne war nur noch halb so groß. Howard riß das Steuerrad nach rechts und hielt genau auf den Pier vor dem Scott Marine Education Center zu. Der Abstand zum Ufer wurde rasch kleiner, aber der zwischen Boot und Finne verringerte sich noch schneller.

Die Rothaarige versuchte über die Windschutzscheibe auf den Bug zu klettern, doch Peter beugte sich über den Vordersitz, hielt sie an der Hüfte fest und zog sie zurück. Sie schrie. Unterdessen kämpfte sich die Blondine nach vorne.

»Aufpassen!« brüllte Howard.

Im letzten Moment riß er den Gashebel zurück. Zu spät. Das Boot rutschte auf seiner Bugwelle mit hoher Geschwindigkeit gegen den Pier. Laute Bruchgeräusche ertönten, während der Bug zusammengeschoben wurde. Die Blondine schoß wie aus einer Kanone abgefeuert nach vorn. Peter und die Rothaarige, die er immer noch an der Hüfte festhielt, wirbelten durch die Luft. Howard flog mit dem Kopf voran durch die Windschutzscheibe, prallte gegen den Beton und fiel zurück hinters Steuerrad. Betäubt rappelte er sich auf, machte zwei lange Schritte auf dem Boot und sprang ans

Ufer. Dann wankte er am Rand des Piers entlang und stürzte zwischen Peter und die Rothaarige. Die Blonde kroch auf allen vieren an ihnen vorbei.

Hinter ihnen hob sich der Hai in die Luft und drückte das Boot mit der Wucht seines Körpers unter Wasser.

Überall auf dem Sund empfingen die Charter- und Vergnügungsboote über Funk die Nachricht der Küstenwache, daß der Hai von einem älteren Ehepaar, das zum Flundernfischen draußen war, gesichtet worden sei und in Richtung der Bucht von Biloxi schwimme. Carolyn machte mit der *Intuitive* kehrt und gab soviel Gas, wie sie konnte. Trotz der hohen Geschwindigkeit löste sich das Fleisch nicht vom Haken, sondern befand sich immer noch im Schlepptau des Speedbootes. Neben dem Bug bildeten sich kleine Wellen, während die *Intuitive* Kurs auf die Fahrrinne nahm, die hinter Deer Island in die Bucht führte.

Kapitel 30

Alan und Carolyn betrachteten das Treibgut, das vom Pier des Marine Education Center in die Bucht getrieben wurde. Der zerquetschte Bug des gesunkenen Wasserskiboots schaukelte neben dem Hafendamm im Wasser. Am Ende des Piers humpelten vier Gestalten langsam auf die hellerleuchteten Kasinos zu, die sich ein Stück weiter weg in den Himmel erhoben.

»Sieht aus, als wäre Mr. Bumm-Bumm für heute nacht in den Hafen zurückgekehrt«, meinte Alan.

Carolyn hob das Mikrofon an den Mund. »Küstenwache, hier ist das Charterboot *Intuitive.*«

»Hier ist die Küstenwachstation Gulfport. Fahren Sie fort.«

»Am Pier des Scott Education Center am Point Cadet treibt ein kleines Bootswrack. Die vier Passagiere sind zu Fuß auf dem Weg zu den Kasinos. Ob sie verletzt sind, weiß ich nicht.«

Die Küstenwache versprach, sich mit der Polizei von Biloxi in Verbindung zu setzen, und beendete das Gespräch.

Nachdem Carolyn das Mikrofon abgelegt hatte, warf sie noch einen Blick auf die vier Gestalten, dann nahm sie Kurs auf die Brücke des Highway 90. Dabei behielt sie über die Schulter die lange Leine im Auge, die sich hinter ihnen ins Wasser spannte.

Vandiver klemmte den Telefonhörer zwischen Kopf und Schulter, während er sein Hemd aufknöpfte. »Ich habe darüber nachgedacht, daß es das Werk eines Malers ist, Douglas. Daß er den Kopf des Megalodons stumpfer als den eines Weißen Hais gemalt hat, ist allein Produkt seiner Vorstellungskraft. Und worauf gründet sich diese Vorstellung? Ein Megalodon ist ein Knorpelfisch, und Knorpel versteinern nicht; sie verwesen, so daß nichts übrigbleibt, was man auswerten könnte. Es mag ein paar Orte gegeben haben, wo der Kadaver eines Megalodons im Schlamm eingebettet war, der dann hart wurde und einen groben Körperabdruck überliefert hat. Aber das ist nichts. Denk an die Saurier. Von ihnen sind wenigstens versteinerte Skelette übriggeblieben, und doch mußten nach neuen Funden viele Interpretationen revidiert werden. Von Megalodons kann man erst gar keine Knochen finden.

Und dann die braune Hautfarbe ... Auch die ist nur der Phantasie des Malers entsprungen. Zum Teufel, niemand weiß, welche Farbe die Megalodons hatten; sie können auch rosa gewesen sein. Alles nur Vermutungen. Die Megalodons könnten *genauso* wie die heutigen Weißen Haie ausgesehen haben, zumindest so sehr, daß dieser Meeresbiologe aus Mississippi keinen Unterschied erkennen konnte – vielleicht ist die Ähnlichkeit so groß, daß niemand einen Unterschied feststellen würde. Warum nicht? Sie sind die direkten Vorfahren der Weißen Haie.

Wir werden es uns selbst ansehen müssen. Du fährst nach Andrews raus und besorgst uns einen Flug. Du weißt, wie sehr man uns die Hölle damit heiß macht, daß wir das Geld der Steuerzahler verschwenden, wenn wir anstelle ziviler Flüge Dienstflüge in Anspruch nehmen. Aber wir haben nicht die Zeit für einen Linienflug. Also treibe jemanden auf, der bereits in unsere Richtung reist. Wenn du niemanden findest, gib ihnen einen Grund, es zu tun – ich will spätestens in einer Stunde abheben.«

»Sir?«

»Ja.«

»Sir, erinnern Sie sich an die Länge der Gräben, die ich gesehen habe? Sie haben selbst gesagt, daß der Megalodon, nach der Größe des Zahns zu urteilen, mindestens zwölf Meter lang sein muß. Der Weiße Hai in Mississippi mißt nur siebeneinhalb Meter. Die Leute haben ihn aus der Nähe gesehen. Ich wüßte nicht, warum sie sich so verschätzt haben sollten.«

»Darüber habe ich auch schon nachgedacht. Warum habe ich gesagt, daß er mindestens zwölf Meter lang sein muß? Weil ich Haizähne von heute zum Vergleich herangezogen habe. Aber woher wollen wir wissen, ob Megalodons nicht doppelt so große Zähne hatten wie ein heutiger Hai gleicher Länge?«

»Dann würde ein Megalodon nicht wie ein Hai aussehen, Sir.«

»Die Zähne würden nicht gleich aussehen.«

»Und die Vertiefungen, die ich vor den Keys gefunden habe, Sir? Sie waren über fünfzehn Meter lang.«

»Hast du ihn selbst dort liegen sehen, Douglas, oder nur den Ort, wo er gelegen hat? Zum Teufel, woher willst du wissen, ob der Graben nicht länger als der Raubfisch selbst ist? Er mußte ihn anlegen, hineinrutschen, herausschwimmen – all das dürfte den Graben vergrößert haben.«

Vandiver wartete einen Augenblick auf eine Erwiderung, dann runzelte er die Stirn und fuhr fort: »Douglas, mein Sohn, ich weiß auch nicht. Okay? Du klingst wie deine Mutter, wenn sie sich streitet. Für sie muß auch immer alles in verdammten Beton gegossen sein, bevor sie es glauben kann. Hab bitte Nachsicht mit mir, und sieh zu, daß das Flugzeug binnen einer Stunde startklar ist.«

Die *Intuitive* fuhr unter der Brücke des Highway 90 hindurch. Vor ihnen erstreckte sich die aufgegebene alte Brücke, über die früher der Verkehr zwischen Biloxi und Ocean Springs verlief. Dahinter spannte sich als dritte Verbindung die Eisenbahnbrücke mit ihrem in den Himmel gewölbten Bogen über die Bucht. Der Mondschein tauchte das Wasser in fast taghelles Licht.

Alan sah sich nach den Positionslampen einer Bertram um, die in die Bucht einlief und am Education Center vorbeifuhr.

Carolyn hob das Mikrofon an den Mund. »Kevin!«

Der Gerufene meldete sich augenblicklich. *»Ja, Carolyn.«*

»Hast du das Treibgut gesehen?«

»Ja, was ist passiert?«

»Unsere Freunde mit dem Dynamit heute auf dem Fluß – wie es scheint, haben sie genug Bier für einen Tag gehabt. Ich fahre weiter in Richtung Fluß.«

»Roger, Carolyn. Ich werde direkt nach Ocean Springs hinüberfahren.«

Die *Intuitive* passierte die Eisenbahnbrücke.

Vor ihnen am linken Ufer stand die große Doppeltür auf der Rückseite des Gebäudes von American Aquaculture Inc. offen, und aus der geräumigen hinteren Hälfte des Gebäudes fiel helles Licht aufs Wasser.

Ho stand mit den Händen in den Taschen seines Laborkittels da und schaute grinsend auf das halbe Dutzend weiblicher roter Schnapper, die am Rand des Zuchttanks im Kreis schwammen. Vor zwei Stunden waren sie mit einem Privatjet auf dem Regionalflughafen Gulfport/Biloxi eingetroffen. Den langen Flug von Los Angeles hatten sie offenbar gut verkraftet, und so begierig, wie sie über die in den Tank geworfenen Futterkügelchen hergefallen waren, hatten sie sich auch rasch an die neue Umgebung gewöhnt.

»Chang erkennt Schönheiten, wenn er sie sieht«, sagte Ho zu sich selbst, und an die Fische gewandt, fuhr er fort: »Bald ihr seht, wie gute Stelle ihr hier habt – alle Vergünstigungen inklusive. Und« – er hob einen Zeigefinger hoch – »ihr hier bestimmt nicht gefressen werdet.«

Er drehte sich um und ging zu einem ungefähr einen Meter breiten Aquarium, das neben der zur Bucht führenden Doppeltür in einer Schubkarre stand. Hinter dem Glas sprudelte aus einem kleinen Gummischlauch Sauerstoff für einen fast fünfzig Zentimeter langen Rotbarsch, der mit langsamen Flossenbewegungen im Wasser schwebte.

»Du warst gute, fruchtbare Mutter«, sagte Ho. »Jetzt gehst du in eigenes Leben zurück.«

Er ging um die Schubkarre herum und hob den Schlauch aus dem Aquarium. Dann schob er sie an ihren langen Holzgriffen durch die Tür zum Ufer der im Mondschein schimmernden Bucht.

Am Wasser hielt er kurz inne und beobachtete das Charterboot, das die Fahrrinne zum Biloxi River entlangfuhr. Dann nahm er ein Stück Schaumgummi aus der Schubkarre und feuchtete es im Wasser vor seinen Füßen an. Danach tauchte er es ins Aquarium, hüllte den Fisch vorsichtig damit ein und hob ihn aus dem Behälter. Der Fisch zappelte und krümmte sich.

»Na, na. Sei noch gutes Mädchen für einen Moment!« Aus dem zappelnden Päckchen vor Hos Brust tropfte Wasser auf seinen Kittel, während er in die Bucht watete. »Na, na«, sagte er. Das Wasser um seine Beine stieg höher.

Bald stand er bis zu den Oberschenkeln im warmen Wasser. Er machte noch zwei Schritte, so daß es ihm bis zu den Hüften reichte, dann tauchte er den Schaumgummi vorsichtig ins Wasser und öffnete ihn.

Der Rotbarsch bewegte sich ein paar Zentimeter mit langsamen Flossenbewegungen.

»Mach schon«, spornte Ho ihn an. »Such dir Freunde, und mach dir gutes Leben.«

Mit einem plötzlichen Schlag des Schwanzes schoß der Fisch ein, zwei Meter vorwärts. Dann wurde er für einen Augenblick langsamer, bevor er außer Sicht tauchte.

Ho grinste.

Das unerwartete Klatschen links von ihm war so laut, als wäre eine Lastwagenladung Baumstämme ins Wasser gestürzt. Hos Kopf zuckte herum.

Der Rücken des Hais ragte in die Luft, das Wasser gab seine dunklen Augen frei. Ho schrie auf, kam rückwärts ins Stolpern und versuchte, halb im Wasser sitzend, mit rudernden Armen wieder auf die Beine zu kommen.

Der Hai ruckte vorwärts, wurde aber gestoppt, weil er auf dem Grund aufsaß. Mit Körperdrehungen und harten Schlägen des Schwanzes gelang es ihm jedoch, sich weiterzuschieben. Ho fand wieder Boden unter den Füßen und watete hastig rückwärts. Als er mit dem Absatz auf ein Rohr trat, stürzte er wieder nach hinten und mußte sich erneut aufrappeln.

Inzwischen ragte der Hai über die Hälfte aus dem Wasser. Auf seinem breiten grauen Kopf stach eine verkohlte Fläche ins Auge, und aus einem Loch in der Nase sickerte dunkelrotes Blut. Die steif zur Seite ausgestreckten Brustflossen platschten wie riesige Paddel ins Wasser, während das Geschöpf sich von einer Seite auf die andere warf – und wieder ein Stück Boden gutmachte.

Ho schrie auf und beeilte sich, ans Ufer zu kommen. Der Hai wand sich hektisch hin und her, kam aber nicht mehr voran. Aus der Wunde in der Nase rann unaufhörlich Blut.

Hos hoher Schrei war sogar über dem lauten Brummen der Motoren der *Intuitive* zu hören gewesen. Alan hatte rasch die Schleppleine eingeholt. Jetzt rollten von beiden Seiten des

Bugs weiß gekrönte Wellen weg, während das Boot auf den großen Raubfisch zuraste, der sich zwölf Meter vom Ufer entfernt auf dem schlammigen Boden der Bucht wälzte. Carolyn öffnete die Türen des Schranks unter dem Steuerrad, holte einen in ein Öltuch eingewickelten Revolver hervor und reichte ihn Alan. Als dieser das Tuch abstreife, kam eine Smith & Wesson, Kaliber 38, mit Patronen zum Vorschein, die an der Spitze abgeflacht waren. Für einen Menschen oder einen anderthalb bis zwei Meter langen Hai konnten sie tödlich sein, aber bei einem siebeneinhalb Meter langen Monster nutzten sie nichts.

Ihm fiel etwas ein. »Hast du Streichhölzer?«

Carolyn sah ihn an.

»Das Dynamit, Carolyn – Streichhölzer, wo hast du welche?«

»Im Schubkasten neben dem Herd.«

Er drehte sich um, griff nach dem Ende der Leiter und stieg aufs Angeldeck hinunter. Kurz darauf hob er den schweren Karton in der Kabine auf die Spüle und riß ihn auf. Dann drückte er einen Eispickel in das Ende einer Dynamitstange und griff nach dem Karton mit den Zündkapseln.

Carolyn sah auf den Tiefenmesser, packte die Gashebel, riß sie zurück und entkuppelte die Motoren. Der Bug hob sich auf die eigene Welle und schob sich dann in den Schlamm. Als das Boot zitternd zum Stehen kam, wurde Carolyn gegen das Steuerrad und Alan, der gerade mit beiden Händen voller Dynamitstangen aus der Kabine trat, gegen die Reling geworfen. Er gewann das Gleichgewicht wieder und eilte um das Schlauchboot auf dem Vordeck herum zum Bug.

Fünfzehn Meter entfernt begann der Hai mit angesengtem Kopf und einer Blutspur auf der Nase rückwärts in tieferes Wasser zu rutschen.

Alan strich hastig ein Streichholz an und hielt es an die Zündschnur einer Dynamitstange. Als die Lunte schmauchte, holte er aus und warf die Stange auf den Raubfisch.

Sich langsam der Länge nach drehend, flog die Stange in hohem Bogen durch die Luft und klatschte gut einen Meter vor dem Kopf des Hais ins Wasser.

Sekunden vergingen.

Der Hai rutschte weiter in tieferes Wasser zurück.

Dann ein dumpfer Knall. Das Wasser brodelte und schäumte, und der Kopf des Hais zuckte hoch, bevor er spritzend ins Wasser stürzte.

Eine zweite Lunte brannte. Alan sah zu, wie sie langsam braun wurde, und wartete.

»Alan!«

Plötzlich hob er den Arm und schleuderte die Stange über Bord. Sie flog weniger hoch als die erste, traf den Hai vor der Rückenflosse, prallte ab und fiel auf der anderen Seite des massigen Körpers ins Wasser. Diesmal explodierte das Dynamit mit einem Feuerball und ohrenbetäubendem Lärm.

Das Maul des Hais klappte auf, während der Kopf von der Explosion wegzuckte.

Die Druckwelle trieb einen Schwall heißer Luft zu Alan zurück, der schon einen Streichholz an die nächste Lunte hielt.

Unter heftigem Schaudern glitt der Hai mit dem ganzen Körper in tieferes Wasser und tauchte, bis auf die dicke Finne, unter. Die Finne neigte sich scharf zur Seite, während der riesige Körper, eine Welle in Richtung der *Intuitive* auslösend, im Wasser wendete und dann rasch Abstand zum Boot gewann.

Alan sah es ohnmächtig mit an. Dann warf er die Dynamitstange, so weit er konnte, dem Hai hinterher. Sie fiel ins Wasser und ging unter.

Die Motoren der *Intuitive* röhrten im Rückwärtsgang. An den Schrauben schäumte das Wasser. Carolyn riß die Gashebel zurück, um sie gleich darauf wieder nach vorn zu stoßen. Das Heck wurde rückwärts gezogen, und auf beiden Seiten des Boots wurde eine große dunkle Wolke aus Schlamm aufgewirbelt.

Dreißig Meter hinter der Finne detonierte mit dumpfem Knall das Dynamit und brachte das Wasser zum Brodeln.

Carolyn riß die Gashebel noch einmal zurück und schob sie sofort wieder nach vorn. Hinter dem Boot stieg Rauch auf. Ein lautes Schmatzen ertönte. Dann bewegte sich der Bug einen halben Meter zurück und löste sich aus dem Sog des Schlamms.

Die *Intuitive* schoß, mit ihrem breiten Heck eine Welle vor sich herschiebend, rückwärts. Dreißig Meter entfernt begann die Finne immer tiefer zu sinken – bis sie verschwunden war.

Kapitel 31

Carolyn ließ den Tiefenmesser nicht aus den Augen, während sie die *Intuitive* langsam um die Schlammflächen herumsteuerte.

Vor dem Boot war die Finne wieder aus dem Wasser aufgestiegen. Sie glitt langsam auf die markierte Fahrrinne zum Biloxi River zu.

»An der Flußmündung ist es sechs bis neun Meter tief«, sagte Carolyn. »Wenn er es bis dorthin schafft, wird er wieder so schwer zu finden sein wie im Pascagoula.«

»*Carolyn*«, sagte eine Stimme im Funkgerät. »*Wo?*«

Sie griff nach dem Mikrofon. »Ungefähr zweihundert Meter vor uns, Kevin. Südlich der Hauptfahrrinne. Er schwimmt zum Fluß.«

Alan sah zu der Bertram hinüber, die seitlich von ihnen die Fahrrinne entlangraste.

»*Ich sehe ihn*«, meldete Kevin. »*Ich habe ein Gewehr. Falls ich ihn einhole, bevor er tieferes Wasser erreicht.*«

Die dicke Finne stieg höher aus dem Wasser. Dann hielt sie an, bewegte sich zur Seite, setze zurück und schlug eine andere Richtung ein. Als sie wieder stoppte, kam die Hälfte des oberen Körperabschnitts aus dem Wasser.

»Er sitzt fest«, sagte Alan.

Der runde Scheinwerferstrahl der Bertram tauchte den Hai

in grelles Licht. Von den ersten Schüssen war nur ein leises Knacken zu vernehmen. Winzige Funken sprühten aus dem Gewehrlauf, während die Kugeln vor dem Kopf des Hais aufs Wasser aufschlugen und in Richtung Ufer abprallten.

Die nächsten beiden Schüsse trafen den Raubfisch in die Flanke, und der massige Körper ruckte seitlich in tieferes Wasser. Dann drehte er sich und glitt auf demselben Weg zurück, den er gekommen war. Einmal wurde er langsamer, nahm dann seine Geschwindigkeit wieder auf.

»Er sucht den Weg, auf dem er hineingekommen ist«, sagte Carolyn.

Der Abstand zwischen ihnen und der Finne wurde kleiner. Alan ging zum hinteren Ende der Laufbrücke, griff nach der Reling und schwang sich hinunter aufs Angeldeck. In der Kabine nahm er die Rolle Zündschnur, den Karton mit den Zündkapseln und mehrere Dynamitstangen, eilte hinaus, den Sprengstoff gegen die Brust gepreßt, stieg aufs Vordeck und lief zum Bug. Dort kniete er sich auf den Boden und begann die erste Dynamitstange mit dem Eispickel zu bearbeiten.

Als der Hai sich dem Ufer zuwandte, drehte Carolyn das Steuerrad in seine Richtung, griff dann zu den Gashebeln und zog sie zurück. Alan mußte sich mit der Hand auf dem Deck abstützen, um nicht nach vorn zu stürzen.

Die *Intuitive* trieb weiter vorwärts und kam dann abrupt zum Stehen, als Carolyn den Rückwärtsgang einlegte. Mit heftigen Strudeln auf beiden Seiten der Schrauben begann das Boot rückwärts zu fahren und sich von der Schlammfläche zu entfernen, auf die es zugefahren war.

Kurz darauf drehte Carolyn das Boot zur Seite und drückte die Gashebel wieder etwas nach vorn.

Der Hai näherte sich dem Ufer und kehrte um in Richtung Fluß.

Alan stand auf. Er hielt zwei notdürftig mit einem Stück

Zündschnur zusammengebundene Dynamitstangen in der Hand. Aus den Enden der Stangen ragten zwei weitere Zündschnüre heraus, die er zu einer einzigen Lunte zusammengedreht hatte. Er fixierte die Finne.

Carolyn behielt den Tiefenmesser im Auge, während sie das Steuerrad nach rechts drehte. Das Boot bekam wieder mehr Wasser unter den Kiel, und sie drückte vorsichtig die Gashebel nach vorn.

Die Bertram suchte sich vor ihnen einen Weg aus der markierten Fahrrinne heraus und fuhr langsam auf die Finne zu.

Zündfeuer schoß aus dem Gewehrlauf.

Plötzlich schwenkte die Finne herum und hielt in einem immer höher werdenden Gischtregen direkt auf die *Intuitive* zu. Alan verfolgte, wie der Abstand kleiner wurde. Zwischen Daumen und Zeigefinger hielt er zwei Streichhölzer bereit.

Hundert Meter.

Neunzig Meter.

Die Finne raste unverändert auf die *Intuitive* zu.

Achtzig Meter.

Siebzig.

»Er versucht, an uns vorbeizukommen!« rief Carolyn. Dann blickte sie auf den Tiefenmesser, streckte die Hand nach den Gashebeln aus, hielt aber inne, als sie sah, daß das Wasser wieder tiefer wurde.

Vor der *Intuitive* begann die Finne tiefer zu sinken.

»Das ist der Weg, auf dem er hereingekommen ist!« schrie Carolyn.

Fünfzig Meter.

Alan hielt die kleine Streichholzschachtel vor die Brust, um sie vor dem Wind abzuschirmen, drückte die Zündköpfe an die Reibfläche und hob das Dynamit an die Hand.

Vierzig Meter.

Plötzlich drehte die Finne scharf in Richtung Ufer ab und stieg rasch aus dem Wasser. Die Augen kamen zum Vorschein, während das Wasser unter ihnen nach hinten strömte.

Carolyn drehte das Boot in Richtung des Hais. Jetzt ragte die Hälfte seines Körper aus dem Wasser – dann saß er unvermittelt fest.

Er ruckte in dem Versuch, sich zurückzuschieben, hin und her und bäumte sich gewaltig auf.

Alan zündete die Streichhölzer an. Als sie aufflammten, hielt er sie an die Lunte.

Der Raubfisch warf den Kopf zur Seite, um seinen langen Körper zu drehen.

Als Alan die zusammengebundenen Dynamitstangen hochhob, zog Carolyn die Gashebel zurück. Die Stangen flogen in hohem Bogen durch die Luft und landeten neben dem Kopf des Hais, so daß ihm das Wasser bis zum Auge spritzte. Die Ladung explodierte in einem Feuerball.

Eine Brustflosse des Hais rollte nach oben, und der Kopf sackte seitlich ins Wasser.

Die nächste doppelte Ladung segelte durch die Luft.

Sie traf die Seite des weißen Kopfs, prallte ab, fiel wieder auf den Kopf und begann zum Wasser zu rutschen.

Dann explodierte sie, und eine blutige Fontäne aus Haut, Auge und Fleisch stieg in die Luft auf.

Kapitel 32

Der siebeneinhalb Meter lange Hai lag in Ufernähe auf der Seite. Sein Körper war halb vom dunklen Wasser verdeckt. Dort, wo sonst sein Auge gesessen hatte, konnte man jetzt einen über fünfzig Zentimeter tiefen Krater von gut einem Meter Durchmesser sehen, aus dem Blut in das braune Wasser lief und einen sich ständig ausbreitenden dunklen Fleck bildete. Am Ufer hinter dem Kadaver waren nach den Explosionen die Lichter angegangen, und mehrere Autos hatten vor den Gebäuden am Bayview Drive angehalten. Zwei Jugendliche gingen zum Wasser hinunter.

»Es ist verrückt«, sagte Carolyn.

»Was?«

»Es ist verrückt«, wiederholte sie leise, »aber zuletzt, als er offenbar fliehen wollte, konnte ich nicht anders, als Mitleid mit ihm zu haben.«

Er legte ihr die Hand auf die Schulter, und sie schmiegte sich in seinen Arm. Er *hat* versucht zu fliehen, dachte er. Er ist nicht nur von den Booten weggeschwommen, sondern hat bewußt einen Ausweg in die Fahrrinne zum Fluß gesucht. Bewußt, dachte er wieder. Genauso wie er, als Fred und die Jungen auf dem Grasstück in der Falle saßen, versucht hat, Gras und Schlamm zur Seite zu pressen. Mit einem Blick auf den toten Tierkörper hing er dem Gedanken noch einen Moment nach. Dann schüttelte er den Kopf.

Er konnte ihn jetzt doch genau sehen, oder? Einen Weißen Hai. Was sollte es sonst sein?

»Was ist?« fragte Carolyn, indem sie den Kopf zu ihm umdrehte.

»Er hat sich einfach nicht so verhalten, wie ich es erwartet hätte«, antwortete er. Dann lächelte er über sich selbst. »Aber was weiß ein Fischzuchtexperte schon davon?«

Carolyn hob den Kopf von seinem Arm und betrachtete einen Augenblick den Hai, bevor sie nach dem Steuerrad griff und die Gashebel langsam nach vorn drückte. Die *Intuitive* drehte sich in Richtung der Bertram, die sich auf dem Weg in die in den Sund führende markierte Fahrrinne befand.

Über den Brücken hinter den Booten begann das erste graue Licht der Morgendämmerung den Himmel im Osten zu färben, und Alan gab seine Zweifel auf.

Warum nicht? Der Hai war tot.

Vandiver saß zwischen großen Kisten voll mit Ausrüstung im Bauch einer C-130 Hercules. Obwohl die Fracht sicher vertäut war, klapperte sie wie die Zähne eines Frierenden. Er sah Douglas, der an einem Kistenstapel an der Seite saß, mit finsterer Miene an. Doch sein Neffe bemerkte es nicht. Als Vandiver sich zurücklehnte, spürte er, wie seine Haare zu vibrieren begannen. Das brachte seinem Neffen einen weiteren vorwurfsvollen Blick ein. »Gute Arbeit, Douglas.«

Darauf wußte Douglas nichts zu erwidern.

Vandiver wartete einen Augenblick. »Douglas.«

Sein Neffe drehte den Kopf.

»Douglas, warum sollte ein Megalodon den weiten Weg vom Pazifik ans nördliche Ende des Golfs von Mexiko machen?«

»Sir?«

»Überleg doch mal … Tausende Kilometer, an Dutzenden ähnlichen Orten vorbei, wo im wesentlichen die gleichen Wassertemperaturen herrschen, die gleichen Beutetiere leben und auch sonst alles gleich ist. Wenn man bedenkt, daß er all diese Plätze links liegenließ, könnte man fast meinen, er hätte von Anfang an gewußt, wo er hinwollte, oder nicht? Und das ergibt keinen Sinn, oder?«

Douglas wollte seinen Onkel gerade daran erinnern, daß sie im Augenblick nicht mehr wußten, als daß ein großer Weißer Hai – kein Megalodon – in den nördlichen Golf gekommen war, behielt es dann aber doch für sich.

»Mir ist klargeworden, daß es gar keinen Sinn haben muß, Douglas. Es gibt auch keinen Grund dafür, daß die Sechskiemer in den Golf gekommen sind.«

Als er den fragenden Ausdruck auf dem Gesicht seines Neffen sah, hielt Vandiver inne. »Douglas, wenn du etwas nicht weißt, dann mußt du es sagen. Du hast noch nie vom pazifischen Sechskiemenhai gehört, oder?«

»Nein, Sir.«

»Guckst du denn niemals den Discovery Channel?«

Douglas antwortete nicht.

Sein Onkel schüttelte mißbilligend den Kopf. »Nun, Douglas, der Sechskiemer ist ein weiteres Tiefseerätsel, das die Meeresforscher in Aufregung versetzt hat. Ich meine, von dort stammen alle heutigen Rätsel – aus der Tiefe. Warum tauchen Arten, die Millionen von Jahren niemals hoch genug gestiegen sind, um auch nur den kleinsten Lichtschimmer zu Gesicht zu bekommen, plötzlich in flachen Gewässern auf? Dafür gibt es eine Ursache. Umweltverschmutzung? Das ist zu bezweifeln. Der Meeresboden ist zwar nicht mehr völlig unversehrt, aber es wäre falsch zu behaupten, er sei ebenso verschmutzt wie die Landmassen. Eine plötzliche Temperaturänderung in der Tiefsee? Dafür gibt es keinen Anhalt.

Dennoch kommen aus irgendeinem Grund überall auf der Welt Tiefseegeschöpfe an die Oberfläche.

Beim Sechskiemer liegt der Fall anders als beim Megalodon oder beim Riesenmaulhai. Obwohl vor seinem Auftauchen niemals jemand einen ausgewachsenen Sechskiemer gesehen hatte, wußte man über seine Existenz Bescheid. Im Lauf der Zeit waren immer wieder junge Exemplare in der Nähe der Fischfabriken an der kalifornischen Küste erschienen, um sich von den Abfällen im Meer zu ernähren. Außerdem wurden in tieferen Buchten einige junge Exemplare von zweieinhalb bis drei Metern Länge gefangen. Aber mit zunehmendem Alter zogen sie sich aus den seichten Schichten zurück. Wenn sie dann voll ausgewachsen waren, hielten sie sich bis zum Lebensende in den tiefsten Gräben auf. So war es, seit es die Menschheit gibt. Einen ausgewachsenen Sechskiemer hatte noch kein Mensch gesehen. Dann fing in den siebziger Jahren ein Fischkutter in relativ flachen Gewässern das erste ausgewachsene Exemplar – ein knapp fünf Meter langes Weibchen –, und seither wurden Sechskiemer in immer flacheren Teilen des Pazifiks gefunden. Schließlich begannen sie aus unerfindlichen Gründen zu wandern; sie umrundeten die Spitze von Südamerika und erreichten vor ein paar Jahren die Karibik. Mittlerweile sind sie in den Golf vorgedrungen. Im letzten Jahr wurde einer vor den Chandeleur-Inseln gesehen – sie sind so weit nach Norden geschwommen, wie es ging. Fast hat man den Eindruck, als wäre das von Anfang an ihr Ziel gewesen. Und genauso ist es beim Megalodon. Aber warum?«

Douglas blieb stumm. Die Fracht vibrierte weiter.

»Warum, Douglas? Warum wollten die Sechskiemer in den nördlichen Golf? Und warum wollte möglicherweise der Megalodon dorthin?« Vandiver sah den jungen Leutnant an. »Warum, Douglas?«

»Sir, ich –«

»Das war eine rhetorische Frage, mein Sohn.«

Douglas nickte.

»Aber auch eine wichtige Frage, Douglas.«

»Äh. Jawohl, Sir.«

»Es wird dich berühmt machen, wenn du den Grund herausfindest.«

»Jawohl, Sir.«

»Mich auch.«

Douglas nickte, und als sein Onkel ihn weiter ansah, fügte er hinzu: »Jawohl, Sir.«

»Willst du wissen, was ich denke?«

Diesmal nickte Douglas nicht nur, sondern sagte gleichzeitig: »Jawohl, Sir.«

»Ich denke, es könnte mit dem Flußbecken des unteren Mississippi zu tun haben. Es ist das größte Entwässerungssystem Nordamerikas und existierte schon vor der letzten Eiszeit. In ihm findet man mehr sogenannte lebende Fossilien als an jedem anderen Ort der Welt – Geschöpfe, die seit mehreren Zehnmillionen Jahren unverändert geblieben sind. Schlammfisch, Löffelstör, Stör – ich könnte ein Dutzend Arten aufzählen, die es hier gibt, seit die ersten Tiere im Meer leben. Und wenn du dich erinnerst: als ich über die Vorstellungen der Künstler gesprochen habe, habe ich auch gesagt, daß Megalodons Knorpelfische sind, deren Überreste verwesen und nicht versteinern wie die anderer Tiere. Deshalb hat man außer einigen Ganzkörperabdrücken in schnell hart gewordenem Schlamm nur Zähne als Beweis, daß es sie jemals gab. Und nun rate mal, wo eine Menge Zähne gefunden wurden?«

»Im Becken des unteren Mississippi, Sir?«

»Genauso ist es, Douglas. Ein Teil des heute trockenen Landes gehörte früher zum Meer. Überall an der oberen Golfküste sind Zähne entdeckt worden. Daneben ist man auf unzählige Überreste anderer prähistorischer Tiere gestoßen, von denen manche zu den größten Geschöpfen gehörten, die jemals in den Ozeanen geschwommen sind. Zum Beispiel der Zeuglodon – ein über zwanzig Meter langer Wal mit riesigen Zähnen, der selbst einem Megalodon Angst einflößen würde. Insbesondere die Küste von Louisiana und Mississippi war ein Brutgebiet dieser Geschöpfe. Ihre Überreste waren so zahlreich, daß die ersten Siedler in dieser Region die Wirbelsäulen oftmals für die Fundamente ihrer Hütten verwendeten. Viele glauben, daß dort auch der Brutplatz der Megalodons gewesen sein könnte.«

Douglas bekam einen starren Blick. »Sie meinen ... soll das heißen ... Sie nehmen an, der Megalodon verhält sich wie ein Lachs, der an seinen Ursprung zurückkehrt?«

»So ungefähr.«

»Aber, Sir, der – äh ... Falls es einen lebenden Megalodon gäbe, wäre er nicht im Golf auf die Welt gekommen. Seit Menschen seine Ufer besiedeln, dürfte dort keiner mehr geboren sein. Er könnte sich nicht wie ein Lachs ver–«

»Douglas, Douglas, Douglas. Ich sagte: so ungefähr. Es muß nicht genauso wie beim Lachs sein. Viele Landtiere, Fische und Vögel zieht es instinktiv an einen Nistplatz, ganz gleich, ob sie dort geboren sind oder nicht. Nicht wie der Lachs, der in den Oberlauf eines Flusses zurückschwimmt, oder Gänse, die zu dem Teich zurückfliegen, an dem sie ausgebrütet worden sind, sondern wie Tiere, die, ganz egal, wo sie geboren sind oder leben, einmal in ihrem Leben zu einem bestimmten Platz wandern – zum Beispiel Vögel, die instinktiv nach Süden ziehen, bevor der erste Schnee fällt. Und ich spreche nicht von Vogelschwärmen, die einem Anführer folgen und somit aus Herdentrieb handeln, sondern von einzelnen Vögeln, die im Herbst nach ihrer Geburt an einen bestimmten Ort fliegen. Das ist ein Instinkt, der genetisch weitergegeben worden sein muß – das Verlangen oder Wissen muß in dem Vogel bereits vorhanden sein, wenn er zur Welt kommt.«

Douglas nickte. »Sie meinen also, die Megalodons sind aus irgendeinem Grund in die Tiefseegräben gezogen. Vielleicht wurden sie dorthin vertrieben. Dort sind sie geblieben, bis –«

»Genau, Douglas, bis etwas sie zum Wandern veranlaßte. Wie möglicherweise die französische Atomexplosion im Januar. Jetzt kehren sie an den Platz zurück, zu dem sie einst instinktiv gezogen sind.«

Douglas verzog grübelnd das Gesicht. »Was soll das heißen – sie? Bis etwas *sie* zum Wandern veranlaßte. Gibt es mehr als einen?«

»Nichts ist nur in einem Exemplar vorhanden, Douglas.«

Kapitel 33

Carolyn saß in der Kabine der *Intuitive* und telefonierte. Der Apparat war in den Nebenanschluß am Anlegeplatz eingestöpselt.

»Habe ich dich geweckt, Mutter?«

»Himmel, nein. Dein Vater hat mich aus dem Bett geholt, als er in den Nachrichten einen Bericht darüber gesehen hat, daß der Hai getötet wurde. Seitdem sind wir auf den Beinen. Er hat auch Paul aufgeweckt.«

»Oh, das hätte er nicht tun sollen.«

»Dieses eine Mal stimme ich mit Fred überein, Carolyn. Paul war so aufgeregt. Er spielt jetzt unten am Steg. Ich glaube, er ist glücklich, daß er wieder ans Wasser kann.«

»Dann komme ich in einer Minute zu euch. Ich möchte ihn sehen. Vorher gehe ich aber noch rasch unter die Dusche.«

»Kleines, warum bleibst du nicht da und schläfst ein paar Stunden? Ich weiß, daß du todmüde bist. Es geht ihm gut. Er weiß, daß mit dir alles in Ordnung ist. Wenn du jetzt herkommst, wirst du vor lauter Fragen von Paul und Fred nicht zum Schlafen kommen.«

»Oh, mir geht's gut.«

»Mit Dynamit um sich zu schmeißen«, sagte ihre Mutter mit einem Seufzer. »Hätte ich das gewußt, wäre mir das Herz stehengeblieben.«

Carolyn lächelte. »Wir sehen uns in einer Stunde, Mutter.«

Carolyns Mutter sah aus dem Fenster, während sie den Hörer auflegte. Paul spielte immer noch am Anlegeplatz.

Fred saß auf der Terrasse in einem Korbstuhl. Als Duchess zu bellen anfing, hob er den Blick von seiner Zeitung.

Paul stieß das kleine Segelboot, das er aus einem Stück Papier gefaltet hatte, vom Steg weg. Dann sah er sich nach dem Labrador um, der am Rand des Anlegeplatzes stand und flußabwärts schaute.

»Er ist weg, Duchess.«

Der Hund starrte weiter auf den Fluß und fing wieder an zu bellen.

»Sei still, Duchess.«

Als der Hund schneller anschlug, blickte Paul den Fluß hinunter.

»Duchess«, sagte er, »der Hai ist weg.«

Plötzlich reckte der Labrador seinen Hals, sah auf das Wasser direkt vor seinen Vorderpfoten und bellte scharf.

Paul stand auf und sah sich nach dem Papierboot um, das schon fast außer Reichweite war. Er wollte es aufhalten, aber das ununterbrochene Bellen des Labradors hielt ihn zurück.

Paul zog sich hastig in den Garten zurück und rief den Hund zu sich. Duchess drehte sich um und trottete, den Blick auf den Fluß gerichtet, zu ihm.

Paul schaute auf das Wasser.

Fred blieb neben ihm stehen. »Hat Duchess eine Schlange gewittert?« fragte er und machte einen Schritt auf den Anlegeplatz zu.

»Nicht, Opa«, sagte Paul. »Geh nicht dahin.«

Carolyn zog sich eine Jeans und eine kurzärmelige Bluse an, verließ mit ihren schmutzigen Kleidern unterm Arm das Badehaus und ging die Reihe der Charterboote entlang zur *In-*

tuitive. Als sie den Betonsteg erreichte und aufs Angeldeck hinuntersprang, lockerte sie mit der freien Hand ihre Haare.

»Ich fühle mich tausendmal besser«, verkündete sie, als sie die Kabine betrat.

Alan fuhr mit dem Handrücken über die Bartstoppeln auf seiner Wange.

Auf dem Parkplatz ertönte eine Autohupe. Alan ging nach draußen und steuerte auf den Pick-up zu, in dem Rayanne saß.

Sie reichte ihm durchs Fenster frische Kleidung und eine Plastiktüte mit Zahnbürste und Rasierzeug. »Die Arbeit einer Mutter geht nie zu Ende«, sagte sie. »Wäre es nicht einfacher gewesen, wenn ich dich abgeholt und zu deiner Wohnung gebracht hätte?«

In diesem Moment trat Carolyn aus der Kabine.

»Oh, ich verstehe«, sagte Rayanne.

»Was, zum Teufel, ist los, Douglas?«

»Sir?«

»Das Flugzeug geht nach unten, Douglas.«

»Sie müssen hier einen Teil der Fracht entladen.«

Vandiver sah auf seine Uhr, stöhnte auf und legte den Kopf an die vibrierenden Kisten.

In einem frischen weißen Hemd und sauberer Khakihose, das Handtuch um den Hals geschlungen, betrat Alan die Kabine. Als er sah, daß sich Carolyn in voller Kleidung auf ihrer Seite der Koje zusammengerollt hatte und eingeschlafen war, schloß er leise die Tür. Er legte seine schmutzige Wäsche und das Handtuch auf die Spüle und setzte sich dann auf die Kante der Koje.

»Carolyn«, sagte er.

Sie schlug langsam die Augen auf, drehte sich auf den

Rücken und lächelte ihn an. »Zeit, zu Paul zu fahren«, sagte er.

Sie sah ihm noch einen Moment in die Augen, dann hob sie eine Hand an seinen Hals und zog seinen Kopf zu sich herab.

Auf der anderen Seite des Jachthafens glitt eine dreizehn Meter lange Gulfstar Mark IV, eine Motorjacht mit den eleganten, schwungvollen Linien eines Segelboots, langsam aus ihrem Liegeplatz. Der Kapitän auf der Laufbrücke war Mitte Fünfzig und übergewichtig. Er trug eine Badehose und ein bis zum Bauch offenes weißes Hemd. Auf seinem Gesicht lag ein finsterer Ausdruck.

»Können wir jetzt los?« rief er seiner Frau zu, einer am Bug stehenden stämmigen Frau in einem einteiligen Badeanzug.

Sie machte sich nicht die Mühe, ihm zu antworten.

Er sah auf seine Uhr. »Noch sechs, sieben Stunden, dann muß ich nach Jackson zurück, oder ich bekomme nicht genug Schlaf, um morgen zur Arbeit zu gehen. Da nehme ich mir nach dem Wochenende einen zusätzlichen freien Tag und vergeude die Zeit an diesem verdammten Liegeplatz.«

Ein kleines blondes Mädchen in einem roten Bikini lief über das Deck zu ihrer Mutter und schaute auf das Wasser vor dem Boot. Die Frau legte ihr den Arm um die Schulter und sah zu ihrem Mann hinauf.

»Hättest du lieber die Kinder hinausgebracht und an den Hai verfüttert, Alvin?«

Das kleine Mädchen sah zur Brücke hoch und runzelte die Stirn.

Ihr Zwillingsbruder drehte auf dem Weg zum Bug seinen Lockenkopf nach hinten und verzog ebenfalls das Gesicht.

Die Kinder stammten aus der ersten Ehe seiner Frau. Ihretwegen hatte er nicht nur zwei Tage am Liegeplatz vertrödelt – obwohl die Gulfstar viel zu groß war, um sich wegen irgendeines Hais, wie groß er auch sein mochte, Sorgen machen zu müssen. Nein, er hatte auch seit Tagesanbruch herumgesessen, nur weil seine Frau fürchtete, das Starten der Diesel könnte den Schlaf ihrer Lieblinge stören. Er dachte einen Augenblick darüber nach, ob er die Kinder nicht doch gerne zu Haifutter umfunktioniert hätte, und nickte zustimmend.

Dann beobachtete er das glänzende, metallisch blaue Speedboot, das sich am Bug der Gulfstar vorbei den Weg zur Hafenausfahrt bahnte. Über das Heck ragten zwei Windsurfbretter. Die losgelösten Segel lagen auf den Boden daneben. Am Steuerrad stand ein dunkelhaariger Junge von vielleicht Anfang Zwanzig, der mit seiner abgeschnittenen Khakihose und der bloßen Brust genau jenen schlanken und muskulösen Männertyp repräsentierte, auf den alle Mädchen flogen. Das Mädchen neben ihm war ein noch größerer Blickfang – und zwar für Männer jeden Alters. Die Kurven ihrer Hüfte steckten in hautengen Shorts, während ein schmales pinkfarbenes Bikinioberteil kaum in der Lage war, die schweren Brüste zu halten. Ihre langen blonden Haare wehten hinter ihrem gebräunten Körper im Wind und wippten von einer Seite zur anderen vor und zurück, so daß man fast der optischen Täuschung erliegen konnte, ihr Körper bewege sich im sexuellen Akt. Alvin ließ kein Auge von ihr. Die Gulfstar hatte den Jachthafen inzwischen zu nahezu zwei Dritteln durchquert. Fast wäre sie in einen Liegeplatz auf der anderen Seite eingelaufen, wenn seine Frau nicht etwas gerufen und ihn so daran erinnert hätte, daß er das Steuerrad herumdrehen mußte.

Alan spürte die Wärme von Carolyns Haut, als er den Mund auf ihren Hals drückte. Sie rieb ihr Gesicht an seinem und fuhr mit dem Mund über die Wange zu seinen Lippen, während sich ihre Hände auf seinen Hinterkopf legten. Mit gespreizten Fingern strich sie durch seine Haare und an seinem Nacken hoch und preßte seinen Mund fester auf ihren. Als er sich neben ihr ausstreckte, drängte sie sich dicht an ihn. Dann küßten sie sich wieder, noch heftiger und länger als zuvor. Alan schob seine Finger zwischen die obersten Knöpfe ihrer Bluse, machte sie auf und schob den Stoff beiseite, um die Haut zu küssen, wo der Körper zu den Brüsten hin anschwoll.

»Alan ...«

Dann ertönte ein lautes Klopfen an der Kabinenwand.

»Carolyn!« rief Sheriff Stark.

Da er direkt neben der Fiberglaswand stand, klang es, als befände er sich bereits in der Kabine. Alan hob den Kopf und sah über Carolyns Schulter zur hinteren Kabinentür.

»Jemand zu Hause?« fragte Stark.

Carolyn lächelte zu Alan hoch, während sie ihre Bluse zuknöpfte. Er stand auf und ging zur Tür.

Als er aus der Kabine trat, sprang Stark an Bord. »Carolyn«, sagte er und nickte zum Gruß, als sie hinter Alan in der Tür erschien. »Tut mir leid, Sie wieder zu behelligen, aber ich möchte Sie um einen Gefallen bitten. Der hiesige Bürgermeister will, daß der Kadaver des Hais entfernt wird. Es gefällt ihm nicht, daß er die Leute an das Geschehene erinnert – vor allem die Touristen. Das Problem ist, daß Sheriff Broussards Tochter heute heiratet, und zwar seinen Stellvertreter. Deshalb ist fast das ganze Revier auf der Hochzeitsfeier. Er hat angerufen und mich gebeten, den Abtransport für ihn zu organisieren. Nach den Stunden, die die Küstenwache –«

Stark stoppte mitten im Satz, weil in der Kabine das Telefon klingelte.

»Einen Moment«, sagte Carolyn und ging hinein.

Als sie den Hörer abgenommen hatte, sagte ihr Vater: »Carolyn, Paul ist ein bißchen ... Carolyn, ich wollte dich nicht anrufen und in Unruhe versetzen, aber Martha hat darauf bestanden. Duchess hat wieder den Fluß angebellt, und das hat Paul angst gemacht. Er fragt, wann du zurückkommst.«

»Sag ihm, daß ich in ein paar Minuten da bin«, sagte sie, legte auf und ging wieder aufs Angeldeck hinaus.

»Carolyn«, sagte Stark, »es ist mir wirklich unangenehm, Sie zu belästigen, aber nach den vielen Stunden, die die Küstenwache in den letzten beiden Tagen im Einsatz war, hat sie, bis auf eine Rumpfmannschaft, allen Leuten freigegeben. Sie haben gesagt, sie würden den Kadaver in zwei Tagen wegschaffen, aber ich fürchte, ich muß es gleich tun – das habe ich Broussard versprochen. Ich weiß, wieviel sie schon getan haben, aber ich brauche ein Boot mit kräftigen Motoren, und Sie sind der einzige Kapitän, den ich persönlich kenne und den ich –«

»Es tut mir leid, Jonas, aber es geht nicht«, fiel sie ihm ins Wort. »Paul hat wieder Angst vor dem Fluß. Er fürchtet, daß der Hai –« Plötzlich hielt sie inne. Dann sagte sie: »Gut, ich werde ihnen helfen. Aber zuerst werde ich Paul abholen. Er soll sehen, daß der Hai tot ist und wie wir ihn wegbringen. Ich möchte, daß er uns begleitet.«

»Danke, Carolyn. Ich werde mich irgendwie revanchieren.«

»Ist schon in Ordnung. Vielleicht ist es genau das, was Paul braucht.«

Das Telefon klingelte wieder, und sie drehte sich zur Kabine um.

»Das gefällt mir nicht«, sagte Stark zu Alan.

»Sie könnte recht haben«, sagte Alan. »Es tut keinem weh, und ihm wird es helfen, den Gedanken an das Ungeheuer ein für allemal loszuwerden.«

Stark nickte. »Ziemlich hart für ein Kind in diesem Alter, so etwas durchgemacht zu haben – ich würde es auch nicht so schnell vergessen.« Er sah die Reihe der Charterboote entlang, die friedlich an ihren Liegeplätzen schaukelten. Falls eine Gruppe kam, um ein Boot zu mieten, würde sie nicht einen einzigen Kapitän oder Matrosen antreffen. »Sie sind alle erschöpft«, meinte Stark.

Carolyn kam aus der Kabine. »Es war Mrs. Hsiao«, berichtete sie Alan. »Sie hat gesagt, daß die Rotbarsche in den Laichtank müssen, bevor sie sich gegenseitig anfallen. Sie ist jetzt unten, kann aber irgendein Ventil oder so etwas Ähnliches nicht bedienen. Sie sagte, du wüßtest schon, was sie meint. Ho sei die ganze Nacht über so überdreht gewesen, daß er nicht schlafen konnte und sie ihm ein Schlafmittel gegeben hat. Sie entschuldigt sich dafür, daß sie dich damit behelligen muß.«

»Allen tut es leid«, warf Stark ein.

»Kümmer dich darum, Alan«, sagte Carolyn. »Jonas, Paul und ich kommen schon zurecht. Es wird keine Schwierigkeiten geben.«

Vandiver verfolgte, wie sich die muschelförmige Klappe im Heck der Hercules schloß.

In dem achtzehn Meter langen, höhlenartigen Frachtraum des riesigen Flugzeugs befand sich jetzt nur noch eine einzige kleine Kiste, die unübersehbar auf halbem Weg zur Wand des Cockpits stand.

»Was ist da drin?« wollte Vandiver wissen.

»Keine Ahnung, Sir. Ich habe sie am Frachtterminal des Luftstützpunkts Andrews bekommen, als sie auf einen Lastwagen verladen werden sollte.«

»Gut gemacht, Douglas«, lobte Vandiver seinen Neffen.

Kapitel 34

Carolyn steuerte die *Intuitive* aus der markierten Fahrrinne zu dem riesigen Hai, der auf der Seite halb im Wasser lag. Um ihn herum hatten sich alle möglichen kleinen Boote versammelt. Seemöwen beobachteten das Geschehen von oben. Zwei Teenager stießen ein Schlauchboot vom nahen Ufer ab und paddelten zu dem Kadaver. Ein dünner Mann in den späten Vierzigern stand mit nacktem Oberkörper bis über die Hüfte im Wasser und fuhrwerkte mit einem Messer und einer langen Zange im Maul des Hais herum. Als er einen Zahn zusammen mit einem blutigen Stück des Gaumens gelockert hatte, zerrte er ihn grinsend aus dem Mund.

Doch Carolyn starrte nur auf den langen Schnitt, der unmittelbar über der Wasserlinie im Bauch des Hais klaffte. Eingeweide, manche von ihnen grauweiß, andere blutrot, hingen ins Wasser herab.

Sie betrachtete Starks Khakihose und Hemd. Jetzt begriff sie warum seine Kleidung so zerknittert war. Nicht weil er seit vergangener Nacht keine Zeit zum Umziehen gehabt hatte, sondern weil der Sheriff in den letzten paar Stunden permanent im Wasser gestanden hatte. Er bemerkte ihren Blick und nickte.

»Da drin waren ein kompletter Schädel und Reste der anderen Köpfe«, sagte er. »Knochen, manche noch mit Fleisch daran … Es hat mir den Magen umgedreht. Der Leichenbeschauer sagt, er wird bis morgen alles weit genug zusammengesetzt haben, um eine Identifizierung zu ermöglichen.«

Carolyn blickte auf das Geschöpf, das ihr in der letzten Nacht und sogar noch vor einer Minute, als der Mann den Zahn aus dem Maul brach, leid getan hatte. Jetzt war jegliches Mitgefühl gewichen.

Stark sah zur sechzig Meter entfernten Fahrrinne zurück, wo Deputy Fairley das Arbeitsboot in ihre Richtung steuerte. Ein älterer Kollege saß auf dem Beifahrersitz. Im Heck des Boots lag ein zu einem dicken Haufen zusammengelegtes Fischernetz.

Carolyn blickte über die Schulter aufs Angeldeck. »Jonas, würde es Ihnen etwas ausmachen, das Dynamit mitzunehmen?«

Stark lächelte. »Überhaupt nicht«, sagte er. »Hinterläßt eine ziemliche Unordnung, wenn es hochgeht, was?« Er hob eine Hand und signalisierte Fairley, das Arbeitsboot ans Heck der *Intuitive* zu manövrieren.

»Ich werde noch etwas für Sie tun«, fuhr Stark fort. »Mir ist gerade eingefallen, daß Ihr Wasserskiboot noch in der Marsch liegt. Ich werde Fairley sagen, er soll es abschleppen und die Schraube reparieren lassen – mit besten Empfehlungen der Polizei von Jackson County.«

Daß sich so viele Leute um den Kadaver versammelt hatten, erwies sich als Vorteil. Einige von ihnen waren Stark und den beiden Deputys behilflich, indem sie sich bis zu den Schultern ins Wasser stellten, um das Netz unter dem Schwanz des Hais hindurchzuschieben und ein Stück weit unter den Körper zu zerren. Danach breitete das Arbeitsboot das Netz ganz unter dem Kadaver aus, während die *Intuitive* ihre starken Motoren einsetzte, um die Seile am anderen Ende zu straffen.

Es dauerte fast eine Stunde. Zuletzt wurde das Netz auf der

Oberseite des Kadavers, so gut es mit Muskelkraft möglich war, festgezurrt. Eine mehrere Meter lange kegelförmige Boje, die Fairley von der Küstenwache bekommen hatte, wurde an der Oberfläche angebracht, damit der Kadaver während der Fahrt in den Golf hinaus nicht im Wasser unterging. Auf dem Weg zur Fahrrinne sank er jedoch so tief, daß er über den Schlamm gezogen werden mußte und die Boje teilweise unter der Wasseroberfläche verschwand.

Erst als die *Intuitive* den markierten sicheren Fahrweg verließ, der von Biloxi in den Sund führte, löste sich der Kadaver vom schlammigen Grund. Mit der nur zu einem Drittel aus dem Wasser ragenden Boje im Schlepptau nahm Carolyn Kurs auf die Küsteninseln.

Stark hatte gefragt, ob er sich einen Moment in der Kabine ausruhen dürfe, und war auf der Koje eingeschlafen. Paul stand neben seiner Mutter. Als sie zu ihm hinuntersah, lächelte er sie an, und sie tätschelte seinen Kopf.

Hinter ihnen umschwärmten Seemöwen kreischend die Boje. Ab und zu tauchte eine von ihnen ins Wasser ein, um ein Fleischstück zu schnappen, das sich von dem unsichtbaren Kadaver gelöst hatte.

Dreißig Meter vor der verankerten Gulfstar-Jacht fuhr ein kleines Beiboot auf die Nordspitze der Chandeleur-Inseln zu. Die stämmige Frau saß im Bug und spähte ins Wasser auf beiden Seiten des Boots.

»Weißt du, Alvin«, sagte sie, »das war nicht der einzige Hai der Welt.«

Ihr Mann, der die Ruderpinne des kleinen Motors hielt, schüttelte den Kopf. »Das Wasser ist hier nur gut einen halben Meter tief. Meinst du, Haie könnten über Untiefen waten, um uns zu jagen?«

Seine Frau sah zur Insel hinüber und betrachtete die breiten Wellen, die sich am langen weißen Strand auf der Golfseite brachen. »Die Kinder werden da nicht ins Wasser gehen«, bestimmte sie.

»Niemand zwingt sie dazu.«

Der lockige Junge ging vom einzigen Mittelsitz zu seiner Mutter. Da ihre breiten Hüften fast den gesamten Platz einnahmen, mußte er sich ganz an den Rand zwängen. Dadurch neigte sich das Boot leicht zur Seite, was Alvin ausglich, indem er sich etwas in die andere Richtung lehnte. Das kleine blonde Mädchen hielt eine Hand vors Gesicht und sah sich zu ihrem Stiefvater um.

»Das Wasser bespritzt mich.«

»So etwas passiert in Booten«, erklärte er.

Sie quittierte es mit Stirnrunzeln und stand ebenfalls auf, um sich auf der anderen Seite neben ihre Mutter zu setzen. Wieder neigte sich das Boot, und das Mädchen schwankte leicht. Alvin überlegte ernsthaft, ob er das Ungleichgewicht durch sein Körpergewicht noch verstärken sollte, tat es aber nicht.

Sobald der Bug den Strand berührte, liefen die Kinder zu der kleinen Anhöhe in der Mitte der Insel, während Alvin ins Wasser stieg und seiner Frau am Arm aus dem Boot half. Sie nahm mit unwirschem Gesicht die steife Brise wahr, die sich in ihren Haaren verfing, und griff in ihre Tasche nach dem Schal.

»Mir wäre es wirklich lieber, du würdest die Jacht verkaufen und uns eine Eigentumswohnung besorgen«, sagte sie.

Er schenkte ihren ewigen Nörgleien schon lange keine Aufmerksamkeit mehr.

»Mama«, rief das kleine Mädchen, »da ist schon jemand.«

Alvin ging zu der Anhöhe.

Am anderen Ende der Insel lag das blaue Speedboot, das vor ihnen aus dem Jachthafen ausgelaufen war, auf dem

Strand und schaukelte leicht im Rhythmus der Wellen, die gegen sein Heck rollten. An der Bugleine war ein Anker befestigt, der im Gras vor dem Boot steckte.

»Ich dachte, das ist unsere Insel«, beschwerte sich das kleine Mädchen.

»Wir sind nur Besucher«, sagte Alvin.

»Ich habe dir doch gesagt, daß er die Insel nicht gekauft hat«, erinnerte der kleine Junge seine Schwester.

»Du solltest die Kinder nicht anlügen«, sagte Alvins Frau.

Er zuckte die Achseln.

Das kleine Mädchen rannte zu dem Boot und kletterte hinein. »Liebling«, sagte Alvin, während er ihr folgte, »es ist nicht nett, ohne Erlaubnis bei einem Fremden einzudringen.«

Das Mädchen sah ihn finster an und schlüpfte dann in einen Anorak, den es im Boot gefunden hatte, während sein Bruder über die Sitzlehnen zum Motor kletterte. Eine Sekunde später hielt er eine kurze Hose und beide Teile eines pinkfarbenen Bikinis hoch.

Alvin sah zu den Bäumen hinter dem Strand, schloß die Augen und begann zu träumen.

Seine Frau runzelte die Stirn. »Wir bringen die Kinder lieber zum Boot zurück«, sagte sie.

Er nickte und spähte wieder zwischen den Bäumen hindurch.

»Alvin.«

Er löste den Blick von den Bäumen und wandte sich den Kindern zu. »Kommt«, sagte er mit ungewöhnlich rauher Stimme, »wir werden uns einen anderen Platz suchen.«

»Alvin.«

Diesmal sah seine Frau nicht ihn an, sondern aufs Meer hinaus. Dreißig Meter vom Strand entfernt trieb ein leeres Windsurfbrett mit im Wasser liegendem Segel auf den Wellen auf und nieder.

Kapitel 35

Die C-130-Hercules durchbrach die dünne Wolkendecke über dem Mississippi-Sund und legte sich in die Kurve, um über Biloxi hinweg den Luftwaffenstützpunkt Keesler anzufliegen. Vandiver saß auf der kleinen Kiste in der Mitte des ansonsten leeren Frachtraums. Er schaute auf die Uhr, und ein Lächeln der Vorfreude huschte über sein Gesicht.

Douglas gefiel das ganz und gar nicht. Er hoffte, daß sie nichts weiter als einen Weißen Hai zu sehen bekommen würden – nachdem er von Einheimischen erlegt worden war. Wozu diese möglicherweise keine Gelegenheit gehabt hatten, denn was war, wenn der Hai in den Golf zurückgekehrt und in ein anderes Gebiet gewandert war? Würde sein Onkel ein Boot mieten, um ihn zu jagen? Was würden sie überhaupt jagen?

»Sir?« fragte er schließlich.

»Ja.«

»Sir, mir ist klar, daß Sie gesagt haben, die Länge der Vertiefung bei den Keys würde zum Teil daher rühren, daß der Hai hinein- und herausgeschwommen ist, und deshalb nicht seiner wirklichen Größe entsprechen.«

»Ja, Douglas. Er ist nicht auf dem Boden gelandet wie ein Hubschrauber.« Er führt mit der flachen Hand vor, wie der Hai seiner Meinung nach in die Mulde gerutscht war.

»Ja, Sir. Ich weiß auch, daß Sie gesagt haben, die von dem

U-Boot empfangenen Signale, die auf ein Objekt mit einer Länge von fünfzehn Metern oder mehr hindeuteten, könnten nur Ihnen so erschienen sein, weil Sie im Unterschied zu den Technikern im Auswerten solcher Signale nicht geübt sind.«

»Richtig.«

»Aber, Sir, ich habe die Schlitze im Boot der Ärzte *persönlich gesehen.* Durch einige von ihnen konnte man den Arm stecken. Unteroffizier Rhiner hat gesagt, der Zahn wäre hindurchgefallen, wenn er ihn losgelassen hätte.«

Als Vandiver nichts darauf erwiderte, fuhr Douglas fort: »Also, Sir, selbst wenn sich herausstellen sollte, daß Megalodons größere Zähne als heutige Weiße Haie von vergleichbarer Länge hatten und daß der siebeneinhalb Meter lange Raubfisch, den die Leute hier für einen Weißen Hai halten, der Megalodon ist, der diesen Zahn verloren hat, muß es noch etwas anderes geben. Es muß noch einen zweiten Megalodon geben, der mit ihm unterwegs ist, nicht wahr? Einen größeren.«

»Ja, wenn sie auf dem ganzen Weg hierher zusammengeblieben sind.«

»Zumindest bis zu den Keys haben sie es getan, oder, Sir? Der, von dem der Zahn stammt, und der andere, der die Schlitze ins Boot gerissen hat.«

»Ja, Douglas, es hat ganz den Anschein.«

Hinter der *Intuitive* kreiste ein großer Schwarm kreischender Möwen über der halb untergetauchten Boje. Am Himmel waren dunkle Wolken aufgezogen, deren Schatten die Boje erfaßt hatte. Zwei Pelikane flogen direkt auf die Möwen zu, so als würden sie ihre Artgenossen nicht wahrnehmen. Carolyn beobachtete die beiden prähistorisch aussehenden Vögel und wartete auf den fälligen Zusammenstoß. Doch die Möwen stoben auseinander, ließen die Pelikane auf ihrem

Flug in Richtung Biloxi passieren und fanden sich dann wieder über der Boje ein.

Paul sah die Finnen als erster. »Hammerhaie«, sagte er.

Carolyn konnte den länglichen Schädel erkennen, der den Fischen ihren Namen gab, als einer von ihnen fast aus dem Wasser stieg. Er schnappte nach den Tauen, die das Netz mit der Boje verbanden. Die zweite Finne verschwand unter Wasser. Dreißig Meter hinter dem Boot tauchten die nächsten beiden Finnen auf und bewegten sich Richtung Netz.

Vandiver ging auf der hinuntergelassenen Frachtklappe der Hercules zum Rollfeld hinab. Hinter dem Flugzeug standen schon ein zur Hälfte mit Kisten beladener Lastwagen und zwei Gabelstapler bereit, und mehrere Männer warteten vergeblich darauf, die Fracht zu entladen. Als sie Vandivers Uniform sahen, salutierten sie.

Er erwiderte den Gruß und sah sich dann nach einer Fahrgelegenheit um. Schließlich blieb sein Blick an einem der Gabelstapler hängen.

Alvin steuerte die Gulfstar von der Laufbrücke aus.

»Ich will dahin«, sagte das kleine blonde Mädchen und zeigte auf die glatte Wasseroberfläche.

»Da ist es zu flach«, erwiderte Alvin.

»Ich will auch dahin«, sagte ihr Bruder.

»Alvin«, mischte sich ihre Mutter ein, »diese Jacht ist nicht nur zu unserem Vergnügen da.«

Alvin runzelte die Stirn und drehte das Steuerrad scharf nach rechts.

Die Kinder grinsten.

»General«, sagte der Leutnant. »Admiral Vandiver, US Navy, möchte Sie sprechen.«

Der kommandierende General von Keesler stand verwundert von seinem Schreibtisch auf. »Führen Sie ihn herein.«

Als Vandiver und Douglas das Büro betraten, begrüßte sie der General mit einem freundlichen Lächeln. »Admiral.«

»General«, sagte Vandiver.

»Marinenachrichtendienst?« fragte der General.

Vandiver nickte und wies mit dem Kinn auf seinen Neffen. »Mein Adjutant, Leutnant Douglas Williams.«

»Willkommen in Keesler, Leutnant.«

»Danke, Sir«, sagte Douglas und versuchte, Haltung anzunehmen, so gut es mit Vandivers beiden Koffern in den Händen und einer über die Schulter gehängten Tasche ging. Seine eigenen Kleider befanden sich in einer kleinen Aktentasche, die er unter den Arm geklemmt hatte.

Vandiver ging zu einem der beiden Stühle, die vor dem Schreibtisch standen, während Douglas stehenblieb, ohne das Gepäck abzusetzen. Der General setzte sich wieder in seinen Schreibtischsessel und wartete schweigend ab. Wenn der Chef des Marinenachrichtendiensts unvermutet auf dem Stützpunkt erschien, mußte etwas Großes im Busch sein, sagte er sich. Falls der Admiral darüber sprechen konnte, würde er es tun. Andernfalls hatte es keinen Sinn, ihn danach zu fragen.

Vandiver gab keinerlei Erklärung ab, sondern bat nur um ein Auto. Er werde es bald zurückbekommen, fügte er hinzu. Wie bald, sagte er nicht, und der General hatte es auch nicht erwartet.

Als Vandiver und Douglas zu dem vor dem Hauptgebäude bereitstehenden Auto liefen, ging der General in Gedanken durch, was er wußte. Der Chef des Marinenachrichtendiensts war nicht nur unerwartet eingeflogen, sondern auch mit einer C-130, die Keesler unter dem durchsichtigen Vorwand angeflogen hatte, eine einzelne Frachtkiste auszuliefern

... Es war etwas wirklich Wichtiges. Er fragte sich, was in diesen beiden großen Koffern war, die der Adjutant keine Sekunde aus den Händen gelassen hatte.

»Sir, Sie haben gegenüber dem General nichts von dem Hai gesagt«, stellte Douglas fest, nachdem er den Kofferraumdeckel zugeschlagen hatte und seinem Onkel die Beifahrertür offenhielt. »Nicht, daß wir irgend etwas Falsches tun.«

»Nein, das tun wir nicht. Vielleicht bin ich zu lange beim Nachrichtendienst, Douglas, aber mein Motto lautet: Je weniger jemand über dein Tun weiß, desto mehr Wege stehen dir zur Ausführung offen. Darüber solltest du einmal nachdenken.«

Douglas tat es, doch die Bemerkung wurde auch nach längerem Überlegen nicht klarer.

An der ersten Tankstelle, an der sie vorbeikamen, ließ Vandiver anhalten, und Douglas wartete auf seine Anweisungen.

»Der Hai, Douglas«, sagte Vandiver. »Erkundige dich nach den letzten Neuigkeiten über ihn.«

»Sie meinen, ob er erneut Menschen angefallen hat und wieder gesehen worden ist? Vielleicht auch, auf welche Weise man ihn jagt?«

»Sehr gut, Douglas.«

Vandiver verfolgte überrascht, wie sein Neffe die Tankstelle sofort wieder verließ und zum Auto rannte.

»Er ist tot, Sir. Sie haben ihn in der Back Bay erlegt. Er liegt so dicht am Ufer, daß jeder ihn sehen kann.«

»In der Back Bay? Wo ist das?«

»Uh, Sir«, stieß Douglas hervor und machte kehrt.

Eine Viertelstunde später parkte der Wagen auf einer von Unkraut überwucherten Kiesfläche vor einer verlassenen Fischfabrik. Vandiver und Douglas standen hinter dem Gebäude und schauten auf die Back Bay, sahen bis zu den Brücken und zur Biloxi-Bucht aber nichts als Wasser.

Vandiver drehte langsam den Kopf zu seinem Neffen.

»Sir, ich bin mir sicher, daß man mir den richtigen Weg gezeigt hat. Er müßte gleich da draußen liegen. Zwölf Meter ...« – unter dem unverwandten Blick seines Onkels verebbte seine Stimme – »... vom Ufer.«

Zehn Minuten später eilte er aus einem Tabakladen und reichte seinem Onkel eine Papiertüte, auf die er eine Karte gezeichnet hatte. Er zeigte mit seinem Kugelschreiber auf ein X neben der Küstenlinie der Back Bay.

»Sir, wir waren genau dort. Er ist einfach nicht mehr da.«

»Erkundige dich, wie man zur Station der Küstenwache kommt. Ich weiß, daß es in Gulfport eine gibt.«

Der lockige Junge ließ das Fernglas sinken, mit dem er über die Seite der Laufbrücke der Gulfstar geschaut hatte.

»Ich habe einen Wal gesehen«, verkündete er mit einem Blick zu seinem Stiefvater.

»Ja«, sagte Alvin.

»Alvin«, sagte seine Frau, »du könntest ruhig etwas mehr Interesse an den Tag legen.«

»Nur wenn er wirklich einen Wal gesehen hätte.«

»Ich haben einen gesehen«, beharrte der Junge.

»Ja, und letztes Jahr hast du auf einem Baumwollfeld im Delta einen Alligator gesehen.«

»Alvin«, sagte seine Frau, »bei einem Kind ist Einbildungskraft etwas Gutes.«

Jetzt bestrafte er seine Mutter mit einem finsteren Blick. »Ich habe einen Wal gesehen«, sagte er. »Gleich da drüben.«

»Ich habe ihn auch gesehen«, warf seine Zwillingsschwester ein. Sie saß mit dem Rücken an der Innenseite der Brücke und kämmte sich die Haare.

Alvin machte sich nicht die Mühe, darauf einzugehen.

»Vielleicht haben sie wirklich einen gesehen«, meinte seine Frau.

»Bei den Chandeleur-Inseln kann es keinen Wal geben.«

»Bist du Meeresexperte?« fragte seine Frau.

»Nein. Aber ich bin auch kein Astronaut und weiß trotzdem, daß der Mond nicht aus grünem Käse besteht.«

»Nun, ich möchte es mir selbst ansehen«, sagte seine Frau und kreuzte die Arme vor der Brust. Alle Blicke hingen jetzt an Alvin.

»Wohin soll ich?« fragte er.

Das Zwillingspaar zeigte in entgegengesetzte Richtungen. Als das Mädchen sah, wohin ihr Bruder deutete, änderte sie rasch ihre Meinung und tat es ihm nach.

Alvin verdrehte die Augen.

»Alvin!« sagte seine Frau.

Er drehte das Steuerrad in die von seinem Stiefsohn angegebene Richtung.

Das Mädchen lächelte, während ihr Bruder das Fernglas wieder an die Augen setzte und das Wasser absuchte.

»Alan«, rief Ho, während er den Flur entlangging.

»In meinem Büro, Ho. Hast du endlich ausgeschlafen?«

Als der Asiate sein Büro betrat, wirkte er genauso ängstlich, als hätte der Weiße Hai ihn gerade noch einmal angegriffen.

»Alan, der Hai ist weg.«

»Hm, ich weiß. Geht's dir gut?«

»Mann, der auf andere Seite von Straße wohnt, wo du den Hai getötet, hat das aus seinem Maul geschnitten.« Er hielt den großen Zahn hoch.

Alan starrte ihn an. Jeder Meeresbiologe und jeder andere

Meeresforscher hätte auf der Stelle erkannt, woher der Zahn stammte.

»Das ist unmöglich«, erklärte Ho.

Alan blickte unverwandt auf den beigen Gegenstand. Er hätte es für einen Witz gehalten, den sich Ho oder der Mann, von dem er den Zahn hatte, erlaubte. Aber Hos offensichtliche Angst sprach dagegen – ebenso wie das blutige Stück des Kiefers, das noch an der Wurzel hing.

»Megalodon«, sagte Ho.

Ich wußte, daß da etwas nicht stimmte, dachte Alan. Warum habe ich ihn nicht untersucht? Wenn ich die Zähne gesehen hätte ...

Dann fiel ihm etwas ein, und er griff nach dem Telefon. »Sie sind gerade dabei, ihn zu entsorgen.«

Rasch wählte er die Nummer der Seevermittlung. In den ein, zwei Minuten, die er auf die Verbindung wartete, betrachtete er den Zahn – seine Farbe war eine Mischung aus Grauweiß und Beige, und er war dicker als die Zähne eines Weißen Hais von gleicher Größe.

»Sprechen Sie, Sir«, sagte die Stimme im Apparat.

»Carolyn, wo bist du?«

Nach einer kurzen Pause antwortete sie: *»Ein paar Kilometer südlich von Horn Island. Stimmt etwas nicht?«*

»Hast du den Hai immer noch im Schlepptau?«

»Ja.«

»Dann dreh um und bring ihn zurück. Schneide ihn unter keinen Umständen ab. Du schleppst den Fund des Jahrhunderts – einen Megalodon.«

»Ich habe dich nicht richtig verstanden, Alan. Was hast du gesagt?«

»Du schleppst einen prähistorischen Hai, von dem man glaubt, er sei seit Millionen von Jahren ausgestorben. Ich bin schon auf dem Weg zu dir.«

Das braune Auto raste auf dem Highway 90 in Richtung Gulfport. Während Douglas fuhr, sah Vandiver an ihm vorbei auf die dunkle Wasserfläche des Mississippi-Sunds.

»Douglas, hast du den Sund gesehen?«

Douglas schaute durchs Fenster. »Ja, Sir.«

»Das Wasser, Douglas. Es ist trübe. Daran habe ich noch gar nicht gedacht.« Sein Blick wanderte weiter zu den Baumgipfeln, die sich in der Ferne über die Küsteninseln erhoben. »Die Inseln verhindern, daß sich das Wasser der Zuflüsse ungehindert mit dem Golf vermischt. Deshalb ist der Sund trübe. Ich frage mich ...«

Douglas sah ihn an. »Ja, Sir?«

»Ich habe dir doch gesagt, daß mich unter anderem die Frage beschäftigt, warum der Megalodon an so vielen ähnlichen Plätzen vorbeigeschwommen und in den Golf gekommen ist. Und insbesondere, warum er hiergeblieben ist – falls er das getan hat. Der Grund ist jetzt klar.«

Douglas schaute aus dem Fenster.

»Das trübe Wasser, Douglas. Ich kann mir vorstellen, daß man ein oder anderthalb Meter unter der Oberfläche nichts mehr sehen kann. Es muß dort nahezu schwarz sein.«

Douglas betrachtete seinen Onkel, während dieser fortfuhr: »Vielleicht ist der Megalodon einfach herumgewandert und zufällig auf diesen Platz gestoßen. Vielleicht mag er das Dunkel, weil es ihn an die Tiefe erinnert, aus der er kommt.«

Als Douglas erneut aus dem Fenster blickte, fügte Vandiver hinzu: »Oder er ist so clever, daß er weiß, daß ihn hier keiner entdecken kann.«

Douglas sah seinen Onkel an.

»Schau auf die Straße, Douglas.«

Kapitel 36

Alan stieg in den kleinen, zweisitzigen Hubschrauber Robinson R-22 und zog die Tür hinter sich zu. Der Pilot sah zu ihm hinüber, während er den Motor anließ.

»Ich habe schon ein Transparent gezogen, auf dem eine Frau gebeten wurde, den Mann zu heiraten, der vor ihrer Tür stand«, sagte er. »Einmal habe ich einen Typen mit einem Verlobungsring im Vorgarten seiner Freundin abgesetzt. Aber ich glaube, Sie über dem Golf rauszulassen, dürfte unschlagbar sein. Sie wollen sich ihr erklären, oder?«

Alan sah den Piloten an. »Keine schlechte Idee«, meinte er.

Der Pilot musterte ihn einen Moment, dann huschte ein leichtes Lächeln über sein Gesicht. »Sie wollen ins Wasser springen und in ihr Boot klettern – und sind noch etwas unentschlossen?« Er schüttelte den Kopf und lächelte wieder.

Kurz darauf hob der Hubschrauber mit röhrendem Motor und zu voller Drehzahl beschleunigtem Rotor vom Boden ab und flog in Richtung Sund davon.

»Ach-tung!«

Der Matrose, der am Liegeplatz neben der Station der Küstenwache im Bug des Boston Whaler arbeitete, hatte Admiral Vandivers Uniform gesehen, als dieser das Auto verließ.

Douglas stieg auf der Fahrerseite aus und nickte dem Matrosen, einem Obergefreiten, und einem Gefreiten, der vor dem Boot Haltung angenommen hatte, zur Begrüßung zu. Beide trugen eine dunkelblaue Hose und ein kurzärmeliges Hemd, die Sommeruniform ihrer Einheit.

»Wo ist der Kommandant der Station?« fragte Vandiver. »Stehen Sie bequem. Der Kommandant?«

»Der diensthabende Kommandant ist im Haus«, antwortete der Obergefreite und ging voran zu einem zweistöckigen Stuck- und Ziegelbau auf der anderen Seite des Autos. Vandiver und Douglas folgten ihm. Im Schatten des überhängenden zweiten Stockwerks hielt ihnen der Matrose die Eingangstür auf.

»Die Treppe hoch und dann rechts, Sir«, erklärte er, während Vandiver und Douglas an ihm vorbeigingen.

Bootsmannsmaat Beverly Cowart sprang hinter ihrem Schreibtisch auf, als Vandiver auf dem Treppenabsatz erschien und auf ihr Büro zuging. Sie trug dieselbe Arbeitsuniform wie die beiden Matrosen.

»Stehen Sie bequem«, sagte der Admiral und fragte dann ohne Umschweife: »Der Weiße Hai, der letzte Nacht in der Back Bay getötet wurde – wo ist er?«

»Er wurde von einem Zivilboot zur Entsorgung in den Golf gebracht, Sir.«

»*Zur Entsorgung?*« Trotz der vielen Jahre Erfahrung im Nachrichtendienst hatte er nicht verhindern können, den Ausruf fast zu brüllen. Die Frau starrte ihn mit aufgerissenen Augen an, und er zwang sich zu mehr Ruhe. »Kennen Sie den Namen des Boots?«

»Nein. Aber der Stationskommandant kennt ihn. Er ist jetzt zu Hause und schläft –«

»Wecken Sie ihn!«

Der Hubschrauber schwebte in sechs Metern Höhe neben der *Intuitive*. Der Pilot sah zu Carolyn und Paul hinunter, die von der Laufbrücke aus den Hubschrauber beobachteten, und zu Sheriff Stark, der auf dem Angeldeck stand. Um den Kadaver des Megalodons, der ein, zwei Meter unter der klaren Wasseroberfläche trieb, schwammen lange, dunkle Schatten. Alan ließ den Blick nicht von ihnen. Schließlich streckte er die Füße aus der Tür und stieg, indem er sich umdrehte und am Sitz festhielt, auf die Landekufe hinunter.

»Fertig?« fragte der Pilot.

Alan nickte.

»Warten Sie, bis ich mein Okay gebe, bevor Sie springen«, ermahnte ihn der Pilot. »Der Wind weht ziemlich stark. Ich brauche nur ein bißchen abzutreiben, und Sie landen im Wasser.« Er warf einen Blick auf die Haie. »Womöglich hätten Sie dann keine Chance mehr, ihre Erklärung abzugeben.« Die Augen auf die Brücke gerichtet, bediente er den Steuerknüppel, schwebte zur Seite und brachte den Hubschrauber so weit wie möglich nach vorn, ohne den Bereich des Decks zu verlassen.

Nachdem er Carolyn und Paul mit einem Handzeichen signalisiert hatte, daß sie sich hinknien sollten, ging er, mit dem Wind kämpfend, tiefer.

»Halten Sie sich bereit«, rief er durch die offene Tür.

Alan ließ die Kabine des Hubschraubers los, griff rasch nach der Kufe unter seinen Füßen und schwang sich hinunter, so daß er in der Luft hing. Seine Füße befanden sich, leicht seitlich versetzt, nur ein, zwei Meter über dem Bug der *Intuitive*.

Der Hubschrauber bewegte sich wieder nach links und ging noch einen halben Meter tiefer.

»Jetzt!« rief der Pilot.

Alan ließ die Kufe los, landete unmittelbar vor dem auf dem Vordeck befestigten Schlauchboot und sank in die Knie. Im nächsten Augenblick lief er schon an der Reling entlang zur Laufbrücke.

Paul kam ihm neben der Kabine mit einem breiten Lächeln auf dem Gesicht entgegen. »Wow, Mr. Alan!« sagte er.

Alan tätschelte seine Schulter und ging aufs Angeldeck.

»Was, zum Teufel, ist ein Megalodon?« fragte Stark.

»Das, was sich da im Netz befindet«, antwortete Alan.

Einen Moment lang betrachtete er die Boje und die um sie geschlungenen Taue, die das Netz hielten. Gerade wurde ein kleines, zerfetztes Stück des Netzes kurz an die Oberfläche getrieben und versank dann wieder im Wasser. Um den Kadaver herum hatten sich mindestens zwanzig Haie versammelt. Hammerhaie, Weißspitzenhaie und Grundhaie umschwärmten die Boje, tauchten unter Wasser, kamen wieder hoch und kämpften um die Fleischstücke, die sie aus dem Kadaver gerissen hatten.

»Wir müssen sie verjagen«, sagte Alan und ging in die Kabine.

Der Karton war nicht mehr da.

»Wo ist das Dynamit?«

»Carolyn hat Fairley gebeten, es mitzunehmen«, teilte ihm Stark mit.

Alan schloß die Augen.

»Hat sie etwas falsch gemacht?« wollte Paul wissen.

Alan schüttelte den Kopf und verließ die Kabine in Richtung Carolyn, die auf der Laufbrücke stand.

»Ein Megalodon?« fragte sie.

»Ich weiß nicht, wie es möglich ist, aber es ist einer.« Er sah sich nach der Boje um und blickte dann in Richtung Biloxi. Sie hatten noch nicht einmal die Küsteninseln erreicht.

»Wenn wir die Haie nicht irgendwie loswerden, werden wir mit leerem Netz zurückkommen.«

»Wir können sie erschießen«, schlug Paul vor und kniete sich vor die Türen unter dem Steuerrad. Dahinter lagen eine Taschenlampe, Reservebatterien, eine Signalbake für den

Notfall und der Revolver vom Kaliber 38, den Carolyn Alan gegeben hatte, als sie den Hai in der Bucht jagten.

Stark nickte. »Frisches Blut könnte sie ablenken.« Er nahm Paul den Revolver ab und wandte sich zum Angeldeck um. In der Ferne verschwand der Hubschrauber gerade außer Sichtweite.

Das Funkgerät begann zu knistern, und eine Stimme meldete sich: *»Intuitive. Charterboot Intuitive. Hier ist die Küstenwachstation Gulfport. Bitte antworten Sie, Kapitän.«*

Carolyn griff nach dem Mikrofon.

»Hier ist die *Intuitive.*«

»Bleiben Sie dran. Ich verbinde mit Admiral …« Es folgte eine kurze Pause, dann beendete die weibliche Stimme den Satz: *»… Admiral Vandiver.«*

»Intuitive, hier ist Admiral Vandiver. Schleppen Sie den … Weißen Hai?«

Carolyn wechselte einen Blick mit Alan. »Ja.«

»Entsorgen Sie den Kadaver nicht, bevor ich Gelegenheit hatte, zu Ihnen zu kommen und ihn zu untersuchen. Dies ist eine Navy-Angelegenheit. Ich …« Wieder trat eine kurze Pause ein. *»Ma'am, mit wem spreche ich, bitte?«*

»Carolyn Haines.«

»Miss Haines, es könnte wichtig sein. Können Sie auf Ihrer Position bleiben, bis ich bei Ihnen eintreffe?«

»Wir sind bereits auf der Rückfahrt.«

»Auf der Rückfahrt? Sie sagten doch, Sie hätten ihn noch nicht beseitigt.«

»Haben wir auch nicht.«

»Ja, Kapitän, also dann. Ich fahre sowieso in Ihre Richtung. Bleiben Sie auf Kurs, dann werden wir uns unterwegs treffen.«

»Hier sind einige Haie, die es auf den Kadaver abgesehen haben«, berichtete sie.

»Verdammt. Können Sie schneller fahren oder so?«

»Nur, wenn wir das Risiko in Kauf nehmen, daß die Taue reißen.«

»Tun Sie, was Sie können, bis ich dort bin.«

Vom Angeldeck klang ein lautes Krachen herauf. Stark hatte den ersten Schuß abgegeben.

Carolyn gab dem Admiral ihre Position und hängte das Mikrofon wieder auf seinen Haken am Funkgerät.

»Er weiß, was es ist«, stellte sie fest. »Aber woher?«

Vandiver eilte aus dem Gebäude. Bootsmannsmaat Beverly Cowart folgte ihm mit einem M-16-Gewehr. Bis auf den Boston Whaler waren die Liegeplätze auf der anderen Seite des Vorplatzes leer.

»Tut mir leid, Sir«, sagte Cowart. »Sie sind alle auf Patrouille. Wenn Sie wollen, daß ich eine Forty-One zurückrufe ...«

Vandiver schüttelte den Kopf, während er den Whaler betrat. »Wir können nicht so lange warten.«

Cowart zog eine orangene Schwimmweste an und gab Vandiver und Douglas auch je eine. Vandiver legte seine auf den Sitz, und Douglas tat es ihm gleich.

Cowart sah auf den Sund hinaus. Nur leicht gekräuselte Wellen. Aber sie wußte, daß die See jenseits der Küsteninseln bei diesem Wind wesentlich rauher war.

»Es wird eine rauhe Fahrt, Sir. Vielleicht möchten Sie das anlegen.«

Vandiver funkelte sie an.

Sie drehte den Zündschlüssel, und die Matrosen warfen die Leinen ins Boot, wo Douglas sie auf dem Boden zu ordentlichen Rollen zusammenlegte.

Dann begann der Whaler rückwärts aus dem Liegeplatz zu fahren.

»Halt!« brüllte Vandiver zu aller Verwunderung.

Sein Blick war auf den großen Haizahn gefallen. Er lag auf einem Karton, der mit einer glänzenden, wie Wachspapier aussehenden Substanz getränkt war.

»Das ist Dynamit, das der Sheriff beschlagnahmt hat«, erklärte Cowart, als sie ihre Fassung wiedergewonnen hatte.

»Nein, der Zahn«, sagte Vandiver, während er über die Windschutzscheibe des Whalers auf den Bug stieg und auf den Steg sprang. Dann blickte er auf den Zahn hinunter.

Die Matrosen wechselten einen Blick und sahen dann zu Vandiver.

»Sir«, sagte einer der Matrosen, »er stammt von dem großen Hai, der letzte Nacht drüben in der Back Bay getötet wurde. Ein Typ hat zwei Zähne herausgeschnitten. Ich sammle so etwas ... Sie wissen schon, Sir, Andenken. Ich habe zwanzig Dollar dafür bezahlt.«

Vandiver hob den Zahn langsam hoch. Seine Farbe war eine Mischung aus Grauweiß und Hellbeige. Er hatte eine mehr als üblich gerundete Form, und an seiner Wurzel hing immer noch ein Stück des Kiefers.

»Sir«, sagte Douglas, »er hat die gleiche Form wie –«

Vandiver brachte ihn mit einer Kopfbewegung und einem Blick zum Schweigen. Dann legte er den Zahn langsam wieder auf den Karton mit der Aufschrift: RED DIAMOND, DYNAMIT FÜR GRABENAUSHUB, STÄRKE 50 %.

»Haben Sie den Hai gesehen?« fragte er den Matrosen.

»Ja, Sir, vor meinem Dienst.«

»Er sieht genauso aus, nicht wahr?«

»Sir?« fragte der Matrose.

»Sir ...«, setzte Douglas an, doch Vandiver hielt ihn wieder mit einem Blick zurück. Dann forderte er ihn lautlos auf, ihm zu folgen.

Fünf Meter vom Boot entfernt blieb er stehen und drehte sich zu seinem Neffen um. »Was ist, Douglas?«

Douglas schluckte. »Sir, dieser Zahn hat die gleiche Größe und Form wie der eines zwölf Meter langen Weißen Hais. Wenn derjenige, der den Zahn bei den Keys verloren hat, auch hierhergekommen ist ... Wir müssen es ihnen sagen. Er könnte jemanden töten –«

»Hast du vielleicht gedacht, ich würde sie nicht informieren, Douglas?«

»Nun, nein, Sir. Ich nehme an, Sie – äh ...«

»Wenn du nichts dagegen hast, laß es mich auf meine Art machen, Douglas. Weißt du, was passiert, wenn wir anfangen, ›Megalodon!‹ zu schreien?« Er blickte seinen Neffen abwartend an.

»Ich weiß nicht, Sir.«

»Angenommen, die Haie durchbeißen die Taue, und der Megalodon sinkt in die Tiefe ... Vielleicht haben sie den Kadaver zerfetzt, bevor wir jemanden hinunterschicken können, um ein paar Kabel anzubringen und ihn wieder zu heben. Weiter angenommen, der andere Megalodon ist entweder nicht in der Gegend, oder er hat sie, falls er hier war, wieder verlassen, ohne jemals gesichtet worden zu sein, und kehrt dahin zurück, woher er gekommen ist. Doch auch wenn er entdeckt wird, haben wir nicht mehr als eine Sichtmeldung von einem Weißen Hai mit Rekordmaßen. Dann stehen wir da und reden von einem Hai, der seit einer Million Jahre ausgestorben ist, der genauso wie ein Weißer Hai aussieht – und haben nicht einen Beweis vorzulegen.«

»Der Zahn, Sir.«

»Sicher, ich hatte einen Zahn von den Keys. Wir wissen jetzt, daß es höchstens einige Monate her ist, seit er auf den Meeresboden fiel. Aber welchen Nutzen hat das? Wer wird öffentlich sagen, daß er von einem Megalodon stammt?«

»Aber für die Herkunft dieses Zahns haben wir Augenzeugen.«

»Augenzeugen, Douglas? Irgendein Typ erklärt, er hätte den Zahn aus diesem bestimmten Hai herausgeschnitten ... Ein paar Leute haben es beobachtet? Dann gibt es eine Untersuchung, und vielleicht steht jemand auf und unterstellt einen Betrug. Besagter Typ, so könnte er mutmaßen, habe von dem riesigen Hai gehört und wollte einmal berühmt sein. Also sei er mit zwei Megalodonzähnen hier aufgetaucht und habe erklärt, er hätte sie aus dem Maul des Hais herausgeschnitten.«

»Sir, bei allem Respekt ... das ergibt keinen –«

»Sinn, Douglas? Es gibt nur eins, das Sinn macht, nur eins, das mit Sicherheit jeden Zweifel ausschließt. Wenn wir den Megalodon, der von diesem Boot abgeschleppt wird, hierher zurückbringen ... so daß er von jedem Wissenschaftler der Welt in aller Ruhe untersucht werden kann ... von jedem, der es nicht glauben will, bevor er es nicht mit eigenen Augen gesehen hat.«

»Aber, Sir, Sie müssen ihnen etwas sagen ... irgend etwas – um sie zu warnen.«

»Douglas.«

Der Blick seines Onkels hielt Douglas von weiteren Einwänden ab.

Vandiver ging zum Whaler zurück, wo Cowart und die beiden Matrosen nervös warteten, und blieb vor dem jungen Mann stehen, der den Hai selbst gesehen hatte.

»Mein Sohn«, sagte er, »ich habe Grund zu der Annahme, daß da draußen noch ein Weißer Hai herumschwimmt, der womöglich noch größer ist.«

Der Matrose runzelte die Stirn.

»Ja«, sagte Vandiver, »größer. Ich möchte, daß Sie alle darauf aufmerksam machen, die Schiffe in der Gegend, die örtlichen Sheriffs, wen immer Sie normalerweise informieren, und sagen Sie ihnen, daß die Möglichkeit« – er sah sich zu Douglas um, der hinter ihm stand –, »... die *Wahrscheinlichkeit* einer ernsten Gefahr besteht. Vermutlich irgendwo entlang der Küste.«

Der Matrose nickte. »Jawohl, Sir«, sagte er und machte sich auf den Weg zum Stationsgebäude.

Sheriff Stark gab wieder einen Schuß ab, und ein Hammerhai drehte sich im Wasser und verschwand unter der Oberfläche. Sekunden später tauchte er fünf Meter weiter weg auf, klatschte mit der Schwanzflosse aufs Wasser und sank wieder in die Tiefe.

Zwei Finnen wandten sich in seine Richtung, glitten unter die Oberfläche und schwammen auf die Stelle zu. Unter Wasser schossen zwei weitere lange dunkle Schatten zum verwundeten Hammerhai.

Der erste Raubfisch, der weit genug an die Oberfläche gekommen war, daß Stark glaubte, ihn verwunden zu können, war ein anderthalb Meter langer Grundhai gewesen. Auch er war blutend von der Boje zurückgefallen und hatte einige seiner Artgenossen angezogen. Aber diejenigen, die das Netz verlassen hatten, waren durch Neuankömmlinge, die aus allen Richtungen auf die Boje zusteuerten, mehr als ersetzt worden.

Stark feuerte wieder. Doch der Schuß hinterließ nur eine Kerbe in einer Finne, die sich kurz über dem Wasser gezeigt hatte.

Als ein Grundhai, dem ein langes rotes Eingeweidestück aus dem Maul hing, durch die Wasseroberfläche brach, zog Stark erneut den Abzug durch. Aber es klickte nur.

»Wo ist die Munition?« rief Stark zur Laufbrücke hoch.

»Mehr haben wir nicht«, sagte Carolyn. »Nur die, die in der Waffe ist.«

Beiderseits des Boots tauchten immer mehr Finnen auf, die zur Boje unterwegs waren.

Kapitel 37

»Da!« sagte der lockige Junge.

Alvin blickte in die Richtung, in die sein Stiefsohn zeigte. Er sah, daß sich das Wasser an irgend etwas brach und die Gischt vom Wind durch die Luft geweht wurde. War es vielleicht ein langes Stück Holz?

»Gib mir mal das Fernglas«, sagte er.

»Das benutze ich gerade«, entgegnete der Junge.

Als der Junge es wieder vor die Augen hob, riß Alvin es ihm aus den Händen.

»Alvin!« sagte seine Frau.

Dort, wo er die Gischt gesehen hatte, war kein Holzstück zu sehen. Es war überhaupt nichts zu sehen. Er senkte das Fernglas und spähte mit bloßem Auge in die Richtung, um sich zu überzeugen, daß er die richtige Stelle anvisiert hatte. Dann blickte er wieder durchs Fernglas.

Immer noch nichts. *Aber da war etwas gewesen.*

Er drehte das Steuerrad der Gulfstar in die Richtung.

»Hab ich doch gesagt«, meinte der Junge und nahm sich wieder das Fernglas.

Seine Schwester kämmte weiter ihre Haare. Doch jedesmal, wenn sie den Kamm einmal hindurchgezogen hatte, wehte der steife Golfwind die Frisur wieder in alle Richtungen auseinander. »Ich will den Wal nicht sehen«, quengelte sie. »Ich will nach Jackson zurück.«

»Alvin, es wird ein bißchen zu rauh«, sagte ihre Mutter.

»Nein, du hast gesagt, wir müßten nachsehen, ob da ein Wal ist.«

Damit drückte er den Doppelgashebel noch ein Stück nach vorn, so daß die Gulfstar härter durch die lange Dünung stampfte. Das blonde Mädchen schaute zu ihm hoch. Vor dem Gesicht des Jungen hüpfte das Fernglas auf und ab, während er versuchte, es ruhig zu halten, und seine Frau hielt sich an der Reling fest.

Jetzt waren sie in seiner Hand.

Admiral Vandiver saß auf dem vorderen Sitz des knapp sieben Meter langen Boston Whaler, der in Richtung der Küsteninseln über den Sund raste, und sah sich nach seinem Neffen um.

»Verdammt, Douglas, jetzt ist mir der Name wieder eingefallen: Chalumna.«

»Sir?« fragte Douglas, während er von seinem Sitz gehoben wurde, als der Whaler durch eine Welle jagte.

»Der Chalumna in Südafrika, Douglas. Der Fluß, vor dessen Mündung der Quastenflosser gefangen wurde. Ich wußte, daß mir der Name irgendwann einfallen würde. Und mir ist noch etwas eingefallen. Weißt du, wo wir sind?«

Douglas wartete.

»Ziemlich genau in dem Gebiet, wo die Navy im Zweiten Weltkrieg Haiabwehrmittel getestet hat. Sie hatten das ganze Land zur Auswahl, um ein Testgebiet zu finden, und ausgerechnet die Gewässer vor den Chandeleur-Inseln haben sie ausgesucht. Das sollte dir klarmachen, wie viele Haie sich hier aufhalten.«

Vandiver sah sich lächelnd um. »Und es sollte dir sagen, daß es hier etwas gibt, das für Haie besonders anziehend ist. Vielleicht hatte ich ja recht, was das Becken des unteren Mississippis betrifft – die Zuflüsse gelangen genau hierher. Vielleicht leben hier seit Anbeginn der Zeit Haie. Die alte Heimat sozusagen. Was hältst du davon?« Er lachte laut auf.

Bootsmannsmaat Cowart musterte den Admiral aus den Augenwinkeln.

In der Küstenwachstation in Gulfport saß der Obergefreite auf dem Stuhl des Wachhabenden am Funkgerät. Der Gefreite saß ihm gegenüber auf der anderen Seite des Schreibtischs und hatte die Füße auf die Tischplatte gelegt.

»Ein *größerer*?« sagte der Gefreite. »Hattest du den Eindruck, daß der Admiral nicht mehr ganz richtig tickt?«

»Unteroffizier Johnson tickt nicht mehr ganz richtig.«

»Ja. Aber nur, weil deine Freundin dich seinetwegen verlassen hat.«

»Ich habe *sie* verlassen.«

»Aha.«

»Mayday! Mayday!«

Der Obergefreite griff nach dem Funkgerät.

»Mayday! Mayday! Mayday!«

»Halt mal für einen Moment die Klappe«, brummte der Obergefreite, »damit ich herausfinden kann, wo du bist.«

»Mayday!«

Der Ruf verstummte.

»Schiff in Schwierigkeiten, hier ist die Küstenwache, Station Gulfport. Was ist Ihr –«

»Der verdammte Hai ist nicht tot! Er ist hier draußen! Und er ist nicht siebeneinhalb Meter lang! Er ist doppelt so lang!«

Der Obergefreite war verblüfft.

»Verdammt, Küstenwache, sind Sie noch dran?«

»Ihre Position, Kapitän.«

»Das verdammte Biest verfolgt mich! Bei den Chandeleur-Inseln! Es hat mich fast –«

Der Mann verstummte plötzlich, doch sein Daumen schien auf dem Sprechknopf erstarrt zu sein, denn das Motorengeräusch seines Boots war immer noch zu hören.

Dann ein Schrei – der langgezogene, schrille Schrei eines kleinen Mädchens.

»*Mammmaaaaaa!*« kreischte es wieder.

Dann Bruchgeräusche.

Schließlich Stille.

Dreieinhalb Kilometer vor der Nordspitze der Kette der Chandeleur-Inseln griff Unteroffizier Ken Dickinson, Kommandant einer auf Routinepatrouille befindlichen Forty-One der Küstenwachstation, nach dem Funkgerät.

»Station Gulfport, hier ist vier-eins drei vierundsechzig. Wir sind zwei Meilen vom Chandeleur-Leuchtturm entfernt und nehmen Kurs auf den Notruf.«

Admiral Vandiver sah über die Schulter zu seinem Neffen.

»Der zweite!«

Angesichts der Chance, einen lebenden Megalodon zu sehen, befahl er Bootsmannsmaat Cowart, die Fahrt zur *Intuitive* abzubrechen und nach Südwesten in Richtung des Chandeleur-Leuchtturms abzudrehen. Wenn er zur *Intuitive* weitergefahren wäre, hätte er nicht mehr tun können, als sie zusammen mit der unsichtbaren Schlepplast zur Küstenwachstation zurück zu begleiten. Dorthin könnte er auch später fahren, um den Kadaver in ein Kühlhaus schaffen zu lassen, wo er lagern konnte, bis die Wissenschaftler, die ihn untersuchen sollten, einträfen. In der Zwischenzeit bot sich ihm die Gelegenheit, einen Blick auf einen *lebendigen Megalodon* zu werfen, und die würde er sich nicht entgehen lassen.

Während der Whaler nach Südwesten kurvte, griff Vandiver zum Mikrofon des UKW-Funkgeräts und rief die Forty-

One der Küstenwache: »Küstenwache vier-eins drei vierundsechzig, hier ist Admiral Vandiver, US Navy. Vier-eins drei vierundsechzig, empfangen Sie mich?«

»Ja, Sir.«

»Melden Sie mir augenblicklich, wenn Sie den Hai sichten. Ich sagte: augenblicklich, wenn sie eine Sichtung haben. Ich bin auf dem Weg zu den Chandeleur-Inseln.«

Er sah zu Cowart. »Wie weit ist es noch?«

»Acht Meilen, Sir.«

Vandiver nickte. Und als er über das Wasser vor dem Bug schaute, huschte ein Lächeln über sein Gesicht.

Rund fünfundzwanzig Kilometer von den Chandeleur-Inseln entfernt, stand Alan neben Stark auf dem Angeldeck der *Intuitive* und betrachtete die Boje, an der die aufregendste Entdeckung in der Geschichte der Meeresforschung hing. Er wußte, wenn er den Kadaver bewegungslos zurücklassen würde, wäre es noch einfacher für die Haie, ihn bis auf das Skelett zu reduzieren.

Aber nach der Erregung zu urteilen, die er in Vandivers Stimme wahrgenommen hatte, als der Admiral der Forty-One mitgeteilt hatte, daß er zum Chandeleur-Leuchtturm unterwegs sei, gab es keinen Zweifel daran, daß der in dem Notruf erwähnte Hai ein weiterer Megalodon war. Dieser hatte nicht mehr Angst vor Menschen und war genauso ein Jäger wie sein Artgenosse, der, soweit Alan wußte, fünf Menschen getötet und vier Boote angegriffen hatte. Da der Notruf plötzlich abgebrochen war, hatte er keine Ahnung, ob der Mann ein kleines Boot fuhr, das keine Chance hatte, oder mit einem größeren unterwegs war, das mehr Sicherheit bot. Und er wußte nicht, was die Bruchgeräusche verursacht hatte, obwohl er Schlimmes ahnte. Er hatte den Schrei eines Kindes gehört. Möglicherweise gab es Überlebende. Die Forty-One der Küstenwache mochte sie als erste finden – oder auch nicht. Ihm blieb keine Wahl. Er schnitt das Schleppseil durch und verfolgte, wie die Boje, durch das Gewicht des Kadavers gewissermaßen verankert, sofort stehenblieb und fast ganz in einer über sie hinwegrollenden Welle verschwand, während von allen Seiten Finnen auf sie zuschossen.

Neben ihm beobachtete Paul mit zusammengebissenen Zähnen, was geschah. Carolyn drückte die Gashebel bis zum Anschlag nach vorn, und die *Intuitive* stieg rasch auf eine Welle und durchpflügte die nächste. Alan warf einen letzten Blick auf die Boje. Dann wandte er sich in Richtung der Chandeleur-Inseln.

Kapitel 38

Die Forty-One verlangsamte das Tempo, während sie um die Untiefe, die sich nördlich des Chandeleur-Leuchtturms erstreckte, herumfuhr. Auf der Brücke setzte Unteroffizier Dickinson sein Fernglas ab und blickte mit bloßem Auge auf die Gulfstar, die mit hochgebogenem Bug nur wenige Meter vom Ufer entfernt auf Grund gelaufen war. Fünfzehn Meter weiter auf See trieb ein kleines weißes Beiboot auf der langen Dünung hinter den Inseln.

Wenige Minuten später näherte sich der Bug der Forty-One dem Beiboot, und der Matrose am Steuerrad zog die Gashebel zurück. Dickinson musterte die Schlitze in der Seite der Gulfstar, bevor er wieder zur Insel hinüberschaute. Dann sagte er durch die Lautsprecheranlage der Forty-One: *»Achtung auf der Gulfstar, hier ist die US-Küstenwache.«*

»Da«, rief der Matrose und nickte in Richtung der Gestalten, die zwischen den Bäumen hervorkamen. Es waren vier: zwei Erwachsene, ein lockiger Junge und ein kleines Mädchen mit blonden Haaren. Sie gingen langsam zum Ufer, hielten aber gebührenden Abstand zum Wasser.

»Kommen Sie uns holen!« rief der Mann, ohne den Blick vom Wasser zu heben.

Die beiden Matrosen auf dem Bug der Forty-One hatten das Beiboot längsseits gezogen. »Ich werde sie damit holen«, rief einer von ihnen zur Brücke hoch.

Als sich das Boot dem Ufer näherte, machten die vier Menschen an Land keine Anstalten, näher ans Wasser zu gehen.

Der Matrose setzte das Boot auf den Sand auf und stieg über den Bug an Land.

Alvin schüttelte den Kopf. »So etwas Großes habe ich noch nie gesehen«, sagte er.

Das kleine Mädchen starrte das Boot an. »Da steige ich nicht wieder rein«, verkündete sie.

»Du wirst es tun müssen«, redete ihre Mutter ihr zu.

»Nein.«

»Es sei denn, du willst hierbleiben«, sagte Alvin.

Das Mädchen begann zu schluchzen, während ihr Bruder mit zusammengebissenen Zähnen zum Boot ging.

»Ist das aus Stahl?« fragte Alvin mit einem Blick auf die Forty-One und fuhr, bevor der Matrose antworten konnte, fort: »Durch Fiberglas wäre der Hai spielend durchgekommen.« Er sah auf den Rumpf der Gulfstar.

»Sir, wie lang, sagten Sie, war der Hai?«

»Mindestens fünfzehn Meter«, antwortete Alvin.

»Sir, der Rekord für Weiße Haie liegt bei zehn Metern.«

»Dann können Sie sich ins Guinness-Buch der Rekorde eintragen lassen, wenn Sie den fangen, der uns verfolgt hat. Viel Glück.«

»Sir, ich versuche nur, die Fakten für meinen Bericht zu bekommen. Es wäre sehr ungewöhnlich, wenn da wirklich ein Hai von dieser –«

»Kommt schon«, unterbrach ihn der kleine Junge, »fahren wir! Er *war* fünfzehn Meter lang.« Er stand am Bug des Beiboots und hatte sich, während er sprach, nicht umgedreht, sondern unverwandt aufs Wasser hinausgeschaut.

Auf der Brücke der Forty-One sprach Unteroffizier Dickinson erneut mit Vandiver.

»Nein, Sir«, sagte er, »ihnen scheint es gutzugehen. Es sind vier, zwei Erwachsene und zwei Kinder. Sie waren auf der Insel. Matrose Brown bringt sie mit ihrem Beiboot an Bord. Es trieb auf dem Wasser. Ob sonst noch jemand an Bord war, weiß ich nicht.«

»Wir sind in Sichtweite der Insel«, sagte Vandiver. *»Sobald die Leute an Bord sind, möchte ich mit demjenigen sprechen, der den Notruf gesendet hat.«*

»Ja, Sir.«

»Und setzen Sie sich mit Ihrer Station in Verbindung. Ich möchte sofort informiert werden, wenn das Boot mit dem Kadaver dort eintrifft.«

Vandiver legte das Mikrofon ab und hielt sich an der Seite des Whalers fest, der sich durch die ansteigenden Wellen kämpfte. Er sah zur Forty-One hinüber, die dreißig Meter hinter der Gulfstar gestoppt hatte. Das tiefer im Wasser liegende Beiboot, das sich auf die Forty-One zubewegte, konnte er kaum erkennen.

Der Whaler war nur noch vierhundert Meter von der Forty-One entfernt, als Dickinson sich wieder meldete.

»Vier-eins drei vierundsechzig für Admiral Vandiver.«

»Sprechen Sie.«

»Sir, mehr als die vier Personen waren nicht auf der Gulfstar. Sie sagen, daß auf der anderen Seite der Insel ein Speedboot auf dem Strand liege, das sie schon beim Auslaufen aus dem Jachthafen gesehen haben. An Bord seien zwei junge Leute gewesen. Als Mr. Cunningham ... so heißt der Kapitän der Gulfstar, Sir ... Er berichtet, er hätte das Boot gesehen, als er vorher auf der Insel war, und geglaubt, die beiden seien zwischen den Bäumen. Aber er hat nachgeschaut, während er auf uns wartete, und er sagt, daß sie nicht da sind. Die Matrosen Brown und Franks sind mit dem Beiboot zurückgefahren, um der Sache nachzugehen. Hier ist Mr. Cunningham – Alvin Cunningham, Sir.«

»Hallo«, sagte eine andere Stimme.

»Mr. Cunningham, hier ist Admiral Vandiver. Sie sagten, Sie hätten einen Hai gesehen, der doppelt so groß –«

»Fünfzehn verdammte Meter – mindestens. Ja, Sir. Und wenn Sie ihn sehen sollten, werden Sie sich wünschen, nicht in diesem kleinen Boot zu sein, mit dem Sie fahren.«

»Wieso sind Sie sich in bezug auf seine Größe so sicher, Mr. Cunningham?«

»Weil das verdammte Biest direkt hinter uns war. Und wenn Sie nichts dagegen haben, könnten Sie den Leuten hier sagen, daß sie uns nach Biloxi zurückbringen sollen, während wir uns unterhalten.«

»Sicher. Aber sie werden auf die beiden Matrosen warten müssen, die zur Insel zurückgefahren sind. Also, wo haben Sie den Hai gesehen?«

»Hinter mir.«

»In welcher Richtung?«

»Himmel, Admiral, hinter ... Oh, Sie meinen ... Ungefähr achthundert Meter westlich von hier. Zuerst habe ich ihn für einen verdammten Wal gehalten. Dann ist er verschwunden, und ich dachte, ich hätte mir alles nur eingebildet. Ich habe das Boot gewendet ... und als ich ein paar Minuten später zufällig über die Schulter sah, jagte er hinter uns her. Ich schwöre, daß die Finne drei Meter hoch war. Hätte ich erst später zurückgeguckt ... Wir hätten es auch so fast nicht geschafft. Er hatte uns beinah erreicht, als das flachere Wasser ihn stoppte. Wenn es nicht ...«

Vandiver sah zu seinem Neffen. »Das ist kein wirres Gerede, Douglas. Er spricht so logisch, wie nur möglich. Er hat einen Megalodon von dieser Größe gesehen – zumindest ungefähr von dieser Größe.«

Bei dem Wort »Megalodon« runzelte Cowart die Stirn.

»Admiral?« kam es aus dem Funkgerät.

»Ja, Mr. Cunningham.«

»Ich glaube, er hat die beiden jungen Leute erwischt, und zwar aus dem Grund, weil dort ein Surfbrett auf dem Wasser trieb. Ich dachte, sie hätten es am Strand liegengelassen, und die Wellen hätten es mit sich genommen. Ich habe es wieder auf den Strand gezogen, bevor ich die Insel das erste Mal verlassen habe. Als sie aus dem Jachthafen fuhren, hatten sie allerdings zwei Surfbretter bei sich. Wir müssen hier wirklich weg, Admiral. Sie haben uns gesagt, daß der Rumpf ihres Boots aus Aluminium besteht. Ich nehme an, das ist stark genug.«

»Sie sind völlig sicher, Mr. Cunningham.«

Douglas sah ihn an, während Cowart die Gashebel zurückzog, so daß der Whaler weniger heftig stampfte. Dann stieg er auf eine Welle und fuhr auf der anderen Seite hinunter, näher an die Forty-One heran.

Auf der Insel kamen die beiden Matrosen allein zum Ufer zurück.

Kapitel 39

Das Arbeitsboot war genau für diesen Zweck entworfen worden – für die Arbeit. Sein Motor hatte für den Transport schwerer Lasten eine niedrige Übersetzung. Bei Höchstgeschwindigkeit röhrte er weder wie ein Außenbordmotor, noch brummte er wie die auf Jachten eingebauten Diesel. Er tuckerte. Und genau dieses Geräusch gab er jetzt von sich, als Deputy Fairley aus dem Pascagoula in die schmale Rinne in der Marsch einbog, um zu Carolyns Speedboot zu fahren, das immer noch hundert Meter vom Fluß entfernt mit dem Bug auf einem großen Grasstück lag.

Das rhythmische Geräusch machte es Deputy Fairley noch schwerer, wach zu bleiben. Da er in den vergangenen zweiundsiebzig nur wenig und in den letzten vierundzwanzig Stunden gar keinen Schlaf gefunden hatte, hätte ihn vermutlich sogar das schrille Geräusch eines pfeifenden D-Zugs eingeschläfert. Jedenfalls konnte er es sich gut vorstellen.

Die Sonne versank jetzt hinter den Bäumen und die Dämmerung legte sich immer dichter über die Marsch. Der vom Golf kommende scharfe Wind hatte sich über dem Festland zu einem warmen Luftzug abgemildert. All das trug dazu bei, daß Fairley kurz einnickte. Als sein Kopf nach vorn sank, zuckte er hoch und öffnete die Augen. Er näherte sich Carolyns Boot und kuppelte den Motor aus, während er den Bug neben dem Speedboot ins hohe Gras steuerte.

Er mußte ins hüfthohe Wasser steigen, um ein Seil am Bug des Speedboots zu befestigen und es dann rückwärts in die Mitte der Rinne zu stoßen. Danach drehte er den Bug hinter das Arbeitsboot und schlang das Seil um einen Klampen an der Seite des Hecks. Schließlich hielt er sich am Arbeitsboot fest, spannte die Muskeln an und sprang aus dem Wasser über die Reling an Bord.

Wieder hinter dem Steuerrad angekommen, kuppelte er den Motor ein und setzte aus dem Gras zurück. Als er mit einer Ecke des Hecks gegen das Speedboot stieß, verzog er das Gesicht. Aber die Kollision hatte keine Spuren auf dem Fiberglasrumpf zurückgelassen. Er legte den Vorwärtsgang ein und drehte den Bug in Richtung Fluß.

Einige Minuten später lief er in den Pascagoula ein und bog flußabwärts in Richtung der Ingalls-Werft in die Fahrrinne ein.

Gähnend räkelte er sich an die Rücklehne des ramponierten Sitzes. Eine Fliege summte vor seinem Gesicht, aber er bewegte kaum die Hand, um sie zu vertreiben.

Dann hörte er hinter sich ein dumpfes Geräusch. Das Speedboot hing für einen Augenblick an etwas fest, und das Seil an der Heckklampe löste sich und fiel in den Fluß, so daß Carolyns Boot ohne Fahrt im Wasser liegenblieb.

Fairley sah sich nach der Ursache des Zusammenstoßes um, konnte aber nichts erkennen. Gähnend legte er den Rückwärtsgang ein und fuhr langsam zu dem anderen Boot zurück.

Den Blick über die Schulter auf das Speedboot gerichtet, kuppelte er den Motor aus. Dann drehte er sich um und ging über das harte, angetrocknete Blut und die Fleischstücke zum Heck. Der Wind drückte den Bug des Speedboots langsam zur Seite, so daß Fairley das dort befestigte Seil nicht mehr erreichen konnte.

Also kletterte er auf eine Ecke des Hecks und streckte den Arm aus. Das Seil war immer noch ein paar Zentimeter zu weit weg. Sich ans Heck klammernd, beugte er sich weiter nach vorne, so daß er unsicher über der Lücke zwischen den beiden Booten hing. Schwankend streckte er die Hand aus, so weit er konnte und verlor fast den Halt. Diesmal bekam er das Seil zu fassen. Als er es zu sich zog, fiel sein Blick auf das Wasser unter ihm, auf dem sich eine Wolke mit einem breiten schwarzen Loch in der Mitte spiegelte. Die Ränder der Wolke schimmerten und verschwammen dann.

Es dauerte einen Moment, bis er begriff, daß er es nicht mit einer Spiegelung auf der Oberfläche zu tun hatte, sondern daß etwas darunter war, und zwar etwas, das auf ihn zukam.

Er versuchte, sich mit einem Ruck ins Boot zu werfen, rutschte aber ab, so daß er nur noch mit seinen Fingern Halt fand. Mit letzter Kraft wollte er sich ins Boot hieven, als das offen klaffende Maul in einem Wasserfall durch die Oberfläche brach. Als er sich endlich an Bord schob, blieb seine ausgestreckte Hand, deren Finger immer noch um das Seil geschlossen waren, im Maul des Hais zurück und wurde hoch in die Luft gehoben. Fairley landete rücklings auf dem harten Stahlboden.

Er fühlte keinen Schmerz, sah nur statt des Unterarms einen Stumpf, aus dem Blut in die Luft spritzte und dann zu Boden tropfte, wo es sich auf dem angetrockneten Tierblut verteilte.

Als Fairleys Schrei über Fluß und Marsch hallte, stieg ein Reiher verschreckt in die letzten Sonnenstrahlen auf und flog davon.

Fairley bedeckte den Stumpf mit der Hand und versuchte das heraussprudelnde Blut zu stoppen. Aber es spritzte zwischen den Fingern hindurch auf Gesicht und Brust. Er stand mühsam auf und sah sich hektisch nach etwas um, das er um seinen Unterarm wickeln konnte.

In diesem Augenblick rammte der Hai den Boden des Boots und hob es im Wasser an, so daß es sich zur Seite neigte. Fairley rutschte auf seinem eigenen Blut aus, fiel vornüber und krachte gegen die Seite des Boots. Er versuchte aufzustehen, aber seine Hand rutschte an der Stahlkonstruktion ab, und er stürzte hart zu Boden.

Das Fahrzeug wurde heftig erschüttert. Wasser spritzte unter ihm hervor. Dann schwankte es wieder. Fairley drückte sich auf die Knie, hielt den Stumpf fest und kroch nach vorn zur Steuerung.

Eine Seite des Boots wurde angehoben, schwebte in der Luft und krachte aufs Wasser zurück. Fairley prallte mit der Schulter gegen das Steuerrad, drehte sich um und drückte sich von der Gangschaltung ab. Als er nach dem Hebel griff, rutschte seine blutverschmierte Hand jedoch ab, und er mußte es noch einmal versuchen.

Doch da brach der Kopf durch die Oberfläche und ließ das Boot heftig schaukeln. Der eineiige Zwilling des toten Megalodons schraubte sich mit einem Drittel seines Körpers aus dem Wasser und blieb wie ein auf der Schwanzflosse stehender Delphin in der Luft hängen. Im offenen Maul schimmerten mehrere Reihen brauner Zähne.

Dann schob er sich nach vorn. Fairley, der rücklings auf den Sitzen lag, sah das Bootspaddel neben sich auf dem Boden liegen, griff danach und quälte sich in eine aufrechte Sitzhaltung.

Der Kopf des Hais schwebte über ihm, während er die Knie unter den Körper zog und sich auf dem Sitz nach oben schob. Als sich das aufgerissene Maul senkte, rammte er das Paddel mit aller Kraft in die gezackten Zähne.

Das Paddel zersplitterte.

Fairley zog die zerbrochene Stange zurück und stieß sie nach vorn. Der vordere Teil des Hais schlug auf die Bootsseite, so daß sich das Boot unter dem Gewicht des massigen Körpers in seine Richtung neigte. Fairley stieß den Griff des Paddels in die Mitte des höhlenartigen Rachens, während das Maul sich um ihn schloß.

Als er hochgehoben wurde, trat er noch mit den Füßen. Doch jetzt schlossen sich die Zähne, und seine Beine wurden taub.

Der Hai sank in den Fluß zurück.

Blasen stiegen an die Oberfläche.

Dann tauchte der Griff des Paddels aus dem braunen Wasser auf.

In der Ferne fuhr die Forty-One auf dem Rückweg nach Gulfport auf die Küsteninseln zu, während der Whaler langsam die Untiefen westlich der Chandeleur-Inseln überquerte. Alan setzte das Fernglas ab, mit dem er das Schiff beobachtete hatte.

»Das ist der Admiral«, sagte er. »Zwei Männer in Marineuniformen und die Frau von der Küstenwache. Sie suchen nach den Windsurfern, die in dem Boot waren.«

Carolyn blickte aufs Wasser hinaus und schaute dann kurz zu Paul hinunter. Dann sagte sie zu Alan: »Sie werden sie nicht finden. Ich fahre zurück.«

Alan sah über das Heck der *Intuitive* in die Richtung, in der sie den Kadaver des Megalodons zurückgelassen hatten.

»Carolyn, ich ...«

Er unterbrach sich, als er den Blick bemerkte, mit dem sie wieder zu Paul hinuntersah, und als sie die Augen zu ihm hob, nickte er.

»Bring ihn nach Hause«, sagte er.

Carolyn sah zu dem Whaler.

Alan schüttelte den Kopf. »Der Admiral ist erwachsen. Und er weiß, was los ist – offenbar besser als wir. Wenn er hierbleiben will, dann ist das nicht unser Problem.«

Carolyn drehte das Steuerrad herum und nahm Kurs auf die Küsteninseln.

Stark schaute zum Whaler hinüber. »Zuerst dachte ich, der Typ, der den Notruf durchgegeben hat, sei nach allem, was in den letzten beiden Tagen passiert ist, in Panik geraten. Daß er eine Finne gesehen hat oder etwas, das er für eine Finne hielt, und sofort ein Monster daraus gemacht hat. Aber Sie haben recht. Dieser Admiral da war auf dem Weg zu uns, und er wußte, was wir geschleppt haben. Und als der Notruf hereinkam, war er ganz aufgeregt, und jetzt ist er hier. Da draußen ist ein fünfzehn Meter langer Hai, nicht wahr?«

Carolyn sah wieder zu Paul hinunter. Sie dachte daran, wie sich Paul ihrem Vater zufolge am Fluß verhalten hatte, und daran, wie Duchess sich aufgeführt hatte. Sie griff nach dem Mikrofon des UKW-Funkgeräts und hob es an den Mund.

Kurz darauf war sie mit der Seevermittlung verbunden.

Es dauerte ein paar Minuten, bis ihr Anruf durchgestellt war.

»Mutter«, sagte sie, »ich weiß nicht genau, was vorgeht, aber ich möchte, daß du und Vater euch vom Fluß fernhaltet. Geht nicht zum Anlegeplatz hinunter!«

Sie hörte einen Moment zu. Dann sagte sie: »Ich bin nicht sicher. Haltet euch einfach vom Wasser fern.«

»Und Duchess«, fügte Paul hinzu.

Carolyn nickte. »Und sperrt Duchess im Haus ein, bis wir zurück sind.«

Paul lächelte.

»So ein verdammter Idiot«, meinte Stark mit einem

Blick auf den Whaler, der in der Ferne jämmerlich klein aussah.

Vandivers suchender Blick war überall zugleich. Douglas sah auf die untergehende Sonne, die beinah schon den Horizont berührte. Bald würde es zu dunkel sein, um etwas zu erkennen. Dann *müßten* sie zurück. Er schloß für einen Moment die Augen, bevor er sich umschaute. Das tat er ständig, seit der Kapitän der Gulfstar erzählt hatte, daß der Hai hinter seinem Boot aufgetaucht sei.

Jetzt stand Vandiver auf und suchte, die Hände auf der Windschutzscheibe, hektisch die Wasseroberfläche ab. Als sein Blick die untergehende Sonne streifte, runzelte er die Stirn. »Mist«, murmelte er, »sie geht wie eine verdammte Sternschnuppe unter.«

Nach Douglas' Empfinden hatte sie noch nie so lange gebraucht, um hinter dem Horizont zu verschwinden.

»Sir?« sagte die Frau von der Küstenwache. »Da eins der Surfbretter auf der Golfseite der Insel gefunden wurde, dürfte die Chance, das andere und möglicherweise auch Überlebende zu finden, dort größer sein als hier.«

Vandiver nickte. »Gute Idee«, sagte er. »Aber da wir schon einmal hier sind, können wir uns hier ruhig noch etwas umschauen.«

Nach einem fünfzehn Meter langen Megalodon, dachte Douglas, denn das meinte sein Onkel. Fünfzehn Meter und ungefähr achthundert Meter westlich der Insel – also genau dort, wo sie jetzt waren.

»Da drüben«, sagte Vandiver.

Douglas' Kopf zuckte herum. Aber sein Onkel hatte Cowart nur einen neuen Kurs angegeben. Das Wasser vor dem Boot schimmerte braun im schwindenden Licht. Im Osten war der Himmel bereits grau. Aus den Augenwinkeln sah

Douglas in der Ferne eine lange Gischtfahne in die Luft aufsteigen, sagte aber nichts, sondern behielt die Stelle nur vorsichtig im Auge.

Cowart stand hinter dem Steuerrad auf. In der orangenen Schwimmweste sah ihr Oberkörper wie angeschwollen aus. Sie spähte mit zusammengekniffenen Augen nach rechts.

Douglas drehte den Kopf rasch in die Richtung.

»Sir«, sagte sie.

Vandiver folgte ihrem Blick, während sie das Boot nach rechts steuerte. Douglas konnte immer noch nichts entdekken.

Dann sah er es.

Eine braune Finne, etwas gelb Glänzendes ...

»Das Brett, Sir«, stellte Cowart fest. Das Segel trieb neben dem bräunlich-gelben Surfbrett im Wasser und glänzte in den letzten Sonnenstrahlen. Das Ende des Bretts unterschied sich kaum von einer runden Finne. Es stieg auf die nächste Welle, wobei das Segel als Anker wirkte und das Brett auf die Seite zog, auf der es zunächst einen engen Kreis beschrieb, um dann erneut in die Luft zu springen.

Ein halbes Brett, bemerkte Douglas.

Cowart fuhr näher heran.

An der Bruchstelle waren in weitem Abstand große Zacken zu sehen, so als hätte jemand Dreiecke hineingesägt. Cowart kniff nachdenklich die Augen zusammen. Dann sah sie zu Vandiver, der das Wasser um den Whaler herum absuchte. Douglas starrte weiter auf das Brett und dachte an die Schlitze im Boot der beiden Ärzte. Nachdem er kurz die Augen geschlossen hatte, warf er wieder einen Blick auf die Sonne.

»Sir«, setzte er an.

»Ja, Douglas«, sagte Vandiver, ohne den Blick vom Wasser zu lösen.

»Es wird bald dunkel sein.«

»Ja, ich weiß.«

Douglas wartete einen Augenblick, beantwortete den Blick, den ihm Cowart über die Schulter zuwarf, mit einem Achselzucken und sah dann wieder zu seinem Onkel. »Sir, wenn der Hai im Dunkeln auftaucht, werden wir ihn nicht sehen können.«

»Ich weiß. Ich würde mein rechtes Bein für einen Scheinwerfer am Bug dieses verdammten Boots geben.«

Douglas warf einen Blick auf das Bein seines Onkels.

»Sir, vielleicht können wir morgen weitersuchen – mit einem größeren Schiff.«

Vandiver sah sich zu ihm um und betrachtete dann die beiden hundertdreißig PS starken Motoren am Heck des Whalers. »Douglas, wenn wirklich etwas hinter uns auftauchen sollte, werden wir mit diesen Motoren so weit wegkommen, wie wir wollen. Sieh dich einfach um. Meine Augen sind nicht mehr das, was sie mal waren.«

Sie waren alle verrückt, dachte Douglas. Außer vielleicht Cowart. Aber die hatte keine Ahnung.

Und das war nicht richtig.

»Sir?«

»Ja, Douglas.«

»Das ist verrückt, Sir.«

Sein Onkel drehte den Kopf zu ihm herum.

Aber Douglas ließ sich nicht aufhalten. »Sir, wozu soll es gut sein, ihn mit eigenen Augen zu sehen – das wäre noch kein Beweis. Das haben Sie selbst gesagt. Ein riesiger Hai, das ist alles.«

»Das ist mir egal«, gab Vandiver zurück. »Ich will nur, daß er irgendwo hochkommt, wo ich ihn aus der Nähe betrachten kann – mit eigenen Augen.«

»Aus der Nähe, Sir? Haben Sie Ihren verdammten Verstand

verloren?« Dem Admiral fiel der Unterkiefer herunter – ebenso wie Douglas.

Cowart blickte von einem zu anderen. Dann spähte sie mit zusammengekniffenen Augen zwischen ihnen aufs Wasser.

Douglas blickte hastig in dieselbe Richtung.

Achthundert Meter entfernt fuhr ein Charterboot mit hoher Geschwindigkeit in die Richtung, in welcher vor wenigen Minuten die Forty-One verschwunden war. Cowart griff nach dem Fernglas, das vor dem Steuerrad lag, und richtete es auf das Boot.

»Sir«, sagte sie, »es ist die *Intuitive.*«

Vandivers Kopf zuckte zu dem Boot herum.

»Verdammt!«

Er nahm das Funkmikrofon. »*Intuitive*, hier ist Admiral Vandiver. Wo ist der Hai, den Sie geschleppt haben?«

»*Wir haben ihn abgeschnitten*«, antwortete Carolyn.

»Mein Gott! Gute Frau, Sie wissen gar nicht, was Sie getan haben!«

Auf der *Intuitive* gab Carolyn dem Admiral mit ruhiger Stimme die LORAN-Koordinaten des Netzes durch. Dann legte sie das Mikrofon ab.

Kurz darauf beobachtete sie, wie der Whaler eine scharfe Kurve fuhr und mit breiter Hecksee volle Kraft voraus in Richtung der Position des Netzes davonraste.

Hundert Meter hinter dem Whaler brach plötzlich eine Finne durch die Oberfläche und nahm, während sie weiter aus dem Wasser stieg, Geschwindigkeit auf.

Mit zwei immer höher spritzenden Gischtfontänen jagte sie dem Boot hinterher.

Kapitel 40

Die vier Passagiere an Bord der *Intuitive* verfolgten voller Entsetzen, wie die dicke Finne dem Whaler folgte. Ihre Geschwindigkeit war unglaublich, und der Abstand zwischen ihr und dem Boot verringerte sich rasch. Carolyn griff nach dem Funkmikrofon.

Vandiver saß mit angespannter Miene und vor der Brust gekreuzten Armen da, wurde jedesmal, wenn das Boot durch eine Welle brach, durchgeschüttelt, blickte aber unverwandt in die Richtung der LORAN-Koordinaten. Douglas begann sich trotz der unruhigen Fahrt zu entspannen.

»*Admiral Vandiver!*« ertönte Carolyns Stimme aus dem Funkgerät. »*Er ist genau hinter Ihnen.*«

Alle drei sahen sich ruckartig um.

Die hohe Finne befand sich, seitlich versetzt, sechs Meter hinter dem Whaler und jagte auf den Bug zu. Cowart riß das Steuerrad herum. Das Boot legte sich auf die Seite und entfernte sich in engem Bogen von dem Hai. Douglas wurde über seinen Sitz geschleudert und prallte mit dem Bauch gegen die Bootsseite, so daß er mit dem Oberkörper über dem Wasser hing. Die Finne rauschte dicht an seinem Kopf vorbei.

Der Hai vollführte eine Spitzkehre und raste wieder auf sie zu.

Cowart steuerte das Boot im Stehen mit einer Hand, während sie mit der anderen über den Sitz nach dem M-16 tastete. Doch es rutschte weg, und sie kam nicht mehr heran. Douglas griff danach, richtete sich, mit dem Rücken an die Sitze gedrückt, auf und legte an.

Nichts passierte.

»Sie müssen durchladen!« schrie Cowart.

Douglas fingerte am Kammerstengel herum. Schließlich rutschte eine Patrone in die Kammer, und er drückte den Abzug durch. Drei Schüsse peitschten über die Finne hinweg. Dann versagte das Gewehr.

»Den Abzug loslassen, und dann wieder durchziehen!« rief Cowart.

Eine Salve von drei Schüssen durchschlug die Rückenflosse, die direkt auf die Seite des Boots zuhielt. Wieder drehte Cowart das Steuerrad von der Finne weg. Die dritte Salve ging in die Luft, während Douglas rückwärts stolperte, mit dem Hintern gegen die andere Bootsseite stieß und in Richtung Wasser kippte. Das M-16 wurde aus seinen Händen geschleudert und segelte über seinen Kopf. Er griff nach dem Bootsrand unter seinem Hintern, bog sich rücklings über das Wasser – und wurde von Vandiver an den Füßen gepackt und ins Innere zurückgezogen, während Cowart erneut das Steuerrad herumriß und die Finne hinter ihnen vorbeiraste.

Der Whaler fuhr jetzt direkt auf den Chandeleur-Leuchtturm und die vor ihm liegenden Untiefen zu. Vandiver ließ Douglas los, drückte sich auf die Knie und sah zur Finne zurück.

Sie verringerte rasch den Abstand, scherte nach rechts aus – und schoß auf das Boot zu. Cowart legte das Boot nach links. Doch plötzlich schwenkte die Finne nach links zurück, durchquerte, ähnlich wie ein Wasserskiläufer es getan hätte, die Heckwelle des Whalers und setzte sich neben das Boot.

Diesmal war der Hai zu schnell für die überraschte Cowart gewesen.

Douglas duckte sich ins Boot, während Vandiver, der immer noch auf allen vieren hockte, mit aufgerissenen Augen auf die Finne starrte. Der breite Kopf des Raubfisches rammte das Boot im selben Augenblick, als Cowart das Steuerrad hastig in die andere Richtung drehte.

Der Whaler kippte, auf der Seite liegend, nach oben und blieb, während sich das Wasser ins Innere ergoß, einen Moment in der Luft hängen. Dann klatschte er auf die Wasseroberfläche zurück, und die wassertriefenden Motoren erstarben in einer Rauchwolke.

Das Boot schaukelte.

Die Finne war weitergeschwommen, hatte einen großen Bogen beschrieben und griff jetzt von neuem an. Sie stieg immer höher aus dem Wasser, bis der Kopf durch die Oberfläche brach und das Wasser in Strömen an den Haiaugen vorbeifloß. Das massige, fünfzehn Meter lange Geschöpf hielt jetzt direkt auf den Whaler zu.

Cowart duckte sich in den kleinen Stauraum im Bug. Douglas klammerte sich an seinen Sitz, und Vandiver griff, ohne den Blick von den Augen des Geschöpfs zu lassen, nach dem Bootsrand.

Der Hai prallte gegen das Boot und schob es seitlich über das Wasser, als würde es auf einer Öllache gleiten, bis es in eine ansteigende Welle kam, sich zur Seite neigte – und kenterte.

Vandiver stürzte drei Meter vom Boot entfernt rücklings in den Golf. Neben ihm klatschte Cowart kopfüber ins Wasser und wurde von ihrer Schwimmweste augenblicklich aufgerichtet. Unter dem gekenterten Boot klammerte sich Douglas mit aufgeblasenen Wangen weiter an den Sitz und starrte angestrengt in das hellgrüne Wasser um ihn herum.

Aus seinem Mund kamen Blasen. Er sah auf den Sandboden unter sich, ließ den Sitz los und paddelte wild zur Seite, stieß aber trotzdem mit dem Kopf an den Bootsrand, bevor er sich unter ihm hindurchschob und nach Luft schnappend aus dem Wasser auftauchte.

Fünfzehn Meter entfernt lag der Hai, von dem jetzt nur noch die lange Finne zu sehen war, zu den drei Schiffbrüchigen gewandt, reglos im Wasser.

Douglas' Blick wanderte von der Rückenflosse zu einem Punkt, der sechs Meter näher war. Dort mußte sich der Kopf befinden.

Als die Finne sich langsam vorwärtsbewegte, paddelten die drei zu dem gekenterten Whaler zurück. Plötzlich sank sie dreißig Zentimeter tiefer und nahm Geschwindigkeit auf.

»Paßt auf!« schrie Vandiver und tauchte unter das Boot. Douglas folgte ihm.

Cowart wurde von der Schwimmweste über Wasser gehalten. Also griff sie nach dem abgerundeten Rumpf des Boots, rutschte aber ab. Unter hektischem Strampeln schaffte sie es schließlich doch, die Rettungsinsel zu erreichen.

Vandiver und Douglas zogen sich auf der anderen Seite hinauf.

Als der Hai unter dem Boot hindurchschoß, wurde es von der Kraft des Wassers, das er dabei hochdrückte, angehoben.

Carolyn sah zu Paul hinunter, schüttelte, während sie sich auf die Lippe biß, den Kopf, drehte das Steuerrad in Richtung der Unglücksstelle und rammte die Gashebel nach vorn.

Stark rannte über das Deck zum Bug.

Als Alan spürte, wie Paul die Arme um eins seiner Beine schlang und sich an ihn drückte, legte er ihm eine Hand auf die Schulter.

Der Hai umkreiste im Abstand von achtzehn bis zwanzig Metern den gekenterten Whaler und die drei Schiffbrüchigen, die auf allen vieren auf dem runden Kiel hockten. Langsam stieg die Finne höher aus dem Wasser, bis die Augen über der Oberfläche erschienen. Dann kam der breite Kopf näher.

Douglas schloß die Augen und murmelte ein kurzes Gebet, während Vandiver auf den Hai starrte und Cowart die Zähne zusammenbiß, um nicht zu weinen. Diesmal wurde der Hai nicht schneller. Er war jetzt fünfzehn Meter entfernt.

»Er wird uns einfach vom Kiel pflücken«, sagte Vandiver in nüchternem Tonfall.

Douglas schluckte. Sein Gesicht war wie versteinert. Cowart schob sich ein Stück zurück, aber hinter ihr war nichts als Wasser. Dann zog sie plötzlich die Schwimmweste aus und warf sie nach dem Hai.

»Verdammtes Monster!« schrie sie aus vollem Hals.

Die breite Nase schob die Schwimmweste beiseite, die am Kopf und weiter am Körper des Hais entlangtrieb.

Jetzt waren es noch sechs Meter.

Drei.

Cowart ließ sich auf der anderen Seite des Boots ins Wasser hinab und begann, so schnell sie konnte, wegzuschwimmen.

Der Kopf des Hais tauchte in einem Strudel unter, und die Finne schoß, tiefer sinkend, vorwärts.

Vandiver und Douglas sahen sich nach Cowart um, die zehn Meter entfernt mit wilden Bewegungen schwamm. Der dunkle Schatten schob sich unter ihre aufs Wasser schlagenden Beine. Plötzlich wurden Schultern und Kopf aus dem Wasser gehoben. Ihre Arme fuchtelten herum, als versuchte sie, in der Luft weiterzuschwimmen. Dann wurde sie unter die Wasseroberfläche gezerrt.

Douglas schloß die Augen.

Die Spitze der Schwanzflosse schwang weit zur Seite, und als die Rückenflosse wieder gerade aufragte, war sie auf den Whaler ausgerichtet. Vandiver sah zu der mit lautem Röhren heranrasenden *Intuitive* hinüber.

Die Finne näherte sich dem Whaler.

Sie begann aus dem Wasser zu steigen. Der breite Kopf brach durch die Oberfläche. Dann das Maul. Es klappte auf.

Douglas ließ sich an der Seite des Boots hinunter, bis er bis zu den Oberschenkeln im Wasser hing.

Vandiver rührte sich nicht.

Der Rachen ging weiter auf und schob sich über ihn. Er starrte auf viele Reihen dicker, spitzer brauner Zähne.

In diesem Augenblick rammte die *Intuitive* den Hai. Der Bug bohrte sich in den dicken Körper und rutschte an ihm hoch. Die Wucht des Aufpralls drehte den Hai auf die Seite, während der Kiel der *Intuitive* weiter über seinen Körper hinwegrutschte.

Eine Schraube stieß gegen das Fleisch, und einer der Motoren heulte auf. Dann rollte sich der Hai unter dem Heck des Boots hervor.

Die Welle, die er erzeugte, klatschte gegen den Whaler, der sich daraufhin rasch zu drehen begann. Vandiver purzelte vorwärts ins Wasser, während Douglas auf der anderen Seite abgeworfen wurde und hektisch zu schwimmen begann.

Die Finne stieg wieder aus dem Wasser, während das fünfzehn Meter lange Ungeheuer sich aufrichtete.

Den Whaler ließ es links liegen. Sein Ziel war jetzt die *Intuitive*.

Carolyn rang nach Atem. Bei dem Zusammenstoß war sie so hart gegen das Steuerrad gekracht, das ihr die Luft wegblieb.

Alans Griff hatte verhindert, daß Paul gegen die Vorderseite der Brücke geschleudert wurde, aber er selbst war mit der Schulter dagegengeprallt und, Paul mit sich ziehend, auf den Boden gestürzt. Als sie sich dem Hai genähert hatten, war Stark vom Bug nach hinten zurückgerannt und in dem Moment aufs Angeldeck gesprungen, als sie das Geschöpf rammten. Jetzt rollte er sich auf den Rücken und kam, sich den Unterarm haltend, mit schmerzverzerrtem Gesicht auf die Füße.

»Festhalten!« rief Alan hinunter. Er selbst klammerte sich mit einer Hand an die Brücke und zog mit der anderen Hand Paul an sich.

Der Hai hielt auf den Bug der *Intuitive* zu, und Carolyn zielte genau auf seinen Kopf.

Sie krachten zusammen wie zwei Widder, die ihre Hörner ineinander verkeilten. Der Kopf des Hais wurde unter Wasser gedrückt, während der Bug der *Intuitive* in die Luft stieg.

Carolyn stürzte auf das Steuerrad und rollte um es herum gegen die Windschutzscheibe. Pauls Hemd zerriß in Alans Hand, während er vom Steuerrad abprallte und in den hinteren Teil der Brücke zurückgeschleudert wurde. Der Alarm der Bilgenpumpe jaulte los, weil durch den aufgerissenen Bug Wasser ins Boot strömte.

Der Hai rollte zur Seite weg, und seine breite Brustflosse klappte aus dem Wasser und hing für einen Moment aufrecht in der Luft. Dann fand der Raubfisch sein Gleichgewicht wieder. Die Rückenflosse stieg aus dem Wasser, neigte sich zur Seite und richtete sich dann gerade auf.

Stark streckte die Hand über die Reling aus und griff nach Douglas' Arm. Vandiver kam zwar langsam näher, aber wackelte mit dem Kopf, als wäre er benebelt. Also stieß sich Douglas vom Boot ab, schwamm zu ihm und zog ihn an einem Arm zum Boot.

Die *Intuitive* hatte sich inzwischen mit der Kraft der noch funktionstüchtigen Schraube von ihnen fortbewegt. Alan legte den Rückwärtsgang ein und drückte die Gashebel vor. Ein Motor heulte sinnlos auf, aber der andere zog das Heck in einem Bogen zu Douglas und Vandiver zurück.

Stark griff nach Vandiver und zerrte ihn an Deck. Douglas kletterte selbst an Bord und ließ sich der Länge nach auf den Boden fallen.

Alan drehte das Steuerrad in Richtung der flachen Gewässer um die Chandeleur-Inseln.

Carolyn drückte Paul an ihre Beine.

Kapitel 41

Die *Intuitive* schleppte sich mit einem Motor zum Chandeleur-Leuchtturm. Dreißig Meter hinter dem Boot scherte der Hai aus dem Kielwasser aus, statt ihm direkt zu folgen. Alan sah zum Leuchtturm, der nur noch wenig mehr als die Länge eines Fußballfelds entfernt war. Sechzig Meter vorher würde das Wasser flach werden. Der Hai wurde schneller. Er schwamm immer noch im Winkel zum Kielwasser, holte aber trotzdem auf.

»Er wird uns den Weg abschneiden«, sagte Vandiver leise. Er stand am Heck, direkt über dem Wasser, das von der mit voller Kraft laufenden Schraube aufgeschäumt wurde.

»Und er weiß genau, wieviel Zeit er hat, bevor wir das flache Wasser erreichen.«

Alan betrachtete die aus dem Wasser ragende Finne und den dunklen Umriß darunter. Er kam jetzt schnell näher, aber nicht so schnell wie vorher. Es schien fast, als würde der Hai mit ihnen spielen und ihnen erlauben, näher ans sichere Gebiet heranzukommen.

Oder als würde er bewußt und mit Vorsatz handeln. *Nach einem vorgefaßten Plan?* In diesem Moment wußte er, daß genau das geschah. Daß er aus dem Kielwasser ausgeschert war, als er näher kam ... Er hatte gespürt, wie hart der verstärkte Bug der *Intuitive* war. Er wußte, daß am Heck des Boots noch eine Schraube mit scharfen Flügeln rotierte. Seine letzte Chance bestand an der Seite des Boots. Mit seinem breiten Kopf würde er das Fiberglas eindrücken, als wäre es Papier, zumal es dünner war als am Bug.

Die Finne beschleunigte. Bis zum flacheren Wasser waren es noch dreißig Meter.

»Er kommt«, stellte Stark fest.

»Verdammt!« schimpfte Joycelyn Johnson. Sie war mit der unhandlichen Fernsehkamera wieder gegen das Armaturenbrett des Hubschraubers gestoßen. Da der Pilot vor dem Start die Tür zum Cockpit herausgenommen hatte, wehte der Wind ihr die Haare ständig in die Augen. Mit genervten Handbewegungen strich sie die Strähnen aus dem Gesicht. Sie war Reporterin und keine verdammte Kamerafrau. Aber der einzige Kameramann von WLOX, der heute arbeitete, war auf dem Natchez Trace Parkway, um den Waldbrand zu filmen.

»Mein Gott!« stieß der Pilot hervor.

Joycelyne fiel das Kinn herunter, als sie den breiten dunklen Umriß sah, der die Seite der *Intuitive* rammte.

Obwohl Alan sich festhielt, wurde er durch den Zusammenstoß zur Seite geworfen und hätte beinah das Steuerrad losgelassen. Carolyn und Paul flogen seitlich gegen die Laufbrücke. Douglas schrie entsetzt auf.

Der Hai hatte das Boot nicht auf der Wasserlinie gerammt, sondern in Höhe des Decks, und mit seinem breiten Kopf Fiberglas und Reling gegen die Kabine gedrückt. Das riesige Maul klappte auf, als Douglas über das nasse Deck in die dem Raubfisch nächstgelegene Ecke des Angeldecks rutschte.

Vandiver und Stark kamen auf die Beine, während der Kopf ihnen gegenüber über der Bootsseite hing. Douglas floh auf allen vieren vor dem Schlund, als die Zähne des Hais mit dem Geräusch einer stählernen Falle zusammenklappten.

Der Kopf schob sich noch höher und krachte dann wie ein massiver Baumstamm in das Fiberglas und zerschmetterte die Kabinenwand. Die Laufbrücke senkte sich zu dieser Seite, und Paul rutschte auf den Hai zu. Carolyn griff nach ihm, verfehlte ihn aber.

Mit der oberen gerundeten Zahnreihe zerrte der Hai die Reling der Laufbrücke zu sich, so daß sich das Fiberglas mit einem Reißgeräusch von der Brücke löste. Paul glitt durch die entstandene Lücke und fiel unter dem erhobenen Kopf des Hais ins Wasser.

Carolyn schrie auf und krabbelte auf allen vieren zu der Lücke, als das Maul des Hais sich zu ihr senkte. Alan packte ihre Beine und zog sie zurück.

Paul trieb an dem langen Körper des Hais entlang auf die Schwanzflosse zu.

Alan schubste Carolyn von der Laufbrücke aufs Angeldeck und ließ sich dann selbst hinunterfallen. Sie rappelte sich schreiend auf und versuchte sich von Stark loszureißen, der sie festhielt, weil sie an den Rand des Decks rutschte.

Der Hai sank unter Wasser.

»NEIIIIIN!« schrie Carolyn.

Joycelyn Johnson schlug entsetzt die Hand vor den Mund. Die Fernsehkamera vibrierte vor ihren Füßen auf dem Boden des Hubschraubers. Aus dem Gesicht des Piloten war sämtliches Blut gewichen, während er zusah, wie der kleine Junge an dem Hai entlangtrieb und hinter ihm auf den von der riesigen Schwanzflosse erzeugten Wellen schaukelte.

Auf dem Boot rannte der Mann, der am Steuerrad gestanden hatte, auf der unbeschädigten Seite der Kabine zu dem auf dem Vordeck befestigten Schlauchboot.

Die Verankerungen waren rasch gelöst. Am Heck stieg der massige Kopf des Hais wieder aus dem Wasser und bog sich über das Angeldeck. Die drei Gestalten drängten sich an die gegenüberliegende Reling, während der Hai ein großes Stück der Bootswand auf seiner Seite abriß.

Vom Kiel der *Intuitive* war ein kratzendes Geräusch zu hören, und das Boot schwankte. Das Kratzen wurde lauter, während das Boot seine Geschwindigkeit verlangsamte und dann abrupt stoppte. Die weiter rotierende Schraube begann das Heck um den Bug zu drehen.

Der vordere Teil des Hais, der fast zur Hälfte aus dem Wasser ragte, blieb im rechten Winkel zum Boot liegen. Die Augen starrten auf Carolyn und die anderen, die sich an die gegenüberliegende Reling drückten.

Auf dem Vordeck stemmte Alan das Schlauchboot auf der dem Hai abgewandten Seite über Bord und ließ es ins Wasser fallen.

Paul trieb jetzt fünfzehn Meter hinter der Schwanzflosse des Hais im Wasser und begann zum Ufer zu kraulen. Sein Gesicht hob sich weiß von dem schlammigen Wasser ab. Irgendwie schaffte er es, nicht mit den Armen aufs Wasser zu klatschen. Er hoffte, daß der Hai ihn nicht hörte.

Alan zog die Schnur des kleinen Motors am Heck des Schlauchboots. Er sprang sofort an und heulte schrill auf. Dann raste das Schlauchboot um das hintere Ende der *Intuitive* herum und entfernte sich von ihr.

Das auf dieser Seite liegende Auge des Hais folgte der Bewegung, und schließlich drehte sich der riesige Kopf herum.

Paul sah sich nach dem Schlauchboot um, während Alan etwas Geschwindigkeit wegnahm, sich über das Wasser beugte und die Arme nach dem Jungen ausstreckte.

Paul klammerte sich an Alan und wurde aus dem Wasser gerissen. Als er im Boot war, nahm Alan Kurs aufs Ufer.

Doch die hohe Finne jagte parallel neben ihnen her und schnitt ihnen den Weg ins flache Uferwasser ab.

Daraufhin drehte Alan die Ruderpinne in Richtung der offenen See.

Joycelyn Johnson schlug beide Hände vor den Mund und spähte zwischen den Fingern hindurch, während der Pilot die Steuerung bediente.

»Festhalten!« sagte er. »Ich werde versuchen, ihnen eine Chance zu geben.«

Der Hubschrauber legte sich auf die Seite und flog zu dem Schlauchboot hinunter.

Alan sah nach oben, als das Geräusch des Hubschraubers den Außenbordmotor übertönte. Er schaute dem Piloten direkt ins Gesicht. Dann bewegte sich eine der Kufen auf ihn zu. Er schlang einen Arm um den an seinem Hals hängenden Jungen.

Der Hai beschleunigte sein Tempo.

Alan stand auf, schwankte, während er das Gleichgewicht zu halten versuchte, und griff nach der Kufe. Doch sie hing knapp außerhalb seiner Reichweite.

Der Unterwind des Rotors drückte auf das Schlauchboot, und die Ruderpinne schwenkte zur Seite. Langsam begann sich der Bug zu bewegen, dann kam er ins Drehen. Alan griff noch einmal nach der Kufe und hakte sich mit dem Ellbogen ein, während der Hubschrauber vom Boot weg schwang. Er wurde über den Bug seitlich in die Luft gerissen. Seine Füße klatschten ins Wasser, und ein stechender Schmerz fuhr durch seine Schulter.

Paul hatte die Augen geschlossen und das Gesicht an Alans

Hals vergraben. Alans Ellbogen rutschte um die Kufe, bis er im rechten Winkel an ihr hing, während der Hubschrauber vergeblich versuchte, mit der zusätzlichen Last Höhe zu gewinnen. Alans Füße klatschten wieder aufs Wasser.

Nur noch anderthalb Meter hinter ihnen stieg der Kopf des Hais aus dem Wasser. Der Hubschrauber schnellte ruckartig nach oben. Alan drehte sich mit angezogenem Arm an der Kufe, so daß der Hai seine Füße verpaßte. Der Hubschrauber nahm Kurs aufs Ufer.

Alan rutschte mit dem Arm von der Kufe ab und sackte dreißig Zentimeter tiefer, konnte sich aber gerade noch mit den Fingern an der feuchten Stange festhalten.

Bis zur Insel waren es noch sechzig Meter.

Seine Hand glitt von der Kufe, und er stürzte mit Paul fünf Meter tief ins Wasser. Sie prallten hart auf, schlitterten ein Stück auf der Oberfläche und verschwanden dann unter Wasser.

Die *Intuitive* fuhr, so schnell es mit einer Schraube und dem lecken Rumpf ging, parallel zu der vor der Insel liegenden Untiefe auf die beiden zu.

Alan schwamm hektisch zum Ufer, während Paul mit einer Hand an seinem Hals hing und mit der anderen versuchte, ihm beim Vorwärtskommen zu helfen.

Über der Finne des Hais, der sich direkt auf sie zubewegte, spritzte Gischt auf. Dann kam der Kopf aus dem Wasser und schob sich im selben Maß höher, wie der Meeresboden unter dem Bauch des Geschöpfs anstieg.

Zwölf Meter lagen noch zwischen ihnen und dem Hai.

Neun.

Sechs.

Der Bauch des Hais schleifte über den Boden. Doch er stieß sich weiter voran.

Drei Meter.

In diesem Augenblick rammte der Bug der *Intuitive* die Seite des Raubfisches. Da sein Bauch auf dem Boden auflag, wurde er diesmal nicht unter Wasser gedrückt, sondern auf die Seite gerollt, während die *Intuitive* an dem dicken Körper hinaufglitt, bis der Bug über ihm in die Luft ragte. Das Gewicht des Boots, das durch das Wasser im Rumpf noch um Tonnen erhöht wurde, preßte den Körper nieder, und der gerippte Kiel schnitt sich tief in die dicke Haut.

Der Hai, der von dem Boot, das auf ihm zum Halten gekommen war, an den Boden gedrückt wurde, zappelte wie ein auf der Seite liegender Fisch auf dem Trockenen, so daß die *Intuitive* schaukelte, als hätte ein Riese sie in der Hand und spielte nervös mit ihr.

Das Boot neigte sich stark zur Seite. Als der Hai sich das nächstemal aufbäumte, knickte der Kiel ein, und als das Fahrzeug wieder auf dem dicken Körper landete, legte es sich erneut auf die Seite und begann umzukippen. Der Hai zuckte ein letztes Mal und rutschte unter dem Boot hervor.

»Springt! Springt!« schrie Alan, dem das Wasser inzwischen nur noch bis zur Brust reichte.

Carolyn machte einen Kopfsprung. Douglas klatschte nach ihr ins Wasser. Nur Vandiver rührte sich nicht.

Der Hai rollte sich im Wasser herum, schlug mit der Flanke hart auf den Boden und richtete sich wieder auf. Dann legte er sich auf die andere Seite. Aus seinem Maul und dem langen Schnitt in der Seite rann Blut.

Douglas sah sich nach seinem Onkel um und unterbrach seine Schwimmbewegungen.

»Spring!« rief er.

Der Hai schob sich rückwärts in tieferes Wasser. Sein Kopf tauchte unter, und die Finne drehte sich langsam in Richtung des Hecks der *Intuitive*.

Alan griff nach Carolyns Hand und zog sie zu sich. Sie nahm Paul in die Arme und wäre beinah untergetaucht, bevor sie Boden unter den Füßen spürte.

Die Finne bewegte sich jetzt in gerader Linie auf die dreißig Meter vor ihm liegende Spitze der Insel zu, allerdings nur langsam und eine dunkle Spur hinter sich herziehend.

Eine Minute verging, zwei, dann drei, während die Finne langsam in derselben Richtung weiterschwamm und einen immer breiter werdenden dunklen Blutfleck im Wasser hinterließ.

Die Gruppe im flachen Wasser sah schweigend zu.

Die Finne begann nach oben zu steigen. Dann hob sich der vordere Teils des Körpers an die Luft. Immer tiefer rann das Wasser an den Seiten herunter. Schließlich stoppte der Hai.

»Er setzt sich selbst auf Grund«, sagte Carolyn.

Der Hai lag reglos da. Dann begann er den Schwanz langsam hin und her zu bewegen, und mit einer letzten Seitwärtsbewegung seines dicken Rumpfs drehte er sich herum, so daß er zum Boot zurückblickte.

»Er kommt zurück«, sagte Douglas.

»Er stirbt«, korrigierte ihn Carolyn.

Die dunkle Blutspur um das Geschöpf herum breitete sich immer weiter aus, und eine weiße Schicht legte sich über seine schwarzen Augen, so daß an ihrer Stelle nur noch ein verschwommener Schatten zu sehen war. Langsam klappte das Maul auf.

Aus dem Innern des Geschöpfs stieg ein kaum hörbarer hoher Ton auf, der zunehmend lauter und schriller wurde, bis die Luft von einem Kreischen erfüllt war, das an den durchdringenden Schmerzensschrei eines Babys erinnerte.

Die Geretteten waren unterwegs zum Ufer und standen nur noch bis zu den Knien im Wasser, als Douglas stehenblieb. Er spürte den gleichen Schauder, der ihn ergriffen hatte, als sein Onkel die Aufnahme aus dem U-Boot abgespielt hatte.

Dann wurde der Ton leiser, und das Maul schloß sich langsam wieder. Die Rückenflosse neigte sich leicht zur Seite.

Alan bemerkte, daß Paul fragend zu ihm hochsah, und nickte.

»*Mein Gott!*« rief Douglas aus.

Zweihundert Meter hinter dem seichten Gebiet, in den tiefen Gewässern des Golfs, ragte im trüben Zwielicht eine Finne von enormer Dicke aus dem Wasser. Schon jetzt doppelt so groß wie die Finne des Hais, der still auf der Sandbank lag, stieg sie immer weiter in den Himmel.

Alan spürte, wie sich Paul an seine Hose klammerte.

Die Finne stieg immer noch höher.

Achtzehn bis zwanzig Meter vor der Finne wellte sich das Wasser, so als würde eine große Gasblase es von unten anheben. Dann brach ein gigantischer Kopf durch die Oberfläche, das Wasser lief in Strömen an ihm herunter. Schwarze Augen, groß wie Wagenräder und neun Meter auseinanderstehend, tauchten auf. Die vom Golf her anrollenden Wellen schlugen gegen die Seite des Geschöpfs und brachen sich in Gischtwolken, als wären sie an ein sechzig Meter langes Riff geklatscht, das plötzlich aus dem Wasser aufgestiegen war.

Als der riesige Kopf sich vorwärtsbewegte, trat Douglas unwillkürlich zurück.

»Verdammt«, stieß Stark leise, fast flüsternd hervor und sah zu Vandiver hinüber, der jetzt auf der teilweise zerstörten Laufbrücke der *Intuitive* stand und den Kopf betrachtete.

Ein Ton.

Er kam von dem gewaltigen Geschöpf.

Zunächst kaum hörbar, dann lauter werdend, ähnelte er

dem, den der Hai auf der Sandbank von sich gegeben hatte – nur daß er tiefer war.

Er schwoll immer stärker an, bis er über den gesamten Golf zu hallen schien, so als würde das Stöhnen eines Riesen durch einen auf volle Lautstärke eingestellten Lautsprecher übertragen.

Paul drückte die Hände auf die Ohren.

»Seht da!« sagte Carolyn.

Der Hai auf der Sandbank hatte sich bewegt. Langsam begann seine lange Schwanzflosse seitwärts zu schwingen. Dann drehte sich auch der Kopf, und der Körper bog sich zur Seite, während der Schwanz weiter ausholte. Das Geschöpf glitt rückwärts und legte sich dann auf die Seite. Wieder bewegte sich der Schwanz.

Der Blutstrom, der fast verebbt gewesen war, begann wieder zu fließen. Doch die Bewegungen, mit denen der Hai weiter seitwärts über die Sandbank rutschte, waren jetzt kräftiger. Er drehte sich wieder, glitt seitlich in tieferes Wasser und schwamm auf seinen riesigen Weggefährten zu, der zweihundert Meter weiter wartete.

Der Kopf des Giganten bewegte sich langsam rückwärts, während der Abstand zwischen ihm und dem kleineren Hai abnahm.

Der Hubschrauber schwebte über dem Paar.

Wenige Minuten später schwamm der kleinere, fünfzehn Meter lange Hai an dem riesigen Kopf vorbei. Sein Artgenosse machte kehrt und folgte ihm.

Langsam bewegten sie sich, in Begleitung des Hubschraubers, auf tiefere Gewässer zu.

Eine weitere Minute verging.

Der riesige Kopf sank tiefer ins Wasser und tauchte in einem großen Strudel unter die Oberfläche, so daß nur noch die Finne zu sehen war.

Kurz darauf verschwand auch sie in den Wellen.

Die kleinere Finne blieb noch einen Moment sichtbar. Sie neigte sich zur Seite, richtete sich wieder auf und tauchte dann ebenfalls im grünen Wasser unter.

»Mama«, sagte Paul. Er blickte an der *Intuitive* vorbei in Richtung der Küsteninseln, von wo die Forty-One der Küstenwache mit großen weißen Bugwellen auf sie zulief. Aller Augen waren auf das näher kommende Boot gerichtet.

Außer Vandivers. Er starrte weiter auf die Stelle, wo der riesige Kopf verschwunden war. Vor seinem geistigen Auge sah er den Kapitän, der 1963 berichtet hatte, unter seinem Frachter sei ein fünfundzwanzig Meter langer Hai hindurchgeschwommen. Und er hörte 1918 zusammen mit David G. Stead den Fischern zu, die von einem über fünfunddreißig Meter langen Hai erzählten, der ihre Hummerkörbe gefressen habe. Und er ruderte mit den Polynesiern, die vor ihren Einbäumen Haiungeheuer von fünfundvierzig Metern Länge durch die Wellen schießen sahen.

Er hatte sie alle ausgestochen.

Ein leichtes Lächeln breitete sich auf seinem Gesicht aus … und verschwand wieder, als er einen Blick über die Schulter warf und die hellorangene Schwimmweste im Wasser treiben sah.

Kapitel 42

Das Arbeitsboot und Carolyns Speedboot trieben nebeneinander den Pascagoula hinunter. Der siebeneinhalb Meter lange Zwilling des durch das Dynamit getöteten Hais hatte den Fluß verlassen, als er den tiefen Ruf hörte, der von den Chandeleur-Inseln durchs Wasser pulsierte.

Vor dem Megalodon jagten im trüben Licht am Meeresboden im Süden der Küsteninseln längliche Schatten hin und her. Ihr Ziel war der Kadaver in dem aufgerissenen Netz. Hammer-, Sand- und Grundhaie stießen wiederholt mit offenem Maul in den dicken Körper und ruckten heftig mit dem Kopf, während sie ein Stück Fleisch herausbissen.

Plötzlich schossen sie davon und verschwanden im Zwielicht. Einen Augenblick später waren nur kleine, im Wasser treibende Fleischfetzen zu sehen, die langsam auf den sandigen Grund sanken.

Die Ruhe hielt an.

Dann schob sich fünfzehn Meter von dem Kadaver entfernt eine runde Nase, hinter der ein stromlinienförmiger Kopf erschien, durch den grünen Vorhang. Mit wie Tragflächen zur Seite ausgestreckten Brustflossen kam langsam der erste Weiße Hai in Sicht, der seit Jahren in den nördlichen Teil des Golfs vorgedrungen war.

Daß seine Beute tot war, wußte er, seit er sie aus vielen Kilometern Entfernung zum ersten Mal gerochen hatte. Deshalb hatte der knapp fünf Meter lange ausgewachsene Hai die Vorsicht, die er bei der Verfolgung eines lebendigen Opfers an den Tag gelegt hätte, aufgegeben und schwamm direkt auf den toten Megalodon zu.

Das mächtige Geschöpf, seit Hunderttausenden von Jahren der König der Meere, fürchtete weder instinktiv noch bewußt irgend etwas, das in warmen Gewässern schwamm. Deshalb waren alle seine Sinne auf den Kadaver ausgerichtet.

Die Nase hob sich, und der Unterkiefer klappte nach unten, so daß das Maul weit aufklaffte, um ein möglichst großes Fleischstück abbeißen zu können. In den Kiefern saßen reihenweise gezackte, messerscharfe weiße Zähne, auf denen sich das trübe Licht spiegelte.

Doch aus der Dunkelheit näherte sich ihm ein Schatten, der so schnell war, daß er fast verschwamm. Der siebeneinhalb Meter lange Megalodon stieß mit aufgerissenem Maul in seinen über anderthalb Millionen Jahre hinweg mit ihm verwandten Vetter, schob ihn seitlich durchs Wasser und zerteilte ihn mit dem ersten alles zermalmenden Druck seiner Kiefer fast vollständig in zwei Hälften.

Dann drehte er ab, während er das saftige, blutige Fleisch in seinem höhlenartigen Schlund verschwinden ließ, nahm einen neuen Anlauf, riß ein zweites großes Stück aus dem Körper heraus und verschluckte es, bevor der Weiße Hai Zeit gehabt hatte, neben den Kadaver seines Vorfahren auf den Grund zu sinken.

Wenig später hatte der Megalodon sich nach Süden gewandt und raste mit hoher Geschwindigkeit davon.

Kapitel 43

Spät am Abend fand eine auf die Suche geschickte Forty-One die Boje. Von dem Netz und dem Kadaver des fünfzehn Meter langen Megalodons wurde nie etwas gefunden. Vielleicht würde eines Tages irgend jemand einen Zahn finden, der aus dem einen oder anderen Grund nicht von dem Schlamm vergraben worden war, der von den vielen Zuflüssen aus dem Becken des unteren Mississippis in den Golf geschwemmt wurde. Vandiver war jedoch klar, daß auch dieser Fund von den erstaunlich vielen Skeptikern nicht als Beweis anerkannt werden würde. Sie weigerten sich immer noch, die Zähne, die aus dem Kiefer des Megalodons herausgeschnitten worden waren, als Beweis zu akzeptieren, obwohl sie eindeutig aus jüngster Zeit stammten. Und da die Reporterin von WLOX ihre Kamera in den Golf hatte fallen lassen, so daß es keine Videoaufnahmen gab, maßen nur wenige Wissenschaftler den Berichten über einen sechzig Meter langen Giganten irgendwelche Bedeutung bei. Nicht, daß sie die Glaubwürdigkeit der Zeugen anzweifelten. Aber zum Zeitpunkt der Sichtung habe Dämmerung geherrscht, fast schon Dunkelheit, wandten die Skeptiker ein, und es sei durchaus möglich gewesen, daß sich ein Wal kurzzeitig in den Golf verirrt habe – allerdings keiner von sechzig Metern Länge. Wie gesagt, es war fast dunkel gewesen.

Vandiver waren die Skeptiker egal. Genauso übrigens wie

die vielen, die den Berichten Glauben schenkten. Soweit es ihn anging, hatte er alles bekommen, was er wollte: Er wußte jetzt mit Sicherheit, was er vorher nur vermutet hatte.

»Sir?«

Als er die Stimme seines Neffen hörte, sah er auf den Computermonitor auf der anderen Seite des Büros. Douglas hatte das gemalte Bild des Megalodons auf den Bildschirm geholt und betrachtete das mit aufgerissenem Maul und ausgebreiteten Brustflossen auf ihn zuschwimmende Geschöpf.

»Sir, haben Sie das gemacht?«

»Die Farbänderung des Körpers?«

»Ja, Sir.«

»Hm-hm. Man braucht bloß *die* Tasten *Alt* und C zusammen zu drücken, dann hat man die Wahl zwischen braunem bis graubraunem Rücken und grauweißem Bauch einerseits und blauem bis graublauem Rücken und weißem Bauch andererseits – eben kein richtiges Braun mehr. Es sind die Farben der Weißen Haie von heute. Ich habe daran gedacht, um des Streits willen einen pink einzufärben. Aber das wäre nicht ehrlich, oder?«

»Nein, Sir. Glauben Sie, daß sie zurückkommen werden?«

»Gewiß. Sie haben es seit Jahrhunderten getan. Du brauchst nur fünfzig oder sechzig Jahre abzuwarten, und irgend jemand wird wieder darüber berichten, daß er sie gesehen hat.«

»Aber jetzt sind sie in die Tiefsee zurückgekehrt?«

»Das sind sie immer, oder?«

»Riesenmaulhaie und Sechskiemer haben es nicht getan, Sir.«

»Nein, das haben sie nicht, Douglas.«

»Glauben Sie, daß diesmal etwas anders sein könnte, Sir?«

»Inwiefern?«

»Ich weiß nicht. Vielleicht aus denselben Gründen, aus denen Riesenmaulhaie und Sechskiemer oben geblieben sind.«

»Ich würde nicht unbedingt sagen, daß der Megalodon ein Herdentier ist, oder, Douglas?«

»Nein, Sir, ich vermute nicht, Sir.«

»Nun, dann laß uns annehmen, daß sie zurückgegangen sind, Douglas. Nur für den Fall, daß ich dich wieder einmal auf einen Tauchausflug schicke.«

Sein Neffe sah ihn über die Schulter an.

Vandiver kicherte.

Ein Vierteljahr später lehnte Carolyn auf der vor den Chandeleur-Inseln ankernden *Intuitive II* an Alans Arm. Alan blickte auf den Golf hinaus.

»Weißt du«, sagte er, »ich habe an Fairleys Ertrinken gedacht... besonders, da seine Leiche nie gefunden wurde. Erinnerst du dich, wie sich Duchess an diesem Morgen verhalten hat? Ich frage mich, ob es nicht vielleicht einen weiteren –«

»Ich will es nicht wissen«, fiel ihm Carolyn ins Wort.

»Und ich habe mich gefragt – wenn es nur zwei waren – wenn einer ein Männchen und der andere ein Weibchen war und wir die letzten Nachfahren einer Spezies gesehen haben –«

»Auch das will ich nicht wissen.«

»Mr. Alan«, rief Paul, während er nach seinem Mittagsschlaf vom Angeldeck zu ihnen hochkam, »willst du kein Sandwich?«

Carolyn sah ihn an. »Ich mache dir gleich eins, Paul. Aber jetzt komm her. Ich habe eine Überraschung für dich, die dir bestimmt gefallen wird.«

Sie hielt ihre Hand mit dem Verlobungsring hoch, den sie jetzt anstelle des alten Eherings trug.

»Was hältst du davon?« fragte sie.

»Das weiß ich doch schon«, sagte Paul lächelnd. »Mir hat er es zuerst gesagt.«

Zur selben Zeit tauchten der fünfzehn Meter lange Megalodon und sein siebeneinhalb Meter langer Artgenosse mehrere hundert Kilometer außerhalb des Golfs von Mexiko in scharfem Winkel durch das klare blaue Wasser des Atlantiks in die Tiefe. Je tiefer sie kamen, desto trüber wurde das Licht um sie herum. Als sie die beiden, nebeneinander schwimmenden Giganten von sechzig Metern Länge erreicht hatten, verlangsamten sie ihr Tempo und setzten sich neben sie.

Dann schwamm die Gruppe, sich dicht über dem immer weiter in die Tiefe führenden Grund haltend, langsam auf den schwarzen Vorhang zu, der vor ihnen lag, und verschwand außer Sicht.

»Wie gesagt, du mußt nur fünfzig, sechzig Jahre abwarten«, sagte Vandiver, während er mit Douglas sein Büro verließ.

Am Empfangstisch stand Douglas' Mutter, den breiten Rücken zur Bürotür gewandt. Vandiver legte rasch den Arm um die Schulter seines erstaunten Neffen.

»Ist ein guter Junge, Schwester«, sagte er. »Ich wußte gar nicht, daß du in der Stadt bist.«

Seine Schwester kreuzte ihre dicken Arme vor der Brust und lächelte über die familiäre Szene.

Die Sekretärin sah verblüfft auf.

»*Was, zum Teufel –?*« stieß Norman »Bubba« Fitzwald hervor.

Er befand sich sechzig Kilometer südlich der Chandeleur-Inseln auf einer der im Golf verankerten Bohrplattformen. Dort waren Zigaretten streng verboten, und er war die Wendeltreppe um einen der runden Metallpfeiler heruntergegangen, damit man ihn beim Rauchen nicht beobachten konnte.

Was er gesehen hatte, war ein langer Schatten – mindestens fünfundvierzig Meter – der zweihundert Meter außerhalb der Plattform dicht unter der Wasseroberfläche schwamm.

Dann schaute er zur Sonne hoch. Eine schmale, lange Wolke trieb langsam über den Himmel. Er sah wieder auf den Schatten, lächelte über seine Einbildung, schnippte die Zigarettenkippe ins Wasser und ging wieder hinauf.

Hinter ihm veränderte der lange Schatten plötzlich die Richtung. Im nächsten Augenblick wurde er schneller und bewegte sich rasch auf einen russischen Frachter zu, der mit gefrorenen Mississippi-Hühnchen im Frachtraum aus Gulfport auslief.

Ein halbes Jahr später begannen die Menschen wieder im Golf zu schwimmen.

Danksagung

Mein besonderer Dank gilt all jenen, deren Kenntnisse, Forschungen und Ratschläge dieses Buch ermöglicht haben, insbesondere: Dean A. Dunn, Doktor der Ozeanographie und Paläontologie, früherer wissenschaftlicher Teilnehmer an Glomar-Challenger-Expeditionen, die ihn sowohl in den Pazifik als auch in den Nordwestatlantik führten, und heute Professor für Geologie an der Universität von Südmississippi (sowie Herausgeber von GeoClio, der Internetseite für die Geschichte der Geowissenschaften – Ozeanographie, Geologie, Meteorologie und Geophysik: http://geoclio.st.usm.edu); Dr. David M. Patrick und Dr. William Odom von der Universität von Südmississippi; Dave Robinson, Generalmajor der US Army i. R., aus Ridgeland, Mississippi; E. B. Vandiver aus Fairfax, Virginia; Wesley und Craig Harris von der Firma American Aquaculture in Jackson, Mississippi; Rayanne Weiss, Jimmy McIntyre und Mike Filippi von WLOX-TV aus Gulfport; Julian und Rowella Brunt sowie Ralph Hyer (ehemaliger Charterbootkapitän) aus Biloxi, Mississippi; Alice Jackson Baughn aus Ocean Springs, Mississippi; Ron Baughn von der Außenstelle des Amts für Alkohol, Tabak und Feuerwaffen (ATF) in Gulfport, Mississippi; John Kitchens aus Ridgeland, Mississippi, Staatsanwalt von Rankin-Madison County; Lisha Edwards aus Florence, Mississippi; Derrick Groves, Charterbootkapitän im Jachthafen Broadwater in

Biloxi; Dr. Steve Hayne, Pathologe im Rankin Medical Center und medizinischer Leiter des Renal Care Group Laboratory und des Leichenschauhauses von Rankin County; Al Jernigan aus Jackson, Mississippi, stellvertretender Staatsanwalt; Bootsmannsmaat Todd Anderson, Bootsmannsmaat Beck Shane und Feuerwehrmann Michael A. Schmitt von der Station der US-Küstenwache in Gulfport, Mississippi, die mich in bezug auf Boote, Vorschriften und Ausrüstung der Küstenwache beraten haben. Ich danke meinem ältesten Sohn, Dr. jur. Charles P. Wilson jr., der mir in juristischen Fragen, und meinem Schwiegersohn Dr. med. Cas E. Heath III., der mir in medizinischen Dingen behilflich war; sie leben beide in Brandon, Mississippi.

Schließlich möchte ich mich bei zwei besonderen Freunden aus Brandon bedanken, die den Entstehungsprozeß dieses Romans von Anfang an mit kritischem Blick begleitet haben: zum einen bei Tommy Furby, dessen Unterstützung bei allen meinen bisherigen Projekten von unschätzbarem Wert war und der mir diesmal eine größere Hilfe war als jemals zuvor – insbesondere mit seinem immensen Wissen über die Küste von Mississippi und ihre »Geschöpfe«; und zum anderen bei Alison Orr, die sich stets weigerte, sich durch meine Meinung umstimmen zu lassen, obwohl ich es mit allen Mitteln versucht habe.

Trotz aller fundierten Hilfe, die mir bei der Arbeit an diesem Buch zuteil wurde, versteht es sich jedoch von selbst, daß sämtliche faktischen Fehler, die sich möglicherweise in den Text eingeschlichen haben, einzig und allein mir anzulasten sind.

Ein Thriller, der mit einer Katastrophe beginnt: Bei einer Explosion in der Wall Street fliegen 14 Bankgebäude in die Luft. Dadurch wird eine amerikanische und schließlich weltweite Krise ausgelöst, die den Schwarzen Freitag und seine Folgen zu übertreffen droht.
Archer Carrol, Spezialist für Terrorismusbekämpfung, muß alles versuchen, das Verbrechen aufzuklären und die Terroristen daran zu hindern, weitere Anschläge zu verüben. Ein dramatischer Wettlauf mit der Zeit beginnt. Aber je näher Archer Carrol der Lösung kommt, in um so größere Gefahr gerät er – und nicht nur er, sondern auch die beiden Menschen, die er über alles liebt: seine kleine Tochter und Caitlin Dillon, die Wall-Street-Expertin, die ihn auf seinen Reisen nach Paris, London und Dublin begleitet. Sie gerät in eine tödliche Falle ...

Der Roman Black Market, Bestseller in den USA, wurde in zahlreiche Sprachen übersetzt.

James Patterson

Black Market

Roman

»Eine halsbrecherische Geschichte von außergewöhnlicher Spannung.«
Booklist

Econon | ULLSTEIN | List